LES DISPARUS DE SAINTE-ANGÈLE

Direction éditoriale: Stéphane Chabenat
Édition: Charlotte Sperber
Traduction: Jeanne Heneug
Conception graphique et mise en page: Soft Office
Conception graphique de la couverture: Richard Augustus /
photographie: © Arcangel Images.

HÉROÏNES
NISHA ET CAETERA

sont publiées par les Éditions de l'**Opportun**
16, rue Dupetit-Thouars
75003 Paris
www.editionsopportun.com

PATRICIA GIBNEY

LES DISPARUS DE SAINTE-ANGÈLE

Prologue
31 janvier 1976

Le trou qu'ils avaient creusé n'était pas profond, moins d'un mètre. Un sac de farine d'un blanc laiteux, solidement attaché avec les ficelles d'un tablier sale, enveloppait le petit corps. Ils firent rouler le sac sur le sol, même s'il était assez léger pour être soulevé. L'un d'entre eux l'enfonça au milieu du trou, le pressant davantage dans la terre avec la semelle de sa botte. Aucune prière ne fut prononcée, aucune bénédiction finale, juste le pelletage de l'argile humide recouvrant rapidement la blancheur de l'obscurité, comme la nuit qui tombe. Sous le pommier, qui allait se vêtir de bourgeons blancs au printemps et donner une récolte florissante en été, reposaient maintenant deux monticules de terre, l'un compact et solide, l'autre frais et meuble.

Trois petits visages observaient la scène depuis la fenêtre du troisième étage, les yeux noirs de terreur. Ils s'étaient agenouillés sur l'un de leurs lits, rembourré de coussins. Tandis que les personnes en bas ramassaient leurs outils et se détournaient, les trois visages continuaient à regarder le pommier, maintenant mis en valeur par le croissant de lune. Ils venaient d'assister à quelque chose que leurs jeunes cerveaux ne pouvaient pas comprendre. Ils frissonnèrent, mais pas de froid.

L'enfant du milieu parla sans tourner la tête :

« Je me demande lequel d'entre nous sera le prochain. »

Premier jour

30 décembre 2014

Chapitre 1

Susan Sullivan était en route pour retrouver la personne qu'elle redoutait le plus. Une promenade, oui, une promenade lui ferait du bien. Sortir à la lumière du jour, loin de l'atmosphère étouffante de sa maison, loin de ses propres pensées tumultueuses. Elle enfonça les écouteurs de son iPod, enfila un bonnet de laine sombre, resserra son manteau de tweed marron et fit face à la neige mordante.

Son esprit s'emballa. De qui se moquait-elle ? Elle n'arrivait pas à se distraire, à échapper au cauchemar de son passé, qui hantait chaque minute de sa journée et envahissait sa nuit comme une chauve-souris, noire et rapide, qui la rendait malade. Elle avait essayé de contacter un inspecteur du commissariat de Ragmullin, mais n'avait reçu aucune réponse. Cela aurait été son filet de sécurité. Plus que tout, elle voulait connaître la vérité et, après avoir épuisé toutes les voies habituelles, elle décidait de faire cavalier seul.

Peut-être cela l'aiderait-elle à exorciser ses démons. Elle frissonna, marcha plus vite, glissa, ne se soucia plus de rien, il fallait qu'elle sache. Il était temps.

La tête baissée pour se protéger de la bise, elle traversa la ville aussi vite que le permettaient les sentiers gelés. Elle leva les yeux vers les flèches jumelles de la cathédrale lorsqu'elle franchit les portes en fer forgé et se signa automatiquement. Quelqu'un avait jeté des poignées de sel sur les marches en béton, qui crissaient sous ses bottes. La neige s'était calmée et un soleil hivernal brillait derrière des nuages sombres. Elle poussa la grande porte, foula de ses pieds engourdis le tapis en caoutchouc et, alors que l'écho de la porte qui se refermait s'atténuait, pénétra dans la cathédrale, en silence.

Elle retira ses écouteurs et les laissa pendre sur ses épaules. Bien qu'elle ait marché pendant une demi-heure, elle était frigorifiée. Le vent d'est avait traversé ses couches de vêtements et son peu de graisse corporelle ne protégeait pas ses os de cinquante et un ans. Se frottant le visage, elle passa un doigt sur ses yeux et chassa l'eau qui en coulait. Elle essaya de se repérer dans la pénombre. Les bougies de l'autel latéral illuminaient les ombres le long des murs en mosaïque. La faible lumière du soleil traversait les vitraux situés au-dessus du chemin de croix, et Susan avança lentement dans la brume sépia, humant l'odeur de l'encens dans l'air.

Inclinant la tête, elle se glissa au premier rang, le prie-Dieu en bois faisant tressaillir ses articulations. Elle se signa à nouveau, se demandant comment elle pouvait encore avoir un minimum de foi après tout ce qu'elle avait fait, tout ce qu'elle avait traversé. Se sentant seule, elle se dit qu'il était ironique qu'il ait proposé de se retrouver dans la cathédrale. Elle avait accepté parce qu'elle pensait qu'il y aurait beaucoup de monde à cette heure de la journée. Mais la cathédrale était vide, le mauvais temps avait découragé les fidèles.

Une porte s'ouvrit, puis se referma, laissant le vent s'engouffrer dans l'allée centrale. Susan savait que c'était lui. La peur l'engourdit.

Elle ne pouvait pas regarder autour d'elle. Elle fixa alors, droit devant elle, la bougie au-dessus du tabernacle, jusqu'à ce que sa vision se brouille.

Des pas, lents et déterminés, résonnèrent dans l'allée. Le siège derrière elle grinça lorsqu'il s'agenouilla. Un brouillard d'air froid l'enveloppa et son odeur particulière se mêla à celle de l'encens. Elle se releva de sa position agenouillée et s'assit. Son souffle, de courtes bouffées, était le seul son qu'elle pouvait entendre. Elle le sentait sans qu'il l'ait touchée. Aussitôt, elle sut que c'était une erreur. Il n'était pas là pour répondre à ses questions. Il ne lui donnerait pas la conclusion qu'elle attendait.

« Tu aurais dû te mêler de tes affaires », murmura-t-il sévèrement.

Elle ne pouvait pas répondre. Sa respiration s'accéléra, et son cœur cogna contre ses côtes, se répercutant dans ses tympans. Elle serra si fortement ses poings que ses jointures devinrent blanches sous sa peau fine. Elle voulait courir, s'enfuir loin, mais elle était épuisée. Son heure était venue, et elle le savait.

Des larmes menaçaient de perler aux coins de ses yeux tandis que la main de l'homme se referma sur sa gorge, ses doigts gantés traçant une ligne le long de sa chair molle. Elle essayait de les saisir, en vain. Les doigts de l'homme trouvèrent le câble de l'iPod, et elle le sentit le tordre pour l'enrouler autour de son cou. Elle perçut l'odeur aigre de son après-rasage et prit conscience qu'elle allait mourir sans jamais connaître la vérité.

Elle se tortilla sur le siège en bois dur et tenta de se dégager, ses mains arrachant fébrilement le tissu qui enveloppait ses doigts. En luttant ainsi, elle ne réussit qu'à faire en sorte que le câble s'enfonçât davantage dans sa peau. Elle tenta de respirer, mais n'y parvint pas. Un liquide chaud brûlait entre ses jambes. Il tira plus fortement. Affaiblie, elle laissa tomber ses bras. Il était trop fort pour elle.

Alors qu'elle manquait d'air, elle se réjouit étrangement de la douleur physique face à ces années angoissantes d'affliction mentale. Avant que toute peur ne disparaisse de son être, la flamme de la bougie s'éteignit, et son corps se relâcha.

Durant ces derniers instants de tourment, elle laissa les ombres la conduire vers un lieu de lumière et de réconfort, vers une paix qu'elle n'avait jamais connue avec les vivants. De minuscules étoiles piquèrent ses yeux avant que l'obscurité n'envahisse son corps mourant.

* * * * *

Les cloches de la cathédrale sonnèrent douze fois. L'homme relâcha la pression et poussa le corps vers le sol. Le vent glacé parcourut l'allée centrale tandis qu'il s'éloignait rapidement dans le silence le plus total.

Chapitre 2

« Treize, déclara l'inspectrice Lottie Parker ».

— Douze, corrigea l'inspecteur Mark Boyd.

— Non, il y en a treize. Tu vois la bouteille de vodka derrière le Jack Daniel's ? Elle n'est pas au bon endroit.

Elle comptait tout. Une obsession, d'après Boyd. L'ennui, selon Lottie. Mais elle savait que cette manie datait de son enfance. Incapable de faire face au traumatisme vécu petite, elle s'était mise à compter pour se distraire des choses et des situations qu'elle ne pouvait pas comprendre. Aujourd'hui, c'était devenu une habitude.

— Tu as besoin de lunettes, affirma Boyd.

— Trente-quatre, renchérit Lottie. L'étagère du bas.

— J'abandonne, avoua Boyd.

— Loser, lança Lottie en riant.

Ils étaient assis au comptoir du Danny's Bar, parmi la petite foule de l'heure du déjeuner. Elle avait froid alors que le feu s'élevait dans la large cheminée derrière eux, emportant avec lui la plus grande partie de la chaleur. Le chef cuisinier se tenait debout devant le buffet, et remuait la sauce épaisse accompagnant son plat du jour – un rôti de bœuf maturé. Lottie avait commandé une ciabatta au poulet. Boyd l'avait imitée. Une petite Italienne se prélassait, dos à eux, en regardant le pain dorer au grille-pain.

— Ils doivent être en train de plumer les poulets vu le temps que prennent ces sandwichs, ironisa Boyd.

— Tu me coupes l'appétit, dit Lottie.

— Si seulement tu avais de la nourriture à refuser! poursuivit Boyd.

Des décorations de Noël oubliées scintillaient le long du bar. Une affiche, collée au mur, annonçait le groupe du week-end, *Aftermath*. Lottie avait entendu sa fille de seize ans, Chloé, en parler. Un grand miroir orné proclamait à la craie blanche l'offre spéciale de la veille au soir : « Trois verres pour dix euros. »

— Je donnerais dix euros pour un seul tout de suite, dit Lottie.

Avant que Boyd ne puisse répondre, le téléphone de Lottie vibra sur le comptoir. Le nom du commissaire Corrigan apparut sur l'écran.

— Les ennuis commencent, annonça Lottie.

La petite Italienne se retourna avec les ciabattas au poulet. Lottie et Boyd étaient déjà partis.

* * * * *

— Qui pourrait vouloir la mort de cette femme ? demanda le commissaire Myles Corrigan aux inspecteurs qui se tenaient à l'extérieur de la cathédrale.

De toute évidence, quelqu'un le voulait, pensa Lottie, bien qu'elle se gardât de formuler cette observation à haute voix. Elle était fatiguée. Perpétuellement fatiguée. Elle détestait le froid. Il la rendait léthargique. Elle avait besoin de vacances. Impossible. Elle était fauchée. Mon Dieu, mais elle détestait Noël, et détestait encore plus les lendemains lugubres.

Boyd et elle, encore affamés, s'étaient précipités sur les lieux du crime, dans la magnifique cathédrale de Ragmullin datant des années 1930. Le commissaire Corrigan les avait briefés sur les marches verglacées. Le commissariat avait reçu un appel : un corps avait été découvert dans la cathédrale. Corrigan était passé immédiatement à l'action, organisant la mise en place des balisages de la scène. S'il s'agissait d'un meurtre, Lottie savait qu'elle aurait du mal à le dégager de l'affaire. En tant qu'inspectrice de la ville de Ragmullin, c'est elle qui devrait être aux commandes, pas Corrigan. Mais pour l'instant, elle devait mettre de côté la politique du commissariat et voir à quoi ils avaient affaire sur le terrain.

Le commissaire débita les instructions. Elle enfouit ses cheveux mi-longs dans la capuche de sa veste et la referma sans enthousiasme puis, jeta un coup d'œil à Mark Boyd par-dessus l'épaule de Corrigan, le surprit en train de sourire, et l'ignora. Elle espérait qu'il ne s'agissait pas d'un meurtre. Il s'agissait probablement d'un sans-abri souffrant d'hypothermie. Il faisait si froid ces derniers temps qu'elle ne doutait pas une minute qu'un malheureux avait succombé aux éléments. Elle avait remarqué les cartons et les sacs de couchage devant certaines devantures de magasins.

Corrigan finit de parler, leur faisant signe de se mettre au travail. Après s'être frayé un chemin entre les policiers devant les portes, Lottie se dirigea vers le deuxième balisage installé dans l'allée centrale. Elle se faufila sous le ruban et s'approcha du corps. Une odeur de gaz s'échappait de la femme vêtue de tweed, coincée entre le prie-Dieu du premier rang et le siège. Elle remarqua un câble d'écouteur autour du cou et une flaque sur le sol.

Lottie ressentit le besoin de couvrir le corps. Pour l'amour du Christ, c'est une femme, avait-elle envie de crier, pas un objet.

Qui était-elle ? Pourquoi était-elle ici ? Qui pourrait la regretter ? Elle résista à l'envie de se pencher et de fermer les yeux qui la fixaient. Ce n'était pas son travail.

Debout dans la cathédrale froide, maintenant baignée de lumières vives, elle ignora Corrigan et passa les appels nécessaires pour faire venir immédiatement les experts sur place. Elle sécurisa la zone intérieure pour les releveurs d'indices.

— La médecin légiste de l'État est en chemin, dit Corrigan. Cela ne devrait lui prendre qu'une trentaine de minutes, en fonction des routes. Nous verrons ce qu'elle en pense.

Lottie lui jeta un coup d'œil. Il se réjouissait à l'idée d'être plongé dans une affaire de meurtre. Elle imaginait son cerveau en train de concocter un discours pour l'inévitable conférence de presse. Mais c'était son enquête, il n'aurait même pas dû être ici.

Derrière les barres d'autel, le policier Gillian O'Donoghue se tenait à côté d'un prêtre qui passait son bras autour des épaules d'une femme visiblement tremblante. Lottie franchit les grilles en laiton et s'approcha d'eux.

— Bonjour, je suis l'inspectrice Lottie Parker. J'ai quelques questions à vous poser.

La femme gémit.

— Est-ce que vous devez le faire maintenant ? demanda le prêtre.

Lottie pensa qu'il devait être légèrement plus jeune qu'elle. Elle aurait quarante-quatre ans en juin prochain et elle le situait à la fin de la trentaine. Il avait vraiment l'air d'un prêtre avec son pantalon noir et son pull en laine sur une chemise à col blanc rigide.

— Je ne serai pas longue, dit-elle. C'est le meilleur moment pour poser les questions, quand les choses sont encore fraîches dans vos esprits.

— Je comprends, répondit-il. Mais nous avons eu un choc terrible, je ne suis pas sûr que vous appreniez quelque chose d'intéressant.

Il se leva et tendit la main vers elle.

— Père Joe Burke. Et voici Mme Gavin, qui nettoie la cathédrale.

La fermeté de sa poignée de main surprit Lottie. Elle en sentit la chaleur dans la sienne. Il était grand. Elle ajouta cela à sa première appréciation. Ses yeux, d'un bleu profond, étincelaient sous le reflet des bougies allumées.

— Mme Gavin a trouvé le corps, expliqua-t-il.

Lottie ouvrit le carnet qu'elle avait sorti de l'intérieur de sa veste. Elle utilisait habituellement son téléphone, mais dans ce lieu saint, il ne lui semblait pas approprié de le sortir. La femme de ménage leva les yeux et commença à gémir.

— Chut, chut.

Le Père Burke la réconforta comme s'il s'agissait d'une enfant. Il s'assit et frotta doucement l'épaule de Mme Gavin.

— Cette sympathique inspectrice veut seulement que vous expliquiez ce qui s'est passé.

Sympathique ? pensa Lottie. C'est un mot qu'elle n'utiliserait jamais pour se décrire. Elle s'installa sur le siège devant eux et se tordit autant que le lui permettait sa veste matelassée. Son jean lui grignotait la taille. Bon sang, pensa-t-elle, il va falloir que j'arrête la malbouffe.

Lorsque la femme de ménage leva les yeux, Lottie supposa qu'elle était âgée d'une soixantaine d'années. Son visage était pâle, rehaussant chaque sillon et chaque crevasse.

— Madame Gavin, pouvez-vous nous raconter tout ce qui s'est passé depuis le moment où vous êtes entrée dans la cathédrale aujourd'hui, s'il vous plaît?

Une question assez simple, pensait Lottie. Pas pour Mme Gavin, qui accueillit la demande par un cri.

Lottie remarqua le regard de sympathie du Père Burke, qui semblait dire: «Je vous plains d'essayer d'obtenir quoi que ce soit de Mme Gavin aujourd'hui». Mais comme pour leur prouver qu'ils avaient tous deux tort, la femme désemparée commença à parler, la voix basse et tremblante.

— J'ai pris mon service à midi pour nettoyer la messe de dix heures. Normalement, je commence par le côté, dit-elle en montrant sa droite, mais j'ai cru voir un manteau sur le sol à l'avant de l'allée centrale. Je me suis donc dit que je ferais mieux de m'y mettre en premier. C'est alors que j'ai vu qu'il ne s'agissait pas d'un simple manteau. Oh, Sainte Mère de Dieu…

Elle se bénit trois fois et tenta d'étouffer ses larmes avec un mouchoir en papier froissé. La Sainte Mère de Dieu n'allait aider aucun d'entre eux maintenant, pensa Lottie.

— Avez-vous touché le corps?

— Mon Dieu, non. Non! dit Mme Gavin. Ses yeux étaient ouverts et cette… cette chose autour de son cou. J'ai déjà vu des cadavres, mais je n'en ai jamais vu un comme ça. Par Jésus, pardon, Père, je savais que c'était une personne morte.

— Qu'avez-vous fait alors?

— J'ai crié. J'ai laissé tomber ma serpillière et mon seau et j'ai couru vers la sacristie. J'ai heurté de plein fouet le Père Burke, ici présent.

— J'ai entendu le cri et je me suis précipité pour voir ce qui se passait, expliqua-t-il.

— L'un d'entre vous a-t-il vu quelqu'un d'autre dans les parages ?

— Pas une âme, déclara le Père Burke.

Des larmes fraîches coulaient sur les joues de Mme Gavin.

— Je vois que vous êtes bouleversée, dit Lottie. Le policier O'Donoghue va prendre vos coordonnées et faire le nécessaire pour que vous puissiez rentrer chez vous. Nous vous recontacterons plus tard. Essayez de vous reposer.

— Je veillerai sur elle, inspectrice, dit le Père Burke.

— Je dois vous parler, maintenant.

— Je vis dans le presbytère, derrière la cathédrale. Vous pouvez m'y rejoindre à tout moment.

La femme de ménage appuya sa tête sur son épaule.

— Je devrais aller avec Mme Gavin, dit-il.

— Très bien, approuva Lottie, voyant la femme désemparée vieillir à vue d'œil. Je vous contacterai plus tard.

Le Père Burke acquiesça et, soutenant Mme Gavin par le bras, il la conduisit sur le sol marbré vers une porte située derrière l'autel. O'Donoghue les suivit.

Une rafale d'air froid pénétra dans la cathédrale à l'arrivée des officiers chargés de relever les indices sur le lieu du crime. Le commissaire Corrigan se précipita pour les accueillir. Jim McGlynn, chef de l'équipe, lui offrit une poignée de main préventive, ignora les banalités, et commença immédiatement à diriger ses hommes. Lottie les regarda travailler pendant quelques minutes, puis fit le tour du banc, aussi proche du corps que McGlynn le permettait.

— Il semble s'agir d'une femme d'âge moyen. Bien enveloppée pour le temps qu'il fait, fit remarquer Lottie à Boyd, qui se tenait à son épaule comme un grain de beauté persistant.

Elle recula vers les rampes de l'autel, en partie pour bénéficier d'un bon point de vue, mais surtout pour mettre de la distance entre elle et Boyd.

— L'hypothermie n'est pas un problème ici, affirma-t-il, n'énonçant l'évidence à personne en particulier.

Lottie frissonna alors que la sérénité de la cathédrale était décimée par l'activité accrue. Elle continua d'observer le travail de l'équipe technique.

— Cette cathédrale est notre pire cauchemar, dit Jim McGlynn. Dieu seul sait combien de personnes la fréquentent chaque jour, chacune y laissant une partie d'elle-même.

— Le tueur a bien choisi son emplacement, renchérit le commissaire Corrigan.

Personne ne lui répondit.

Le bruit de talons hauts remontant l'allée principale fit lever les yeux à Lottie. La petite femme qui se précipitait vers eux semblait minuscule dans sa veste Puffa noire. Elle fit tinter les clés de sa voiture dans sa main puis, comme si elle se souvenait de l'endroit où elle se trouvait, les laissa tomber dans le sac à main en cuir noir qu'elle portait à son bras. Elle serra la main du commissaire qui se présentait.

— Médecin légiste, Jane Dore.

Son ton était tranchant et professionnel.

— Vous connaissez l'inspectrice Lottie Parker ? demanda Corrigan.

— Oui. Je serai aussi rapide que possible.

La médecin légiste s'adressa à Lottie.

— J'ai hâte de commencer l'autopsie. Dès que j'aurai tranché dans un sens ou dans l'autre, vous pourrez officiellement entrer en action.

Lottie fut impressionnée par la façon dont cette femme s'y prenait avec Corrigan, le remettant à sa place avant même qu'il ne puisse commencer son sermon. Jane Dore ne mesurait pas plus d'un mètre soixante-dix et paraissait minuscule à côté de Lottie, qui mesurait un mètre quatre-vingt, sans talons. Aujourd'hui, Lottie était chaussée d'une paire de UGG confortable, avec un jean grossièrement porté.

Après avoir enfilé des gants, une combinaison blanche en téflon et recouvert ses chaussures, la médecin légiste procéda à l'examen préliminaire du corps. Elle passa ses doigts sous le cou de la femme, examina le câble enfoncé dans la gorge, souleva la tête et concentra l'examen sur les yeux, la bouche et la tête. Les releveurs d'indices avaient tourné le corps sur le côté et une odeur nauséabonde s'était répandue dans l'air. Lottie se rendit compte que la flaque figée sur le sol était constituée d'urine et d'excréments. La victime s'était souillée dans les dernières secondes de sa vie.

— Une idée de l'heure du décès ? demanda Lottie.

— Mes premières observations indiquent qu'elle est morte au cours des deux dernières heures. Une fois l'autopsie terminée, je le confirmerai.

Jane Dore retira les gants en latex de ses petites mains.

— Jim, lorsque vous aurez fini, le corps pourra être transporté à la morgue de Tullamore.

Ce n'était pas la première fois que Lottie regrettait que les services mortuaires aient été transférés à l'hôpital de Tullamore, à une demi-heure de route. Un autre clou dans le cercueil de Ragmullin.

— Dès que vous pourrez déclarer la cause du décès, veuillez m'en informer immédiatement, dit Corrigan.

Lottie s'efforça de ne pas lever les yeux au ciel. Il était évident pour tout le monde que la victime avait été étranglée. La médecin légiste n'avait plus qu'à classer officiellement la mort comme un meurtre. Il était impossible que cette femme se soit étranglée accidentellement.

Jane Dore jeta ses vêtements en téflon dans un sac en papier et, aussi rapidement qu'elle était arrivée, elle quitta les lieux, l'écho de ses talons hauts résonnant dans son sillage.

— Je retourne au bureau, dit Corrigan. Inspectrice Parker, mettez immédiatement sur pied votre équipe d'intervention.

Il descendit le sol de marbre derrière la médecin légiste qui s'en allait. L'équipe de McGlynn passa une heure de plus autour de la victime avant d'étendre sa zone d'opération vers l'extérieur. Le cadavre fut placé dans un sac mortuaire, refermé et hissé sur un brancard en attente, avec autant de dignité qu'il est possible d'en attacher à un grand sac en caoutchouc. La porte en bois grinça lorsqu'ils sortirent. L'ambulance fit retentir ses sirènes, inutilement, car son patient était mort et n'était pas pressé d'aller quelque part.

Chapitre 3

Lottie remonta la capuche de sa veste et la serra contre ses oreilles. Elle se tenait debout sur les marches enneigées de la cathédrale, laissant derrière elle l'agitation environnante. Chaque recoin serait fouillé, et chaque centimètre de marbre inspecté.

Elle respira l'air frais et regarda le ciel. Les premiers flocons d'une averse de neige se déposèrent sur son nez et fondirent. La grande ville de Ragmullin, située au centre du pays, était immobile au-delà des grilles en fer forgé, désormais recouvertes de bandes de sécurité bleues et blanches. Tout comme elle, cette ville usine autrefois florissante luttait pour se réveiller chaque jour. Ses habitants vivaient la journée jusqu'à ce que l'obscurité recouvre leurs fenêtres et qu'ils puissent se reposer jusqu'à l'aube du jour suivant. Lottie aimait l'anonymat qu'elle offrait, mais elle était également consciente que sa ville, comme beaucoup d'autres, avait sa part de secrets enfouis.

La vie à Ragmullin semblait s'être éteinte avec l'économie. Les jeunes fuyaient vers les côtes australiennes et canadiennes pour rejoindre ceux qui avaient eu la chance de s'en sortir. Les parents déploraient de ne pas avoir assez d'argent pour acheter les produits de première nécessité, sans parler d'un iPhone pour Noël. Noël était terminé, et c'était tant mieux pour Lottie.

Le bourdonnement de la circulation sur le périphérique semblait faire trembler le sol, même s'il se trouvait à deux kilomètres de là, ce qui empêchait les détaillants de faire du commerce de passage. Elle leva les yeux vers les arbres qui peinaient sous le poids de leurs branches enneigées et scruta le terrain devant elle, sachant instinctivement qu'on n'y trouverait aucune preuve. La terre était gelée et la neige avait durci aussi vite qu'elle était tombée. Les empreintes des participants à la messe du matin étaient recouvertes d'une nouvelle couche de neige et de glace. Les agents, munis de pinces, parcouraient le terrain à la recherche d'indices. Elle leur souhaita bonne chance.

— Quatorze, dit Boyd.

La fumée de sa cigarette fraîchement allumée se répandit autour de Lottie alors qu'il envahissait son espace. Encore une fois. Elle s'éloigna. Il s'installa à la place qu'elle avait libérée, sa manche frôlant la sienne. Boyd était grand et maigre. Un homme à l'air affamé, avait dit un jour sa mère. Ses yeux brun tacheté de noisette éclairaient un visage intéressant, fort et à la peau claire, avec des oreilles un peu décollées. Ses cheveux courts grisonnaient rapidement. Il avait quarante-cinq ans et était vêtu d'une chemise blanche impeccable et d'un costume gris sous sa lourde veste à capuche.

— Quatorze quoi ? demanda-t-elle.

— Stations du Chemin de Croix, répondit Boyd. J'ai pensé que tu les avais peut-être comptées, alors je suis entré avant toi.

— Mets-toi à la page, soupira Lottie.

Il y avait une histoire entre eux et elle grimaça devant ses souvenirs d'ivresse, distillés avec le temps, mais toujours présents à la périphérie de sa conscience. D'autres choses s'étaient mises en place entre eux : elle avait obtenu le poste d'inspecteur que Boyd cherchait à avoir. La plupart du temps, cela ne le dérangeait pas, mais elle savait qu'il serait ravi d'avoir la chance de mener cette enquête. Pas facile, Boyd. Elle était enchantée de cette promotion, car elle n'avait plus à parcourir les soixante kilomètres qui la séparaient chaque jour d'Athlone. Les années où elle avait été basée là-bas avaient été pénibles, mais elle n'était pas sûre que le fait de travailler à nouveau avec Boyd à Ragmullin ne soit pas encore plus pénible. Mais d'un autre côté, cela signifiait qu'elle n'était plus dépendante de sa mère pour veiller sur ses enfants.

Boyd souffla comme un enfant, des ronds de fumée dans l'air, et elle se détourna du sourire qui se dessinait sous son nez inquisiteur.

— C'est toi qui as commencé, dit-il.

Tirant une dernière fois sur sa cigarette, il descendit les marches et se dirigea vers le poste de police de l'autre côté de la rue. Lottie sourit malgré elle et, marchant prudemment pour ne pas tomber sur le cul devant la moitié de la police, elle s'élança à la suite du long et maigre Boyd.

* * * * *

Quelques personnes faisaient la queue à la réception. Tandis que l'agent de service tentait de maintenir l'ordre, Lottie passa en trombe et se hâta de monter les escaliers jusqu'au bureau. Les téléphones sonnaient de toutes parts. Qui a dit que les bonnes nouvelles allaient vite? Et les mauvaises nouvelles? Elles voyagent à la vitesse de la lumière. Reniflant l'air vicié du bureau, elle jeta un coup d'œil autour d'elle. Son bureau était en désordre, celui de Boyd aussi bien rangé que la cuisine d'un chef à la télévision. Il n'y avait un gramme de farine nulle part, ni un dossier ou un stylo mal rangé. Des signes évidents de TOC.

— Un maniaque de l'ordre, marmonna Lottie.

En raison des rénovations en cours, elle partageait un bureau avec trois autres inspecteurs: Mark Boyd, Maria Lynch et Larry Kirby. Les lignes fixes, les téléphones portables, la photocopieuse, le cliquetis des radiateurs à huile et le passage en trombe de tous les gardiens qui devaient aller aux toilettes donnaient à la pièce un air de chaos. Elle regrettait son propre espace où le silence lui permettait de réfléchir. Plus vite les travaux du commissariat seraient terminés, mieux ce serait.

Au moins, l'endroit était animé, pensa-t-elle en s'asseyant à son bureau. C'était comme si les événements de la cathédrale avaient fait disparaître les couches de fatigue et d'ennui, révélant des hommes et des femmes prêts à passer à l'action. C'était bien.

— Trouve qui elle est, ordonna Lottie à Boyd.

— La vic' ?

— Non, le pape. Oui, la victime. Elle détestait qu'il utilise le langage des *Experts*.

Boyd se sourit à lui-même. Elle savait qu'il prenait le dessus.

— Je suppose que tu sais déjà qui elle est.

Elle déplaça des dossiers d'un côté à l'autre de son bureau, cherchant son clavier.

— Susan Sullivan. Cinquante et un ans. Célibataire. Vit seule à Parkgreen. Dix minutes en voiture d'ici, selon la circulation, environ une demi-heure à pied. Travaille au conseil du comté depuis deux ans. Département de l'urbanisme. Cadre supérieur, peu importe ce que cela signifie. A été transférée de Dublin.

— Comment l'as-tu découvert si rapidement ?

— McGlynn a vu son nom inscrit au dos de son iPod.

— Et alors ?

— J'ai fait une recherche sur Google. J'ai trouvé des informations sur le site du conseil, et j'ai vérifié son adresse dans le registre des électeurs.

— Elle avait un téléphone portable sur elle ?

Lottie continuait de fouiller son bureau. Elle aurait bien besoin d'une carte et d'une boussole pour retrouver ses affaires.

— Non, répondit Boyd.

— Envoie Kirby et Lynch fouiller son domicile. L'une de nos priorités absolues est de trouver son téléphone et toute personne pouvant vérifier ses déplacements aujourd'hui.

Elle découvrit son clavier sans fil sur le dessus de la poubelle à ses pieds.

— Des parents proches?

— Il ne semble pas qu'elle soit mariée. Je vais devoir creuser davantage pour savoir si elle a des parents vivants ou d'autres membres de sa famille.

Elle se connecta à son ordinateur. Bien qu'excitée, Lottie maudit silencieusement toute l'activité que l'enquête allait générer. Ils avaient déjà beaucoup de travail – des affaires judiciaires qui traînaient en longueur, une querelle de voyageurs – et le réveillon du Nouvel An, le lendemain, apporterait son lot habituel de problèmes nocturnes.

Elle pensa à sa famille. Ses trois adolescents, seuls à la maison. Encore une fois. Elle aurait peut-être dû leur téléphoner pour s'assurer qu'ils allaient bien. Merde, elle avait besoin de faire des courses et l'avait noté dans l'application de son téléphone. Elle était affamée. En fouillant dans son tiroir qui débordait, elle trouva un paquet de biscuits périmés et les proposa à Boyd. Il refusa son offre. Elle grignota un biscuit et tapa son premier entretien avec Mme Gavin et le Père Burke.

— Tu as besoin de manger la bouche ouverte? demanda Boyd.

— Boyd?

— Quoi ?

— La ferme !

Elle fourra un autre biscuit dans sa bouche et mâcha bruyamment.

— Pour l'amour de Dieu, supplia Boyd.

— Inspectrice Parker ! Mon bureau.

Lottie sursauta involontairement au son de la voix tonitruante du commissaire Corrigan. Même Boyd leva les yeux lorsque la porte claqua, faisant trembler le couvercle de la photocopieuse.

— Qu'est-ce que… ?

Ajustant sa veste, elle passa sa manche sur le revers de son gilet thermique et chassa les miettes de biscuits de son jean. Elle repoussa une mèche de cheveux derrière son oreille et suivit son patron dans une course d'obstacles composée d'échelles et de pots de peinture. Les services de santé et de sécurité s'en donneraient à cœur joie, mais il n'y avait pas vraiment de quoi se plaindre. Tout était mieux que les anciens bureaux.

Elle referma la porte derrière elle. Son bureau était le premier à avoir été rénové ; elle sentit le mobilier neuf et l'odeur de peinture fraîche.

— Asseyez-vous ! ordonna-t-il.

Elle s'assit. Lottie regarda Corrigan, la cinquantaine, assis derrière son bureau, caressant son nez d'alcoolique. La bedaine de son ventre s'enfonçait dans le bois. Elle se souvenait de l'époque où il était mince et en forme, bombardant tout le monde d'idées pour un mode de vie sain. C'était avant que la vie réelle ne le rattrape. Il se pencha pour signer un formulaire et elle vit son reflet sur son crâne lisse.

— Qu'est-ce qu'il se passe ici ? aboya-t-il en levant les yeux.

Vous êtes le patron, vous devriez le savoir, pensa Lottie, se demandant si l'homme savait parler sur un ton normal. Peut-être, le volume sonore fait-il partie du travail.

— Je ne comprends pas, Monsieur.

Elle aurait aimé porter encore sa veste pour enfouir son menton dans son rembourrage.

— Je ne comprends pas, Monsieur, imita-t-il. Vous et ce foutu Boyd. Ne pouvez-vous pas être courtois l'un envers l'autre pendant cinq minutes ? Cette affaire va bientôt devenir officiellement une enquête pour meurtre et vous êtes en train de vous engueuler comme des gamins de cinq ans !

— Vous n'avez pas entendu la moitié de ce qui s'est passé. Lottie se demanda si Corrigan serait choqué s'il connaissait la vérité.

— Je pensais que nous étions très courtois l'un envers l'autre.

— Enterrez la hache de guerre proverbiale et faites votre travail. Qu'avons-nous obtenu jusqu'à présent ?

— Nous avons établi le nom, l'adresse et le lieu de travail de la victime. Nous essayons de savoir si elle a un parent proche, détailla Lottie.

— Et ?

— Elle travaille au conseil du comté. Les inspecteurs Kirby et Lynch sont en train de boucler sa maison jusqu'à l'arrivée des agents de sécurité.

Il continua de la regarder. Elle soupira.

— C'est tout, Monsieur. Lorsque j'aurai organisé l'enquête, je me rendrai dans les bureaux du conseil pour essayer de dresser le portrait de la victime.

— Je ne veux pas de ce putain de tableau, rugit-il. Je veux que cette affaire soit résolue. Et vite. Je dois faire une interview dans une heure avec Cathal Moroney, de la télévision RTE. Et vous, vous voulez peindre un putain de tableau !

Soutenant le regard de Corrigan, Lottie masqua ses véritables émotions par un regard impassible, une expression qu'elle avait maîtrisée après vingt-quatre ans dans la police.

— Installez un bureau d'enquête, constituez votre équipe, affectez quelqu'un au registre des emplois et envoyez-moi les détails par courrier électronique. Organisez une conférence d'équipe tôt demain et j'y assisterai.

— Six heures du matin ?

Il acquiesça.

— Et si vous apprenez quoi que ce soit, faites-le-moi savoir en premier. Allez, inspectrice, mettez-vous au travail.

C'est ce qu'elle fit. Une heure plus tard, Lottie était convaincue que tout le monde savait ce qu'il avait à faire. Les enquêteurs commençaient à faire du porte-à-porte. Les choses avançaient. Il était temps d'en savoir plus sur Susan Sullivan.

Elle partit dans la neige battante.

Chapitre 4

Les bureaux administratifs du conseil du comté, situés dans un nouveau bâtiment ultramoderne au centre de Ragmullin, se trouvaient à cinq minutes de marche du poste de police. Aujourd'hui, Lottie mettait dix minutes sur les sentiers glacés.

Elle passa en revue la grande construction en verre. On aurait dit un aquarium géant avec un banc de poissons à l'intérieur. En jetant un coup d'œil sur les trois étages, elle pouvait voir des gens assis à leur bureau et d'autres marchant dans les couloirs, flottant dans leur bocal de verre. Elle supposa que c'était ce que le gouvernement entendait par transparence dans le secteur public.

Elle entra par des portes battantes dans la chaleur relative de l'intérieur. La réceptionniste bavardait au téléphone. Lottie ne savait pas qui demander, ni si on avait déjà appris que Susan Sullivan n'était plus dans le monde des vivants. La jeune fille aux cheveux noirs mit fin à sa conversation et sourit.

— Que puis-je faire pour vous ?

— J'aimerais parler au superviseur de Mme Susan Sullivan, s'il vous plaît. Lottie lui rendit son sourire sans grand enthousiasme.

— C'est M. James Brown. Puis-je lui annoncer qui le recherche ?

— L'inspectrice Lottie Parker.

Elle présenta sa carte d'identité. Manifestement, c'était une journée calme au sein du conseil. Ils ne semblaient pas avoir entendu parler du sort de Sullivan. La jeune fille passa un coup de fil et dirigea Lottie vers l'ascenseur.

— Troisième étage. M. Brown vous attendra à la porte.

* * * * *

James Brown ne ressemblait pas du tout à son homonyme, chanteur de soul américain. D'une part, le chanteur est mort en 2006 et, d'autre part, il était noir. Ce James Brown était bien vivant, le visage pâle, les cheveux roux gominés assortis à sa cravate rouge. Son costume était impeccable et il était de petite taille, environ un mètre soixante-dix selon les estimations de Lottie.

Elle se présenta et lui tendit la main. Brown la serra dans la sienne, d'une poignée vigoureuse. Il la guida dans son bureau et sortit une chaise de derrière un bureau rond. Ils s'assirent.

— Que puis-je faire pour vous, inspectrice? demanda-t-il.

S'agissait-il d'une expression du superviseur pour dire *: pourquoi diable interrompez-vous mon emploi du temps chargé?* Il avait un sourire plaqué sur un visage stressé.

— J'aimerais vous poser quelques questions sur Susan Sullivan.

Il ne répondit que par un haussement de sourcil et une rougeur sur une joue qui s'installa sous l'œil.

— Elle devait venir travailler aujourd'hui? demanda Lottie.

Brown consulta un iPad sur le bureau.

— De quoi s'agit-il, inspectrice? interrogea-t-il en appuyant sur une application.

Lottie ne répondit rien.

— Elle est en congé annuel depuis le vingt-trois décembre, poursuivit-il, et ne doit pas reprendre le travail avant le trois janvier. Puis-je savoir à quoi cela est lié ?

La voix de Brown semblait teintée de panique. Une fois de plus, Lottie ignora sa question.

— En quoi consiste son travail ? demanda-t-elle.

Une longue réponse révéla que la défunte avait géré des demandes d'urbanisme, recommandant leur approbation ou leur rejet.

— Les dossiers controversés vont au directeur du comté, expliqua-t-il.

Lottie consulte ses notes.

— Monsieur Gerry Dunne, n'est-ce pas ?

— Oui.

— Savez-vous si elle a de la famille ou des amis ?

— Elle n'a pas de famille dont je me souvienne et, d'après ce que je peux voir, la meilleure amie de Susan n'est autre que Susan. Elle se tient à l'écart, ne se mêle pas au personnel, mange seule à la cantine, n'a pas de relations sociales. Elle n'a même pas participé à la fête de Noël du personnel. Si vous me permettez, elle est bizarre. Elle serait la première à l'admettre. Mais elle est excellente dans son travail.

Lottie remarqua que Brown parlait de Susan au présent. Il était temps d'annoncer la mauvaise nouvelle.

— Susan Sullivan a été retrouvée morte plus tôt dans la journée, dit-elle, se demandant quel effet, s'il y en avait un, ses prochains mots auraient sur lui. Dans des circonstances suspectes.

Tant que la médecin légiste ne l'avait pas déclaré, elle ne pouvait pas annoncer publiquement un meurtre. Brown blanchit.

— Morte ? Susan ? Oh, mon Dieu. C'est terrible. Terrible.

Des gouttes de sueur perlaient sur son front. Sa voix avait augmenté d'une octave et son corps tremblait. Lottie espéra qu'il ne s'évanouirait pas. Elle ne voulait pas avoir à le relever.

— Qu'est-ce qu'il s'est passé ? Comment est-elle morte ?

— Je ne peux rien dire à ce sujet, je le crains. Mais avez-vous des raisons de penser que quelqu'un pourrait vouloir faire du mal à Mme Sullivan ?

— Quoi ? Non ! Bien sûr que non. Il se tordit les mains comme des boules antistress.

— Puis-je parler à quelqu'un ici qui connaissait Susan ? Quelqu'un qui pourrait me donner un aperçu de sa vie ?

Plus que ce que vous me donnez, avait-elle envie d'ajouter. Pour une raison ou une autre, elle sentait qu'il n'était pas tout à fait honnête avec elle.

— C'est un choc. Je n'arrive pas à réfléchir. Susan est… était une personne très discrète. Peut-être devriez-vous parler à son assistante, Bea Walsh.

— Je devrais peut-être le faire, dit Lottie.

Les joues de Brown avaient repris des couleurs, sa voix s'était abaissée et il avait cessé de trembler. Il commença à s'essuyer le front d'avant en arrière avec un mouchoir en coton blanc.

— Je vais lui parler maintenant, dit Lottie, si vous pouvez arranger cela. Le temps compte. Je suis sûre que vous comprenez.

Il se leva.

— Je vais la chercher pour vous.

— Merci. J'aurai certainement besoin de vous reparler. En attendant, voici ma carte avec mes coordonnées, si vous pensez à quoi que ce soit dont je devrais être informée.

— Bien sûr, inspectrice.

— Si vous pouviez me conduire, s'il vous plaît, dit-elle en attendant qu'il lui ouvre la voie.

Il longea le couloir jusqu'à un autre bureau, à l'image du sien.

— Je vais chercher Bea. Au fait, c'est le bureau de Susan.

Lorsqu'il fut parti, Lottie s'assit au bureau. Elle regarda autour d'elle. Il était comme celui de Boyd. Immaculé. Pas un dossier ou un trombone qui ne soit à sa place ; juste un téléphone et un ordinateur sur le bureau. Un calendrier retourné indiquait le vingt-trois décembre, avec la devise : *les actes de cette vie sont le destin de la suivante.* Elle se demanda si Susan n'avait pas rencontré son destin en fonction de ce qu'elle avait fait ou n'avait pas fait dans sa vie.

Une femme à l'allure d'oiseau et au visage taché de larmes entra et lissa sa robe bleu marine boutonnée avec des mains tremblantes. Lottie lui fit signe de s'asseoir.

— Je suis Bea Walsh, l'assistante de Mme Sullivan. Je n'arrive pas à croire qu'elle soit partie. M. Brown m'a annoncé la terrible nouvelle. Mme Sullivan avait tellement de travail à faire. Je n'ai fait que ranger son bureau et organiser ses dossiers aujourd'hui en vue de son retour. C'est affreux.

Elle se mit à pleurer. Lottie supposa que la femme était proche de l'âge de la retraite, entre le début et le milieu de la soixantaine. Une personne fragile.

— Pouvez-vous penser à quelqu'un qui aurait pu vouloir faire du mal à Mme Sullivan ?

— Je n'en ai aucune idée.

— J'aurai besoin de votre aide et de l'assistance de toute personne que vous pourrez m'indiquer. Je veux établir le profil de Mme Sullivan et de sa vie, en particulier ces derniers temps. Les personnes qu'elle a rencontrées, les endroits où elle est allée, ses loisirs, ses amours, ses ennemis ou les personnes qu'elle a contrariées.

Lottie marqua une pause. Bea leva les yeux et attendit.

— Pouvez-vous m'aider ? demanda Lottie.

— Je ferai de mon mieux, inspectrice, mais je crains de n'avoir que très peu d'informations. Elle était un livre fermé, si vous voulez mon avis. Une grande partie de ce que je sais est un ouï-dire.

Lottie prit quelques notes, même s'il n'y avait pas grand-chose à écrire. Elle aurait fort à faire pour déterminer qui était Susan Sullivan et, surtout, pourquoi elle avait été tuée et qui l'avait fait.

* * * * *

James Brown se frotta le front, essuyant la sueur accumulée dans les rides peu profondes. Il n'arrivait pas à croire que Susan était morte. En lisant derrière les non-dits de l'inspectrice, il savait qu'elle avait été assassinée.

— Oh mon Dieu, s'exclama-t-il.

Il avait toujours pensé que Susan serait là pour toujours, prête à recoller les morceaux chaque fois qu'il s'effondrerait sous le poids de leur passé commun.

— Susan, murmura-t-il aux murs.

Ses yeux se perdirent tant il contemplait les cloisons face à lui. La mort prématurée de Susan était-elle due au fait qu'ils avaient commencé à ressusciter des secrets enfouis ? Il essaya de faire le vide dans son esprit. Il devait se protéger, mettre en place le plan qu'il avait concocté si quelque chose comme ça arrivait. Il s'était préparé à une telle éventualité, mais il ne pensait pas que Susan l'avait fait.

Assez perspicace pour comprendre que Susan et lui avaient affaire à des gens dangereux, il avait tout documenté depuis le début. Il ouvrit un tiroir et en sortit un mince dossier. Il le mit dans une enveloppe et écrivit une note à l'extérieur. Puis il plaça le tout dans une enveloppe plus grande, nota une adresse et la cacheta. Il la glissa dans la corbeille à courrier. Le destinataire saurait s'il n'y avait pas lieu de l'ouvrir et de la renvoyer selon les instructions de la note. Si c'était le cas, il n'en saurait pas grand-chose, n'est-ce pas ? Il se mit à paniquer et sortit son téléphone portable. Il n'y avait rien d'autre à faire que d'appeler. Les doigts tremblants, il tapota un numéro dans son téléphone. Il commença à parler, d'une voix forte et énergique, contrairement au cœur tourmenté qui explosait dans sa poitrine. Alors même qu'il parlait, les souvenirs refusaient de disparaître. Il dit :

— Nous devons nous rencontrer.

* * * * *

1971

Les enfants de chœur étaient en train de se rhabiller lorsque le grand homme aux cheveux noirs épais et au visage furieux entra dans la pièce. Le plus petit garçon avait la peau la plus claire et les cheveux les plus légers. Un whippet sur deux pattes. Il leva les yeux au ciel, comme pour dire : « S'il vous plaît, ne me regardez pas ! » Il enfila son pull-over usé par-dessus une chemise froissée, autrefois blanche, aujourd'hui grise et délavée, boutonnée jusqu'au cou. Une main osseuse, aux veines saillantes, se dirigea vers lui.

— Toi.

Le garçon sentit son corps de huit ans se replier sur lui-même. Sa lèvre inférieure frémit.

— Toi. Viens dans la sacristie. J'ai du travail pour toi.

— Mais… mais je dois rentrer, balbutia-t-il. La sœur va me chercher.

Les yeux du garçon s'écarquillèrent et des larmes salées s'enroulèrent aux coins de ses cils clairs. La peur se répandit dans son cœur et l'homme sembla prendre de l'ampleur devant lui. À travers une brume aqueuse, il vit un long doigt se recourber, l'appelant. Il resta figé, une chaussure aux pieds et l'autre sous le banc derrière lui. Ses chaussettes beiges se froissaient autour de ses chevilles ; leur élastique, fondu par trop de lavages, dépassait comme de petits bâtons blancs dans le sable. L'homme se déplaça et, d'un seul pas, son ombre s'abattit sur le garçon, enveloppant son corps d'obscurité.

Une main lui pinça le bras et l'entraîna vers la porte en bois. Il implora silencieusement de ses yeux l'aide des autres garçons, mais ceux-ci rassemblèrent leurs derniers vêtements dans leurs bras tremblants et s'enfuirent.

Des anges dorés ornaient les coins du plafond, comme s'ils avaient volé là-haut, s'étaient retrouvés piégés et ne pouvaient plus redescendre. Des gargouilles d'albâtre blanc s'intercalaient entre les chérubins angéliques. Le visage fatigué et vidé, le garçon essaya de se cacher derrière une haute table en acajou au milieu de la pièce. Le bois sombre lui semblait dégager un air d'oppression profonde et pénétrante.

— Qu'avons-nous là, un chat effrayé? Es-tu une petite fille, une bonne à rien qui pleurniche? cria l'homme de ses lèvres roses et pâles.

Le garçon savait que personne ne l'entendrait ou ne viendrait l'aider. Il était déjà venu ici.

Des soutanes noires pendues se balancèrent dans un tourbillon d'air lorsque l'homme passa pour s'asseoir dans un fauteuil d'angle. Le garçon frissonna violemment lorsque les yeux de l'adulte l'évaluèrent, comme un fermier au marché évaluant les prix des bestiaux.

— Viens ici.

Le garçon ne bougea pas.

— J'ai dit: viens ici.

Il n'avait pas le choix. Il s'avança, talon contre talon, comme un funambule, boitant légèrement avec sa seule chaussure. Le garçon hurla lorsqu'on le tira entre deux genoux nus, des mains le saisirent et les robes furent rejetées en arrière.

— Tais-toi! Tu vas être un gentil garçon à une chaussure et faire ce que je veux.

— S'il vous plaît, ne me faites pas de mal, gémit le garçon, des larmes coulant sur ses joues.

Il ne voyait plus rien, il était si proche de l'obscurité. Sa tête était plongée dans un vide béant et il commença à avoir des haut-le-cœur. La terreur s'empara de son petit-déjeuner d'œufs baveux au plus profond de son ventre. Elle monta comme un raz-de-marée et explosa en un vomissement de mucosités jaunes.

L'homme se leva d'un bond, le tenant toujours par les cheveux, et lui asséna un coup de poing dans la cage thoracique, le propulsant à travers les soutanes noires qui se balançaient. Le garçon glissa le long du mur le plus éloigné, un morceau de chair molle, déconcerté et terrifié. Il n'entendait pas les noms qu'on lui donnait, car les coups étaient assénés avec force et rapidité sur le côté de sa tête, faisant enfler ses oreilles. Il pleurait plus fort, ses sanglots étaient tonitruants. Puis il se souilla.

Les anges s'enfoncèrent plus profondément dans les recoins du plafond d'albâtre, comme s'ils étaient, eux aussi, terrifiés.

Chapitre 5

Le pub Cafferty's, sur Gaol Street, se trouvait à deux cents mètres des bureaux du conseil. Lottie buvait une soupe épaisse, dans laquelle trempaient des morceaux de poulet et de pommes de terre, qui la réchauffaient des pieds à la tête. Boyd était à mi-chemin du massacre d'un sandwich maison qui aurait nourri deux personnes normales. Mais il n'était pas normal. Il pouvait manger n'importe quoi, sans jamais prendre un gramme. C'est un vrai maigrichon, pensa Lottie.

C'était la fin de l'après-midi et quelques irréductibles qui avaient bravé le temps étaient assis au bar pour boire leur pinte de Guinness et jouer aux courses de chevaux. Une télévision sur grand écran accrochée au mur, le son coupé, présentait les courses depuis l'Angleterre. Il n'y avait pas de neige là-bas.

— Bea Walsh dit que Susan était peut-être lesbienne, affirma Lottie.

— Tu as déjà essayé avec une femme ? demanda Boyd, inconscient de la salade de chou collée à sa lèvre supérieure, formant une moustache de fortune.

— J'aimerais bien. Alors, peut-être, je n'aurais pas ce souvenir affreux d'avoir été dans ton lit il y a six mois.

— Ha. Très drôle, dit-il. Il ne riait pas.

Lottie essaya d'estomper l'image de leur soirée arrosée. Elle détestait l'admettre, mais elle avait apprécié la chaleur de son corps contre le sien cette nuit-là – pour autant qu'elle s'en souvienne. Ils n'en avaient jamais reparlé depuis.

— Sérieusement, Adam ne voudrait pas que tu sois seule, poursuivit-il.

— Tu n'as aucune idée de ce qu'Adam aurait voulu. Alors, tais-toi.

Lottie savait qu'elle avait haussé le ton et se reprochait d'avoir laissé Boyd l'atteindre. Il se tut et continua à manger son sandwich, en marmonnant « salope » tout en plaisantant.

— Je t'ai entendu, dit-elle.

— C'était le but.

— Quoi qu'il en soit, Bea a dit qu'il s'agissait plus certainement de ragots de cantine, juste parce que Susan était une solitaire. Les gens adorent inventer des histoires sur les personnes discrètes.

— Qu'est-ce que ça veut dire ? Comme une catholique non pratiquante ?

— Tu sais que je ne suis pas lesbienne, même pas non pratiquante.

— Tu ne pratiques plus rien depuis la mort d'Adam.

Lottie savait que Boyd regrettait d'avoir dit cela, à l'instant même où les mots étaient sortis de sa bouche. Elle ne dit rien, elle ne voulait pas lui faire plaisir avec une réplique sarcastique, même si elle aurait pu penser à quelque chose d'assez intelligent à dire. Il était tiré d'affaire. Pour le moment.

— Délicieuse, cette soupe, constata-t-elle.

— Tu changes de sujet.

— Boyd, reprit Lottie, je t'ai rapporté ce que Bea Walsh, l'assistante personnelle de Susan, m'a dit. D'après ce qu'elle savait, Susan était originaire de Ragmullin, elle a passé des années à travailler à Dublin et elle est revenue ici lors d'une mutation, il y a deux ans. Elle a également dit que personne ne pouvait l'approcher. C'était une femme de carrière. Elle travaillait jour et nuit, mariée à son travail. Il le fallait, dans un monde d'hommes, pour arriver là où elle était. Ce sont les mots de Bea, pas les miens.

— Mais elle devait bien avoir une vie en dehors de son travail, s'enquit Boyd.

— Et toi ?

— Et moi, quoi ?

— Une vie en dehors du travail ? demanda Lottie en finissant sa soupe.

— Pas vraiment. Toi non plus.

— Je n'ai plus rien à dire.

— Tu sais ce que je veux dire.

— Finis ton sandwich, Sherlock. Nous allons nous rendre à Parkgreen et voir si Lynch et Kirby ont trouvé quelque chose d'intéressant dans la maison de Sullivan.

— Tu vas interroger le grand patron du conseil ?

— Qui ? demanda Lottie.

— Le directeur du comté.

— Gerry Dunne n'est pas disponible avant demain matin.

— J'en déduis que tu n'es pas trop impressionnée.

— Prends-le comme tu veux.

— Cela dépend de la personne qui donne.

— Tu n'as pas fini de grandir ! dit Lottie.

Mais Boyd avait raison. Elle n'était pas impressionnée. Ils partagèrent l'addition et partirent.

* * * * *

Ils remontèrent la rue à toute allure, s'appuyant l'un sur l'autre, s'abritant du froid, leurs respirations s'élevant et se fondant l'une dans l'autre. Les réverbères se reflétaient sur la neige et la glace, projetant des ombres jaunes et ocre sur les façades des magasins. Il faisait froid.

L'amertume était le mot d'ordre du jour. Ceux qui étaient assez fous pour s'aventurer dehors passaient en courant, leurs visages blottis dans des écharpes et des bonnets, protégeant leur peau du vent glacial.

En se précipitant sur le trottoir glissant avec Boyd, Lottie sentit l'air polaire transpercer ses vêtements. Au poste de police, Boyd fit démarrer la voiture. Lottie s'assit, frottant ses doigts exsangues l'un contre l'autre.

— Mets le chauffage, ordonna-t-elle.

— Ne commence pas, dit-il. Il démarra, dérapant dangereusement près du mur.

Heureusement qu'il a un badge, pensa-t-elle, et tandis qu'il conduisait, elle regarda sa ville, s'enfonçant dans l'obscurité, enveloppée d'une fausse pureté.

* * * * *

Susan Sullivan avait vécu dans une maison individuelle avec trois chambres à coucher, située dans un domaine isolé à la périphérie de la « meilleure partie de la ville ». Si tant est qu'elle exista encore.

Le quartier semblait calme lorsqu'ils arrivèrent en voiture. Quelques enfants, bien emmitouflés pour lutter contre les intempéries, montaient et descendaient la route gelée sur leurs vélos de Noël, regardant furtivement, sous leurs bonnets colorés, les deux voitures de police garées devant la porte de Sullivan.

Deux vigiles en uniforme montaient la garde. Une voiture dans l'allée était blanche d'une semaine de neige. Du ruban bleu et blanc, accroché en vrac à la porte d'entrée, criait « Défense d'entrer », sans que les mots soient écrits dessus. C'étaient les seuls signes extérieurs qui indiquaient que quelque chose n'allait pas. Lottie eut envie de remonter dans la voiture et de rentrer chez elle.

L'inspectrice Maria Lynch les accueillit à la porte.

— Quelque chose pour nous ? demanda Lottie.

Elle ne savait toujours pas quoi penser de Maria Lynch, avec son nez parsemé de taches de rousseur, ses yeux inquisiteurs et ses longs cheveux attachés en queue-de-cheval de façon enfantine, toujours habillée de façon élégante. Elle avait l'air d'avoir dix-huit ans, mais après quinze ans de service, elle en avait plus de trente-cinq. Enthousiaste, sans en faire trop. Elle était consciente que Lynch était super ambitieuse, mais Lottie n'avait pas l'intention de tomber dans le piège de la rivalité féminine. Elle devait cependant admettre qu'elle était légèrement jalouse de la stabilité domestique de cette inspectrice. Lynch était mariée, et elle supposait qu'elle était heureuse. On disait que son mari faisait la cuisine, passait l'aspirateur, amenait leurs deux jeunes enfants à l'école avant d'aller travailler et tout le reste.

— C'est un vrai bordel là-dedans. Je ne sais pas comment cette femme a pu survivre dans un tel taudis, proféra Lynch en essuyant la poussière sur son pantalon marine repassé.

Lottie haussa un sourcil.

— Cela ne correspond pas à l'image que je me suis faite d'elle après avoir vu son bureau et les gens avec qui elle travaillait.

Elle s'engagea dans le couloir avec Boyd. La maison était bondée. Deux agents de sécurité s'affairaient et l'inspecteur Kirby, qui fouillait dans la poubelle de la cuisine, laissait entrevoir son arrière-train bien rond.

— Rien d'autre ici que des ordures, gargouillait la voix de Kirby, un gros cigare non allumé accroché aux lèvres, sa tignasse touffue comme une antenne sur le dessus de la tête.

Il sourit à Lottie. Elle se renfrogna. Larry Kirby était divorcé et fréquentait une actrice de la ville âgée d'une vingtaine d'années. Plus de chance pour lui, pensa-t-elle. Au moins, cela pourrait mettre fin à ses coups d'œil séducteurs envers elle. Malgré tout, Kirby était surnommé « l'adorable voyou de la police ».

— Rangez-moi ce cigare, ordonna-t-elle.

Son visage rougit, et il rangea le cigare dans sa poche de veste. En grognant bruyamment, il ouvrit le réfrigérateur et en inspecta le contenu.

— Et assurez-vous que les voisins soient interrogés, renchérit Lottie. Nous devons déterminer quand Sullivan a été vue pour la dernière fois.

— On s'en occupe tout de suite.

Kirby claqua la porte du réfrigérateur et partit donner l'ordre à quelqu'un d'autre. Lottie pouvait voir de quoi Lynch avait parlé. La vaisselle sale s'empilait dans l'évier, une casserole contenant des pommes de terre, dont la moitié était épluchée, était posée sur la table, une poêle ouverte avec des tranches de pain, un pot de confiture d'où dépassait un couteau et dont le bord était entouré de moisissures blanches. Un bol, incrusté de restes de bouillie, trônait au milieu du désordre. Il était difficile de déterminer si la femme venait de prendre son petit-déjeuner ou son dîner. Peut-être les deux à la fois. Le sol était sale, il y avait des miettes et de la poussière partout.

— Le salon est pire, dit Lynch. Jetez-y un coup d'œil.

Lottie sortit de la cuisine, suivit le doigt pointé de sa collègue.

— Putain de merde, s'exclama-t-elle.

— Bon Dieu, ajouta Boyd.

— Nous sommes d'accord, approuva Lynch.

Des centaines de journaux étaient empilées dans tous les recoins de la pièce. Sur le sol, les fauteuils, le canapé et la télévision. Certains étaient jaunis, d'autres semblaient avoir été déchiquetés par une souris. La pièce était couverte de poussière. Lottie prit un papier dans la liasse la plus proche. Le vingt-neuf décembre. Sullivan avait travaillé à l'extérieur. Lottie se mit à compter les journaux dans sa tête.

— Il y a une montagne de déchets là-dedans, dit-elle. Il doit y en avoir pour au moins deux ans.

— Cette femme avait de sérieux problèmes, renchérit Lynch, derrière elle.

Lottie secoua la tête.

— Je ne peux pas associer cette scène avec la propreté absolue de son bureau. C'est comme s'il s'agissait de deux personnes différentes.

— Vous êtes sûrs d'avoir trouvé la bonne maison ? demanda Boyd.

Deux paires d'yeux le fixèrent.

— Je ne fais que demander, dit-il, et il s'engouffra dans l'escalier, baissant la tête tellement le plafond était bas.

— Continuez à chercher, ordonna Lottie à Lynch. Nous devons localiser son téléphone. Il nous donnera ses contacts et peut-être des informations sur la personne qui a voulu la tuer. Je ne vois aucune trace d'un portable ou d'un ordinateur.

— Je vais les chercher. Les agents de la police scientifique ont presque terminé leur travail.

L'inspectrice Maria Lynch se faufila à nouveau dans la cuisine bondée. Lottie suivit Boyd à l'étage. Il était dans la salle de bains.

— Des cachets pour tout, de la douleur au cul à la douleur au coude, annonça-t-il.

Il parlait comme sa mère. Elle l'écarta de son chemin et jeta un coup d'œil dans l'armoire à pharmacie. Sullivan aurait dû faire l'objet d'une surveillance anti-suicide, pensa-t-elle en examinant les sachets de Prozac, de Xanax et de Témazépam.

— On dirait qu'elle ne prenait pas ses médicaments, reprit-elle, refoulant l'envie d'empocher quelques ampoules de Xanax. Bon sang, elle aurait pu tenir au moins trois mois avec ce lot.

— Parce qu'il y a encore beaucoup de choses ici ? demanda-t-il.

— Oui, il y a aussi de l'Oxycontin.

— Qu'est-ce que c'est ?

— De la morphine, répondit Lottie, se souvenant de sa propre pharmacie, avant la mort d'Adam.

Elle vérifia les détails de l'ordonnance, enregistra le nom de la pharmacie dans son téléphone pour y revenir plus tard. Elle jeta un coup d'œil à la salle de bains. Elle était sale. Elle passa devant Boyd et entra dans la chambre. Elle l'appela :

— Par ici.

Il la rejoignit

— Incroyable.

— Qu'est-ce qu'il se passait dans la tête de cette femme, dans sa vie ? s'interrogea Lottie.

La chambre était d'une propreté étincelante, stérile. Rien ne dépassait. Le lit, habillé selon les normes de l'armée avec des draps d'un blanc pur et propre. Une commode, dépourvue de tout produit de beauté. Le sol en bois, brillant. C'était tout.

— Je peux presque me voir dans le sol, dit-elle en ouvrant le tiroir de la coiffeuse. Tout était plié avec une précision militaire. Elle le referma. C'était le travail de quelqu'un d'autre de profaner les affaires d'un mort. Elle ne le ferait pas. Pas après Adam. Cette femme était une contradiction à elle seule.

— Et elle vivait seule, dit Boyd en vérifiant l'autre chambre.

Lottie jeta un coup d'œil par-dessus son épaule. Elle était vide. Quatre murs blancs et un plancher en bois. Elle secoua la tête, confuse. Susan Sullivan était décidément une énigme. En bas, elle regarda à nouveau autour d'elle. Quelque chose ne collait pas. Qu'est-ce qui lui manquait ? Elle n'arrivait pas à tirer de conclusion. Il fallait qu'elle sorte prendre l'air.

* * * * *

Boyd la rejoignit à l'extérieur, une cigarette entre les doigts.

— Où allons-nous maintenant ? demanda-t-il en tirant une grande bouffée sur sa cigarette.

Lottie aspira volontiers la fumée et bâilla.

— Je ferais mieux de rentrer chez moi et de nourrir mes enfants.

— Ils sont adolescents et capables de s'occuper d'eux-mêmes, affirma-t-il. Il faut que tu t'occupes de toi-même.

Une déclaration qui n'appelait pas de réponse. C'était la vérité.

— Je dois digérer cette affaire. Je veux rassembler les quelques faits que nous avons, pour voir si je peux donner un sens à tout cela. J'ai besoin d'espace.

— Et tu l'obtiendras à la maison ?

— Ne fais pas le malin.

Elle sentait sa proximité, non seulement corporelle, mais aussi mentale. Boyd la troublait. Elle aurait aimé sentir son bras autour d'elle dans une étreinte réconfortante. En même temps, elle savait qu'elle le repousserait. Bienvenue dans le monde de la glaciale Lottie Parker. Son humeur était à l'image du temps qu'il faisait.

— Il n'y a rien d'autre à faire ce soir. Je vais marcher. Je te verrai demain matin. N'oublie pas que la réunion de l'équipe a lieu à six heures. Corrigan y sera, alors, ne sois pas en retard.

Des mots inutiles, pensa-t-elle. Boyd n'était jamais en retard.

Elle marcha péniblement sur les sentiers glacés en direction de sa maison, seule.

Chapitre 6

La maison du gouverneur, un bâtiment du XIXe siècle attenant aux nouveaux bureaux du conseil, faisait autrefois partie de l'ancienne prison de la ville. Le fait qu'elle donna accès aux nouveaux bureaux n'était pas connu des policiers qui bouclaient actuellement le bâtiment principal. Dans les profondeurs de la maison, des cachots avaient été préservés et servaient de salles de réunion. Peu de membres du personnel s'y aventuraient. La rumeur voulait que les condamnés à mort aient passé leurs dernières heures entre ces murs, qui seraient depuis animés par le souffle de ces âmes condamnées. L'histoire du bâtiment n'échappait pas aux hommes rassemblés dans l'un des cachots des catacombes. Ils se tenaient en cercle, comme des condamnés attendant un sursis.

— Cet après-midi, un membre du service de l'urbanisme, Susan Sullivan, a été tué dans des circonstances suspectes, déclara le fonctionnaire. C'est regrettable. Terrible, en fait. Pour nous, ce sera une période de tension. Les policiers vont très probablement examiner ses dossiers ligne par ligne. Vous devez savoir que vos noms peuvent être cités au cours de leur enquête et qu'il est probable que vous soyez interrogés.

Il marqua une pause, regardant les trois hommes devant lui.

— Si nos transactions sont connues, nous pourrions être considérés comme des suspects de meurtre, ajouta-t-il.

— Au moins, ses connaissances sont mortes avec elle, déclara le promoteur. Mais l'enquête va braquer les projecteurs sur nous.

Le banquier, visiblement, tremblait. La température avait plutôt baissé depuis leur arrivée dans le donjon. L'obscurité du soir, qui régnait à l'extérieur, semblait pénétrer à travers les murs.

— Il faut encore penser à James Brown, dit le banquier.

— Sans Sullivan, c'est sa parole contre la nôtre, rétorqua le fonctionnaire. Mais vous avez raison. Je pense que nous devons préparer des plans d'urgence en vue d'éventuels interrogatoires par la police. Nous devons donner l'impression de travailler seul afin qu'ils ne risquent pas de tomber sur ce que nous faisons.

Il se frotta les mains l'une contre l'autre, essayant d'insuffler de la chaleur à ses doigts.

— Ne vous laissez pas abuser, affirma le promoteur. Ils sont très perspicaces, et nous devrons l'être encore plus. Si c'est l'inspectrice Lottie Parker qui mène l'enquête, je peux vous garantir que nous devrons être prudents.

— Vous la connaissez ? demanda le banquier.

— J'ai entendu parler d'elle. Elle a résolu le meurtre du voyageur, il y a quelques années. Elle a été menacée et intimidée, mais elle a continué. Et elle a eu son homme. Elle sera comme un chien avec un os une fois qu'elle aura mis la main sur cette affaire.

L'ecclésiastique ne disait rien, et le fonctionnaire savait que l'esprit calculateur de cet homme analysait la situation en son for intérieur. Ils se blottirent plus profondément dans leurs manteaux de laine, s'observant les uns les autres.

— Messieurs, des millions d'euros sont en jeu. Nous devons être très vigilants. Et nous ne pouvons pas nous revoir ici. Soyez prudents.

Le fonctionnaire clôt la réunion et ouvrit la porte du donjon. Il jeta un coup d'œil à l'extérieur. Une seule lumière éclairait le parking privé désert. L'un après l'autre, ils s'en allèrent. Chacun se méfiait désormais de l'autre. L'un d'eux pouvait être un assassin.

Chapitre 7

James Brown gara sa Toyota Avensis noire dans la cour devant son chalet, éteignit les lumières, prit les clés et, alors que le faisceau interne s'estompait jusqu'à l'obscurité, il s'assit en écoutant le moteur refroidir.

Normalement, il aimait rentrer chez lui après le travail, surtout au printemps. Il retrouvait la sérénité de la campagne, qui lui redonnait le sentiment de bien-être, avec les bruits des arbres et la vue des prairies qui s'étendaient, intactes, derrière son petit jardin. Il y trouvait une liberté qu'il ressentait rarement ailleurs. Mais pas maintenant. Ce soir, il était triste et en colère. Triste pour Susan et en colère contre la rebuffade que lui avait infligée l'homme au téléphone. Il l'avait contacté pour savoir ce qu'il savait, le cas échéant, sur la mort de Susan. Mais alors qu'il commençait à parler, l'homme lui avait raccroché au nez. Après tout, ce n'était peut-être pas la bonne personne à appeler.

Il serra le volant à pleines mains et se frappa la tête contre elles. Susan était partie. Il devait se le rappeler sans cesse. Elle l'avait sauvé de ses démons toutes ces années auparavant et maintenant, il l'avait laissée tomber.

Il ne voulait pas quitter sa voiture. Il s'y sentait en sécurité et il pensait aux nombreuses fois où Susan et lui s'étaient bercés l'un l'autre lorsqu'ils étaient enfants, elle lui murmurant à l'oreille d'être fort, de se tenir droit et fier, et lui gémissant comme un chaton perdu dans ses bras. Il pensa à la façon dont Susan, enfant, lui avait montré comment faire son lit dans les règles de l'art, comment plier ses vêtements et ramasser les peluches sur le sol pour qu'il soit impeccable. Il était convaincu qu'elle avait ensuite développé un penchant pour les chambres propres. Qui pourrait le lui reprocher?

Il pensa à tout ce dont ils avaient été témoins et dont ils n'avaient jamais parlé, et il pleura en silence pour elle, pour sa mémoire et pour la bonté qu'elle lui avait témoignée. Maintenant, il devait se tenir debout et être fort. Pour Susan, en tout cas.

Enfin, il se résolut à sortir du véhicule alors que la température était glaciale. Il récupéra sa mallette sur la banquette arrière, s'avança dans la cour enneigée et verrouilla la voiture d'un coup sec. La vieille lune s'apprêtait à entrer dans sa nouvelle phase et sa lumière semblait plus faible. Une ombre se dessina devant lui, et il plissa les yeux, s'attendant à voir un nuage envelopper la lune. Mais il n'y avait pas de nuage dans le ciel givré et étoilé. Une silhouette se tenait debout devant lui, un masque de ski couvrant le visage, deux yeux sombres visibles. Reculant d'un bond, James laissa tomber sa mallette, puis se souvint que son téléphone se trouvait à l'intérieur. Il était trop tard. Sa langue se raidit, la peur coula en fines gouttelettes sur son visage, le long de son nez, comme de la morve. Que pouvait-il faire ? Il n'arrivait plus à penser clairement.

— Tu n'as pas pu t'empêcher d'intervenir, dit l'homme, d'une voix grave et menaçante.

James tourna la tête de tous les côtés, se demandant pourquoi il n'avait pas remarqué la présence d'une autre voiture lorsqu'il s'était arrêté. Il aperçut alors une lueur métallique derrière le chêne à sa droite. Qui était cet homme ? Comment avait-il su qu'il pouvait mettre sa voiture à l'abri là-bas ?

— Qu'est-ce que c'est ? Pourquoi ? murmura James en faisant glisser ses pieds sur la neige glacée et en fixant l'immense silhouette qui se dressait devant lui. Le faisceau de la lampe de poche dans la main gantée l'aveuglait.

— Vous et votre amie vous êtes fait remarquer, et ce n'est pas la première fois. Une fois de plus.

— Mon amie? demanda James alors qu'il savait que l'homme parlait de Susan.

L'homme rit, le saisit par le coude et le propulsa sur le chemin. James sentit une boule suffocante s'accumuler dans sa gorge, et sa respiration s'accéléra tandis que le ciel se couvrait et que la neige commençait à tomber en gros flocons ronds et épais.

— Qu'est-ce que vous voulez?

* * * * *

La peur de James se transforma rapidement en terreur, son cerveau se resserrant comme un escargot dans sa coquille. Il devait réfléchir rapidement. Il devait reprendre le contrôle de la situation. Il pouvait appeler à l'aide, si seulement sa voix ne se perdait pas quelque part au fond de sa poitrine. Et il savait que personne ne l'entendrait. Il n'y avait pas d'autre maison à moins de trois kilomètres de son cottage. Peut-être devrait-il s'enfuir? Non. Son agresseur était plus grand, plus large et paraissait tellement plus fort que James se sentait comme un insecte pris dans une toile d'araignée. La panique s'empara de lui, le forçant à s'arrêter au bout de quelques pas. Il ne pouvait pas continuer. Il avait l'impression de marcher avec une seule chaussure.

L'homme s'arrêta lui aussi et sortit une corde de sa poche. C'était fini. James bondit en avant, surprenant l'homme, qui le lâcha et tomba en faisant choir sa lampe torche dans la neige. Se précipitant vers la porte d'entrée, James chercha la clé dans sa poche. La glace crissait derrière lui. À peine avait-il mis la clé dans la serrure qu'un bras se glissa autour de son cou, l'agrippa fermement et le tira en arrière contre un torse solide. James se débattit, parvint à desserrer l'étreinte, mais un coude s'écrasa à l'arrière de son crâne. Sa tête explosa de douleur. Il se retourna rapidement et tenta de courir, mais il sentit la corde glisser autour de son cou, le nylon rugueux raclant sa peau. C'était peut-être sa dernière chance. Il recula son bras et frappa le ventre de l'homme, mais le coup rebondit. La douleur lui traversa le coude et remonta jusqu'à l'épaule. La corde se détendit, et il s'effondra sur le sol. Il se retourna et se mit à genoux. Courir, il devait courir. Mais il n'arrivait pas à se relever. Il se mit à crier. Aussi fort que le pouvait sa gorge terrifiée.

— Aidez-moi. À l'aide!

Sa voix ressemblait à celle de quelqu'un d'autre et se répercutait sur les arbres. La corde se resserra. Il essaya d'enfoncer ses mains dans la terre gelée. Il essaya d'arrêter la traction. Il essaya de crier une fois de plus, mais la corde était tendue, mordant sa peau, dangereusement proche de lui couper l'air. Que pouvait-il faire? Parler, pensa-t-il. Je dois le faire parler. Il cessa de résister, mais l'homme resserra la corde.

— Viens, dit l'homme.

Il conduisit James loin de la maison, vers le chêne dont les branches projetaient des formes démoniaques sur les murs blanchis à la chaux de la demeure. Sous le chêne, deux chaises en fer forgé, placées là pour faire de l'ombre en été, semblaient déplacées, recouvertes de monticules de neige.

— Qu'est-ce que vous faites? dit James, lorsque la corde se détendit légèrement.

L'homme en lança une extrémité en l'air, l'enroulant autour d'une branche à mi-hauteur de l'écorce croûtée. James pria pour qu'un nuage efface la lune et plonge le jardin dans l'obscurité la plus totale. Ses yeux s'étant habitués à la lumière crépusculaire, il voyait très bien maintenant et son cerveau se remplissait de pensées irrationnelles et d'images non réalistes. L'une d'elles était une image de sa mère, qu'il ne se souvenait pas avoir vue de sa vie. Je vais mourir, pensait-il. Il va me tuer, et je ne peux rien faire. Tout son corps convulsait dans un tremblement interminable. Il avait besoin de Susan. Elle savait toujours ce qu'il fallait faire. L'homme pivota, et James regarda le visage masqué, fixa les yeux qui dansaient une danse diabolique sur un air silencieux, et il les reconnut. Des yeux qu'il ne pourrait jamais oublier, des yeux dont il se souviendrait toujours.

— C'était vous… Susan. Susan… vous… dit-il. Je vous connais. Je me souviens…

James se débattit faiblement, essayant de se dégager, mais chaque mouvement se heurtait à une nouvelle torsion du nylon. Maintenant, il se souvenait. Trop tard ? Il essaya de formuler des mots pour retarder l'homme.

— La nuit des bougies… la ceinture…

— Tu te crois malin. Tu n'as pas toujours été le plus malin, n'est-ce pas ? À l'époque, tu avais une fille pour te défendre. Plus maintenant.

La voix était si claire qu'elle aurait pu couper la glace en éclats. Les yeux cessèrent de danser. James tira frénétiquement sur la corde, son estomac se soulevant sous l'effort. Il ne pouvait plus respirer. Il essaya de se libérer. Il donna des coups de pied avec ses jambes, projetant de la neige en l'air. Il devait survivre. Il devait trouver de l'aide. Il avait le reste de sa vie à vivre. Dans une tentative désespérée de tromper son adversaire, il laissa son corps s'affaisser comme un poids mort. Comment l'homme pourrait-il alors le soulever ?

— Mets-toi sur la chaise, ordonna l'homme en balayant un monticule de neige d'un revers de la main.

James resta immobile, comme hypnotisé, la corde creusant un sillon dans son cou, la chaleur du corps de l'homme envahissant ses sens. Il goûta une saveur salée au fond de sa gorge. Deux bras encerclèrent son corps et le hissèrent sur l'une des chaises de jardin. Les pieds du meuble s'enfoncèrent dans la neige, vacillèrent, puis se stabilisèrent. Avant que James ne puisse redescendre, l'homme tira la corde plus loin autour de la branche. La neige tombait plus vite et plus dru. James se balançait tandis que l'homme se tenait debout sur l'autre chaise et nouait la corde.

— Ce serait un beau destin pour toi de te balancer du pommier, James, mais ses branches ne sont pas assez solides. Ce chêne fera l'affaire.

La corde était bien fixée autour de l'épaisse branche, à mi-hauteur de l'écorce. La neige qui tombait assombrissait la lune, mais sa fine lumière jetait encore un rayon jaune sur la cour. Les branches chargées tremblaient sous le poids supplémentaire et James suppliait en remuant les lèvres sans émettre de son. Avant qu'il ne puisse faire passer d'autres pensées de son cerveau à son corps, l'homme renversa la chaise d'un coup de pied et celle-ci s'enfonça dans le sol enneigé. Alors que sa poitrine cessait de se gonfler, sa langue sortit de ses lèvres violettes, des gouttes de sang coulèrent dans le blanc de ses yeux, et James vit la lune danser dans le ciel à travers un million de lumières blanches. Il crut sentir l'odeur des pommes fraîches tandis que son corps se balançait dans l'air sans vent et que ses intestins s'ouvraient. Il entendit le crissement des pas qui s'éloignaient, avant que les lumières blanches ne deviennent rouges, puis noires. Un épais blizzard de neige s'abattit sur la terre. Une violente tempête de neige aux dimensions bibliques. Le corps pâlit. Se fondant dans son environnement blanc, il se refroidit dans la mort.

Chapitre 8

La musique rap retentit lorsque Lottie ouvrit sa porte d'entrée. Pourquoi laissait-elle ses enfants écouter cette merde ? Parce qu'ils l'écouteraient ailleurs si elle essayait de les en empêcher. De toute façon, elle ne pouvait pas surveiller les centaines de chansons qui se trouvaient sur leurs iPods, leurs téléphones et toutes celles qu'ils écoutaient en ligne. Il fallait vivre et laisser vivre.

— Je suis à la maison !

Pas de réponse.

La cuisine présentait les vestiges d'un repas d'adolescents. Des pots de nouilles vides, des fourchettes collantes sur la table et une bouteille de Coca-Cola à moitié pleine. Il était plus que probable qu'ils étaient là puisqu'ils avaient pris leur petit-déjeuner – à l'heure du déjeuner. Des bottes, des chaussures et des baskets avaient été jetées derrière la porte. Les cartes de Noël non ouvertes s'empilaient sur la table et celles qu'elle avait ouvertes étaient flétries par la condensation sur la fenêtre de la cuisine.

Le sapin se trouvait dans le salon, hors de sa vue. Elle n'avait pas voulu l'installer. Sean avait insisté, et c'était maintenant à lui de démonter l'assemblage de guirlandes et de boules. C'était dur. Lottie était contente que tout ce faux décor soit bientôt relégué au grenier. Elle détestait – non, méprisait – Noël depuis la mort d'Adam. Il y avait plus de trois ans. Noël, c'était le temps de la famille, mais maintenant, sa famille était décimée.

Pourtant, elle gardait d'excellents souvenirs des bons Noëls. Adam et elle essayant de construire une cuisine miniature à trois heures du matin après avoir avalé une bouteille de Baileys. Ou en attendant qu'il quitte la caserne le matin de Noël, Adam se faufilant avant le réveil des enfants et elle cochant une liste pour s'assurer qu'il ne restait rien dans le grenier de la mère de Lottie. Une fois, ils y avaient laissé un Action Man, et Adam avait dû se précipiter pour réveiller sa belle-mère à deux heures du matin. Elle sourit maintenant à ce souvenir. Adam n'avait pas peur de sa mère. Lottie non plus, mais sa mère avait assez de munitions pour les disputes sans que Lottie ne lui en donne davantage. C'est en tout cas ce qu'elle avait dit à Adam. Elle pensait parfois qu'il avait aimé sa mère plus qu'elle n'en était elle-même capable. Les parents d'Adam étaient morts à un an d'intervalle, alors qu'il n'avait que dix-huit ans, alors peut-être avait-il apprécié tout ce que Rose avait fait pour Lottie et les enfants. Mais Lottie savait qu'une vieille culpabilité se cachait dans les actions de Rose et, quels que soient ses efforts, elle n'avait jamais pu se débarrasser de ce sentiment. Chaque interaction qu'elle avait eue avec sa mère depuis la mort d'Adam s'était soldée par un désaccord. Des mots durs, de vieilles accusations et des portes qui claquaient. À cause de leur dernière altercation, Lottie n'avait pas vu sa mère depuis des mois – même si elle savait que Rose appelait pour voir les enfants quand elle n'était pas là.

Elle faisait de son mieux pour les enfants, mais il était difficile de garder le cœur à l'ouvrage. C'était le cas pour beaucoup de choses. Quand Adam était mort, une partie d'elle était morte avec lui. Cliché ou pas, c'était la vérité. S'il n'y avait pas eu leurs enfants… eh bien, elle les avait tous les trois. La vie continuait. Il y avait aussi d'autres longues absences dans sa vie à gérer : le mystère de la mort de son père et la saga qui s'ensuivait autour de son frère. Toute sa vie, elle avait joué le jeu de la culpabilité, mais son chagrin pour Adam avait éclipsé la mémoire en décomposition des autres. Pour l'instant.

Sean entra dans la cuisine avec une balle au bout de sa crosse de hurling. Le garçon adorait le hurling, l'un des sports nationaux les plus vigoureux, même si elle s'inquiétait du danger que cela représentait pour son fils. À treize ans et demi, il était déjà aussi grand qu'Adam. Ses cheveux clairs et indisciplinés masquaient de longs cils. Lottie aimait tellement son fils qu'elle avait parfois envie de pleurer. Adam parti, elle devait le protéger, les protéger tous, et le poids de cette responsabilité était parfois insupportable.

— Qu'est-ce qu'on mange, m'man ? demanda Sean en empochant la balle.

— Bon sang, Sean, je ne suis qu'à la porte. Il est sept heures. Pour une fois dans votre vie, l'un de vous n'aurait-il pas pu préparer le dîner ?

Son amour s'était rapidement transformé en frustration.

— J'étais en train de faire mes devoirs.

— Non ! Tu n'as même pas ouvert ton sac et encore moins un livre.

— Mais nous sommes encore en vacances, rétorqua son fils, boudeur.

Lottie avait oublié, l'espace d'une seconde. Ils avaient quitté l'école depuis une semaine et seraient encore en vacances pendant quelques longs jours. Que faisaient-ils toute la journée ? Non, elle ne voulait vraiment pas le savoir. Chloé, qui ne se doutait de rien, entra dans la cuisine.

— Bonjour, maman, qu'est-ce qu'on mange ?

Chloé l'appelait toujours « maman » contrairement à Sean qui disait « m'man » sans doute parce qu'Adam appelait Lottie « maman » devant leurs enfants. Elle supposait que sa fille essayait de le garder en vie avec ces petites choses. Sean s'échappa et remonta les escaliers, frappant sa hurley à chaque pas. La musique rap reprit, plus fort cette fois. Chloé était vêtue d'un bas de survêtement et d'un minuscule haut à bretelles qui recouvrait sa poitrine en pleine croissance (enfin! selon Chloé). Ne se rendait-elle pas compte qu'il faisait très froid dehors? Ses longs cheveux blonds, teints, étaient coiffés en chignon sur le dessus de la tête. Ses yeux bleus brillants étaient la réplique exacte de ceux de son père. Les yeux dont Lottie était tombée amoureuse avaient survécu, immortalisés par sa jolie fille. L'« enfant du milieu », lui lançait souvent Chloé lorsqu'elle avait l'impression que les deux autres étaient favorisés.

— Tu as seize ans, Chloé. Tu fais de l'économie domestique à l'école. Il ne te viendrait jamais à l'esprit de préparer le dîner?

— Non, pourquoi le ferais-je? Tu reviendrais à la maison et tu dirais que je fais tout de travers. J'ai compris.

— Où est Katie?

— Dehors. Comme d'habitude.

Chloé ouvrit un placard, à la recherche de quelque chose de comestible. Lottie se dirigea vers le réfrigérateur. Pas de vin. Merde. Elle ne buvait plus, du moins pas autant qu'avant, se rappela-t-elle. C'est dans ces moments-là que l'alcool lui manquait le plus. Il l'aidait à évacuer le stress de la journée. Elle ne fumait même plus. Enfin, peut-être parfois, lorsqu'elle avait bu un verre. Mon Dieu, mais elle était d'une contradiction! Elle aurait dû prendre quelques Xanax dans l'armoire à pharmacie de Susan Sullivan. Mais elle n'aurait jamais pu faire ça. Elle en gardait une petite réserve dans le tiroir de sa table de chevet et avait un cachet d'urgence scotché au fond de son tiroir dans le bureau. Juste au cas où, se disait-elle. Et cette réserve disparaissait rapidement.

— Mets la bouilloire à chauffer, chérie, j'ai eu une sale journée, dit Lottie.

Chloé croqua un biscuit et appuya sur l'interrupteur. La bouilloire siffla. Elle était vide.

— Pour l'amour de Dieu, dit Lottie.

Chloé était partie, la porte se refermant derrière elle. Après avoir versé de l'eau dans la bouilloire, Lottie alluma le radiateur électrique et s'assit dans son fauteuil, l'inclinant au maximum. Blottie dans sa veste, elle ferma les yeux et apaisa le bourdonnement de son cerveau en respirant profondément.

Chapitre 9

— James Brown est mort.

— Quoi ? dit Lottie dans son téléphone.

Assise sur son fauteuil, le radiateur électrique chauffant à ses pieds, elle jeta un coup d'œil à l'horloge de la cuisine. Huit heures et demie. Elle dormait depuis plus d'une heure ; seul le téléphone l'avait réveillée.

— James Brown est mort, répéta Boyd. Tu ferais mieux de retourner au poste. Corrigan est en train de ronger son frein et Sky News est en route.

— Donne-moi une bonne vieille rixe à la place ! s'exclama Lottie.

— Tu auras besoin d'un chauffeur, affirma Boyd. Il neige sans discontinuer depuis quelques heures.

— Je vais marcher. Cela me réveillera.

— Comme tu veux.

Elle mit fin à l'appel, chercha sa veste alors qu'elle la portait encore et cria dans l'escalier :

— Chloé, Sean, je dois retourner au travail !

Pas de réponse.

— Vous allez devoir préparer le dîner vous-mêmes.

Un chœur l'accueillit.

— Oh ! M'man !

— Laisse de l'argent pour un plat à emporter, cria Chloé.

Ce qu'elle fit. Comme d'habitude.

* * * * *

Le commissaire Corrigan arpentait le couloir, passait sous les échelles, jurait des « putain », la tête rouge comme une betterave, sa couleur permanente de stress. Il se retourna. Lottie s'arrêta.

— Où étiez-vous ? Vous auriez dû être ici, dit-il.

— Monsieur, j'ai fait une garde de douze heures. J'étais chez moi.

Corrigan fit demi-tour et se dirigea vers son bureau. Boyd et Lynch attendaient, vestes sur le dos. Kirby n'était pas en vue.

— Qu'est-ce que vous regardez, tous les deux ? demanda Lottie.

Elle avait la rage au ventre, mais tenta tant bien que mal de l'étouffer.

— Racontez-moi.

— Un appel a été reçu il y a une demi-heure, expliqua Maria Lynch en nouant ses cheveux sur le dessus de sa tête avant de mettre un bonnet en laine. James Brown a été retrouvé pendu à un arbre, chez lui. Les rapports des agents suggèrent qu'il pourrait s'agir d'un suicide.

— Suicide, mon cul, s'emporta Lottie. Le jour même où sa collègue est assassinée ? Dieu tout-puissant, à quand remonte la dernière fois que nous avons eu un meurtre ? Et je ne parle même pas de deux à la fois…

Boyd, la mémoire du commissariat, répondit :

— Il y a trois ans, quand Jimmy Coyne a tué Timmy Coyne lors d'une querelle de famille. Tu l'as épinglé.

— C'était une question rhétorique, rétorqua Lottie. Où est Larry Kirby ?

Elle jeta un coup d'œil autour d'elle. Le bureau d'enquête grouillait d'activité. Des cartes de la ville coloraient les murs nus, les rapports s'accumulaient sur les plateaux, et les détectives étaient occupés au téléphone. En reboutonnant sa veste, Boyd affirma :

— Je parie que Kirby est en train de traîner dans un pub avec sa petite amie actrice.

— Tu es jaloux, Boyd ? demanda Lottie.

— Je vais faire démarrer la voiture, elle est probablement gelée, annonça Lynch qui esquiva cet échange rapidement.

— Tu as une sale gueule, lança Boyd.

Lottie répondit :

— Et je t'aime aussi. Allez, suis-moi.

* * * * *

À six kilomètres de Ragmullin, la route forestière était éclairée par les gyrophares bleus de deux voitures de police. Les routes étaient presque impraticables et la neige continuait à tomber plus lourdement que depuis la veille de Noël, les flocons volumineux gelant au fur et à mesure qu'ils tombaient.

Une ambulance et un camion de pompiers avec les roues munies de chaînes bloquaient l'étroite allée menant au cottage de Brown. Un camion de pompiers ? Lottie secoua la tête. Lynch haussa les épaules.

Boyd abandonna la voiture, et ils firent le reste du chemin à pied, en suivant les traces laissées par les autres véhicules. La neige leur arrivant jusqu'aux genoux, ils progressaient difficilement.

Un homme maigre, au visage pâle, était assis dans une voiture de police avec deux agents en uniforme, en dehors du périmètre de sécurité de la scène de crime. Lottie se réjouit de ces précautions. Un suicide présumé pouvait facilement être autre chose.

« Derek Harte », dit Gillian O'Donoghue en désignant l'homme dans la voiture. Il a trouvé la personne décédée. Il est en état de choc.

— Interrogez-le, Lynch. Découvrez qui il est exactement et pourquoi il est ici. Si c'est autre chose qu'un suicide, c'est notre suspect numéro un, dit Lottie.

— Il y a une mallette sur le sol à côté de la voiture du défunt, dit O'Donoghue.

— Les techniciens de la police scientifique vont la vérifier à leur arrivée, puis l'emmener au poste.

Lottie se dirigea vers la cour, Boyd à ses côtés. Un projecteur projetait des ombres sinistres vers un arbre. Elle détourna les yeux un instant pour se concentrer sur un secouriste qui se tenait contre une voiture camouflée dans la neige.

— Vous ne l'avez pas descendu ? demanda-t-elle.

— Non. J'ai vu qu'il était mort et l'homme qui l'a trouvé marmonnait que la victime connaissait votre femme assassinée dans la cathédrale, alors j'ai pensé que je ferais mieux de vous appeler. Juste au cas où.

— Je suppose que vous regardez *Les Experts* ? dit Lottie. Le visage de l'homme rougit. Vous n'êtes pas obligé de répondre à cette question, ajouta-t-elle.

— J'ai demandé à l'équipe de pompiers d'allumer le projecteur. Il fait nuit noire ici, dans la cambrousse.

— Pourquoi le camion de pompiers ?

— Je n'en ai pas la moindre idée, dit l'ambulancier. Je peux fumer ?

— Non, répondirent en chœur Lottie et Boyd. Se détournant de l'ambulancier, Lottie leva les yeux vers le corps suspendu de James Brown, mis en valeur par la lumière temporaire.

— J'avais l'impression que Brown n'était pas tout à fait honnête avec moi aujourd'hui. Si j'avais insisté, j'aurais pu découvrir quelque chose qui lui aurait sauvé la vie.

— Peut-être a-t-il assassiné Sullivan et, ensuite, plein de remords, il s'est pendu, déclara Boyd.

— Il a assassiné Sullivan ? Tu veux bien le regarder ? Un maigrichon d'un mètre cinquante. Il ne viendrait même pas à bout d'un rhume !

— Dans un accès de colère et de passion ? osa Boyd.

Lottie le foudroya du regard.

— Tu dis vraiment des conneries parfois.

Le corps de Brown se balançait légèrement dans la brise neigeuse. Sa tête pendait sur le côté, tournée vers elle. Ses yeux étaient grands ouverts. Le regard dans le vide. Lottie se détourna du corps et s'enfonça dans la neige.

— Qu'est-ce qui ne va pas? demanda Boyd. On dirait que tu as vu un fantôme.

— C'est peut-être le cas, répondit-elle.

Elle s'arrêta et regarda autour d'elle. Une chaise, couchée sur le côté, en partie submergée par la neige, une mallette sur le sol à côté de la voiture et une autre voiture garée derrière. Puis elle remarqua une clé dans la porte d'entrée. O'Donoghue notait ce que l'ambulancier avait à dire. Tout le monde avait parcouru le site. Lottie doutait que les agents de la police scientifique trouvent quoi que ce soit d'utile.

— Une lettre de suicide? demanda Lottie.

O'Donoghue haussa les épaules.

— J'ai fait le tour des lieux en arrivant. Je n'ai rien vu à l'extérieur, mais s'il y a bien une lettre, elle est enterrée et trempée. Bon sang, je n'ai jamais vu autant de neige de toute ma vie.

— Ce type, Harte, est-il entré? demanda Lottie en montrant la clé.

— Pas que je sache, répondit O'Donoghue.

Lynch surgit au niveau de l'épaule de Lottie.

— Harte dit qu'il est un ami de Brown et qu'il est venu le voir quand il a appris la mort de Susan Sullivan.

— Comment a-t-il su pour Susan ?

— Brown lui a téléphoné. Quand il est arrivé, il a tout de suite vu le corps et a appelé les urgences. Il était là, fixant Brown, quand notre première voiture est arrivée. Il ne s'est pas approché de la maison. C'est ce qu'il dit en tout cas.

Lynch balaya les flocons de neige qui effaçait l'encre de son carnet.

— Il est vraiment dans un état lamentable. Je vais chercher une voiture pour le ramener chez lui, ou voulez-vous l'interroger ce soir ?

— Je suis trop fatiguée pour formuler des questions pertinentes. Nous l'amènerons demain matin pour l'interroger, rétorqua Lottie.

Elle aperçut un boîtier d'alarme sur le mur au-dessus de la porte.

— Demandez-lui s'il connaît le code de l'alarme.

— Vous voulez que j'appelle aussi demain matin ? demanda l'ambulancier, un sourire brûlant aux oreilles.

— O'Donoghue a votre déposition, dit Lottie. Merci pour votre aide.

— Oh, j'allais oublier, dit-il. J'ai trouvé ceci coincé dans la neige près de la porte.

Lottie regarda la main gantée de l'homme qui tenait une petite lampe de poche verte.

— Vous l'avez ramassée ?

— Bien sûr, dit-il. Ses yeux s'écarquillèrent. Oh, je suis désolé. Peut-être que j'aurais dû la laisser là ?

— Peut-être auriez-vous dû. Lottie glissa la lampe de poche dans un sac de preuves en plastique et le referma. Elle était allumée ou éteinte ?

— Je l'ai éteinte pour économiser la batterie.

Elle eut envie de lui donner un coup de poing, mais se détourna avant de le faire.

— Connard, marmonna Boyd à voix basse tandis que l'ambulancier se retirait.

— Boyd, un jour ou l'autre, quelqu'un d'autre que moi va t'entendre et tu auras le nez cassé. Fais venir l'équipe de McGlynn ici.

Son téléphone sonna. Corrigan.

— Le patron veut nous voir dans un quart d'heure, annonça-t-elle. Cet homme a-t-il vu le temps qu'il fait ?

* * * * *

De retour en ville, devant le poste de police, Boyd alluma une cigarette. La neige s'était légèrement calmée et l'air glacial de la nuit s'empara de la fumée. Lottie aurait bien aimé tirer une bouffée, mais cela aurait été la bouffée de trop. Elle ne s'arrêtait jamais à une seule cigarette. Sa mère aimait lui dire qu'elle souffrait d'un trouble de la personnalité addictive. *Merci, maman.*

En entrant dans la chaleureuse salle de réception, elle vérifia son téléphone. Aucun message. Pas d'appels manqués. Elle appela chez elle. Chloé répondit.

— Bonjour, maman. Tu rentres bientôt à la maison?

— Pas encore, répondit Lottie. Je vais à une réunion avec mon directeur. Je ne sais pas dans combien de temps je serai là.

Elle rejeta un sentiment de culpabilité. Que pouvait-elle faire? Elle devait travailler, et cela signifiait des horaires imprévisibles.

— Ne t'inquiète pas. Nous nous occupons de la maison, déclara Chloé.

— Katie est-elle rentrée? Lottie se faisait du souci pour son aînée.

— Je crois qu'elle est dans sa chambre.

— Vérifie pour t'en assurer.

— Je le ferai.

— Et dis à Sean d'éteindre sa PlayStation.

— Bien sûr. On se parle plus tard.

Chloé raccrocha. Ils seront au lit quand elle rentrera. Ils étaient capables de s'occuper d'eux-mêmes. Ils s'en sortiraient. Elle l'espérait. Elle n'était pas si sûre d'elle-même. Balayant la neige de ses épaules, Boyd la rejoignit.

— Viens, dit-il, le commissaire nous attend et nous sommes en retard.

* * * * *

— Vous en avez mis du temps!

Corrigan marchait de long en large dans son bureau, comme un sergent de régiment. Il n'attendit pas de réponse.

— De toute façon, ce n'est pas grave, c'est un suicide pour l'instant. Un meurtre suffit pour une journée. Quoi qu'il en soit, nous irons au fond des choses. Je ne veux pas qu'une équipe de Dublin prenne le relais, alors vous feriez mieux de vous ressaisir. Accélérez les enquêtes porte-à-porte. Il y a des gens à interviewer, des réunions téléphoniques à tenir, des communiqués de presse, des briefings pour les médias.

Vous êtes dans votre élément, pensa Lottie.

— Je ne pense pas que James Brown se soit suicidé, dit-elle.

Corrigan ricana.

— Et comment en arrivez-vous à cette conclusion ?

— Je pense… que c'est trop commode, vous savez.

— Non, je ne sais pas, dit-il. Éclairez-moi.

Lottie se mordit la lèvre. Comment pouvait-elle traduire une intuition ? Corrigan était soucieux de sa carrière et faisait les choses dans les règles de l'art. Son mantra favori en matière d'enquêtes était « à ma façon ou pas du tout ». Lottie avait une autre façon de faire… sa façon de faire. Quoi qu'il en soit, il n'attendit pas qu'elle réponde.

— Inspectrice Parker, ce que vous pensez n'a aucune importance. Regardez les preuves, les circonstances. Il était pendu à un putain d'arbre en pleine campagne, dans un putain de blizzard. Il y avait quelque chose de louche au conseil, je peux le sentir ici. Il a probablement tué Susan Sullivan pour une histoire de travail, il a trouvé la culpabilité trop forte, alors… il a passé une corde au-dessus d'un arbre et s'est suicidé. Maintenant, planifions notre action.

Lottie retint ses mots et tous trois définirent les tâches de l'équipe. Elle était trop épuisée pour discuter avec Corrigan. Lorsqu'ils eurent tout réglé du mieux qu'ils pouvaient, Corrigan répéta :

— Je ne veux pas que Dublin envoie des hommes d'élite. Nous pouvons nous en charger. Je veux que le meurtre de Susan Sullivan soit résolu, *pronto*.

— Mais Monsieur, intervint Boyd, s'il s'avère que nous avons deux meurtres, n'aurons-nous pas besoin d'une aide extérieure ?

— Sergent détective Boyd ! J'ai dit ce que j'ai dit. Fin de l'affaire. Pour l'instant, nous avons une mort suspecte et un suicide présumé.

Les yeux de Corrigan s'inclinèrent, les défiant d'argumenter. Lottie lui rendit son regard et enfila sa veste.

— Dormez quelques heures. Soyez de retour ici à six heures précises, dit-il.

Ils quittèrent le bureau du directeur et marchèrent dans le couloir.

— C'est quoi, ce bordel ? dit Boyd en s'arrêtant brusquement.

Lottie le regarda. Il s'était heurté à l'échelle d'un décorateur et s'était entaillé le front. Elle rit. Boyd se dirigea vers la sortie en poussant un juron.

— Ce n'est pas drôle.

— Je sais, avoua-t-elle, mais elle ne put s'empêcher de rire.

Chapitre 10

Lottie sourit intérieurement avant d'ouvrir sa porte d'entrée. Quelques crosses de hurling de Sean se trouvaient dans le coin du porche et la couronne de houx était recouverte de neige gelée, poussée par le vent. Sur la plaque de bois fixée au mur à côté de la cloche, on pouvait lire « Penny Lane ». Adam avait baptisé la maison. Chacune des quatre chambres portait le nom des Beatles. À l'époque, c'était mignon. Aujourd'hui, c'était tout simplement triste.

Elle vivait dans l'une des trente maisons mitoyennes d'un domaine ancien en forme de fer à cheval. Elle était suffisamment proche du stade de lévriers pour entendre les acclamations tous les mardis et jeudis soir. Mais elle ne s'aventurait jamais sur les quelques centaines de mètres qui la séparaient du cynodrome. Adam y avait emmené les enfants quelques fois, mais ils n'avaient pas été séduits par les chiens maigres et leurs maîtres obèses.

Ce soir, la zone était calme. Pas de course jusqu'à ce que le terrain soit remis en état. Tant mieux, pensa Lottie, elle avait besoin de calme et de tranquillité. Le silence l'accueillit alors qu'elle enlevait sa veste, la musique rap ayant été reléguée dans le monde virtuel de Sean. Après dix-huit heures de travail, le corps de Lottie grinçait, mais son esprit était en ébullition.

Dans la cuisine, une assiette contenant deux parts de pizza avait été laissée à sa disposition. Chloé avait écrit un mot : « Nous t'aimons vraiment. » Elle mit la pizza au micro-ondes et se servit un verre d'eau. Elle aimait ses enfants, mais n'avait généralement pas le temps de le leur dire. Elle voyait si peu Katie. La jeune fille de dix-neuf ans se rendait tous les jours à l'université de Dublin. Mais même pendant les vacances, elle n'était jamais là. Elle avait été la prunelle des yeux de son père et était si morose depuis la mort d'Adam. Lottie ne savait pas comment gérer cette souffrance.

Après avoir dévoré son plat, elle monta les escaliers jusqu'à sa chambre « John Lennon ». Chloé et Sean étaient au lit. Elle ferma leurs portes et jeta un coup d'œil dans la chambre de Katie. Elle était vide. Il faudrait qu'elle parle à sa fille. Demain. Peut-être.

* * * * *

Katie Parker s'allongea dans les bras de son petit ami. Ses cheveux lui chatouillaient le nez. Elle essaya de ne pas éternuer et étouffa un petit rire. Il sembla ne pas le remarquer et inspira profondément le spliff qu'il tenait entre ses longs doigts fins. Une fois ses poumons remplis, il lui passa le produit. Elle n'aurait pas dû le prendre, mais elle voulait désespérément impressionner Jason. À dix-neuf ans, elle devrait avoir plus de bon sens. Sa mère serait furieuse si elle la voyait. Dure à cuire, maman ; toujours à pontifier sur les dangers de l'alcool et de la drogue ; peut-être sa mère devrait-elle mettre en pratique ce qu'elle prêche.

Katie porta le mégot roulé à ses lèvres, inhala son odeur âcre avant d'aspirer profondément. Elle s'attendait à une certaine légèreté dans sa tête, mais elle n'avait jamais ressenti un tel frisson.

— C'est trop cool, dit-elle.

— Doucement, dit Jason en se redressant sur son coude. Je ne veux pas que tu me vomisses dessus.

Elle leva les yeux vers le plafond et vit de petites étoiles peintes. Elle supposa qu'elles étaient peintes, sinon elle avait des hallucinations.

— Tu as des étoiles peintes sur ton plafond ?

— Oui, ça date de l'époque où je jouais à Harry Potter.

— J'adore Harry Potter, dit Katie. Tous ces trucs mystiques. J'avais l'habitude de souhaiter pouvoir me transporter par magie dans un autre monde. Encore plus après la mort de mon père.

Jason rit. Elle lui jeta un regard de biais. Il était magnifique, avec ses jeans de marque et ses sweats à capuche Abercrombie. Elle avait beaucoup de chance. Aujourd'hui, quand il l'avait invitée chez lui, elle avait failli s'évanouir. Sa maison tout entière tiendrait dans son salon. Elle était heureuse que ses parents ne soient pas là, car elle n'aurait pas su si elle devait s'incliner ou faire une révérence. Quant à sa chambre, elle était fantastique. La taille de la sienne, de celle de Chloé et de celle de Sean réunies en une seule. La première année d'université était ennuyeuse, mais il l'avait choisie parmi toutes les autres filles. Elle se sentait légère.

— Tiens, donne-m'en un peu, espèce de gourmande, réclama-t-il.

Elle lui tendit le spliff et, bien que son bras soit dur sous sa tête, elle put sentir un peu de la douceur de l'oreiller. Elle ferma les yeux. Elle flottait définitivement. Ouais, si sa mère pouvait la voir, elle ferait une grosse crise.

— Je ferais mieux de rentrer chez moi. Il est plus de minuit, dit-elle en essayant de se redresser.

— Tu es Cendrillon ou quoi ? Jason rit. Je vais me transformer en citrouille si je ne te ramène pas à la maison ?

— Sois sérieux. Elle se redressa et chercha sa veste.

— D'accord, sale gosse, je te ramène à la maison, dit-il.

Katie l'embrassa sur les lèvres. Maintenant, elle avait des ailes.

* * * * *

Sean Parker observait depuis la fenêtre de sa chambre sa sœur et son petit ami se blottir l'un contre l'autre dans l'allée enneigée. Il les avait vus s'embrasser sous la lumière de la route et avait remarqué le sourire sur le visage de Katie. Depuis quand n'avait-il pas senti sa morose sœur aussi heureuse? Il ne s'en souvenait pas.

* * * * *

Lottie se laissa glisser dans le lit. Elle tendit la main et sentit le livre *Argos* qui pesait sur la couette, son truc pour garder les draps serrés du côté d'Adam. Elle avait déjà essayé l'annuaire téléphonique. Mais il n'était pas aussi bon que l'*Argos*. Elle resta éveillée en pensant à Susan Sullivan et à James Brown, essayant de comprendre ce qui avait pu causer leur mort. Lorsqu'elle entendit Katie tourner sa clé dans la porte, elle s'endormit immédiatement.

Chapitre 11

L'homme frotta sa peau en faisant des mouvements réguliers et brutaux. Il avait fait ce qu'il devait faire. Les secrets devaient être protégés. Il devait être protégé. Les autres aussi devaient être protégés, même s'ils ne le savaient pas. Il se savonna le corps, tentant de faire disparaître l'odeur de la mort. Lentement et méthodiquement, il œuvra. De la racine de ses cheveux jusqu'à ses ongles d'orteils soigneusement coupés. Il sortit de la douche et s'essuya la peau d'un coup sec. Complètement séché, il se rendit nu dans sa chambre, s'allongea sur les draps blancs et fixa le plafond pour le reste de la nuit.

* * * * *

1974

Elle savait que ce qu'il faisait était mal, mais elle n'osait en parler à personne. Il avait un endroit secret où il l'emmenait presque tous les jours après l'école. Pendant les vacances scolaires, il la faisait appeler au moins une fois par semaine et parfois il venait chez elle.

Sa maman était ravie qu'un prêtre vienne lui rendre visite. Elle sortait la porcelaine et lui servait du thé et des biscuits. Lorsque sa mère préparait le thé dans l'arrière-cuisine, il lui prenait la main et la lui enfonçait. Elle se sentait mal lorsqu'il l'obligeait à faire cela. C'était presque pire que les autres choses qu'il lui faisait faire.

Une fois, ils avaient failli se faire prendre lorsque sa mère était revenue pour voir s'il voulait du pain au lieu des biscuits. Il s'était rapidement tourné vers la fenêtre d'entrée, disant qu'il surveillait sa voiture au cas où de jeunes voyous l'auraient rayée. Elle ne le vit plus pendant un mois et pensa que c'était la fin, mais ce fut en fait le début d'un véritable cauchemar. Il avait dit à sa mère qu'il avait un travail pour elle, le soir, dans la maison du prêtre, balayer et épousseter, et qu'il lui donnerait quelques pièces d'argent de poche. Sa maman était ravie.

La petite fille savait alors que l'horreur serait quotidienne. Parfois, elle buvait le whisky de son père, qu'elle trouvait dans l'armoire sous la télévision. Il lui brûlait la gorge, mais après quelques minutes, il réchauffait ses entrailles et atténuait la réalité qui l'entourait. Elle mangeait trop. Sa mère lui faisait sans cesse des reproches sur son poids. Elle voulait dire à sa mère d'aller se faire foutre, parce qu'elle avait entendu une fille à l'école le dire et qu'elle savait que c'était un gros mot. Parfois, le prêtre disait aussi des gros mots quand il était en elle. Elle le détestait. Elle avait mal et elle saignait. Elle n'aimait rien de tout cela. Et elle savait qu'il était trop tard pour l'arrêter. Qui la croirait?

Les filles de l'école la traitaient de grosse. Grosse par-ci, grosse par-là. Lorsqu'elle se regardait dans le miroir, elle ne reconnaissait pas la personne qui lui faisait face. Elle ressemblait à M. Kinder, le voisin d'à côté, avec son ventre de bière qui dépassait des boutons de sa chemise malodorante. Parfois, elle pleurait en s'endormant. La plupart du temps, elle se détestait et détestait ce qu'elle était devenue. Ce qu'il avait fait d'elle. Elle s'était juré qu'un jour, elle lui ferait payer. Elle ne savait pas quand ni comment, mais un jour son heure viendrait, et elle serait prête. Il ne lui avait montré aucune pitié, seulement du mépris. Il en serait de même pour elle.

« On récolte ce que l'on sème », disait -elle à son reflet dans le miroir.

Deuxième journée

31 décembre 2014

Chapitre 12

La voiture de Lottie avait miraculeusement démarré au deuxième tour de clé. Quelqu'un là-haut doit m'aimer, dit-elle en levant les yeux vers le ciel sombre du petit matin. Elle avait besoin de se changer les idées et avait donc pris le plus long chemin pour se rendre au travail.

En contournant la route d'Ardvale, elle tourna à gauche au rond-point, passant devant l'usine de tabac, autrefois très active, avec ses cheminées sans fumée. Elle se souvint de l'odeur âcre qui flottait dans l'air avant que l'usine ne se réduise à un dépôt de distribution. Cette odeur lui manquait. Elle semblait donner une définition à l'endroit où elle vivait. Elle avait disparu, comme tant d'autres choses.

Arrêtée aux feux de signalisation du pont de Dublin, elle admira la vue panoramique de sa ville enneigée, nichée dans une vallée entre deux lacs marécageux du Midland, dominée par la cathédrale à deux flèches à droite et l'unique flèche de l'Église protestante à gauche. Entre les deux se trouvait un immeuble de quatre étages, mal formé du point de vue de l'architecture, qui ne cadrait pas avec son environnement de faible hauteur. Historiquement, Ragmullin était une ville forteresse, mais aujourd'hui, sa caserne désaffectée était un terrain propice au vandalisme et la rumeur voulait qu'elle devienne un centre d'accueil pour les réfugiés et les demandeurs d'asile. Elle avait été construite sur le point le plus élevé de la ville, au-delà du canal et de la voie ferrée. Les moines du XIe siècle qui s'étaient installés ici auraient été fiers que certaines rues portent encore des noms en hommage à ces hommes encapuchonnés. Il n'y avait pas grand-chose d'autre dont ils pouvaient être fiers, pensa Lottie.

Avant que les feux de circulation ne changent, elle scruta à nouveau l'horizon, ses yeux se fixant sur les clochers qui se dressaient dans leur environnement arboré. Ses mains devinrent blanches alors qu'elle s'agrippait au volant. Elle pensa à l'emprise de l'Église sur la vie des habitants de la ville dans le passé et à l'effet que ses hommes, longtemps décriés, avaient eu sur sa propre famille.

La cloche en fer forgé, accrochée à une flèche, sonnait la sixième heure du matin et résonnait malgré les vitres fermées de sa voiture. Impossible d'y échapper. L'Église et l'État. Deux épines dans l'histoire de Ragmullin et dans sa propre histoire. Lottie prit quelques profondes inspirations, et le verre brisé du feu tricolore clignota jusqu'à un vert craquelé. Elle appuya sur l'accélérateur et la voiture dérapa, arrachant presque une bande de peinture à la Micra rouge qui se trouvait devant elle, la seule autre voiture qui circulait.

Elle traversa le pont et s'engagea dans la rue glacée, pleine de nids-de-poule et dont les vitrines étaient sombres et ombragées. Elle se demandait combien de secrets se cachaient derrière elles, quels mystères attendaient d'être découverts et si, avec le temps, il resterait quelqu'un à Ragmullin pour se donner la peine d'essayer de les déterrer.

* * * * *

Trente hommes et femmes s'entassaient dans le petit le bureau d'enquête. Certains étaient assis sur des chaises branlantes tandis que d'autres se tenaient côte à côte, discutant bruyamment, les odeurs corporelles se mêlant aux parfums divers, aux après-rasage et au café brûlé.

Lottie chercha un endroit où s'asseoir et, ne trouvant pas d'endroit libre, s'appuya contre le mur au fond de la pièce. Elle observa Corrigan, qui tripotait une pile de pages, debout devant les inspecteurs rassemblés. Elle aurait dû être là-haut. Boyd croisa son regard et lui sourit. Elle le lui rendit. Boyd pouvait aussi avoir cet effet sur elle. Toujours aussi soigné, vêtu d'un costume gris, sa seule concession aux températures était un pull-over bleu marine par-dessus sa chemise. Peut-être pourrait-il s'agir d'un jour où il faudrait être gentil avec Boyd. Qui sait ?

Elle avala son café noir, insufflant de l'énergie à son esprit fatigué. Corrigan lui fit un signe de tête, et elle se précipita à l'avant de la salle avant qu'il ne change d'avis. Elle fit face à l'équipe. Kirby avait les yeux rougis, probablement à cause d'un excès de whisky. Maria Lynch était brillante et pétillante. Avait-elle jamais été autrement ? Boyd laissa tomber son sourire et adopta un visage sérieux. L'équipe était impatiente de commencer. Elle aussi.

— Bien, dit le commissaire Corrigan, faisant taire la salle. L'inspectrice Parker va nous présenter le compte rendu.

Les visages devant elle étaient pleins d'attente. L'équipe était bonne. Ils avaient confiance en eux et en elle. Elle devait être à la hauteur. Et elle le serait. Elle posa sa tasse sur le bureau et, remontant les manches de son T-shirt à manches longues, une habitude dont elle ne pouvait se défaire, elle rappela aux enquêteurs les dernières informations de la journée et de la nuit précédente, puis leur délégua les tâches. Lorsqu'elle eut terminé, les chaises résonnèrent sur le sol tandis que les corps se traînaient et s'étiraient. Le bruit passa d'un bourdonnement à un bavardage bruyant.

— Tout le monde sur le pont, cria Corrigan au-dessus du vacarme.

Lottie aurait juré avoir entendu Boyd marmonner à voix basse: «Oui, mon Capitaine». Elle le poussa hors de la pièce, attrapa sa veste et se dirigea vers la cathédrale. Elle devait interroger un témoin.

* * * * *

Le Père Joe Burke l'attendait à la porte. Le ciel était encore sombre et morose, et Lottie avait hâte que l'hiver se termine enfin. Les chutes de neige obscurcissaient la cathédrale, devenue une scène de crime bouclée. Quelques badauds matinaux bravaient les intempéries pour s'arrêter, se bénir et déposer des fleurs. Les deux policiers qui se tenaient devant le ruban de balisage tapaient du pied. Ils avaient l'air frigorifiés. Lottie ressentait la même chose. Elle serra la main du Père Joe à travers ses gants épais.

— Venez prendre une tasse de thé à la maison, proposa-t-il chaleureusement.

— Ce serait formidable, répondit Lottie en jetant un coup d'œil à la veste de ski bleu vif du prêtre. Il avait un bonnet de fourrure rabattu sur les oreilles. Vous avez l'air d'un membre du KGB, dit-elle en souriant.

Il la conduisit sur le côté de la cathédrale, jusqu'au presbytère.

* * * * *

Il faisait chaud à l'intérieur de la maison. Dans le silence ambiant, on pouvait entendre les vieux radiateurs en fer qui faisaient gargouiller des bulles d'air. De grandes armoires en acajou foncé projetaient des ombres sur les murs du couloir carrelé dans lequel le Père Burke conduisit Lottie.

— Thé ou café ? demanda-t-il en ouvrant la porte d'une pièce au décor similaire à celui du hall.

— Thé, s'il vous plaît.

Elle avait besoin d'expurger le goût laissé dans sa bouche par le café pris au bureau. Le prêtre s'adressa à une petite religieuse qui était apparue derrière eux. Elle s'éloigna avec un soupir pour aller faire chauffer une bouilloire quelque part dans les profondeurs de la maison.

— Alors, inspectrice Parker, que puis-je faire pour vous ? demanda-t-il, en s'asseyant dans un fauteuil à pieds en griffe.

— Je veux des informations, Père Burke, répondit Lottie en enlevant sa veste et en s'asseyant en face de lui.

— Appelez-moi Joe. Nous n'avons pas besoin de formalités, n'est-ce pas ?

— Alors, appelez-moi Lottie.

Elle savait qu'elle ne devait pas permettre cette familiarité. Il était suspect. Deuxième personne présente sur les lieux du crime, après Mme Gavin, et présent dans la cathédrale au moment du meurtre.

Sauf qu'elle savait que, parfois, l'absence de formalités aidait les gens à baisser leur garde.

— J'ai remarqué que vous aviez des caméras de vidéosurveillance à l'intérieur et à l'extérieur de la cathédrale. J'ai besoin d'accéder à ces enregistrements.

— Bien sûr, mais je ne pense pas qu'ils vous seront utiles. Les caméras extérieures n'ont pas fonctionné depuis la chute brutale des températures avant Noël et les caméras intérieures sont braquées sur les confessionnaux.

— Pourquoi ? demanda Lottie, maudissant intérieurement ce fonctionnement.

— L'évêque Connor les a mises en place pour que nous, les prêtres, puissions voir qui est sur le point d'entrer, au cas où nous serions attaqués.

— C'est un peu ironique, non ?

Elle leva les yeux lorsque la religieuse réapparut avec de la vaisselle qui cliquetait sur un plateau d'argent.

— Et la webcam ne fonctionne pas non plus. D'habitude, elle donne une image en direct de l'autel via le site web de la paroisse. Avec les vacances, personne n'a pu venir la réparer.

Encore une information inutile, pensa Lottie. Portant le plateau à la table, le Père Joe remercia la religieuse. Elle disparut sans lui répondre. Il versa le thé et Lottie, le lait. Ils burent tous deux une gorgée dans de délicates tasses en porcelaine.

— Je dois vous poser quelques questions sur la journée d'hier, reprit Lottie en se hâtant de se remettre au travail.

— S'agit-il d'un entretien formel ? Ai-je besoin de la présence de mon avocat ?

Elle fut déconcertée, mais remarqua qu'il souriait.

— Je ne pense pas qu'un avocat soit nécessaire à ce stade de l'enquête, Père... hum... Joe, dit-elle en hésitant sur les mots. J'essaie d'établir quelques faits.

— Je suis tout à vous.

Lottie sentit ses joues rougir. Était-il en train de flirter avec elle ? Certainement pas. Il raconta :

— J'ai fait la messe de dix heures, j'ai débarrassé l'autel, j'ai enfermé les calices et la Sainte Communion dans le tabernacle. La cathédrale était alors vide. Normalement, quelques personnes restent pour prier, mais je pense que le froid l'a emporté sur la religion. Le sacristain a terminé vers dix heures quarante-cinq et il est rentré chez lui. Je suis venu prendre une tasse de thé, puis je suis retourné à la sacristie au bout d'une heure environ, pour rédiger le sermon de dimanche prochain. Mme Gavin est arrivée peu après et a commencé son travail de nettoyage. Je venais de dire l'Angélus quand je l'ai entendue crier, il devait donc être midi passé.

Le prêtre fit une pause, comme s'il priait.

— Qu'avez-vous fait alors ? demanda Lottie.

Elle nota mentalement que quelqu'un devait interroger le sacristain, même s'il y avait un risque que ce soit inutile, comme il était parti avant le meurtre.

— Je me suis précipité pour voir ce qui se passait et je suis tombé sur Mme Gavin. La pauvre, elle était... hystérique. Elle m'a pris par la main et m'a traîné jusqu'au premier banc. J'ai vu le corps... la femme... affalée là. Je me suis penché et j'ai écouté si elle respirait, mais j'ai vu qu'elle était morte. J'ai fait un acte de contrition et je l'ai bénie. Puis j'ai appelé les services d'urgence et j'ai amené Mme Gavin à l'autel où nous sommes restés assis jusqu'à l'arrivée des policiers.

Son visage était si pâle par rapport à la couleur noire de son pull.

— Avez-vous touché quoi que ce soit autour de la victime ou la victime elle-même ? demanda-t-elle.

— Bien sûr que non. J'ai pensé à tâter son pouls, mais j'ai su en la regardant qu'elle était morte.

— Il vous faudra vous rendre au commissariat afin que nous puissions prélever un échantillon pour avoir votre ADN. Cela nous permettra de vous avoir sur nos listes.

— Je suis donc suspect ?

Il réunit ses mains, comme s'il méditait, sous son menton.

— Tout le monde est suspect jusqu'à ce que nous en décidions autrement.

Lottie essaya de déchiffrer son regard, mais ne put rien lire dans ses yeux.

— Connaissiez-vous Susan Sullivan ? Elle attendait sa réaction.

— C'est la victime ?

Elle acquiesça. Son visage était serein.

— Non, je ne me souviens pas l'avoir vue auparavant.

Il réfléchit un instant.

— Il y a beaucoup de gens qui viennent à la cathédrale, mais n'assistent pas à la messe. Ils peuvent passer pour prier ou juste allumer un cierge. La paroisse de Ragmullin compte plus de quinze mille habitants, vous savez.

— Faites-vous des visites à domicile ?

— Non, sauf si quelqu'un est malade et demande un prêtre. Je visite les hôpitaux. Je suis aussi l'aumônier de l'école secondaire des filles. Nous disons la messe et nous entendons les confessions, bien qu'il n'y ait plus beaucoup de gens qui se confessent. Il secoua la tête. Baptêmes, mariages, enterrements, communions et confirmations.

— C'est beaucoup de travail ?

— Quoi, le tout ? Son visage s'ouvrit sur un sourire.

Lottie était restée silencieuse. Elle se souvenait qu'un prêtre était venu chez elle pour administrer la bénédiction des malades à Adam. Elle se serait souvenue s'il s'agissait du Père Joe Burke. D'un autre côté, Adam était si malade à ce moment-là qu'elle ne l'avait peut-être pas remarqué.

— Puis-je vous demander ce que vous avez fait le reste de l'après-midi d'hier ?

— J'ai raccompagné Mme Gavin chez elle et j'ai attendu l'arrivée de son mari. Puis je suis rentré et j'ai lu dans ma chambre toute la nuit. Je n'ai jamais vu une tempête de neige aussi forte.

— Vous ne vous êtes donc pas aventuré dans la neige ?

— Non, inspectrice, je ne l'ai pas fait. Pourquoi me posez-vous toutes ces questions ?

Lottie réfléchit à ce qu'elle allait dire, puis opta pour l'honnêteté.

— Nous avons une autre mort suspecte sur les bras. Il pourrait s'agir d'un suicide, mais nous n'en sommes pas tout à fait sûrs.

— Je n'étais pas de service hier soir et je n'ai assisté à aucune urgence. Que s'est-il passé ? Puis-je savoir de qui il s'agit ?

— James Brown. Il travaillait avec Susan Sullivan.

— Je ne le connaissais pas. Que Dieu vienne en aide à sa pauvre famille…

Le Père Joe joignit les mains et inclina la tête.

— Nous n'avons pas encore pu retrouver de parents proches. Tout comme Susan. C'est comme s'ils avaient été arrachés à l'air libre et déposés à Ragmullin. Je vais me renseigner. Quelqu'un doit bien avoir un lien de parenté avec eux.

— Merci, c'est gentil.

Lottie soupira et, incapable de penser à autre chose pour retarder son départ, elle se leva.

— Je vais envoyer quelqu'un chercher les enregistrements de vidéosurveillance. Passez au commissariat aujourd'hui. Nous ferons un prélèvement buccal et prendrons vos empreintes digitales. Au fur et à mesure de l'enquête, je reviendrai vous voir.

Elle enfila sa veste.

— J'ai hâte, dit-il en l'aidant à glisser son bras dans la manche.

Cette fois, elle a vu une lueur d'espoir dans ses yeux. Elle lui tendit sa carte et ajouta :

— Au cas où vous vous souviendriez d'autre chose, voici mon numéro de portable.

— J'ai été ravi de bavarder avec vous. Dommage pour les circonstances.

— Merci pour le thé.

Elle remonta sa capuche pour se protéger de la neige. Lorsqu'il ferma la porte, Lottie resta un moment debout, aveuglée par la blancheur du paysage, et tenta de comprendre ce qu'il venait de se passer entre elle et le Père Joe Burke.

Chapitre 13

Boyd tira une longue bouffée sur sa cigarette, puis expira.

— Nous n'avons rien, dit-il.

Ils se dirigeaient vers les bureaux du conseil. Lottie souhaitait qu'il se taise. C'était bien de savoir qu'ils n'avaient rien, mais ce n'était pas la peine de le lui rappeler continuellement.

— Nous allons examiner leurs dossiers, annonça-t-elle. Il doit y avoir un lien avec leur travail. Ils travaillaient tous les deux au service de l'urbanisme et c'est un domaine très controversé. Ils ne semblent avoir rien d'autre en commun. Pour l'instant, en tout cas.

Boyd inspira profondément.

— Peut-être avaient-ils une liaison ?

Lottie s'arrêta et le regarda fixement. Puis elle se remit à marcher tout en secouant la tête.

— Et alors ? Les deux étaient célibataires à ce que je sache. Il doit y avoir quelque chose de louche dans le service de l'urbanisme, dit-il.

— « Doh », dit Lottie en imitant Homer Simpson. Voyons ce que nous pouvons trouver.

Boyd écrasa sa cigarette dans la neige, et ils entrèrent dans l'aquarium en verre.

* * * * *

Le bâtiment était anormalement silencieux. Quelques membres du personnel se promenaient la tête baissée en arrivant au travail, la jovialité de la Saint Sylvestre ayant été abandonnée. L'équipe de l'inspectrice Maria Lynch menait des entretiens individuels avec l'ensemble du personnel dans une salle du deuxième étage. Lottie était impatiente d'en connaître les résultats.

Dans le bureau de Sullivan, un technicien déverrouillait l'ordinateur. Lottie aurait pu le faire elle-même, pensa-t-elle, après avoir trouvé le mot de passe collé sous le clavier. Assise, elle fit défiler les dossiers présents dans l'ordinateur. En arrêtant la souris sur l'un d'entre eux nommé « privé », elle sentit Boyd par-dessus son épaule.

— Pourquoi ne commences-tu pas par l'ordinateur de Brown ? demanda-t-elle.

Elle savait qu'elle se comportait comme une garce, mais il l'irritait. Tant pis pour la « journée de la gentillesse envers Boyd ». Après une heure de recherche, Lottie leva les yeux pour le voir debout dans l'embrasure de la porte, secouant la tête.

— Il n'y a rien d'inhabituel ici, dit-elle. Ses dossiers privés contiennent des déclarations d'impôts et des assurances médicales. Quelques éléments pourraient cependant être intéressants. Par exemple, les procès-verbaux des réunions d'un groupe appelé « Résidents contre les propriétés fantômes ». Il y en a pour environ un an.

Lottie s'étira.

— As-tu trouvé quelque chose sur l'ordinateur de Brown ?

— Rien que je puisse comprendre.

— Nous aurons besoin de quelqu'un qui s'y connaisse, pour voir s'il peut repérer quoi que ce soit d'illégal ou de douteux, concéda Lottie. Je vais m'entretenir avec le directeur du comté.

— Je peux t'accompagner ?

— Et si tu t'occupais plutôt de compresser ces fichiers pour les envoyer au commissariat ? Ça, ce serait *vraiment* utile.

Elle se dirigea vers la sortie sans même attendre la réponse de Boyd.

* * * * *

À quarante-cinq ans, Gerry Dunne était le deuxième plus jeune directeur de comté du pays. Il gérait un budget d'actifs de plusieurs millions de dollars et un budget d'investissement en baisse, la récession ayant frappé le développement des infrastructures. Pendant la période appelée « Tigre Celtique », il avait supervisé des projets d'infrastructures pharaoniques, dont une grande autoroute traversant le comté. Ce n'est pas un réconfort pour les automobilistes en difficulté, pensa Lottie en feuilletant le rapport annuel du conseil à l'extérieur de son bureau. Les gens n'avaient pas les moyens d'acheter du diesel, ils n'avaient pas les moyens d'acheter des voitures, ils n'avaient pas les moyens d'acheter des taxes et certains n'avaient même pas les moyens de se nourrir décemment. Gerry Dunne continuait à gagner son salaire annuel de plus de cent mille euros et Lottie était sûre qu'il faisait partie de ceux qui changeaient de voiture tous les ans en janvier. Sa biographie constituait une lecture si peu intéressante que Lottie se mit à penser à l'état de ses propres finances.

Une secrétaire la fit entrer. Son bureau était deux fois plus grand que celui de James Brown. L'air était froid dans la pièce. La neige s'était déposée sur le rebord de la fenêtre et des images mystiques s'étaient imprimées sur le verre, là où le vent avait soufflé les flocons. Un ordinateur portable et un téléphone étaient les seules « taches » sur la surface en bois lisse de son bureau.

— Je ferai tout ce que je peux pour vous aider, inspectrice, dit Dunne.

Ses traits étaient marqués par le stress. Ses cheveux courts et sombres étaient parés de mèches grises qui ombrageaient ses oreilles.

— Nous sommes tous choqués par ces décès, dit-il, ses yeux semblant vouloir pénétrer au plus profond de son âme.

Lottie se mit à le plaindre intérieurement s'il réussissait à lire ses pensées. Autrefois, ces entretiens ne l'auraient pas affectée, mais c'était avant. Maintenant, sa vie avait changé.

— Deux membres estimés de mon personnel, en une seule journée. C'est insupportable.

— Y a-t-il quelque chose lié au travail qui pourrait pousser quelqu'un à tuer Susan ? Ou même James, bien que je doive préciser que sa mort est considérée comme un suicide pour le moment.

Elle interrogea son visage et n'y trouva que peu de réactions.

— Ils s'occupaient tous les deux des demandes de permis de construire. Plusieurs fois, ils ont dû subir des pressions politiques et des pressions de la part des promoteurs. Inspectrice, je peux vous garantir que mon personnel respecte les normes éthiques les plus strictes.

Sa voix était lente et mesurée. On aurait dit qu'il avait préparé son discours.

— Des menaces ont-elles été proférées à leur encontre ? demanda-t-elle.

— Oh oui, contre d'autres membres du personnel également.

À l'époque du « Tigre Celtique », les promoteurs disposaient de millions d'euros pour acheter des terrains. En obtenant l'autorisation de construire de grands lotissements, des centres commerciaux, des zones industrielles et autres, ils s'assuraient de faire des bénéfices. Les retardataires ont tout perdu. D'autres, qui ont commencé à jouer le jeu, ont fait fortune.

— Comment ces menaces ont-elles été proférées?

— Coups de téléphone, lettres…

Il haussa les épaules et poursuivit:

— Une fois, j'ai reçu une balle dans un cercueil miniature.

Lottie se souvint de l'incident.

— Et toutes ces menaces ont été signalées?

— Oui, bien sûr. Vous devriez avoir des dossiers à ce sujet.

— Je suis sûre que c'est le cas. Je vais vérifier.

— Oui, inspectrice, c'est ce que vous devez faire, dit Dunne, les lèvres serrées, tirant un trait sur la question.

Était-il en train de la réprimander? Ressaisis-toi, se dit-elle. Il était difficile à cerner. Au moins, Corrigan criait et beuglait et elle savait à quoi s'en tenir avec lui.

— Leurs dossiers d'urbanisme actuels, je dois les voir. Je sais que vous allez me dire qu'ils sont confidentiels…

— Au contraire, l'interrompit -il, toutes les informations relatives à l'urbanisme sont du domaine public. Je veillerai à ce que vous y ayez accès. C'est tout?

— Où étiez-vous hier à midi?

— Je suis rentré tôt le matin après quelques jours de vacances à Lanzarote avec ma femme Hazel. Je pense que notre vol était le dernier avant la fermeture de l'aéroport en raison des conditions météorologiques. Une fois rentré, je suis resté à la maison.

— Hazel peut-elle confirmer cela?

Son sourire mit en valeur des dents blanches et droites. Ses yeux, eux, ne bougeaient pas.

— Je suis sûr qu'elle le fera.

Lottie partit à la recherche de Boyd.

* * * * *

Dès que l'inspectrice quitta les lieux, le sourire de Gerry Dunne s'effaça. Il regarda la rivière glacée sous la fenêtre de son bureau. Il n'était pas stupide. Il savait qu'elle avait procédé à une évaluation de sa personnalité le peu de temps qu'elle était avec lui. Elle n'avait probablement pas aimé ce qu'elle avait trouvé. Il s'en fichait. Il ne s'aimait pas beaucoup non plus. Deux membres de son équipe étaient morts, attirant l'attention à un moment où il voulait être si discret qu'il en devenait invisible. Le masque de sang-froid qu'il savait si bien porter se dissolvait en petits éclats. Il s'assit à son bureau et, essayant de tenir le coup, il se prit la tête avec ses mains tremblantes, souhaitant être de retour à Lanzarote.

Chapitre 14

Boyd s'efforçait de maintenir le contrôle de la voiture qui commençait à déraper sur la neige. Lottie, quant à elle, se préparait à l'impact avec le fossé.

Mais c'était sans compter sur les talents de conducteur de Boyd.

— Vingt-deux, dit Lottie en passant ses doigts froids sur son front, creusant le sillon.

— Quoi ? demanda Boyd.

— Des arbres sur le côté gauche de l'avenue.

— Et ça veut dire… quoi exactement ? demanda Boyd en arrêtant la voiture.

— Que j'ai le sens de l'observation, c'est tout, répondit Lottie.

Pourquoi se sentait-elle stressée alors que la journée avait à peine commencé ?

Elle sortit de la voiture. Un fourgon technique du service de la sécurité, une voiture de police et deux autres véhicules étaient garés dans la cour devant la maison de James Brown. À la lumière du jour, Lottie observa le cottage en pierre, couvert de lierre enneigé. Il dominait l'enceinte. Un arbre sans feuilles, dont les racines étaient entourées d'un cairn de pierres, poussait au centre du sol pavé et gelé. Il a l'air bien seul, pensa-t-elle. À sa droite, le chêne, sans le corps qui se balançait de sa branche la nuit dernière, projetait des ombres inquiétantes dans son sillage. La médecin légiste de l'État était passée et repartie.

Ils enfilèrent des vêtements de protection, couvrirent leurs chaussures et entrèrent dans le cottage. Du couloir carrelé en forme d'hexagones noirs et blancs, ils passèrent à la salle de séjour. Des poutres en bois traversaient le plafond. Les murs étaient nus et blanchis à la chaux. Une table ronde et quatre chaises trônaient au centre de la pièce. Un canapé en tissu crème faisait face à une cheminée à foyer ouvert. Des briques rouges grimpaient le long de la cheminée et se prolongeaient jusqu'à la fenêtre. L'ensemble de l'espace était d'une clarté austère. Il n'y avait pas de désordre et il était propre. Disséminées sur le sol devant la cheminée, d'épaisses bougies blanches se trouvaient à différents stades de fusion. Lottie ne sentait que leur cire, pas de vanille ni de jasmin. Elle en déduisit que les bougies avaient peut-être une autre fonction que celle de diffuser du parfum. La pièce semblait surpeuplée avec deux releveurs d'indices et quelques agents, ainsi qu'elle-même et Boyd. Rien ne semblait déplacé. Aucun signe de lutte.

— Nous en avons fini ici, dit Jim McGlynn à Boyd, tout en ignorant Lottie.

— Connard, marmonna-t-elle, interprétant sa rebuffade comme un manque de respect.

— Je t'ai entendu, murmura Boyd.

— Avez-vous trouvé quelque chose que nous devrions savoir? demanda Lottie à McGlynn.

— Nous avons pris des empreintes digitales et des échantillons pour les comparer. Si vous trouvez quelque chose avec quoi les comparer. Pas de lettre de suicide.

Lottie acquiesça et s'introduisit dans la cuisine. Petite et fonctionnelle. Elle ouvrit le réfrigérateur. Des pots de bouillie biologique, nota-t-elle en soulevant et sondant la nourriture. Elle le referma et inspecta le comptoir. Un évier vide, un bol à déjeuner, une tasse et une cuillère sur l'égouttoir. Pas de micro-ondes. La cuisine était propre et bien rangée. Il était évident que James Brown n'avait pas d'enfants adolescents qui la saccageaient.

Boyd se tenait debout face à la porte de la chambre. Lottie le rejoignit tout en retenant son souffle.

— C'est quoi, ce bordel ?

— Exactement la question que je me pose.

— Et moi qui pensais que Brown était pantouflard...

Lottie explora la petite chambre. Elle était oppressante, avec son armoire en bois, sa commode et son lit à baldaquin orné d'un édredon de soie noire. Des photographies grandeur nature d'hommes nus à différents stades d'excitation couvraient chaque centimètre des murs.

— McGlynn aurait pu nous prévenir, regretta-t-elle.

Levant les yeux, elle fit signe à Boyd de faire de même. Au plafond, au-dessus du lit, un miroir carré était suspendu aux chevrons par des chaînes.

— Hugh Hefner est une sainte nitouche face à ce type.

Un ordinateur portable, ouvert sur le lit, était à moitié recouvert d'un drap de soie noir. Comme ils étaient en possession de son ordinateur professionnel, ils en déduisirent que c'était son ordinateur personnel. Lottie appuya sur le bouton de retour avec le stylo de son carnet. L'écran s'alluma. Un site pornographique apparut. De toute évidence, Brown ne s'attendait pas à ce que quelqu'un d'autre que lui voit cela. Le contenu était explicite, mais ne présentait que des adultes, pas des enfants. Elle avait vu pire dans le cadre de son travail.

— Regarde les couilles de ce type!

Boyd fixait les photos. Mal à l'aise à l'idée de violer les secrets d'un homme mort, Lottie referma l'ordinateur portable et le mit sous son bras. L'équipe technique pourrait consulter son historique. Boyd commença à fouiller les tiroirs. Lottie, quant à elle, passa dans une salle de bains exiguë. Un flacon d'eau de Cologne sur l'étagère au-dessus du lavabo, un tube de dentifrice et une simple brosse à dents reposaient dans un verre à côté de la fenêtre. Lottie se mit à ressentir de la compassion pour Brown. Elle rejoignit Boyd.

— Tu as trouvé quelque chose? demanda-t-elle.

— Beaucoup, répondit-il. Mais il n'y a rien qui puisse nous orienter vers un mobile de meurtre, à moins que quelqu'un n'ait pas aimé son orientation sexuelle. Je continue de croire qu'il s'est suicidé.

— Ça me paraît trop simple affirma Lottie. Jusqu'à présent, le seul dénominateur commun entre les victimes est leur lieu de travail. Il doit y avoir quelque chose d'autre qui relie Susan Sullivan et James Brown.

Boyd haussa les épaules. Ils sortirent et enlevèrent leur équipement de protection.

— Tu veux conduire? demanda-t-il en étouffant un bâillement.

— À ton avis? répondit-elle en s'asseyant sur le siège passager. Mets le chauffage, je suis gelée!

Il démarra le moteur et heurta l'aile d'une des voitures de patrouille en faisant marche arrière.

— Qu'est-ce qui t'arrive ? demanda Lottie.

Il ne répondit pas. Elle ferma les yeux et appuya sa tête contre la vitre. Elle devrait peut-être envoyer un message à Chloé pour qu'elle allume le chauffage de la maison. Puis elle se ravisa. S'ils avaient froid, ils le mettraient d'eux-mêmes.

Son téléphone sonna.

— Inspectrice, vous savez que nous avons trouvé le téléphone portable de Brown dans sa mallette ? déclara Kirby.

— Oui. Continuez.

— Nous avons extrait ses derniers appels.

— Rien d'inhabituel ou de récurrent ?

Elle espérait qu'ils avaient une piste. Elle avait besoin de quelque chose rapidement.

— Nous les analysons en ce moment même. Le dernier numéro qu'il a appelé avant sa mort prématurée était celui de Derek Harte. L'avant-dernier numéro est plus intéressant.

— J'attends.

— L'appel a duré trente-sept secondes.

— Ne jouez pas avec moi, Kirby. Qui a-t-il appelé ?

— Tom Rickard.

Lottie réfléchit un instant.

— Rickard Construction ? J'ai trouvé ce nom dans les dossiers de la succession fantôme sur l'ordinateur de Susan Sullivan. Je me souviens de tout le tapage qu'il y a eu, il y a quelques années, lorsqu'il a obtenu l'autorisation de démolir l'ancienne banque de Main Street et d'ériger, à sa place, la monstruosité du siège social de son entreprise.

Kirby poursuivit :

— D'après votre rapport, inspectrice, James Brown a passé l'appel environ quatre minutes après la fin de votre entretien avec lui.

— Merci, Kirby.

Lottie raccrocha.

— Je suppose que notre prochain arrêt est Tom Rickard, s'enquit Boyd.

— Je vais m'occuper de lui toute seule. Je connais son genre, crois-moi, il vaut mieux que j'y aille seule. Mais je veux d'abord passer au commissariat pour récupérer le relevé téléphonique.

* * * * *

La visibilité était de plus en plus mauvaise. Boyd avait du mal à suivre la route.

— Quelle drôle de façon de passer le réveillon du Nouvel An, remarqua Lottie en se penchant pour augmenter le chauffage. Elle ferma les yeux tandis que Boyd jurait.

Chapitre 15

— Monsieur Rickard. J'espère que vous pouvez m'accorder quelques minutes de votre temps.

Lottie suivit Rickard qui la frôla et se dirigea à grandes enjambées vers l'ascenseur en verre.

— Vous êtes Tom Rickard, n'est-ce pas? Elle s'installa à côté de lui.

— Vous êtes toujours là? demanda-t-il.

Elle croisait les bras sans bouger d'un pouce.

— Vous avez besoin d'un rendez-vous, dit-il en appuyant son gros doigt sur le bouton qui maintenait la porte ouverte.

Elle lui montra son badge. Rickard y jeta un coup d'œil et sourit.

— J'aurais dû vous reconnaître, inspectrice, mais vous ne ressemblez pas aux photos des journaux.

— J'ai quelques questions à vous poser.

Lottie s'approcha de lui.

— C'est une blague, dit-il. Je suis très occupé, mais comme vous êtes déjà là, je vous accorde deux minutes.

Il appuya sur le numéro trois du pavé numérique de l'ascenseur. Les portes se refermèrent doucement et l'ascenseur monta rapidement. Son bureau semblait occuper la majeure partie du troisième étage. Malgré elle, Lottie admira le goût de cet homme. L'espace était moderne et dépouillé, avec des couleurs chaudes et lumineuses, qui reflétaient le caractère épuré de la personne qui se trouvait devant elle.

Rickard enleva son manteau de cachemire, le suspendit à un portemanteau en marbre et s'installa derrière son bureau, indiquant une chaise à Lottie pour qu'elle s'y asseye. Elle ne connaissait rien aux vêtements de marque, mais elle estima que son manteau pouvait lui coûter au moins une semaine de salaire. Peut-être deux. C'était un autre monde. Son costume gris avait des plis cousus à la main et le gilet à double boutonnage retenait un ventre épais. Lottie pensa qu'il mesurait environ un mètre quatre-vingt qu'il avait une cinquantaine d'années. Ses cheveux roux étaient raides, soigneusement coiffés, et, il avait des dents si blanches qu'on aurait dit des facettes. Une chemise bleue et une cravate gris foncé complétaient son look de cadre supérieur. Elle voulait croire qu'il n'était pas beau, mais ce n'était pas le cas. Sa mâchoire anguleuse et ses yeux brillants lui rappelaient Robert Redford.

— Je suis très occupé. Il se pencha en avant, les deux mains posées fermement sur le bureau. Que puis-je faire pour vous ?

— Monsieur Rickard, dit Lottie lentement, peu soucieuse de son emploi du temps chargé. Vous êtes au courant de la mort suspecte survenue hier dans la cathédrale ?

— J'en ai entendu parler aux informations. C'est tragique.

Il se rassit sur sa chaise, installant une certaine distance entre eux. Qu'est-ce que cela a à voir avec moi ?

— Pouvez-vous nous expliquer où vous vous trouviez entre onze heures du matin et huit heures du soir hier ?

Elle regardait Rickard du coin de l'œil. Son expression était celle d'un caméléon, passant de la suffisance et de l'apparat à l'interrogation et à la perplexité.

— Pourquoi devrais-je le faire ? Je ne connaissais même pas la victime.

— Vous êtes sûr ?

— Je ne peux pas l'être à cent pour cent. Je rencontre beaucoup de gens dans le cadre de mon travail et je ne me souviens pas de tout le monde.

— Je vous repose la question. Pouvez-vous me dire où vous étiez hier, en particulier entre onze heures et vingt heures ?

Elle commençait à apprécier cette rencontre. Elle ne s'accrochait peut-être à rien, mais le changement dans le langage corporel de son interlocuteur lui indiquait qu'elle devait poursuivre.

— Il faut que je consulte mon agenda, dit-il à contrecœur.

— Je parle d'hier, pas de l'année dernière. Vous savez sûrement où vous étiez, ce que vous avez fait et avec qui vous l'avez fait…

— Je voyage dans tout le pays, dans le monde entier. J'aurais pu être à Wall Street, à New York, hier.

Cherchait-il à jouer avec le temps ou à se concocter un alibi ?

— Arrêtez de me faire perdre mon temps et le vôtre, asséna-t-elle. L'aéroport de Dublin a été fermé tôt hier matin à cause de la neige. Il va falloir trouver une autre excuse.

Ouvrant son iPad, il cliqua sur l'icône de son agenda et mit le doigt sur la date. Elle essaya tant bien que mal de déchiffrer l'écran. Ils levèrent la tête simultanément, se défiant du regard.

— J'étais en déplacement. Mon assistante a annulé une réunion à Dublin à cause du mauvais temps. J'ai donc fait quelques visites de sites.

Elle perçut une pointe d'insolence dans sa voix.

— Quelqu'un peut se porter garant pour vous ?

— Un garant ? Il rit.

— Qu'y a-t-il de drôle ?

— Rien, inspectrice. Suis-je un suspect ?

— J'essaie de déterminer si vous avez un alibi crédible.

— Mmm… Il n'y avait personne sur aucun des sites. Les intempéries, vous savez. Un garant ? répéta-t-il. J'en doute.

— J'aurais besoin d'une liste de ces sites.

Il haussa les épaules.

— Autre chose ?

— Vous avez reçu un appel téléphonique. En fin d'après-midi, dit Lottie, changeant l'axe de la conversation. Rickard se déplaça sur sa chaise.

— Quel appel ?

— L'appel que James Brown vous a passé peu de temps avant de mourir.

— Il est mort? dit Rickard, les yeux écarquillés. Il semblait reprendre ses esprits. Je ne connais pas de James Brown et je n'ai certainement pas reçu d'appel de sa part.

— Bien essayé.

Lottie sortit la feuille de papier froissé de sa poche. Elle la déplia sur le bureau, repassant les plis avec son doigt. Elle prenait son temps. Elle saisit son stylo argenté et souligna l'avant-dernière ligne de chiffres. Le reste de la page était noirci. Tournant la feuille vers lui, elle lui demanda:

— C'est votre numéro?

— On dirait bien.

— C'est votre numéro. Vous savez que c'est votre numéro. Pourquoi James Brown vous a-t-il appelé peu avant de se pendre?

Rickard ne broncha pas.

— Je ne nie pas que j'ai pu avoir affaire à Brown dans le passé. Je suis désolé qu'il soit mort, mais vous n'allez pas me mettre ça sur le dos, inspectrice.

— Je n'essaie pas d'accuser qui que ce soit. J'ai posé une simple question.

— Il a pu m'appeler par erreur. Je n'en sais rien. Il haussa les épaules.

— L'appel a duré trente-sept secondes.

— Et alors?

— Je vais demander un mandat pour vos relevés téléphoniques.

— Faites-le. Nous en avons terminé. J'ai du travail.

Lottie regarda Rickard ouvrir et fermer les tiroirs sous son bureau, la congédiant par ses actions. Elle se leva.

— Je reviendrai, Monsieur Rickard.

— Je n'en doute pas, concéda-t-il.

— Bonne année, dit Lottie.

Elle sortit avant qu'il ne puisse répondre. En entrant dans l'ascenseur, elle sut qu'elle allait droit vers l'affrontement avec Tom Rickard, et ce n'était probablement pas une bonne chose.

* * * * *

Tom Rickard fixa la porte fermée dans le silence qui s'ensuivit. Il prit le morceau de papier sur lequel figuraient les appels téléphoniques de Brown passés le dernier jour de sa vie. Il fixa son propre numéro, grossièrement souligné.

Il était là, noir sur blanc. La date, l'heure et la durée de l'appel.

Il renifla, froissa la page et la jeta dans la poubelle. Il avait trop à perdre. Qu'ils prouvent qu'il a parlé à Brown. Tom Rickard nierait, nierait et nierait encore. Il tapa un numéro abrégé sur son téléphone.

— Nous avons besoin d'une autre réunion, rapidement.

Chapitre 16

— Brown aurait pu faire l'objet d'un chantage, à en juger par l'attirail qui se trouve dans sa chambre, expliqua Boyd à Lottie lorsqu'elle fut retournée au bureau.

Elle se leva, trop énervée pour rester assise.

— Des photos d'hommes nus sur le mur de sa chambre ? Allons, Boyd. Il n'y a pas de quoi faire du chantage.

Elle fit les cent pas dans le petit bureau. L'habitude de Corrigan était contagieuse.

Elle avait envoyé l'ordinateur portable de Brown à leurs techniciens pour qu'ils l'examinent et avait chargé un inspecteur de vérifier les menaces signalées sur le service de l'urbanisme. Elle devait encore interroger Derek Harte, qui avait trouvé le corps de James Brown. Elle se demandait qui il était et ce qu'il avait fait dans la maison de Brown. Elle avait chargé Lynch de le retrouver après qu'il ne se fut pas présenté au rendez-vous de dix heures.

— Quelqu'un, n'importe qui, organise un mandat en vertu de l'article 10 pour obtenir les relevés téléphoniques de Tom Rickard, dit Lottie. Et vérifie la date de la prochaine audience de la Cour fédérale. Nous devons faire avancer les choses.

— Assieds-toi, tu me rends nerveux, dit Boyd.

Elle s'assit. Le téléphone du bureau sonna.

— Bonjour, inspectrice, dit la médecin légiste de l'État. Êtes-vous disponible pour venir à Tullamore ? Je sais que le temps est exécrable, mais je pense qu'il y a certaines choses que vous devriez savoir.

— Bien sûr.

— J'ai préparé les rapports préliminaires.

— Vous pouvez me les envoyer par e-mail ?

— Il y a quelque chose que je veux vous montrer.

— Je serai là dans une demi-heure.

— Des nouvelles ? demanda Boyd.

— Tu te moques de moi, grogna Lottie.

Il avait entendu chaque mot de la conversation.

— J'aimerais avoir à nouveau mon propre bureau !

Elle enfila sa veste.

— Tu peux toujours espérer, répondit-il.

Bon sang, il ressemblait de plus en plus à sa mère. Lottie remonta rapidement la fermeture Éclair de sa veste, manquant de se pincer.

— Où vas-tu ?

Elle ne répondit pas et claqua la porte derrière elle.

— Les femmes, soupira-t-il.

— J'ai entendu, répondit-elle en criant.

Une minute plus tard, elle revint, après avoir regardé l'état de la route à l'extérieur.

— Boyd ?

— Oui, inspectrice ?

— Veux-tu me conduire à Tullamore ?

Chapitre 17

Il s'apprêtait à retourner à son bureau lorsqu'il vit l'adolescent entrer dans le Danny's Bar et il ne put s'empêcher de le suivre. L'intérieur sombre l'aidait à se fondre dans la masse. Il regarda le jeune homme se pencher vers une fille, lui embrasser la bouche, puis retirer son manteau. L'homme commanda une pinte de Guinness, s'assit au bar et se positionna sur le tabouret de manière à pouvoir voir le jeune couple. L'adolescent mit son manteau sur son bras et passa son autre bras autour de la taille étroite de la jeune fille. Mais l'homme ne s'intéressait pas à la jeune fille. Il desserra sa cravate et continua à fixer l'adolescent.

— Vous allez boire votre bière ou l'offrir ? demanda le barman tout en souriant.

L'homme se renfrogna, souleva sa pinte et en but une gorgée avant de reporter son regard sur les traits délicats du garçon. Il enfonça davantage ses jambes sous le bar, cachant ainsi la bosse qui se formait dans son pantalon. Il avait beaucoup à faire, mais pour l'instant, tout ce qu'il voulait, c'était s'asseoir, regarder et imaginer ce que cela ferait d'avoir cette chair juvénile entre ses mains.

Chapitre 18

La médecin légiste de l'État, Jane Dore, salua Lottie et Boyd. Elle portait de fines lunettes à travers lesquelles brillaient ses yeux verts. Un élégant tailleur jupe bleu marine épousait sa silhouette. Elle portait des chaussures à talons très hauts. Lottie se sentait mal habillée dans sa veste chaude, son jean et son haut à manches longues avec un gilet thermique en dessous. Elle avait passé les quarante kilomètres qui la séparaient de Tullamore en silence. Boyd, quant à lui, avait passé son temps à chanter faux et, bien qu'elle trouvât cela irritant, elle n'avait rien dit. Parfois, c'était la meilleure façon de gérer ses humeurs.

— Bienvenue à la Maison des Morts, dit Jane Dore en tendant une petite main à Lottie.

— La Maison des Morts? demanda Lottie.

— Un souvenir du bon vieux temps. Venez.

Jane s'engagea dans un couloir étroit. Lottie la suivit, espérant que l'intense odeur de désinfectant aiderait à masquer le parfum de la mort, même si elle en doutait. Boyd se glissa derrière elles. La médecin légiste poussa une porte battante et entra dans une pièce dont le carrelage blanc s'étendait du sol au plafond. Trois tables en acier inoxydable trônaient au centre. Deux d'entre elles portaient des corps sous des draps de coton d'un blanc immaculé. Susan Sullivan et James Brown, présuma Lottie. Elle pouvait voir des reflets dans les armoires en acier et recula devant sa propre image déformée. Jane Dore s'assit sur un haut tabouret et alluma un ordinateur.

— Il met du temps à démarrer, maugréa-t-elle.

— Tant qu'il n'y a que lui qui se réveille, dit Lottie, tentant de détendre l'atmosphère.

Boyd leva un sourcil, croisa les bras et ne dit rien. La médecin légiste tambourina un ongle verni rouge sur la table. Lottie prit un autre tabouret et s'assit dans le silence.

— Avez-vous fait une découverte ? demanda-t-elle lorsque Jane entra son mot de passe. Pas de Post-it coincé sous le clavier pour cette femme.

— Dans les deux cas, la mort est due à une asphyxie par strangulation, répondit-elle. Il y a peu de traces de blessures défensives sur le corps de Sullivan. Il y a des écorchures sur les doigts de Brown et des ecchymoses sur son cou autour de la ligature, comme s'il avait essayé de déloger la corde. J'ai également trouvé des fibres de nylon bleu sous ses ongles. J'ai envoyé toutes les fibres et tous les cheveux au laboratoire médico-légal, qui dispose également de la corde. Il y a une légère contusion à la base du crâne. Je ne sais pas ce qui l'a causée et tant que je n'ai pas les résultats des analyses médico-légales, je ne peux pas déterminer avec certitude qu'il s'est donné la mort.

Lottie se félicitait de son instinct. Elle pouvait encore se tromper, mais elle était presque sûre que Brown ne s'était pas suicidé. Une bosse à l'arrière de la tête lui indiquait que quelqu'un d'autre était dans les parages la nuit dernière.

— Sullivan était mal en point…

La médecin légiste s'interrompit au milieu de sa phrase, remontant ses lunettes sur son nez.

— Elle a peut-être accouché. Je n'en suis pas sûre à cent pour cent tant que je n'aurai pas fait d'autres tests sur les tissus que j'ai prélevés.

— Pourquoi ne pouvez-vous pas être sûre ? demanda Lottie.

— Son système reproductif est en désordre. Elle était au stade avancé du cancer des ovaires. Les deux ovaires ont des tumeurs grosses comme des mandarines et il y en a une autre dans l'utérus.

— Il m'est venu à l'esprit qu'elle pouvait avoir un cancer, déclara Lottie, se souvenant de la présence d'Oxycontin dans l'armoire à pharmacie de la victime.

— Il est possible qu'elle ait confondu les symptômes avec ceux de la ménopause, précisa Jane.

— Elle savait, affirma Lottie avec conviction.

— Le cancer des ovaires est silencieux. C'est généralement à un stade avancé que les symptômes apparaissent. Sullivan n'avait plus que quelques semaines à vivre, mais quelqu'un s'est occupé d'elle en premier.

Lottie repensa au jour où Adam avait reçu son diagnostic. Susan avait-elle vécu le même scénario bouleversant avec son médecin ? Comment avait-elle réagi ? Avait-elle pris la nouvelle avec calme et dignité, comme Adam, ou avait-elle crié contre le médecin comme elle, Lottie, l'avait fait ?

— Vous allez bien ? Jane Dore haussa les sourcils, l'inquiétude s'installant entre elles.

— Je vais bien. Je pensais juste à autre chose.

Lottie se ressaisit rapidement, le professionnalisme l'emportant sur son émotion personnelle. Elle avait envie de prendre la main sur l'ordinateur pour aller plus vite. Mais ses ongles étaient rongés et inégaux. Mieux vaut s'abstenir, se dit-elle.

— Enfin! dit la médecin légiste, tandis que l'ordinateur s'alluma.

Elle saisit le nom de Susan Sullivan. De nombreuses lignes de texte et plusieurs icônes apparaissaient. Elle cliqua et une image du corps de Sullivan s'afficha à l'écran.

— Ici, vous pouvez voir la marque de ligature, un sillon profond sur le tissu. Elle provient d'un fil en plastique très fin. Cela correspond aux écouteurs de l'iPod trouvés autour du cou de la victime. Le laboratoire procède actuellement à des analyses pour confirmer qu'il s'agit bien de l'arme du crime. Un coup sec, une tension de quinze à vingt secondes, et la victime est morte.

— Le tueur est-il un homme?

— Pas nécessairement. En appliquant la bonne force au bon endroit, il pourrait s'agir d'un homme ou d'une femme. Il y a peu d'ecchymoses sur le cou, donc elle ne s'est pas beaucoup débattue.

Lottie regarda la médecin légiste déplacer le curseur vers le bas de l'image et survoler le haut de la cuisse de la victime.

— Qu'est-ce que c'est? demanda Lottie en plissant les yeux sur l'écran.

— Je crois qu'il s'agit d'un tatouage réalisé à domicile. De l'encre de Chine appliquée sur la peau et piquée à plusieurs reprises avec une aiguille. On dirait des lignes dans un cercle. Ce n'est pas très clair. C'est mal dessiné et profond. Incisé avec un couteau peut-être, puis badigeonné d'encre. Je vais vous montrer, dit-elle. Mettez ça.

Elle sortit des gants en latex d'un tiroir situé à ses genoux et les tendit à Lottie et Boyd. Sautant de son tabouret, elle se dirigea à petits pas élégants vers la table la plus proche et écarta le drap, dévoilant le corps nu de Susan Sullivan. Une grossière incision marquait la poitrine de la femme, sommairement cousue avec du fil épais. Lottie frémit. Est-ce là ce qu'ils avaient fait à son Adam? Mort à la maison, l'entrepreneur de pompes funèbres avait dû placer son corps dans une boîte en acier et l'amener à l'hôpital pour une autopsie. Elle avait été trop désemparée à l'époque pour s'y opposer. Elle refusa d'y penser et se concentra sur les indications de la médecin légiste. Jane Dore avait déplacé l'une des jambes de la victime et touché l'intérieur de la cuisse du cadavre.

— Vous voyez?

Elle pointa du doigt la marque sur l'intérieur de la cuisse de la victime. Lottie déplaça son poids d'un pied à l'autre, essayant de se débarrasser de son malaise. Elle se pencha pour regarder. Le pubis de la morte était presque dans son visage.

— Oui, je le vois, murmura-t-elle.

Boyd resta en retrait.

— Maintenant, regardez ça.

À la deuxième table, Jane souleva les draps du corps. James Brown gisait là, plus blanc qu'il ne l'avait jamais été dans sa vie, des points de suture traversant également sa poitrine. La médecin légiste lui écarta les jambes. Lottie fixa une marque comparable au tatouage de l'intérieur de la cuisse de Sullivan. Les deux se trouvaient à des endroits similaires. Mais celle-ci était plus ovale, comme si la main de celui qui l'avait dessinée avait glissé.

— J'ai envoyé des échantillons de l'encre au laboratoire pour analyse. Ne comptez pas trop sur les résultats.

— Je suis sûr qu'il ne s'agit pas d'un rite d'initiation du conseil du comté, affirma Boyd.

— Rien ne m'étonnerait de nos jours, rétorqua Lottie.

— À mon avis, ces marques ont été faites, il y a trente ou quarante ans. La croissance de l'épiderme et la décoloration de l'encre en témoignent.

Lottie ouvrit la bouche pour dire quelque chose, mais s'en abstint. C'était un lien important entre Susan Sullivan et James Brown, en plus de leur travail. Jane Dore imprima les images des tatouages.

— Bonnes recherches, dit-elle en les tendant à Boyd.

Expirant de toutes ses forces, Lottie expulsa l'odeur de la chair en décomposition. Elle enleva les gants et les déposa dans une poubelle stérile située sous une table. La médecin légiste fit défiler l'écran de l'ordinateur et imprima ses rapports préliminaires. Une fois qu'elle eut terminé, elle les donna à Lottie et retourna auprès des corps pour les étiqueter, les emballer et faire tout ce qu'un médecin légiste doit faire pour terminer les autopsies. Lottie ne voulait rien savoir de tout cela. Elle feuilleta les pages en marchant derrière Boyd et ne put s'empêcher de se demander si Susan Sullivan avait un enfant quelque part.

— Trouve le nom du médecin de Sullivan, ordonna-t-elle à Boyd. Entendant le claquement de talons hauts, elle se retourna pour découvrir Jane Dore derrière elle. Trop près. La colonne vertébrale de Lottie tressaillit. Elle se sentait plus à l'aise avec les vivants qu'avec les morts. Ressaisis-toi, Parker.

— Je vais aller manger un morceau. Vous voulez vous joindre à moi ?

— Je suis désolée, dit Lottie, mais le détective Boyd et moi devons retourner à Ragmullin. La prochaine fois ?

— J'espère qu'il n'y aura pas de prochaine fois. Si vous voyez ce que je veux dire.

Lottie sourit. C'était la seule tentative d'humour du médecin.

Chapitre 19

La lumière était allumée, ce qui rendait difficile la distinction entre le jour et la nuit. Lottie supposa que c'était le début de l'après-midi, à en juger par son estomac qui gargouillait. Ils n'avaient pas perdu de temps pour revenir de Tullamore. Elle avait assez vu la Maison des Morts.

Derek Harte était assis dans la salle d'interrogatoire sans fenêtre. Il se trouvait dans la maison de James Brown la nuit où ce dernier était mort. Il avait appelé les services d'urgence et attendu. La trentaine, les cheveux bruns et raides coupés au ras des oreilles, il était rasé de près. Ses yeux verts semblaient éteints sur son visage livide. Une odeur masculine se dégageait de lui et Lottie se demanda s'il essayait de protéger son apparence féminine avec de l'eau de Cologne. Il portait le parfum comme s'il était destiné à quelqu'un d'autre. Sous sa veste matelassée noire North Face se nichait la capuche d'un sweat-shirt rouge autour de son large cou.

Caméras et microphones étaient encastrés dans les murs et l'enregistreur DVD en marche. Les formalités terminées, Harte commença.

— James et moi nous sommes rencontrés en juin dernier.

Il ferma les yeux à ce souvenir, et un semblant de sourire plissa ses lèvres minces. Lottie compatissait avec lui. Les souvenirs fugaces, qui provoquent des sourires secrets et des pleurs involontaires, pouvaient surgir aux moments les plus inopportuns. Elle ne le savait que trop bien.

— Où l'avez-vous rencontré ? demanda-t-elle.

— C'est très délicat.

Il leva les yeux pour rencontrer les siens.

— Tout ce que vous direz sera traité avec la plus grande confidentialité, confia-t-elle, ne croyant pas tout à fait à ses propres paroles.

— Je l'ai rencontré sur Internet. J'étais sur ce site de rencontres depuis un moment et je n'avais jamais eu le courage de m'engager avec quelqu'un. Jusqu'à ce que je tombe sur James. Il avait l'air sympa, pas menaçant, si vous voyez ce que je veux dire.

Lottie acquiesça, ne voulant pas interrompre son discours. Des années d'interrogatoires lui avaient permis d'affiner sa technique.

— Il avait l'air normal. Il n'avait pas l'air d'un homme grand. C'est ce qui ressortait de sa photo et de sa biographie. J'ai décidé de lui envoyer un courriel et j'ai appuyé sur « Envoyer » avant de pouvoir changer d'avis. Il m'a répondu par courriel. Il voulait qu'on se rencontre. Je n'arrivais pas à croire qu'il s'intéressait à moi.

Harte regarda Lottie et poursuivit.

— Je travaille dans une école à soixante kilomètres d'ici.

— Où ?

— À Athlone.

— C'est là-bas que vous vous êtes rencontrés ?

— Non. J'ai préféré être discret, alors nous nous sommes rencontrés dans un hôtel à Tullamore.

— De quoi avez-vous parlé ?

— De nos jobs, principalement. Du stress qu'ils représentaient, de la façon dont nous y faisions face. Nous n'avons pas abordé le sujet de notre sexualité. Pas les premières fois. Je suppose qu'on peut appeler ça des rendez-vous, mais nous étions comme deux amis qui prennent un verre au bar en regardant le football. Sauf que nous n'avons jamais regardé le football.

— Comment la relation s'est-elle développée ? demanda Lottie, alors qu'il semblait ne plus vouloir continuer.

— James m'a invité dans son cottage. Nous avons passé la plus belle des soirées. Il a décoré la table à manger avec des roses rouges et des bougies. Je n'avais jamais rien vu de tel auparavant. Son souci du détail était exceptionnel. Les choses ont progressé à partir de là.

— Comment ça, les choses ont progressé ? demanda Lottie, pour qu'il continue à parler.

— Nous sommes devenus amants. Nous avions un avenir devant nous.

Harte marqua une pause, les yeux fermés, puis poursuivit d'un ton autoritaire.

— James était la personne la plus calme et la plus inoffensive que l'on puisse rencontrer. Je ne comprends pas pourquoi quelqu'un lui a fait ça. Ils ont détruit son avenir. Notre avenir.

— Monsieur Harte, pour l'instant, nous continuons à considérer sa mort comme un suicide.

— James n'avait aucune raison de se suicider.

— Parlez-moi des photos dans sa chambre, dit Lottie.

— Ce ne sont que des posters. Il haussa les épaules. Les hommes hétérosexuels mettent des calendriers de femmes avec les seins à l'air. Il rougit. Désolé, mais c'est vrai. James aimait ses affiches. Il n'y a pas de loi contre cela, n'est-ce pas?

— Pas que je sache.

— Nous étions seulement deux hommes en couple.

Ses épaules s'affaissèrent.

— Avez-vous remarqué un tatouage sur la cuisse de James?

— Oui, dit-il.

— L'avez-vous interrogé à ce sujet?

— Il était sur la défensive. Il m'a dit que ce n'était pas mes affaires. Qu'il datait d'une vie antérieure. C'est ce qu'il a dit. Une vie antérieure.

— C'est tout? demanda Lottie.

— Ce souvenir, quel qu'il soit, semblait lui causer de la peine, alors je n'en ai plus jamais parlé. Harte ferma les yeux, respirant profondément.

— Vous allez bien? Voulez-vous boire quelque chose? De l'eau? Un café?

— Je vais bien.

— Vous étiez avec James à Noël?

Lottie faisait avancer l'interrogatoire.

— Oui. Il a affronté la neige la veille de Noël pour me rendre visite. Il était agité. Il était contrarié de ne pas pouvoir rentrer pour un rendez-vous le soir même, mais le temps était si mauvais qu'il a dû rester avec moi.

— Quel rendez-vous pouvait-il avoir la veille de Noël ?

— Je n'en ai aucune idée. Mais nous avons pu passer le jour de Noël ensemble. Harte sourit. Je n'ai jamais été aussi heureux depuis que j'ai cessé de croire au Père Noël.

— Quand l'avez-vous vu pour la dernière fois ?

— Le vingt-six décembre. Il est rentré chez lui ce jour-là. Il devait reprendre le travail le vingt-sept décembre.

— Avez-vous la clé de son cottage ?

— Non. Il y a un endroit où il la laisse.

— Où cela se trouve-t-il ?

— Sous une pierre, près du pommier dans la cour.

Lottie soupira. Tout le monde était-il aussi négligent en matière de sécurité domestique ?

— Quelqu'un d'autre pourrait-il être au courant ?

— Je n'en ai aucune idée.

— La clé de James était-elle dans la porte hier soir ?

— Je suppose que oui. Je ne m'en suis pas approché, dit-il.

Au bout d'un moment, il reprit, la voix brisée.

— Dès que je me suis garé derrière sa voiture, je l'ai vu. Il était suspendu, là.

— Avez-vous vu quelqu'un d'autre ? D'autres voitures ? Quelqu'un vous a-t-il doublé sur l'avenue ou la route principale ?

— Je n'ai rien vu, inspectrice. Juste James. Accroché là. Comme… comme… Oh, mon Dieu.

Il se couvrit la bouche de ses mains, posa ses coudes sur la table et ravala un sanglot. Lottie écrivit dans son carnet, même si leur conversation était enregistrée. Elle avait besoin de rassembler ses idées.

— Savez-vous s'il possédait une petite lampe de poche verte ?

Harte secoua la tête :

— Je ne sais pas.

— Pourquoi étiez-vous chez lui hier soir ?

— Nous avions prévu de nous voir le soir pour le réveillon, mais il m'a téléphoné pour m'annoncer la mort de Susan Sullivan. Il avait l'air si bouleversé.

— Vous avez donc décidé de conduire dans une tempête de neige ?

— Oui, inspectrice, je l'ai fait.

Lottie l'observa. Il semblait sincère.

— Avait-il changé d'humeur ces derniers temps ? demanda-t-elle.

Harte réfléchit un instant.

— James m'a dit, il y a quelques mois, qu'on avait diagnostiqué un cancer chez Susan. Il semblait la connaître depuis longtemps, mais je ne l'ai jamais rencontrée. Une fois, j'ai demandé qu'il nous présente. Il ne l'a pas fait.

— Il vous a dit autre chose à propos de Susan?

— Seulement qu'elle avait traversé beaucoup d'épreuves dans sa vie. Il a parlé comme s'il partageait ses problèmes. James était comme ça. Une âme sympathique. Maintenant que j'y pense, il semblait parfois obsédé par elle.

— Une idée de pourquoi?

— J'imagine que c'était lié à leur travail.

— Qu'est-ce que cela pouvait être?

— Il était furieux d'un vote du conseil à propos d'un plan d'infrastructures. Il n'arrêtait pas de dire qu'il n'arrivait pas à croire qu'ils avaient modifié le zonage d'un quartier ou d'un autre. Je ne comprends pas tout cela, mais je suis sûr qu'il vous sera facile de le découvrir. Il suffit de savoir ce qu'il faut chercher.

— Et c'est là que réside le nœud du problème, dit Lottie en pensant à la tête de Kirby, qui devait fouiller dans un tas de dossiers du service de l'urbanisme. Avez-vous une idée de la date à laquelle cela s'est passé?

— Je n'en suis pas sûr. Peut-être en juin ou juillet. Honnêtement, je ne sais pas. Il se peut que ce ne soit rien, inspectrice.

— Laissez-moi le soin de le déterminer, dit-elle.

Ils n'avaient déjà rien. Quel mal y aurait-il à ce qu'il y ait encore un peu plus de rien?

— J'ai tellement de regrets.

— Je connais ce sentiment, dit Lottie. Elle pensa à tout ce qu'elle avait enterré avec Adam, aux sentiments qu'elle n'arrivait pas à gérer.

— Merci, Monsieur Harte. Vous pouvez partir, dit-elle en repliant son carnet, mais j'aurai besoin de vous parler à nouveau.

— Quand vous voulez, dit Harte.

Il se leva et sortit, portant sa veste comme un poids mort sur ses épaules. Lorsqu'il fut parti, son odeur resta, agitant l'air autour de Lottie. Une odeur amère de douleur profonde. Elle la reconnut et espéra qu'Harte pourrait faire son deuil, mettre son chagrin derrière lui. Elle en doutait. Et pour une raison ou une autre, malgré tout cela, Lottie avait un doute tenace sur sa sincérité.

Chapitre 20

— Tu veux bien t'asseoir, Tom? Tu me rends fou!

Tom Rickard, promoteur immobilier, continuait de faire les cent pas dans la cuisine au sol de marbre, jetant de temps à autre un coup d'œil à sa femme Mélanie. Il était agacé par sa propre stupidité lors de l'appel avec James Brown. Il était encore plus agacé par cette inspectrice et son enquête.

Mélanie Rickard vida les dernières gouttes de son cabernet, se dirigea vers l'évier et rinça le verre. Elle préférait le vin blanc, alors pourquoi avait-elle ouvert ce rouge? Elle se comportait comme une garce parce qu'il avait annulé leurs projets pour le réveillon du Nouvel An sans la consulter. Il y avait beaucoup de place pour faire les cent pas. Leur cuisine était aussi grande que le rez-de-chaussée d'une maison normale. Mais leur maison n'était pas normale. Rien n'était normal quand il s'agissait de Mélanie Rickard, sa femme depuis vingt et un ans.

— Qu'est-ce qui te tracasse?

Elle essuya le verre en lui tournant le dos. Il ne répondit pas. Il savait qu'elle ne voulait pas vraiment de réponse. Mélanie posait des questions parce qu'elle pensait que c'était ce qu'il attendait, pas parce qu'elle s'en souciait. Elle avait cessé de se préoccuper de tout ce qui avait trait à lui depuis des années. Il en était certain.

L'horloge murale égrena les heures de la soirée, ajoutant à l'agitation qui régnait dans sa tête. Mélanie voulait une fête. Elle voulait d'autres vacances. Sa garde-robe était remplie de vêtements portant des étiquettes de créateurs à des prix exorbitants. Elle voulait tout. Elle a tout eu. Il avait répondu à tous ses caprices.

Ce n'était plus le cas aujourd'hui. Tout ce qu'il possédait était englouti dans le nouveau projet. Un projet qui se noyait rapidement dans les sables mouvants. Il s'enfonçait avec lui. Il s'étouffait lui-même avec le nœud coulant de la dette irrécouvrable et, maintenant deux personnes étaient mortes. Il ne savait pas quoi faire.

Alors, il continua à faire les cent pas. Le long de leur marbre vert importé d'Italie. Quand il leva les yeux, Mélanie n'était plus là. Il avait besoin de parler à quelqu'un. Il voulait son âme sœur, sentir le confort de ses bras et de ses jambes autour de lui. Et son âme sœur n'était pas Mélanie.

Rickard enfila son manteau, glissa son téléphone dans la poche et, enroulant une écharpe en cachemire autour de son cou, il troqua la chaleur de sa cuisine silencieuse pour l'air froid de la nuit.

Chapitre 21

Lottie se tenait devant la maison de Susan Sullivan. Les rubans de balisage flottaient dans l'air glacial. Elle fit un signe de tête aux agents en uniforme assis dans la voiture de police. La nuit allait être longue et froide. Elle espérait qu'ils avaient une flasque de quelque chose de chaud avec eux. Elle avait ordonné que la maison soit surveillée pendant quelques jours. Juste au cas où quelqu'un se présenterait.

L'obscurité enveloppait la maison comme une grande cape noire. Toutes les maisons environnantes étaient baignées de lumières vives, certaines scintillant avec des décorations de Noël vieilles d'une semaine. Elle supposa que les habitants étaient en train de sabler le champagne pour fêter la nouvelle année. Mais la maison des Sullivan était en deuil, les fenêtres sombres reflétant la lumière de la neige gelée qui tapissait les rebords des fenêtres.

Avant de quitter le commissariat, elle avait informé l'équipe d'intervention des rapports de la médecin légiste et de l'interrogatoire de Derek Harte. Elle avait laissé Boyd s'occuper du carnet de commandes et Kirby devait recouper les rapports des enquêtes de porte-à-porte. Pour l'instant, rien. Personne n'avait rien vu. Ragmullin était-elle la ville des sourds, des aveugles et des muets? Aucun signe de mari, de petit ami ou même de petite amie pour Sullivan et ils n'avaient toujours pas localisé son téléphone ou son ordinateur portable.

Alors que l'équipe était embourbée dans la paperasse, se plaignant du réveillon et des fêtes qu'elle manquait, elle s'était échappée. Elle avait besoin d'air frais et, avec le froid qui l'assaillait, elle avait erré sur les sentiers gelés de la ville, attirée par la maison de Susan. L'intuition lui disait qu'il y avait un indice dans cette maison. Elle n'avait qu'à le trouver.

Elle se glissa sous le ruban et ouvrit la porte. En allumant la lumière du hall, elle sentit la maison grincer et un radiateur trembler quelque part à l'étage, puis se calmer. La maison était chaude. Elle en conclut qu'il s'agissait d'un chauffage à minuterie. En entrant dans la cuisine, elle entendit le ronronnement du réfrigérateur dans une pièce par ailleurs silencieuse.

En regardant autour d'elle, Lottie se demanda comment elle pouvait être dans un tel état par rapport à la chambre à l'étage. C'était comme si deux personnes différentes habitaient la maison. Susan était-elle bipolaire ou schizophrène ? Serait-ce lié à l'enfance de Susan ?

Lorsqu'elle ouvrit le réfrigérateur, la lumière interne éclaira la cuisine. Elle ouvrit le minuscule tiroir de congélation du haut. Des pots de glace Ben & Jerry's lui faisaient face. Bien alignés, ils n'avaient jamais été mangés.

Elle referma le tiroir et fouilla dans le reste du réfrigérateur. Un demi-bloc de fromage rouge, durci sur les bords. Du lait et les restes d'un oignon rouge. Un paquet de jambon en tranches non ouvert et deux barres de chocolat. Derrière le lait, une brique de jus d'orange. Le plateau du bas contenait des poivrons verts et une demi-tête de chou.

Avant de refermer la porte, elle ouvrit à nouveau le tiroir du congélateur. En retirant les bacs à glace, elle remarqua un sac de congélation en plastique, avec du papier à l'intérieur. Enfilant une paire de gants en latex, elle sortit le sac. La glace était solide. À travers le givre, elle put voir qu'il s'agissait d'argent liquide. Le premier billet était un billet de cinquante. Si c'étaient tous des billets de cinquante, il devait y avoir au moins deux mille euros dans le sac. Voire plus. Pourquoi Susan Sullivan cachait-elle de l'argent dans son congélateur ? Un fonds de vacances ? Mais pourquoi en aurait-elle un si elle était mourante ? Lottie voulait le compter, mais elle devait attendre qu'il soit décongelé.

Kirby et Lynch ! Comment avaient-ils pu rater ça ? Qu'avaient-ils manqué d'autre ? Elle chercha quelque chose pour transporter le paquet congelé, puis décida qu'il serait plus raisonnable de le laisser là où elle l'avait trouvé. La police scientifique devra l'examiner. Remettant le sac d'argent dans le réfrigérateur, Lottie ferma la porte.

À la fenêtre, elle baissa les stores et alluma la lumière. Elle regarda dans tous les placards. Du vieux teck, couvert de graisse. Ne remarquant rien d'autre d'anormal, elle éteignit la lumière et ferma la porte de la cuisine.

Jetant un coup d'œil dans le salon sur les piles de journaux jaunis, elle réprima l'envie de les feuilleter. Ils ne révéleraient probablement rien d'intéressant pour leur enquête, seulement une collection d'encombrements remplissant un esprit obsessionnel.

Elle s'intéressa au reste de la pièce. Une télévision, deux fauteuils et une cheminée. C'est alors que lui vint à l'esprit ce qu'elle avait ressenti lorsqu'elle avait visité la maison pour la première fois. C'était une carte postale vierge. Une image d'un côté, rien de l'autre. Une maison dépourvue d'objets humains. Des objets que les gens collectionnaient au fil du temps, des objets qui reflétaient leur vie. Des objets qui vous disaient qui ils étaient, où ils étaient allés, comment ils vivaient. Pas de livres pour vous dire ce que Susan lisait, pas de photos des gens qu'elle connaissait ou des endroits qu'elle avait visités, pas de CD pour illustrer ses goûts musicaux, pas de DVD pour montrer ses choix de films, pas de parfums pour vous donner l'odeur de la femme. La maison de Sullivan était une toile blanche, aucun reflet de sa personnalité, de ses émotions, de sa vie. Sa maison était le miroir de ce qu'ils savaient de Susan Sullivan. Rien.

Lottie n'avait pas besoin de regarder à nouveau à l'étage. Les inspecteurs Larry Kirby et Maria Lynch reviendraient. Cette fois, ils feraient un travail minutieux. Elle ne pouvait tolérer l'incompétence. Ses inspecteurs valaient mieux que cela. Ils devaient l'être.

Et le téléphone de Sullivan n'avait toujours pas été retrouvé ; leur système de repérage GPS n'avait pas permis de le localiser.

Tirant la porte d'entrée derrière elle, elle la referma avec un bruit sourd et se dirigea vers chez elle.

* * * * *

La bise arctique s'était transformée en vent hurlant. La neige tourbillonnait autour de Lottie et elle marchait avec précaution. Elle pensa à appeler Boyd pour qu'il vienne la chercher, mais décida de ne pas le faire. Il se faisait tard et il était plus que probable qu'il fêtait la fin de l'année. Elle prit le raccourci de la zone industrielle faiblement éclairée, pour éviter les fêtards qui sortaient des pubs et trébuchaient sur les sentiers enneigés avec leur vin et leurs cigarettes.

Les grandes unités industrielles vides résonnaient dans le vent et les câbles électriques se balançaient dangereusement au ras du sol. Face au blizzard, elle marchait rapidement, maudissant les éléments.

Le premier coup la frappa dans les côtes, la mit à genoux et la fit se courber. Elle tenta de se stabiliser, mais la douleur qu'elle ressentait au côté lui traversa le corps. Que se passait-il ? Elle n'avait entendu personne s'approcher avec le vent.

Le second coup dans le dos la fit tomber, prostrée sur la glace, les mains tendues, cherchant désespérément quelque chose à quoi se raccrocher. Son visage heurta le sol, un poids l'immobilisant. Sa gorge se resserra lorsque le cordon de la capuche de sa veste fut tiré. Elle lutta pour respirer. Elle étouffait. Il était sur elle. Une image de ses enfants lui traversa l'esprit, l'instinct de riposte s'empara d'elle et son entraînement se mit en marche.

Elle essaya de lever les bras, de s'appuyer sur son coude, mais l'agresseur était trop lourd. Le goût métallique du sang qui s'accumulait dans sa bouche l'étouffait. La douleur s'intensifia et la colère l'envahit. L'agresseur tirait fortement sur la corde. Elle serra les dents, glissa un bras sous elle et fit pivoter son autre coude vers l'arrière. L'emprise sur son cou se desserra et elle aspira l'air froid. Elle aperçut des lumières au loin. Des phares de voiture, pensa-t-elle. La pression revint sur elle et elle resta prisonnière de la glace tachée de sang. Elle pouvait sentir la sueur de son corps tandis qu'il approchait sa bouche de son oreille.

— Pensez à vos enfants, inspectrice, dit-il, sa voix s'élevant au-dessus du vent. Il lui asséna un coup sec sur le côté de la tête. Elle essaya de se retourner. Il la frappa à nouveau. Les feux de la voiture qui approchait clignotèrent une fois, puis deux et, elle sentit son corps s'alléger à mesure que disparaissait le poids qui la retenait au sol. Elle entendit la voiture s'arrêter, une portière s'ouvrir.

— Vous allez bien, Madame? Je crois que je l'ai fait fuir.

— Ramenez-moi chez moi, gémit-elle.

Chapitre 22

— Elle ne répond pas au téléphone, dit Chloé.

— Si j'avais su qu'elle allait travailler si tard, j'aurais pu aller à une fête.

Katie avait l'air en colère.

— De toute façon, tu veux juste qu'elle revienne pour te filer de la tune.

— Non, petite maligne, riposta Chloé. Je veux que nous soyons une famille ce soir.

— Essayez le commissariat, proposa Sean. Et arrêtez de vous battre ou je vais me coucher.

Il éteignit la télévision.

— Hé, je regarde ça, dit Katie en levant la tête.

— Vous allez vous taire ! dit Chloé. Reviens, Sean.

Lottie, qui venait de franchir la porte d'entrée, regardait son fils. Ils étaient tous les trois à la maison. Pour le réveillon du Nouvel An. Même Katie.

— Maman ! Qu'est-ce qu'il t'est arrivé ? Sean se précipita vers elle. Lottie lui serra le bras et il la conduisit dans le salon. Elle s'assit dans le fauteuil près de la cheminée éteinte. Le chauffage semblait fonctionner à plein régime. Elle s'en moquait.

— J'étais justement en train de téléphoner à ton travail, dit Chloé. Katie et elle restèrent debout, le regard fixe.

— Il n'y a pas de quoi s'inquiéter. Quelqu'un m'a sauté dessus dans la zone industrielle.

Lottie se passa la main sur le nez. Elle en ressortit avec du sang sur les doigts.

— Je vais appeler un médecin, dit Chloé, l'inquiétude traversant ses jeunes traits.

Lottie essuya le sang sur son visage avec des doigts tremblants.

— Je vais m'en sortir. Je ne pense pas que quelque chose soit cassé.

Elle espérait que son nez ne l'était pas. Si cela avait été le cas, elle savait que la douleur aurait été bien pire. Trois visages inquiets la regardaient.

— Ce n'est pas grave. Honnêtement, j'ai juste besoin de me laver.

Elle ne voulut pas penser à ce qui aurait pu se passer si le taxi n'était pas arrivé sur les lieux. Le chauffeur lui avait dit qu'il n'avait vu que le dos de l'agresseur courir vers les vieux wagons près de la voie ferrée désaffectée. Il voulait le suivre. Elle voulait juste rentrer chez elle. Voir ses enfants. S'assurer qu'ils étaient en sécurité. Le chauffeur de taxi l'avait aidée.

— Je vais te chercher une tasse de thé, dit Chloé.

— Je vais t'aider, renchérit Katie.

Sean s'assit sur le bras du fauteuil. Elle était heureuse d'avoir ses enfants autour d'elle. Ils étaient en sécurité et elle aussi. Pour l'instant.

— Pas de thé, dit Lottie. Il faut que j'aille me coucher. Nous prendrons un plat à emporter.

Elle regarda autour d'elle. Pas de sac à main. L'agresseur s'était enfui au bruit des freins de la voiture, mais il n'était pas parti les mains vides. Il ne s'enrichirait pas avec le contenu de son sac. Dieu merci, elle n'avait pas été assez bête pour prendre avec elle l'argent du congélateur de Susan Sullivan. Les petites miséricordes et tout le reste, pensa-t-elle.

— Il y a peut-être assez de monnaie dans le pot de la cuisine, dit-elle en se levant avec précaution du fauteuil.

Lentement, elle gravit les marches jusqu'à sa chambre, ignorant le désordre des vêtements qui recouvraient le sol et qui pendaient à la porte ouverte de l'armoire. Après s'être déshabillée timidement, elle entra dans la douche, laissant le jet d'eau chaude soulager sa douleur et nettoyer ses coupures.

Après avoir essuyé sa chair chaude, elle évalua ses blessures. Au pire, elle avait une côte cassée, au mieux des côtes meurtries. Une profonde coupure lacérait l'arête de son nez. Pas de fracture. Une autre coupure plus légère apparaissait sous son œil gauche. Elle pensait qu'elle aurait une drôle d'apparence le lendemain, lorsque les ecchymoses éclateraient.

Ses bras lui faisaient mal et sa gorge était à vif, la peau de son cou devenant déjà violette. Il avait presque réussi à l'étrangler. Elle se consolait en se disant qu'elle s'était défendue. Désespérément. Pourquoi Susan Sullivan ne s'était-elle pas battue pour se sauver ? Jane Dore n'avait signalé que peu ou pas de blessures défensives. Quel genre de personne n'avait pas l'instinct de survie ? Lottie ne pouvait pas le comprendre.

Elle jeta ses vêtements du lit sur le sol et appuya sa tête sur les oreillers. Ayant besoin de parler à quelqu'un d'autre que Boyd, elle fit défiler les contacts de son téléphone pour trouver le numéro de son ami occasionnel de longue date. Ces derniers temps, elle n'avait pas beaucoup vu Annabelle O'Shea, l'une de ses plus anciennes amies et l'exact opposé de Lottie. Gymnastique, yoga et tout autre exercice fantaisiste auquel on pouvait penser, Annabelle s'y adonnait. Lottie ne pouvait pas se permettre de perdre autant de temps pour elle.

La boîte vocale lui demanda de laisser un message. Elle n'en laissa pas. Elle raccrocha, rabattit la couette sur son corps endolori et souhaita dormir. Elle resta longtemps éveillée, la main sur le livre *Argos*, pensant à James Brown et aux murs de sa chambre pornographique, à Susan Sullivan et à son salon rempli de journaux, à son réfrigérateur rempli d'argent congelé et à sa maison qui ne représentait rien de sa vie. Et à son propre agresseur sans visage. Les mots « Pensez à vos enfants » résonnaient sans cesse dans son cerveau. Elle avait été prise pour cible. Pourquoi ?

Pour la première fois depuis des années, Lottie sentait la peur la démanger sous sa peau.

* * * * *

Boyd travaillait tard, lisant le rapport de la médecin légiste au son des cloches de la cathédrale qui annonçaient l'aube d'une nouvelle année. Il avait ouvert les dossiers de l'urbanisme en ligne et commencé à comparer les détails avec les dossiers du domaine fantôme. Un travail méthodique et minutieux. Un travail pour lequel il était doué. Cela lui permettait de ne pas penser à autre chose. D'autres personnes. D'une personne en particulier.

N'ayant rien trouvé, il rentra chez lui et se mit à transpirer sur son vélo. Sa frustration l'aida à faire monter l'adrénaline jusqu'à ce que sa poitrine manquât de s'effondrer. Il abandonna, alluma une cigarette et s'assit sur son vélo d'appartement pour fumer.

Par intermittence, la pièce s'illuminait des feux d'artifice effervescents dans le ciel nocturne. Et il était seul.

* * * * *

À quatre heures du matin, le téléphone portable de Lottie se mit à sonner. Elle loucha sur l'écran. Le numéro n'était pas familier.

Un texto :

« Que la nouvelle année vous apporte la paix. »

Elle répondit :

« Qui est-ce ? »

Quelques secondes plus tard, une réponse s'afficha :

« Père Joe ».

Elle sourit et s'endormit d'un sommeil agité. Elle rêva d'yeux bleus, de croix en rond et d'une corde qui se resserrait autour de sa gorge, jusqu'à ce qu'elle se réveille baignée de sueurs froides. Elle se traîna jusqu'à la douche, passa sous l'eau chaude, puis, enroulant une serviette autour de son corps meurtri, elle s'allongea sur le lit. Le sommeil ne revint pas.

* * * * *

1er janvier 1975

La jeune fille se réveilla avec une terrible douleur au bas de l'estomac. Elle se traîna hors du lit et hurla tandis que l'agonie s'amplifiait par vagues.

« Sainte Mère de Dieu. Oh, Jésus-Christ ! », hurla-t-elle. Sa mère entra en courant dans la chambre.

« Qu'est-ce que tout ce remue-ménage ? » Elle s'arrêta à la vue du sang et de l'eau qui coulaient le long des jambes de sa fille. Tout à coup, elle comprit ce qui se passait. Elle se bénit et se dirigea vers la fille. Elle l'allongea sur le lit.

« Qu'as-tu fait ? »

La fille cria. Et elle cria encore. Sa mère regardait, horrifiée, sa fille produire sa seule et unique poussée et son petit-enfant entrer dans le monde. Le bébé pleura. Elles pleuraient toutes les deux. Aucune des deux ne savait quoi faire. Elles pleurèrent encore.

« Je vais chercher une sage-femme, dit sa mère. Et le prêtre. Il saura quoi faire.

— Non ! » La fillette poussa un cri strident et terrifié.

Troisième jour

1er janvier 2015

Chapitre 23

— Bonne année à moi, dit Lottie en levant les stores de la cuisine.

Dans l'obscurité, elle regarda son image meurtrie se refléter dans la vitre. Elle passa ses doigts dans ses cheveux, pensant qu'il fallait les couper et les colorer. La teinture châtain était en train de pousser et une fine ligne grise commençait à apparaître sur le sommet de son crâne.

Mais elle avait d'autres chats à fouetter que de ressembler à un blaireau. Merde, elle avait l'air d'avoir fait dix rounds avec le boxeur olympique de Ragmullin. En consultant son téléphone, elle lut le message nocturne du Père Joe Burke. Elle n'avait pas répondu. Ce n'était pas plus mal. Il est suspect, pensa-t-elle.

Occupée à ranger la cuisine, elle écrasa les bouteilles de Coca vides et plia la boîte de pizza dans la poubelle de recyclage. Deux soirs de suite, ses enfants avaient mangé de la malbouffe. Ce n'était pas suffisant. Elle devait aller au supermarché. Elle espérait que Tesco serait ouvert, car c'était le jour de l'an et toutes ces conneries. Elle ouvrit les portes des placards en notant mentalement ce dont elle avait besoin. Puis elle se souvint qu'elle n'avait pas de portefeuille, pas de cartes, rien.

Plaçant les deux derniers Weetabix dans un bol, elle s'assit à la table en pensant à son agresseur. Pourrait-il être celui qui a assassiné Sullivan et Brown ? Essayait-il de la tuer ? Elle se débarrassa de cette idée. Elle devait penser à ses enfants.

Ses enfants. Chloé était sous pression à l'école. Katie se débattait avec des devoirs continus à l'université et s'était enfermée mentalement depuis la mort d'Adam. Et Sean, qui passait toute la journée sur sa PlayStation. Lottie se désespérait. Comment pourrait-elle s'occuper d'eux et de son travail ? Peut-être devrait-elle demander à sa mère de veiller sur eux. Mais leur dernière dispute était encore trop brutale.

Soupirant, elle versa du café dans une tasse et du lait sur ses céréales. Les céréales tombèrent en grumeaux épais. Dégoûtée par l'odeur aigrelette, elle but une gorgée de café noir. Une cigarette ne serait pas de refus, pensa-t-elle, tandis que la douleur dans sa tête s'intensifiait. Elle fouilla dans un tiroir à la recherche d'analgésiques et trouva un Xanax, qu'elle avala à la place. Serrant ses flancs endoloris, elle souhaita que la douleur disparaisse. Ses enfants dormiraient probablement jusqu'à midi. Un réveil brutal les attendait la semaine prochaine. Retour à l'école.

La concernant, le travail comme d'habitude.

* * * * *

Lorsqu'elle arriva au commissariat, l'humeur de Lottie était aussi froide que le vent glacial qui lui fouettait le visage sur le chemin du travail.

— Kirby, Lynch, ordonna-t-elle en retirant sa veste avant d'entrer dans le bureau exigu.

Les deux se retournèrent sur leurs chaises, se regardèrent l'un l'autre, puis revinrent vers Lottie.

— Mon bureau! Merde, c'est mon bureau maintenant, pensa-t-elle.

Boyd était assis à son bureau et parlait au téléphone. Il leva les yeux vers elle, puis vers Kirby et Lynch qui se mettaient au garde-à-vous. Kirby chercha dans sa poche un cigare qu'il ne pouvait pas fumer à l'intérieur du bâtiment. Sa tête semblait gonflée par la gueule de bois, et Lynch avait ramené ses cheveux en une queue-de-cheval sobre. Lottie fit signe à Boyd de disparaître. Il se dépêcha de terminer son appel.

— Jésus, que t'est-il arrivé? demanda-t-il.

— Rien.

Lottie jeta sa veste sur le dossier de sa chaise, évitant son regard intense.

— Je n'ai pas l'impression qu'il ne s'est rien passé. Tu t'es pris les deux échelles dans le couloir en pleine face ou quoi?

— Je te raconterai plus tard.

— Je n'aimerais pas voir l'état de l'autre homme!

— Laisse tomber, Boyd. C'était juste un agresseur dans la zone industrielle, après l'ancien entrepôt de céréales. Probablement un des junkies des chemins de fer à la recherche d'argent. Il a pris mon sac à main.

— Tu vas bien ? Tu as porté plainte ? demanda-t-il. Je parie que non.

— Il n'y a pas de quoi s'énerver.

— Dis-moi où cela s'est passé et je demanderai à quelqu'un de chercher ton sac.

Boyd s'assit sur le bord de son bureau. Lottie céda.

— Hier soir, je suis allée chez Susan Sullivan pour jeter un coup d'œil. Cela m'a conduite à quelque chose dont j'aimerais discuter avec ces deux-là. En rentrant chez moi par la zone industrielle, on m'a sauté dessus.

— Pourquoi n'as-tu pas porté plainte ?

— C'est ce que je fais maintenant.

Elle donna à Boyd tous les détails dont elle se souvenait et lui confia la carte du chauffeur de taxi pour qu'il vérifie s'il avait vu quelque chose.

— Et demande aux policiers qui gardaient la maison de Susan Sullivan s'ils ont remarqué quelqu'un la nuit dernière.

— Je reviens dans une minute, dit Boyd en prenant sa veste.

Une photocopieuse ronronnait sans surveillance, produisant du papier qui s'accumulait à une vitesse alarmante. Lottie l'éteignit et porta son attention sur Maria Lynch et Larry Kirby.

— Ces blessures ont l'air graves. Vous êtes sûre que ça va ? demanda Maria Lynch, l'inquiétude se lisant dans ses yeux.

— Je vais bien.

Lottie croisa les bras et se plaça face à eux.

— Dans quelle mesure avez-vous fouillé la maison de Susan Sullivan ?

— À fond, répondirent les deux inspecteurs à l'unisson. Lottie regarda l'un et l'autre.

— Pas assez minutieusement. Qui a vérifié le réfrigérateur congélateur ?

— Moi, dit Kirby, une ligne d'inquiétude creusant un sillon sur son front.

Le whisky de la nuit dernière faisait suinter des bulles de transpiration sur les crêtes. Son haleine empestait. Lottie recula d'un pas. Les épaules de Lynch s'affaissèrent et sa bouche se plissa en une ligne droite.

— Devinez quoi ? Non, n'essayez même pas, dit Lottie, alors que Kirby ouvrait la bouche. J'ai trouvé un paquet d'argent, pas mal en fait, congelé dans un sac. Dans le congélateur.

— Quelqu'un a dû le mettre là après qu'on l'a fouillé, dit Kirby, se débattant. Tout ce que j'ai vu, c'est de la glace.

— Avez-vous regardé derrière la glace ? Avez-vous sorti la glace ?

— Non, je ne l'ai pas fait.

Kirby traça une ligne imaginaire sur le sol avec sa chaussure en cuir noir non poli.

— Vous me décevez, dit Lottie, tous les deux.

Une douleur aiguë lui déchira les côtes, la forçant à s'asseoir. Son envie de se mettre en colère s'estompa. Elle avait trop mal pour s'énerver plus longtemps.

— À l'avenir, je ne veux plus qu'une telle chose se produise. Vous n'avez pas besoin que je vous le dise, les fouilles bâclées sont inacceptables.

— Oui, inspectrice, dit Lynch.

Elle se mordait la lèvre, mais ses yeux s'enflammaient de colère. Lottie savait que l'inspectrice Lynch ne voulait pas de cette tache noire sur son dossier impeccable. Cela pourrait lui causer des ennuis dans sa carrière, mais Lottie était la responsable directe et cela signifiait réprimander les gens pour un travail inacceptable. Il y avait des choses plus importantes que les ambitions de Maria Lynch. Kirby ne disait rien, il se contenta de pencher la tête avec une expression de chien battu. Lottie comprit alors comment une jeune femme d'une vingtaine d'années pouvait tomber amoureuse de lui : elle avait probablement pitié de lui. Elle les congédia tous les deux et ils filèrent. Boyd revint et jeta un sac en papier en provenance de la pharmacie sur son bureau.

— Ne les prends pas tous en même temps, prévint-il. Tu as de la chance que Boots soit ouvert aujourd'hui.

Il alluma la photocopieuse avant de s'asseoir à son bureau.

— Tu me sauves la vie.

Elle avala rapidement trois analgésiques.

— Tu n'as pas de travail à faire ? demanda-t-elle en se connectant à son ordinateur.

— En effet, répondit-il en tapant bruyamment sur son clavier.

Le menton appuyé sur sa main, Lottie regardait Boyd et écoutait la photocopieuse dans un bureau par ailleurs très calme. Soudain, elle ressentit le besoin que quelqu'un la prenne dans ses bras, la serre contre lui, apaise ses maux. Elle faillit tendre la main à Boyd, mais ne le fit pas.

Chapitre 24

Les rumeurs sur Ragmullin se multipliaient, mais Cathal Moroney, journaliste à RTE, la chaîne de télévision nationale, ne trouvait rien qui vaille la peine d'être rapporté. Il feuilletait son carnet de notes vide. Il était à la recherche d'un nouvel angle d'attaque sur le meurtre et le suicide présumé.

Il avait interrogé certains collègues des victimes, mais ils ne savaient rien. Il voulait une histoire d'intérêt humain, une histoire qui réveillerait son public fatigué. Il voulait le scoop de sa vie.

Il ne cessait de se poser la question que tout le monde se posait. Les décès étaient-ils liés à un projet d'urbanisme ? Et Brown avait-il été assassiné ? S'il s'avérait qu'il s'agissait de deux meurtres, un tueur en série traquait-il cette ville fatiguée des Midlands ? Il commençait à transpirer à cette idée. Ce serait un sacré sujet !

Se réchauffant les mains autour d'une tasse de café matinale, il écouta les ragots dans le McDonald's. Tout le monde avait une opinion. Tout le monde disait des conneries.

Il remarqua un groupe de policiers assis à une table dans un coin près des toilettes. Tout le monde connaissait Cathal Moroney, mais ce groupe était tellement absorbé par sa propre conversation qu'il ne l'avait pas remarqué. Il se glissa dans le coin faiblement éclairé derrière eux et sirota son café. Il écoutait. Et il entendit. Quelque chose de nouveau. C'était peut-être l'histoire qu'il attendait. Il avait juste besoin d'un commentaire officiel.

Il consulta son téléphone et contacta sa source.

* * * * *

Lottie posa ses deux pieds sur son bureau et reposa sa tête dans ses mains jointes. Les analgésiques avaient soulagé ses côtes palpitantes et elle avait collé un sparadrap sur la coupure qu'elle avait au nez.

Les rapports techniques préliminaires n'offraient pas beaucoup d'espoir. De l'ADN avait été trouvé à proximité du corps de Sullivan. Des masses de cellules de peau et de cheveux. Le tout enregistré, prêt à être recoupé. Et probablement des semaines avant d'obtenir des résultats, si tant est qu'il y en ait.

Les rapports médico-légaux de James Brown n'étant pas encore disponibles, elle jeta un coup d'œil sur les rapports d'autopsie préliminaires. Il s'était peut-être suicidé, pensa-t-elle en bâillant, mais qu'en était-il des doigts écorchés et de la contusion à l'arrière de la tête?

Sa mâchoire lui faisait mal et la douleur affaiblissait ses genoux; elle traîna ses pieds sur le sol et se leva, essayant de s'étirer. Elle avait faim. Kirby pourrait peut-être lui offrir un Happy Meal. Elle regarda le détective grincheux de l'autre côté de la pièce. Peut-être pas. Son téléphone sonna.

— Inspectrice?

— Oui, Don, répondit Lottie à l'agent d'accueil.

— Cathal Moroney de RTE est ici pour une déclaration. Le commissaire Corrigan est en retard ce matin, mais il a dit que vous deviez lui parler. Il a donné son accord au service de presse. J'ai mis Moroney dans la salle de conférences. Allez-vous lui parler?

Non, je ne le ferai pas, voulait-elle dire.

— J'arrive tout de suite, soupira-t-elle tout en se dirigeant vers l'escalier.

* * * * *

— Inspectrice. Moroney affichait son sourire télévisuel resplendissant. Je suis ravi que vous puissiez m'accorder quelques instants de votre précieux temps.

— Quelques minutes, c'est tout ce que j'ai, Monsieur. Moroney.

— Appelez-moi Cathal, dit-il en prenant sa main dans la sienne, forçant un contact que Lottie n'avait pas proposé. Le cameraman, qui se tenait derrière Moroney, ajusta son objectif et le pointa vers elle.

— Que puis-je faire pour vous ?

Lottie retira sa main aussi vite que la politesse le lui permettait. Elle résista à l'envie de l'essuyer contre la jambe de son jean. Malgré son sourire désarmant et son air de bon camarade, Moroney, en chair et en os, avait quelque chose de désagréable, quelque chose qu'elle n'arrivait pas à mettre en évidence, mais qu'elle ressentait quand même.

— Inspectrice Parker, que pouvez-vous me dire sur les rumeurs selon lesquelles James Brown était un pédophile actif ?

Prise au dépourvu, Lottie cligna des yeux, confuse.

— Qu'est-ce que vous racontez ?

— Qu'il était impliqué dans des rituels psycho sexuels sadiques...

— Ça suffit, s'emporta Lottie. Vous, éteignez cette caméra. Tout de suite.

— Peut-être aimeriez-vous commenter la grosse somme d'argent trouvée dans...

— Éteignez. C'est un ordre.

— D'accord.

L'homme baissa sa caméra.

— Je ne sais pas à quel jeu vous jouez, Monsieur Moroney, dit Lottie en pointant un doigt vers le visage suffisant de Moroney, mais à partir de maintenant, vous attendrez un communiqué de presse comme tout le monde.

Elle se retourna et se dirigea vers la porte.

— Oh, inspectrice ?

Elle s'arrêta, les doigts sur la poignée de la porte.

— Quoi ?

— Votre visage, vous avez un commentaire à faire ?

— Oui. Lottie se tourna vers lui. Vous n'avez pas envie de le voir de sitôt. Et vous feriez mieux de me croire sur ce point.

Elle quitta la pièce et se précipita dans le couloir, furieuse contre elle-même, Corrigan, Moroney et tous les autres. Même si les informations de Moroney étaient tordues et totalement inexactes, quelqu'un avait dit quelque chose qu'il n'aurait pas dû dire. Une taupe, pensa-t-elle, génial. Ils avaient une putain de taupe.

Chapitre 25

Le bureau d'enquête était un repaire de voix qui juraient et gémissaient lorsque Lottie entra. Tous les congés ayant été annulés, l'équipe entière était revenue travailler. Certains détectives marmonnaient à voix basse sur leur téléphone, tandis que d'autres bavardaient sans savoir qu'ils empiétaient sur l'espace d'autrui. Ils semblaient tous être des individus au milieu du chaos. C'était son équipe, travaillant dans un but commun, rassemblant des informations, cherchant un indice, n'importe quoi. Avec un tel nombre de personnes, il était inévitable que des bavardages inutiles révèlent des informations restreintes, qui seraient à leur tour déformées par les médias. Elle prononça un petit discours sur la nécessité de se taire à l'attention des troupes rassemblées.

— Quelque chose de plus sur l'argent? demanda-t-elle à Kirby.

— La police scientifique l'a trouvé. Deux mille cinq cents. Dans le putain de congélateur!

— Nous avons besoin des relevés bancaires de Sullivan et de Brown. Il y a peut-être plus d'argent en jeu.

— J'ai des documents que nous avons trouvés dans les deux maisons, dit Maria Lynch. Elle sortit un dossier et le feuilleta. Voici un relevé bancaire appartenant à James Brown. Attendez un peu. Un autre dossier, un autre morceau de papier agité en l'air. Et un autre de Susan Sullivan.

Elle posa les deux sur le bureau de Lottie, triomphante.

— Même banque, constata Lottie en feuilletant les documents.

Boyd y jeta un coup d'œil.

— Je vais appeler Mike O'Brien à la banque. Je le connais un peu, affirma Boyd. C'est le directeur de la banque locale.

— Bien, rétorqua Lottie. Kirby, examinez à nouveau le téléphone de James Brown. Trouvez d'autres cas où il a appelé le promoteur, Tom Rickard. Je n'aime pas ce salaud ostentatoire. Et où est le mandat pour les relevés téléphoniques de Rickard ?

— Il nous faut un motif valable pour le faire.

— Brown l'a appelé avant son prétendu suicide. C'est un motif suffisant pour moi.

— D'accord, répliqua Kirby, dubitatif.

— Rickard est impliqué dans quelque chose jusqu'au cou, affirma Lottie. Si ce n'est pas un meurtre, je garantis qu'il prépare quelque chose de peu recommandable et je vais l'arrêter avant que sa marmite ne déborde.

— Dis, tu n'aurais pas avalé un livre de cuisine, par hasard ? demanda Boyd.

Lottie l'ignora et s'adressa à Lynch :

— Les tatouages, ça donne quelque chose ?

— J'ai scanné les images dans la base de données et je les ai cherchées sur Google. Pour l'instant, rien. Quand les magasins ouvriront demain, j'essaierai le salon de tatouage en ville.

— Et l'ordinateur portable de James Brown ?

— Des sites pornographiques, ajouta Kirby. Aucune preuve de pédophilie. Nous examinons ses courriels. Toujours aucun signe de l'ordinateur portable ou du téléphone de Sullivan. Ils pourraient être au fond du canal pour ce que nous en savons à ce stade.

— Continuez comme ça, lança Lottie.

Elle jeta un coup d'œil à Boyd.

— Qu'est-ce que la pharmacie a dit à propos du médecin de Susan ?

— Je vais m'en occuper maintenant, marmonna-t-il en jurant à voix basse.

— Et j'ai besoin de savoir ce que signifie tout cet argent.

— Nous sommes ensevelis sous une montagne de paperasse, tu sais, grogna Boyd.

— Oui, je sais. Je sais aussi que nous n'avons rien, reprit Lottie. Rien.

Elle jeta un regard noir aux trois inspecteurs avant de sortir en trombe du bureau d'enquête. Elle avait besoin de trouver un espace pour calmer sa colère. Maudits soient Cathal Moroney et son journalisme de caniveau. C'était peut-être un peu injuste, mais c'était sa propre ville et elle ne savait pas ce qu'il se passait.

Elle se tenait sur les marches du commissariat, inspirant des bouffées d'air froid de janvier. De l'autre côté de la route enneigée, la majestueuse cathédrale se dressait, autrefois ouverte et accueillante, aujourd'hui interdite d'accès. Prenant une autre grande inspiration, se faisant mal aux côtes, Lottie retourna à l'intérieur, secouant la fatigue en même temps que les mouchetures de neige. Elle avait besoin d'un café.

* * * * *

Le commissaire Corrigan descendit le couloir aussi vite que le permettaient les échelles de chantier. Il fit irruption dans le bureau, téléphone portable à la main.

— Inspectrice Parker. Bougez votre cul jusqu'à la maison de l'évêque Connor.

Lottie stabilisa sa tasse de café. Qu'est-ce qu'il se passait encore ?

— Oui, Monsieur, dit-elle, ne se sentant pas du tout comme le détective principal d'une affaire de meurtre.

— Comment ça s'est passé avec Moroney ? demanda-t-il.

— Très bien, Monsieur. Ce fut bref.

— Bien. Il la dévisagea. Qu'est-ce qui vous est arrivé au visage, bon sang ?

— Agression, Monsieur.

— Avez-vous besoin de points de suture ? demanda-t-il, en regardant le sparadrap de travers sur son nez.

— Non, je vais bien.

— Vous n'avez pas l'air d'aller bien.

Corrigan se retourna pour partir.

— Monsieur, pourquoi est-ce que je dois voir l'évêque Connor ? dit-elle alors qu'elle se débattait pour enfiler sa veste.

— Il vous expliquera.

Et Corrigan disparut.

— Bien ? Attends un peu qu'il apprenne ce qui s'est réellement passé, dit Boyd en souriant.

— On verra ça au moment venu. Viens, j'ai besoin qu'on me dépose.

— Qu'est-ce que je suis ? Ton chauffeur ?

— Tu sais quoi, Boyd ? Tu peux aller te faire foutre.

Lottie sortit du bureau en sautillant, laissant Boyd la suivre en criant.

— Mais qu'est-ce que j'ai dit encore ?

Chapitre 26

La maison de l'évêque, construite il y a huit ans au bord du lac Ladystown, à six kilomètres de Ragmullin, défiait la logique locale. Comment avait-il pu obtenir un permis de construire dans une région aussi pittoresque ?

Lottie étudiait ce qu'elle supposait être un véritable tableau de Picasso accroché au-dessus d'une cheminée en marbre blanc. L'argent suintait. L'argent de qui ? Après dix minutes d'attente, impatiente, elle suivit un jeune prêtre silencieux le long d'un couloir marbré jusqu'à une porte à poignée dorée. Il l'ouvrit et elle s'engagea sur une moquette de laine crème à poils épais. Le prêtre referma la porte derrière elle.

— Inspectrice Parker, c'est bien cela ?

L'évêque Connor parla sans lever sa tête aux courts cheveux noirs et bouclés. Assis à son bureau, il écrivait sur une page, un stylo doré serré entre de longs doigts. Se teint-il les cheveux ? se demanda-t-elle. Elle supposa qu'il avait environ soixante-cinq ans, mais elle remarqua qu'il avait l'air en très bonne santé et en pleine forme.

— Oui. Elle resta debout, les mains dans les poches. Il continua à écrire.

— Vous pouvez vous asseoir, ordonna-t-il. Je serai à vous dans un instant.

Elle s'assit et enfonça ses ongles courts dans la paume de sa main, pour garder les pieds sur terre. Il signa la page avec brio et la regarda sous ses sourcils tachetés.

— Je connais votre mère. Une femme charmante. Il tourna la page et posa son stylo dessus. Lottie n'en doutait pas une minute. Tout le monde connaissait Rose Fitzpatrick.

— Un incident malheureux s'est produit il y a des années avec le suicide de votre père…

— Oui, c'est vrai, l'interrompit Lottie.

— A-t-on jamais découvert pourquoi il…

— Non.

— Et votre frère. Des nouvelles à ce sujet ?

— Vous vouliez me voir ?

Elle ignora son bavardage inquisiteur. L'histoire dysfonctionnelle de sa famille ne le concernait pas.

— Je joue au golf avec Myles, commissaire Corrigan, quand le temps le permet.

Elle resta silencieuse. Essayait-il de faire la conversation ?

— Merci d'être passée si rapidement, poursuivit-il.

— Le commissaire Corrigan a dit que c'était urgent. En quoi puis-je vous aider ?

— Je crains que le Père Angelotti n'ait disparu. Son visage était d'un sérieux impassible.

— Qui ?

— Un prêtre en visite.

— En visite ? D'où ?

— De Rome. Arrivé en décembre.

— Et il a disparu ?

— Oui, inspectrice. Il se pencha en arrière et croisa les bras. Disparu.

— Pouvez-vous nous expliquer les circonstances de cette disparition ?

— Il n'y a pas grand-chose à dire. Il n'est plus ici et n'est pas retourné à Rome.

— Quand vous êtes-vous rendu compte de sa disparition ?

Se demandant de quoi il s'agissait, Lottie sortit son carnet de notes de sa veste, mais ne trouva pas de stylo.

— Je ne l'ai pas vu depuis avant Noël.

Lottie haussa un sourcil.

— Et vous ne le signalez que maintenant ?

— Je ne savais pas qu'il avait disparu. L'un des prêtres ici s'est inquiété après l'avoir cherché partout et a pris sur lui d'en informer la police. Je ne l'aurais probablement pas fait. Mais ce qui est fait est fait.

— Vous avez un prêtre disparu et vous n'alliez pas le signaler ?

— La disparition du Père Angelotti a été un choc terrible pour moi.

— Je ne sais pas quelle priorité je peux accorder à une personne disparue. Nous sommes très occupés en ce moment.

La logistique tournait dans le cerveau de Lottie.

— Myles veillera à ce que l'affaire reçoive la priorité qu'elle mérite, insista-t-il.

— Je ferai de mon mieux.

— Je n'en doute pas. J'apprécie beaucoup. Merci, inspectrice.

Il fit un signe de tête vers la porte, la congédiant. Lottie n'avait pas l'intention de partir. Elle prit le stylo de l'évêque et écrivit le nom du prêtre disparu dans son carnet.

— Je dois vous demander quelque chose, dit-elle.

— Allez-y.

— Vous connaissiez Susan Sullivan ?

— Qui ?

— La femme qui a été assassinée dans la cathédrale.

L'évêque Connor marqua une pause, ses yeux étaient comme des billes de marbre vert.

— C'est si tragique, dit-il. Pauvre femme. Non, inspectrice, je ne la connaissais pas. Je dirige un grand diocèse. La paroisse de Ragmullin, comme vous le savez sans doute, compte plus de quinze mille habitants. Je n'en connais qu'une poignée.

Une poignée ? Des copains de golf ?

— J'ai pensé... qu'elle jouait peut-être au golf ou quelque chose comme ça, dit Lottie.

— Vraiment? Vous êtes en train de faire la maligne avec moi? demanda-t-il.

— Bien sûr que non, mentit-elle. J'ai du mal à trouver des gens qui la connaissaient. Elle a été tuée dans votre cathédrale et, comme vous avez maintenant un prêtre disparu, je me suis dit qu'il y avait peut-être un lien.

— Je ne vois aucune raison de relier ce meurtre à la disparition de mon prêtre.

— Parlez-moi du Père Angelotti. Pourquoi était-il ici?

— Il a été envoyé de Rome pour un congé sabbatique. Problèmes personnels.

— Des problèmes?

— Une crise d'identité ou quelque chose comme ça. Je n'étais pas au courant des détails.

— Avait-il des liens antérieurs avec Ragmullin?

Elle tapota le bureau avec le stylo. Avec un nom comme Angelotti, probablement pas.

— Je ne sais pas, inspectrice.

— Pourquoi l'envoyer ici alors?

— Peut-être le pape a-t-il planté une épingle sur une carte?

Lottie le dévisagea, baissa le menton sur sa poitrine, écarquilla les yeux.

— Je m'excuse, dit-il. Ce n'était pas nécessaire. Le Père Angelotti m'a été confié et je ne peux plus le retrouver.

— J'ai besoin de détails personnels le concernant et je verrai ce que je peux faire.

— Il a trente-sept ans. D'origine irlandaise, il vit à Rome et prépare un doctorat à l'Irish College. Apparemment, au cours des derniers mois, il a commencé à s'interroger sur sa vocation, sa sexualité. Ce genre de choses. Ses supérieurs ont estimé qu'il avait besoin d'un temps d'arrêt et l'ont envoyé ici.

Lottie écrivit rapidement dans sa propre sténographie, puis leva les yeux.

— Quand est-il arrivé ?

— Le quinze décembre.

— Quel était son état d'esprit ?

— Il a peu parlé. Il est resté dans sa chambre la plupart du temps, d'après ce que j'ai compris.

— Je peux jeter un coup d'œil ?

— Où ?

— À sa chambre.

— À quoi cela va-t-il servir ?

Les yeux de l'évêque étaient en alerte, son front se plissa.

— Procédure normale dans le cas d'une personne disparue.

Lottie remarqua son changement d'expression.

— Il faut que vous le fassiez tout de suite ?

— Il n'y a pas de meilleur moment que maintenant, répondit-elle.

Il prit son téléphone et composa un chiffre. Le jeune prêtre entra.

— Père Eoin, conduisez l'inspectrice Parker à la chambre du Père Angelotti.

— Merci, dit Lottie en se levant de sa chaise.

— Pouvez-vous traiter cette enquête avec la plus grande discrétion ? demanda l'évêque Connor.

— Je suis toujours professionnelle dans mon travail. Vous n'avez pas à vous inquiéter.

Sauf quand Cathal Moroney m'attrape au vol, pensa Lottie.

L'évêque se leva et lui serra rapidement la main.

— J'attendrai avec impatience des nouvelles.

— Dès que j'aurai des nouvelles, je suis sûre que vous en aurez aussi, affirma Lottie, avec une bonne dose de sarcasme.

* * * * *

La chambre du Père Angelotti était sobre, mais fonctionnelle : des murs peints en magnolia et une lampe rouge allumée sous un tableau. Un Jésus renfrogné au cœur brûlant.

Lottie enfila des gants en latex et balaya la pièce du regard. Un lit simple avec des couvertures brunes. Une armoire et une coiffeuse. Une salle de bains attenante. Un sac de rasage, un rasoir, une brosse à dents et du dentifrice, un gel douche, du shampoing et une brosse à cheveux. Une veste, cinq chemises noires, deux pulls et deux pantalons étaient suspendus dans l'armoire. Il n'avait pas l'intention de rester longtemps, pensa-t-elle. Les tiroirs de la coiffeuse contenaient des sous-vêtements, simples et discrets. Une légère odeur de tabac vicié flottait dans l'air. Un ordinateur portable était le seul objet posé sur la table. Il était éteint.

Le jeune prêtre se tenait à la porte. Elle sentit qu'il suivait ses mouvements des yeux.

— Père Eoin ?

— Oui.

— Connaissiez-vous le Père Angelotti ? demanda-t-elle en emballant la brosse à cheveux pour relever de l'ADN. Avec tout ce qu'il s'était passé, elle ne pouvait rien écarter.

— Pas vraiment. Il ne disait pas grand-chose. Il se tenait à l'écart et restait dans sa chambre la plupart du temps.

— Il avait un téléphone portable ?

— Oui.

— Il n'est pas là. Quand l'avez-vous vu pour la dernière fois ?

— Je n'en suis pas sûr. Il était dispensé des tâches. Nous étions occupés avec la préparation des cérémonies de Noël, donc je n'ai pas eu beaucoup de contacts avec lui.

— Vous n'avez aucune idée de l'endroit où il pourrait se trouver? insista Lottie.

— Aucune.

— Avez-vous signalé sa disparition?

Son visage s'est légèrement coloré.

— J'ai trouvé ça bizarre, avoua-t-il. C'est tout. J'en ai parlé à l'évêque Connor. Il n'a pas semblé inquiet.

— Pourquoi l'étiez-vous alors?

— Après le meurtre de cette femme, Susan Sullivan… je me suis demandé où il pouvait être, dit-il en ouvrant la porte. Vous avez terminé? J'ai des choses à faire.

— Je crois que vous voulez me dire quelque chose.

— J'étais anxieux. Rien d'autre.

Lottie prit l'ordinateur portable.

— Je peux le prendre?

— Bien sûr, répondit-il, et il la poussa vers la sortie.

Chapitre 27

Au commissariat, Lottie demanda une évaluation complète de l'ordinateur portable du prêtre et fit enregistrer la brosse à cheveux pour une analyse ADN, juste au cas où le pire se produirait.

Assise à son bureau, elle ouvrit le tiroir du bas et, sous un fatras de dossiers, en sortit une chemise Manille usée et jaunie. Prenant une profonde inspiration, elle l'ouvrit et examina la photographie décolorée, une image qui ne pouvait pas cacher le menton à fossettes, les yeux trop larges et les cheveux en épis qui se dressaient au sommet de la tête. Chaque fois qu'elle regardait la photo, Lottie imaginait que le garçon avait dû se faire couper les cheveux. Une photo d'école, prise l'un des rares jours où il était allé à l'école.

— Qu'est-ce que tu regardes? demanda Boyd en posant une tasse de café près de son coude.

Lottie referma le dossier et posa le mug dessus.

— Tu n'as pas répondu à ma question.

Il se percha sur le bord de son bureau encombré. Deux stylos tombèrent sur le sol. Elle remit le dossier à sa place, referma le tiroir d'un coup sec et sirota son café. Boyd ramassa les stylos et les aligna soigneusement près de son clavier.

— C'est le gamin disparu dans les années soixante-dix, n'est-ce pas?

— Tu as bien assez de travail à faire pour ne pas m'espionner.

— Et tu as suffisamment de travail pour ne pas ressusciter des affaires classées. Qu'est-ce qui t'obsède?

— Cela ne te regarde pas, grogna Lottie en jetant les stylos sur le bureau. Elle remarqua que l'un d'eux appartenait à l'évêque.

— Ce dossier devrait se trouver dans un musée entre les mains d'un restaurateur. À force de le feuilleter pour rien, il est devenu illisible.

— Va te faire voir!

Elle lui lança un regard irrité, les yeux plissés.

Boyd se dirigea vers son bureau bien rangé. Lottie s'empressa de ranger le sien, empilant les dossiers et jetant les papiers froissés à la poubelle. Elle dactylographia le rapport de sa rencontre avec l'évêque Connor et prépara un dossier de personne disparue pour le Père Angelotti. Elle le dupliqua dans la base de données du meurtre de Sullivan. Il pourrait y avoir un lien entre les deux. Elle ne pouvait rien laisser au hasard. Elle parla à Boyd du Père Angelotti.

— Tu penses qu'il a quelque chose à voir avec les victimes? demanda-t-il.

— Nous ferions mieux de le découvrir, renchérit-elle.

Et elle connaissait quelqu'un qui pouvait avoir des informations.

— J'ai oublié de te dire, annonça Boyd, que O'Donoghue a trouvé ceci. Il lui tendit son sac en cuir éraflé.

— Où? Lottie prit le sac et fouilla dedans.

— Jeté dans le tunnel, près du dépôt de pneus recyclés. Pas très loin de l'endroit où tu as été attaquée, dit-il. Ton portefeuille et tes cartes bancaires sont toujours dedans, mais je pense qu'il a volé ton argent.

— Je n'en avais pas.

— Pourquoi ne suis-je pas surpris?

— Tu me connais trop bien.

Lottie leva les yeux au ciel. Elle prit sa veste et partit sans dire à Boyd où elle allait.

* * * * *

Assise avec le Père Joe, dans des fauteuils de part et d'autre d'un feu de bois, Lottie se détendit un peu.

— Je n'ai pas vu le Père Angelotti très souvent. Il avait une voix douce et un bon anglais. J'espère qu'il va bien. Il avait l'air très perdu, dit le Père Joe.

— Maintenant, il est vraiment perdu si l'on en croit l'évêque Connor.

— Pourquoi dites-vous cela?

— Pendant les quelques minutes que j'ai passées avec lui, je me suis fait une opinion de votre évêque. Je me trompe peut-être, mais je ne crois pas l'aimer.

— Pour sa défense, je dirai que pour accéder à des postes élevés, certaines personnes doivent aboyer pour se frayer un chemin dans un monde où les loups se mangent entre eux. Le Père Joe fit une pause et la regarda en face. Je n'ai pas beaucoup d'estime pour lui non plus.

— N'est-ce pas un peu comme un blasphème? rétorqua-t-elle en riant.

— C'est à peu près la même chose. Mais j'ai tendance à dire ce que je pense. Il écarta une mèche de cheveux de son front. Pour autant que je sache, le Père Angelotti a été envoyé pour « se trouver ». En d'autres termes, pour savoir s'il voulait rester prêtre ou non. C'est ce que je fais tous les deux jours, alors je ne comprends pas pourquoi on l'a envoyé ici. À moins que ce ne soit pour une autre raison.

— Quelle autre raison ?

— Je ne sais pas. Le bleu de ses yeux étincelait dans la lumière du feu. Je pourrais essayer de le découvrir.

— Vous pourriez ? Elle se pencha vers lui.

— L'Église est trop protectrice, je ne peux donc rien vous promettre.

— Essayez, s'il vous plaît, implora Lottie.

Ses lèvres se courbèrent en un sourire de connivence.

— Vous n'êtes pas obligé de me le dire si vous ne le voulez pas, s'excusa-t-il.

— Vous dire quoi ? Elle rougit, troublée.

— Votre visage ?

— J'ai été agressée hier soir. Ce sont des choses qui arrivent.

— En effet, dit-il. Vous êtes une femme très intéressante, inspectrice Parker. J'espère que vous ne m'en voudrez pas, mais les bleus sur votre visage ajoutent à votre intrigue.

Une rougeur indésirable monta sur le visage blessé de la jeune femme.

— Vous m'aviez dit que vous ne mâchiez pas vos mots, reconnut-elle en souriant.

Son téléphone sonna. Corrigan. Le sourire s'évanouit sur son visage.

— Merde et double merde. Je dois y aller, annonça-t-elle.

— Vous ne répondez pas?

— Croyez-moi, je sais de quoi il s'agit.

* * * * *

— Vous êtes une imbécile. Vous le savez?

Le commissaire Corrigan ne criait pas. Il parlait d'une voix douce et calme, ce qui était encore pire.

— Cathal Moroney a déformé l'information, dit Lottie.

— Et comment a-t-il obtenu les informations à déformer? Répondez-moi.

— Avec une équipe aussi nombreuse, il est difficile de se prémunir contre les fuites, intentionnelles ou non.

— Excuse bidon, inspectrice.

— Oui, Monsieur.

— C'est votre putain d'équipe. Qui est la source de Moroney?

— Je vais le découvrir.

— C'est vous qui vous en chargez.

— Oui, Monsieur.

— J'assume l'entière responsabilité de mon équipe, mais nous sommes soumis à une forte pression.

— Nous sommes tous sous pression, mais dans des moments comme celui-ci, nous devons donner le meilleur de nous-mêmes.

— Oui, Monsieur. Vous n'avez pas besoin de me le rappeler. Je sais que j'ai peut-être fait une erreur.

— Il n'y a pas de « peut-être ». Vous devez vous surpasser. Nous voulons que les médias soient de notre côté. Nous les utilisons quand et comme nous l'entendons. Ne laissez pas Moroney vous piéger à nouveau. À l'avenir, tout ce qui concerne la presse passera par moi.

— Non, Monsieur, répondit-elle. Enfin, oui, Monsieur, rectifia-t-elle.

Elle ne savait pas ce qu'elle disait. Dûment réprimandée, elle se sentait encore plus mal que si Corrigan l'avait engueulée. Son calme la troublait. Et Lottie Parker n'aimait pas être déstabilisée. Elle se demanda qui pouvait bien être le mouchard. Maria Lynch lui revint en mémoire. Elle l'avait engueulée avec Kirby à propos de la perquisition ratée de la maison de Susan Sullivan. Lynch n'avait pas du tout apprécié. En voulait-elle au travail de Lottie ?

* * * * *

Elle s'arrêta au commissariat avant de rentrer chez elle.

— L'ordinateur portable a été nettoyé, dit Kirby.

— Quel ordinateur ? demanda Lottie.

— Celui du prêtre disparu. Il a été complètement effacé.

— Vous le savez déjà ?

— L'un des techniciens a jeté un coup d'œil rapide. Il a dit qu'il n'y avait rien dessus. Pas même un système d'exploitation. Il a dit que quelqu'un avait dû télécharger une de ces nouvelles applications illégales. Il n'y a rien, *nada*, rien, vide… ajouta Kirby, se creusant la tête pour trouver d'autres mots.

— J'ai compris, dit Lottie.

— Je me demande pourquoi il est vide… Le Père Angelotti a disparu et son ordinateur portable est vide.

— Peut-être que lorsque nous le retrouverons, nous résoudrons le mystère. Cela a-t-il un rapport avec Susan Sullivan et James Brown ? s'enquit Kirby.

— Je ne sais pas.

Elle réfléchit un instant.

— Mais je pense que les seules personnes ayant eu accès à l'ordinateur portable se trouvent dans la maison de l'évêque, et je n'aime pas cette implication.

— Je vais les interroger ?

— Laissez tomber pour l'instant.

Lottie s'apprêtait à partir, puis pivota sur ses talons.

— Kirby ?

— Quoi, patron ?

— Merci pour ça.

— Pas de problème.

— Il est plus de 19 heures, je suis crevée. Je rentre chez moi. Vous devriez en faire autant.

Elle le laissa là, debout, se grattant la tête comme s'il était perdu. Elle savait ce qu'il ressentait.

Chapitre 28

La fête battait son plein, même s'il était encore tôt dans la soirée. Les corps se serraient les uns contre les autres et une odeur de mauvaise herbe flottait dans l'air.

Katie Parker passa sa langue le long du tatouage étroit sur le cou de Jason. Elle avait raté toutes les fêtes de la Saint Sylvestre, mais avec celle-ci, elle se rattrapait. Je suis amoureuse, pensa-t-elle, alors qu'il lui tirait la tête en arrière et plaçait un spliff entre ses lèvres. Elle l'inhala. Il le porta ensuite à sa propre bouche, en tirant sur l'extrémité du cône. Elle avait l'impression qu'ils flottaient dans les bras l'un de l'autre, oubliant le groupe, faisant leur propre musique.

— Tu viendras chez moi plus tard? demanda Jason.

Katie regarda fixement à travers la brume de fumée.

— Je dois rentrer chez moi. Ma mère a été attaquée hier soir. Elle va s'inquiéter pour moi.

— S'il te plaît?

— D'accord, dit Katie en riant.

Elle planait tellement à cet instant que sa mère pouvait aller en enfer.

* * * * *

Enfin assise avec une tasse de thé, Lottie ferma les yeux pour ne pas voir la vaisselle sale qui s'empilait sur le plan de travail. Tout à coup, son téléphone sonna.

— Lottie ?

— Je suis à la maison, Boyd. Qu'est-ce que tu veux ?

— Devine quoi ?

— Je suis fatiguée.

— J'ai découvert qui était le médecin de Susan Sullivan.

— Comment ? Qui ?

— J'ai appelé la pharmacie dont le nom figure sur l'ordonnance.

— Il était temps.

— Tu ne devineras jamais.

— Dis-moi.

— Vas-y, devine.

— Je raccroche maintenant, Boyd.

— Rabat-joie.

— Je raccroche…

— Docteur Annabelle O'Shea.

Lottie posa sa tasse. Son amie. Annabelle.

— Tu es toujours là, Lottie ? Tu veux lui parler…

— À elle ? Qu'en penses-tu ?

— Je te laisse le soin de le faire. Bonne nuit.

— Boyd ?

— Oui ?

— Merci.

Une fois l'appel terminé, Lottie jeta un coup d'œil à l'horloge. 20 h 45. Il n'était pas trop tard.

* * * * *

Le docteur Annabelle O'Shea était assis dans un coin du bar de l'hôtel Brook, sirotant un vin rouge. Lottie ne pouvait s'empêcher d'admirer son élégance. Incapable de retenir la pointe de jalousie qui colora ses joues, elle retira sa veste, espérant que son T-shirt était propre. Elle gémit. C'était celui qu'elle avait lavé avec un jean noir de Sean.

— Qu'est-ce qui t'est arrivé ? demanda Annabelle, les yeux écarquillés, en inclinant la tête vers le visage de Lottie.

— Ma propre stupidité. Un voyou m'a sauté dessus.

Lottie plia sa veste sur le siège à côté d'elle.

— Merci d'avoir accepté de me voir.

— Désolée d'avoir manqué ton appel hier soir.

Annabelle parlait d'une voix qui reflétait son apparence. Une voix tranchante et succincte.

— Qu'est-ce que tu bois ?

— De l'eau pétillante. Tu es magnifique, comme toujours.

Annabelle fit signe au barman.

Son tailleur-pantalon bleu marine était bien ajusté sur une chemise en soie blanche et un pendentif en argent accrochait le regard autour de son cou. Les jambes croisées aux chevilles, chaussée d'une ridicule paire de bottes Jimmy Choo, Annabelle pourrait être mannequin. Ses cheveux blonds, noués sur le dessus de la tête, semblaient naturels, même si Lottie savait qu'ils ne l'étaient pas.

— C'est malin, dit Annabelle. Tu as l'air très mal en point.

— Merci. Tu sais pourquoi je voulais te rencontrer?

Son eau arriva et elle en but une gorgée.

— Tu te sens coupable pour toutes les fois où tu m'as posé un lapin ces derniers mois? plaisanta Annabelle.

— C'est difficile de s'occuper de tout le monde.

— Comment vont les enfants?

— Ils vont bien.

— Et les jumeaux? demanda Lottie alors qu'elle détestait ce genre de petites conversations.

— Ils ont passé les fêtes de fin d'année à réviser leur certificat de fin d'études.

Lottie soupira. Comment les autres faisaient-ils pour avoir des enfants consciencieux et intelligents alors que les siens se prélassaient en écoutant de la musique ou en se tournant les pouces sur une PlayStation ?

— Je suppose que « Super-Papa » est toujours aussi efficace.

Lottie savait que Cian O'Shea était le mari pour lequel n'importe quelle femme mourrait. Mais elle se doutait bien qu'Annabelle ne partageait pas ce sentiment.

— Toujours le même, Cian. Un cadeau de Dieu, lâcha Annabelle avec plus qu'une pointe de sarcasme.

— Détends-toi. Sans lui qui travaille à la maison et qui s'occupe de la maison pour vous, tu serais perdue.

— C'est bien là le problème. Il est toujours là. Je n'ai jamais une minute de répit. Il ne peut même pas prendre un jour de congé à la maison, sinon il retape les oreillers et passe l'aspirateur partout. Quand il ne fait pas le ménage, il travaille sur son ordinateur en concevant Dieu sait quel type de jeux, un casque réducteur de son sur les oreilles et en chantant à tue-tête.

Lottie sourit ironiquement. Elle aurait beaucoup aimé réentendre la voix d'Adam, ne serait-ce qu'une minute.

— Assez parlé de moi et de ma vie. Comment vas-tu ? demanda Annabelle avec insistance.

— J'aurais bien besoin d'une ordonnance pour plus de calmants.

— Lottie, il est temps de faire face à la réalité.

Une bouffée de sang monta au visage de Lottie. Elle ne voulait pas d'un sermon.

— Je veux parler de Susan Sullivan.

— Pas maintenant, dit Annabelle en se retournant sur son siège pour faire face à Lottie.

— Je suis trop occupée pour cela en ce moment, dit Lottie.

— Ton humeur affecte-t-elle votre travail ? persistait Annabelle.

— Non.

— Je pense que la bonne réponse est oui.

— Demandons à l'équipe, dit Lottie, mais sa désinvolture ne fonctionnait pas.

— Honnêtement, je ne sais pas, ajouta-t-elle.

— Je te l'ai déjà dit, tu as besoin d'une aide psychologique pour faire ton deuil.

— Va te faire foutre, dit Lottie en ne plaisantant qu'à moitié.

— Si tu ne veux pas penser à toi, pense à tes enfants. Tu dois être dans un bon état d'esprit pour faire face à leurs problèmes.

— Ils vont bien, insista Lottie.

Quels problèmes ? Elle ferma les yeux un instant.

— Non, ils ne vont pas bien. Je ne vais pas bien non plus. Ma maison ne va pas bien et je me suis disputée avec ma mère.

Annabelle rit.

— Encore ? C'est bien. J'ai toujours dit qu'elle était un Chapelier fou sans la fête du thé.

— Ah, ne sois pas si cruelle.

— Elle te contrôle. Elle l'a toujours fait.

— J'ai le dessus maintenant. Elle ne m'a pas parlé depuis des mois.

— Tu as peut-être le dessus en ce moment, mais pour combien de temps ?

— Je ne veux pas parler d'elle.

— Et de l'histoire qu'elle a enterrée. Ton père, ton frère…

— Nous sommes ici pour parler de Susan Sullivan, l'interrompit Lottie.

Elle ne voulait pas s'engager sur la voie de ce vieux secret.

— Depuis la mort d'Adam, tu n'es pas en forme…

— Mentalement ?

— Émotionnellement, rétorqua Annabelle en buvant une gorgée de vin.

Lottie posa son verre et le reprit.

— Alors, je suis déprimée ?

— Le chagrin. Il obscurcit ton jugement sur les vivants comme sur les morts. Tu as besoin de vacances.

— Cela fait trois ans. Tout le monde pense que j'ai oublié Adam.

— C'est le cas ? Annabelle haussa un sourcil. Tu n'en auras jamais fini avec lui. Mais tu apprendras à faire face et tu dois être capable de te donner à cent pour cent à ton travail. En es-tu capable ?

— Je peux me donner à cent dix pour cent, même si je frappe aux portes de l'enfer.

Annabelle soupira.

— D'accord, je te prépare une ordonnance. Viens la chercher à mon cabinet dans la semaine. Je ne devrais pas, mais c'est à condition que tu passes un examen médical complet et que tu réduises ta consommation de narcotiques.

— Ajoute quelques somnifères à l'ordonnance, hasarda Lottie.

— Là, tu pousses le bouchon un peu loin.

— Quand cette affaire sera terminée, je me soumettrai à un examen médical complet.

— Et la thérapie ?

— Je n'ai besoin que de cachets, rétorqua Lottie.

Elle décidera quand elle sera prête pour la consultation. Elle voulait des cachets qui lui permettaient de garder la tête froide. Une chose à la fois, un cachet à la fois. Tout ce qu'il fallait pour passer la journée.

— Très bien, dit Annabelle.

Soulagée, Lottie changea de sujet pour parler de la raison de leur rencontre.

— Parle-moi de Susan Sullivan.

— Mon Dieu, je n'arrive pas à croire qu'elle ait été assassinée. Ici, à Ragmullin ! Pourquoi ?

— C'est ce que j'essaie de découvrir.

— Je ne pense pas que ce que je te dirai t'aidera.

— J'essaie de me faire une idée d'elle. À ce stade, je n'ai aucune idée de ce qui pourrait être pertinent.

— Comme elle est morte, je suppose que je ne viole pas le secret médical, reconnut Annabelle.

— Quand a-t-elle été diagnostiquée d'un cancer ? demanda Lottie, redoutant les souvenirs que le mot « cancer » lui évoquait.

— Elle était ma patiente depuis un an. Elle s'est présentée avec des douleurs abdominales et je lui ai fait passer un scanner. Il a confirmé des anomalies sur les deux ovaires et une biopsie s'est révélée positive pour le cancer de l'ovaire. Il s'agissait d'un stade avancé. Je l'en ai informée en juin dernier.

— Et sa réaction ?

— Pauvre femme. Elle l'a simplement accepté.

Comme Adam, pensa Lottie en serrant fort son verre pour empêcher sa main de trembler.

— J'ai eu pitié d'elle, elle avait une vie si dure, poursuivit Annabelle en prenant une lente gorgée de son vin. Je lui ai conseillé de voir un thérapeute. Elle a refusé. Je l'ai encouragée à me parler et elle l'a fait, un peu.

— Dis-moi ce qu'elle a dit.

— Elle m'a dit qu'elle avait eu un bébé alors qu'elle était encore une enfant. Sa mère, une femme terrible à tous points de vue, l'a obligée à le confier à un tiers. Susan était obsédée par la recherche de l'enfant. Elle a même… Annabelle détourna le regard un instant, se mordant la lèvre.

— Continue, insista Lottie.

— Eh bien, je suppose que puisque Susan est morte, je peux dire… Elle en a parlé à ta mère.

— Ma mère ?

Lottie était stupéfaite. Elle n'avait pas vu sa mère depuis près de quatre mois. Rose était la dernière personne dont elle s'attendait à parler. Pourquoi diable a-t-elle fait cela ?

— Parce que ta mère a participé à l'accouchement.

Lottie s'assit, se sentant un peu bête. C'était évident. Sa mère, une sage-femme maintenant à la retraite, avait accouché de nombreux bébés nés à Ragmullin et dans les environs. Elle en conclut que Susan avait grandi à Ragmullin.

— C'est très intéressant, constata Lottie. Et sais-tu comment s'est passée leur rencontre ?

— Tu devrais demander à ta mère.

— Il faudra peut-être que je le fasse, maugréa Lottie. Susan avait-elle un parent proche ?

— Sa mère est morte, il y a quelques années. Je ne pense pas qu'elle n'avait personne.

Lottie resta assise à réfléchir. Une chaîne de télévision diffusait un match de football, le son étant coupé. Comme son esprit.

— Susan a-t-elle jamais parlé de la façon dont elle était tombée enceinte ? Qui était le père ?

Annabelle resta silencieuse.

— Tu vas me le dire ? l'interrogea Lottie, arrachant des morceaux d'un sous-verre de bière, espérant une réponse contre toute attente. Cela pourrait avoir un rapport avec la raison pour laquelle elle a été assassinée.

— Elle n'était qu'une enfant à l'époque, peut-être âgée de douze ans. Tout ce qu'elle m'a dit, c'est qu'elle avait été systématiquement violée dès son plus jeune âge.

— Son père ? Pourrait-il l'avoir fait ?

— Lottie, je ne sais pas qui l'a fait. Elle ne me l'a jamais dit.

— Lui as-tu conseillé de porter plainte ?

— Je l'ai fait, mais elle n'a pas voulu en entendre parler. Elle a dit que c'était il y a trop longtemps et qu'elle avait assez à faire avec le temps qu'il lui restait. Je n'ai pas pu la convaincre du contraire.

— J'ai du mal à comprendre comment Susan a pu s'en sortir pendant toutes ces années.

— Elle ne s'est pas toujours appelée Susan Sullivan, expliqua Annabelle.

— Quoi ? Lottie posa son verre brusquement. Qui… comment ?

— Je ne sais pas comment elle s'appelait avant. Je ne peux que supposer qu'elle a changé de nom pour tenter d'effacer ses premières années. Annabelle sourit tristement. Mais changer de nom ne change rien à la douleur. Susan a porté cette douleur avec elle, chaque jour de sa vie. Je pense qu'elle a trouvé dans le diagnostic du cancer une libération bienvenue.

— Et puis quelqu'un a décidé de précipiter son entrée dans l'autre monde, rappela Lottie.

Elle avait soudain trop chaud.

— En effet.

— Maintenant, c'est à moi de découvrir qui et pourquoi.

Lottie se remit à réfléchir à cette nouvelle information.

— Et tu le feras, Nancy Drew. Savais-tu que je t'appelais ainsi dans ton dos, à l'école ?

— Je le savais.

Lottie aurait aimé qu'elles puissent parler du bon vieux temps et de ce dont elles se souvenaient comme de bons moments. La mémoire était une chose étrange, qui déformait le passé. Elle l'avait appris par expérience.

— Je suis désolée de ne pas pouvoir t'aider davantage, soupira Annabelle.

— Tu m'as donné quelque chose sur quoi m'appuyer.

Lottie posa son verre et regarda directement son amie.

— Qu'est-ce que tu vas faire pour Cian ?

— Il me rend dingue !

— Franchement, Annabelle! Pourquoi?

— J'en sais foutre rien, lâcha Annabelle.

Elle jurait rarement, mais elle pouvait s'en tirer à bon compte. Lottie savait qu'Annabelle O'Shea pouvait s'en tirer avec à peu près n'importe quoi.

— Je dirais que c'est en rapport avec ton homme mystérieux.

— Depuis que j'ai rencontré… Annabelle marqua une pause. Je suis une personne différente depuis que j'ai rencontré l'homme dont je suis maintenant amoureuse.

— Tu tombes toujours amoureuse, puis tu finis par te lasser. Qui est-il?

— Tu es mon amie, mais je pense qu'il vaut mieux que tu ne saches rien.

— Malheureusement, il n'y a pas que l'identité de ton amoureux que j'ignore…

Chapitre 29

Katie passa ses bras autour du cou de Jason et l'attira à elle.

— Je suis gelée.

— Je vais te réchauffer. Attends que je te mette au lit.

— Tu es un sale type, dit-elle en plaisantant.

Il la serra plus fort dans ses bras et elle sentit un léger frémissement dans son estomac lorsqu'il effleura son cou de ses lèvres. Par-dessus son épaule, elle observa la foule bruyante qui faisait la queue pour les taxis.

— Ne regarde pas maintenant, mais tu te rappelles ce type effrayant qui nous observait au pub l'autre soir ?

— Ouais et alors ? marmonna-t-il.

— Il est dans la file d'attente.

— On est dans un pays libre.

Jason se retourna et se pencha dans l'air glacial.

— Où est-il ?

— Je t'ai dit de ne pas regarder !

Katie le tira en arrière.

— Maintenant, il est parti.

— L'homme invisible, se moqua Jason.

— Ce n'est pas drôle. Il me fait peur.

— Si tu le revois, dis-le-moi.

Katie se blottit plus profondément dans ses bras et attendit patiemment le taxi avec Jason. D'une certaine manière, elle ne se sentait pas en sécurité.

* * * * *

L'homme accéléra le pas une fois qu'il eut tourné le coin de la rue. Il l'avait échappé belle. Il était sûr que la fille l'avait repéré. Il devrait être plus prudent à l'avenir. Mais cela en valait la peine. Juste pour voir le garçon.

* * * * *

Lottie ne réussissait pas à dormir. Encore une fois. Sa conversation avec Annabelle grouillait dans son cerveau, la ramenant sans cesse au nœud du problème. Sa mère. La seule femme qui avait le pouvoir de faire ressurgir des souvenirs douloureux. Lottie ferma les yeux. Mais elle ne pouvait pas estomper l'image de Rose Fitzpatrick. Demain, elle devrait la voir. Se penchant sur le côté du lit, elle remonta la couverture, s'enfonça plus profondément sous la couette, se blottit dans la chaleur artificielle et sombra dans un sommeil inconfortable.

Dix minutes plus tard, elle était réveillée. La douleur lui transperçait les côtes et son front était en feu. Elle avala deux analgésiques. La douleur ne voulait pas s'arrêter. Les événements de la journée envahissaient sa nuit. Le passé se frayait un chemin dans son présent.

Elle avait besoin d'un verre.

Elle avait vraiment besoin d'un verre.

Elle avait besoin d'un vrai verre.

En mettant la couette en boule, Lottie ne voulait pas redevenir la personne méconnaissable qu'elle avait été après la mort d'Adam. À l'époque où elle avait vissé sa bouche au goulot d'une bouteille de vin et où le vin l'avait presque baisée. Jusqu'à ce qu'elle s'en sorte, il y a un an. Pourtant, parfois, elle avait envie de s'évader dans l'oubli. Ce désir lui faisait perdre tout sens et elle luttait pour retrouver un semblant de normalité. Elle luttait maintenant férocement, se tordait, se retournait et finit par perdre la bataille.

Elle sauta du lit. Enfilant un sweat à capuche par-dessus son pyjama, Lottie enfonça ses pieds nus dans ses UGG et descendit les escaliers sur la pointe des pieds. L'horloge de la cuisine indiquait une heure et demie du matin. Elle prit la clé sur le crochet derrière la porte arrière et sortit dans le jardin enneigé jusqu'à la remise. Elle essuya les amas blancs sur la serrure. Elle était gelée en dessous. Un signe pour retourner au lit? Elle souffla sur le laiton. S'arrêta. Failli abandonner, puis elle s'ouvrit.

Allumant l'interrupteur, elle souleva la boîte à outils d'Adam et l'ouvrit. Elle regarda la bouteille de vodka. Elle referma le couvercle et s'assit sur le sol froid. Un verre ne suffit jamais. Elle se mordit l'ongle du pouce. Après quelques minutes de tourment à regarder la boîte à outils, elle l'ouvrit à nouveau, en retira la vodka, referma le couvercle et, la bouteille glissée sous le bras, rentra précipitamment dans la maison, laissant la porte de l'abri se balancer dans le vent froid de la nuit.

* * * * *

1er janvier 1975

Elle n'en revenait pas.

Il était assis sur leur canapé à fleurs, dans leur salon, et la regardait fixement, tandis que sa mère s'affairait avec des tasses en porcelaine et des biscuits. Son père tirait bruyamment sur sa pipe, une fumée âcre remplissant le vide entre lui et le prêtre.

Ses yeux s'écarquillaient en signe de protestation. Ils discutaient de son «problème» comme si elle n'était pas là. Le torchon de sa culotte se remplissant de sang et de liquide, elle tenait le petit bébé dans ses bras et se demandait comment elle n'avait pas su qu'il grandissait à l'intérieur d'elle.

Elle sourit, pensant que c'était un bébé parfait, bien que le prêtre l'ait appelé «un gros péché avec des bras et des jambes». Comment pouvait-il rester assis là et dire une telle chose?

Elle avait désespérément envie de leur dire. De dire à sa mère, qui se tenait là, la théière cerclée d'or à la main et à son père, assis comme un putain d'imbécile avec son canif en train de couper les flocons d'une barre de tabac, de leur dire que tout était de la faute du prêtre.

Elle ne dit rien. Son cœur se brisait en petits morceaux. Elle tenait son bébé enveloppé d'une simple serviette en guise de couche.

Elle avait voulu le dire à cette femme, la sage-femme. Avec son visage lisse et ses cheveux bouclés, elle avait coupé le cordon, vérifié le cœur du bébé et chuchoté à sa maman d'arrêter de crier. Presque aussitôt arrivée, elle était partie.

Et maintenant, ils parlaient comme si elle était invisible. Le bébé gémit. Le lait gouttait de ses seins, tachant sa chemise. Elle se mit à pleurer et tous la regardèrent avec stupéfaction. Elle serra le bébé contre sa poitrine. La peur, pour elle et pour son enfant, parcourait toutes les veines de son corps.

— Sainte-Angèle, dit le prêtre. Cela lui donnera de la tenue.

Quatrième jour

2 janvier 2015

Chapitre 30

La jambe d'un homme était en travers d'elle, la clouant au lit.

Qui était-il ? Où était-elle ? En se tortillant du mieux qu'elle pouvait, Lottie regarda, mais ne put voir son visage. Il était couché sur le ventre. Se redressant sur son coude, elle grimaça de douleur et eu un flash. Merde. Merde. Merde. Elle avait bu.

Elle sentit de petites larmes perler au coin de ses yeux et la haine de soi monta avec la bile pourrie qui remontait de son estomac. Elle allait vomir. En levant les jambes, elle délogea celles de l'homme, se glissa hors du lit et rampa vers une porte ouverte. Elle atteignit les toilettes à temps pour vomir. L'odeur rance de l'alcool emplit la salle de bains tandis qu'elle vomissait une fois de plus, avant de s'asseoir sur ses fesses.

Vêtue uniquement de ses sous-vêtements dépareillés, elle s'en fichait et restait assise, berçant sa tête battante dans ses mains. Tout ce qui lui importait, c'était d'avoir perdu le contrôle à un moment où elle avait besoin d'être en pleine possession de ses moyens.

Une ombre se dessina sur le seuil de la porte, puis la lumière s'alluma, l'aveuglant.

— Veux-tu une cigarette ?

C'était Boyd. C'est à ce moment-là qu'elle se mit à pleurer. Elle ne pouvait pas s'en empêcher. Elle se détestait.

— Qu'est-ce que j'ai fait ? demanda-t-elle en détournant ses yeux des siens.

Il fit glisser son long corps, vêtu seulement d'un boxer, pour s'asseoir à côté d'elle sur le sol carrelé et froid.

— Tu étais ivre et tu m'as appelé pour que je vienne te chercher, ce que j'ai fait. Tu m'as supplié de t'amener ici, puis tu m'as fait des avances.

Il alluma deux cigarettes et en passa une dans les doigts tremblants de la jeune femme.

— Contre mes plus bas instincts, j'ai résisté à tes cajoleries. À ce stade, tu n'étais pas capable de faire autre chose que dormir. À part me déshabiller de force.

Elle inspira profondément, sentant la honte faire rougir sa peau.

— Lottie, que se passe-t-il ? demanda Boyd en soufflant des cercles de fumée dans l'air froid.

— Je n'en ai pas la moindre idée.

— Tu as besoin d'aide.

— J'ai besoin de reprendre ma vie en main.

— Tu ne peux pas faire ça toute seule.

— Regarde-moi, dit-elle.

— C'est ce que je fais, et je n'aime pas ce que je vois.

— Qu'est-ce que ça veut dire ?

Il fuma. Le silence s'était installé autour d'eux.

— Tu pleurais dans ton sommeil, finit-il par dire.

— Je m'en remettrai, affirma-t-elle.

Ils s'assirent et fumèrent au son de l'égouttement des toilettes. Puis il humidifia les mégots sous le robinet, les jeta dans une poubelle brillante sous l'évier et la raccompagna jusqu'à son lit. Il la borda, l'embrassa sur le front, passa la main dans ses cheveux et se glissa à ses côtés. Lottie s'accrocha au bord du lit, créant une ligne imaginaire entre eux avant de sombrer dans un profond sommeil.

* * * * *

Elle se réveilla et se redressa. Elle était seule. Elle tourna l'horloge pour voir l'heure : 6 h 38. Se blottissant à nouveau dans le confort de l'oreiller, Lottie était reconnaissante que ce soit Boyd à qui elle avait imposé son état d'ébriété et non un dragueur de bar sans visage. Ses enfants ! Merde. Elle se leva brusquement. Il fallait qu'elle rentre avant qu'ils ne se réveillent. Boyd entra, vêtu d'un pantalon noir et d'une chemise blanche et lui tendit une tasse de café. L'arôme lui picota la base du nez. Elle le regarda dans les yeux, l'interrogeant en silence.

— Ne t'inquiète pas. Je peux être discret. Bois. Nous avons une longue journée devant nous.

— Tu es un homme bon, dit-elle. Merci.

— Tu as cinq minutes pour te laver et t'habiller, fit-il observer avant de sortir de la pièce.

— Sadique, rétorqua-t-elle.

— Entre sadiques on se reconnaît, résonna la voix de Boyd.

Elle sourit. Elle enfila ses vêtements d'hier. Au moins, elle avait eu le bon sens de quitter son pyjama hier soir. Trouvant un Xanax écrasé dans la poche arrière de son jean, elle le fourra dans sa bouche et l'avala avec deux gorgées de café. Elle avait besoin de ce calme artificiel pour effacer la nuit et affronter la journée.

Elle ramassa le paquet de cigarettes et le cacha dans sa poche. Elle ne fumait que lorsqu'elle était ivre. Ne t'aventure pas sur ce terrain, se dit-elle avant de quitter la chambre.

Dehors, la neige fondit sur les coupures de son visage avant qu'elle ne s'engouffrât dans la voiture.

— Dépose-moi d'abord à la maison, dit-elle. Je dois aller voir les enfants et me changer.

Le bruit des essuie-glaces était le seul son dans la voiture. Ni Boyd ni Lottie n'avaient grand-chose à se dire et il valait mieux ne pas dire ce qu'ils pensaient. Boyd s'arrêta devant sa maison.

— Merci, Boyd.

— Qu'est-ce que je vais dire à Corrigan s'il te cherche ?

— Dis-lui que je suis sur une piste.

— Quelle piste ?

— Quand je l'aurai trouvée, je te le dirai.

Elle ferma la porte avec un léger bruit sourd. Il était temps de ressusciter la forte Lottie. Avant qu'il ne soit trop tard.

Chapitre 31

Chloé Parker était assise à table, le mascara striant ses joues humides.

Lottie s'arrêta devant la porte. Entrer ou fuir ?

— Je suis désolée, Chloé, dit-elle en entrant dans la cuisine.

La jeune fille l'ignora, se dirigea vers la poubelle, en sortit la bouteille de vodka aux deux tiers vide, dévissa le bouchon, vida le tiers restant dans l'évier, jeta la bouteille dans la poubelle et monta les escaliers en courant.

Lottie s'affaissa sur sa chaise. Il faudrait qu'elle parle à Chloé. Plus tard. Elle téléphona à sa mère, sachant que Rose apprécierait que ce soit Lottie qui sorte du silence. Elle se convainquit que le fait d'être sous l'emprise d'une gueule de bois ravageuse pourrait aider plutôt qu'entraver l'affrontement à venir.

* * * * *

Il avait fallu moins de dix minutes à Rose Fitzpatrick pour traverser la ville. Elle se tenait maintenant devant la table à repasser, le fer à la main, au milieu de la cuisine.

— Lottie Parker, tu devrais rester à la maison plus souvent. Ces pauvres enfants sont toujours affamés et ils n'ont rien à se mettre sur le dos, dit-elle en pliant le maillot d'entraînement de Sean.

Lottie aurait voulu dire à Rose que le haut de sport n'avait pas besoin d'être repassé, mais elle se retint. Comme elle s'en doutait, sa mère avait pris les choses en main dès qu'elle était entrée dans la maison, sans poser de questions.

Après la mort d'Adam, Rose avait essayé de prendre sa place dans leur vie. Elle s'y immisçait et les contrôlait. Lottie soupçonnait que tout cela était fondé sur l'amour pour ses petits-enfants et enveloppé d'une tendance protectrice que Rose entretenait. Mais tout avait atteint son paroxysme lors de leur dernière dispute, lorsque Lottie avait dit à sa mère d'aller se faire voir, ou des mots dans ce sens.

Le visage de Rose Fitzpatrick, debout, balayant le fer à repasser sur les vêtements, était impassible, avec juste quelques rides au niveau des yeux, comme du lierre en train de se faner. Ses cheveux étaient courts et argentés. Il fut un temps où elle se faisait colorer les cheveux tous les mois, mais elle y avait renoncé à soixante-dix ans, il y avait cinq ans, même si elle continuait à aller au salon de coiffure pour un lavage et un brushing hebdomadaires.

— Puis-je faire une tasse de thé? proposa Lottie, poliment.

— C'est ta cuisine, dit Rose en passant le fer à repasser sur une paire de jeans, dont le denim ressemblait à du carton.

— Veux-tu une tasse? Lottie remplit la bouilloire.

— Va prendre une douche.

Rose rangea le fer à repasser.

— Tu sens mauvais, tu sais. Ensuite, tu pourras me demander ce que tu voulais que je fasse ici.

Lottie sortit en trombe de la cuisine. Sa mère ne lui avait même pas demandé comment elle avait eu son visage meurtri. Elle se déshabilla et resta sous un jet d'eau chaude jusqu'à ressentir une certaine douleur sur ses blessures. Ses côtes étaient violettes et sa tête lui faisait mal, mais au moins elle se sentait propre. Elle enfila une veste thermique et un T-shirt à manches longues par-dessus son jean et se sentit prête à l'affronter.

Avant de descendre, elle jeta un coup d'œil dans la chambre de Chloé. Sa fille était allongée sur le lit, un énorme casque sur la tête. Lorsqu'elle aperçut Lottie, la jeune fille se tourna délibérément vers le mur. Jetant un coup d'œil dans la chambre de Katie, elle vit qu'elle était vide. Elle pensa à demander à Chloé où se trouvait sa sœur, mais décida de ne pas le faire. Sean était dans sa chambre, en train de jouer à la PlayStation en ligne. Il n'avait probablement pas dormi de la nuit.

Dans la cuisine, Rose était assise à la table, une tasse de thé à la main. La table à repasser avait disparu, les vêtements étaient soigneusement empilés, des pommes de terre sifflaient dans une casserole sur la cuisinière, un poulet rôtissait dans le four et il n'était pas encore huit heures du matin. Le jour de Noël. C'était la dernière fois qu'ils avaient eu un vrai dîner cuisiné. S'agissait-il d'une manœuvre de culpabilisation orchestrée par sa mère ? Lottie se força à sourire.

— Merci pour… Lottie dirigea son bras vers la cuisine bien rangée.

— Les mères ne sont-elles pas là pour ça ? remarqua Rose. Nettoyer le désordre que leurs enfants laissent derrière eux.

Le sourire s'éteignit sur les lèvres de Lottie.

— Alors, qu'est-ce que tu me veux ? demanda Rose.

— Susan Sullivan, enchaîna Lottie en se plongeant directement dans la conversation. Elle se versa une tasse de thé.

— La femme assassinée ?

— J'ai parlé à Annabelle et elle m'a dit que Susan t'avait contactée.

— Elle l'a fait.

— Et tu l'as rencontrée ?

— Oui. Il y a quelques mois. Octobre, novembre, peut-être. Je ne sais pas exactement quand.

— Continue.

— Elle essayait de retrouver la trace d'un enfant qui lui avait été enlevé…

— Qu'est-ce que cela a à voir avec toi ? s'interposa Lottie.

— Tu veux entendre cette histoire ou pas ?

— Désolée. Continue.

— La mère de Susan avait refusé de lui parler du bébé. Mais sur son lit de mort, il y a deux ans, elle a mentionné mon nom.

— Et ?

— Elle a dit que j'avais participé à l'accouchement. Ce qui n'était pas vrai, car j'étais arrivée peu après la naissance. Je n'ai pas pu l'aider à l'époque, ni lorsqu'elle m'a contactée pour obtenir des informations.

Lottie tourna la cuillère dans son thé.

— Cela doit faire plus de vingt-cinq ans que…

— J'étais sage-femme ? Oui, mais c'était il y a longtemps. Dans les années soixante-dix. La fille n'avait que onze ou douze ans. Une enfant. La pauvre. Elle s'appelait alors Sally Stynes.

— Vraiment ? Dis-moi plus.

Lottie arrêta de s'agiter. Peut-être pourraient-ils maintenant obtenir quelque chose de nouveau avec l'ancien nom de Susan.

— Il n'y a pas grand-chose à dire.

— Qu'est-il arrivé au bébé ?

— Lorsqu'elle m'a appelée, Susan a réveillé de vieux souvenirs, raconta Rose, un froncement de sourcils se dessinant sur son front. Sa mère avait fait appel à un prêtre, le vicaire local. Apparemment, il avait suggéré de placer la jeune fille et son bébé à Sainte-Angèle. Tu sais, le vieux bâtiment près du cimetière ? Il est fermé maintenant.

Lottie acquiesça. Sainte-Angèle. Comment avait-elle pu oublier ? Elles n'en parlaient jamais. Mais Rose parlait maintenant.

— C'était à l'origine un orphelinat dirigé par les religieuses, puis il a été transformé en foyer pour jeunes filles célibataires. Il est évident que certains bébés non désirés y ont grandi. Les religieuses accueillaient également des garçons rebelles.

— Un endroit où l'on envoie les enfants rebelles, murmura Lottie. C'est une jolie façon de le dire, maman.

Rose ignora la remarque de Lottie.

— Bien sûr, lorsqu'elle m'a rencontrée, Susan connaissait déjà Sainte-Angèle et savait que le bébé avait probablement été adopté. Elle se souvenait y avoir passé du temps. Mais elle n'a pu obtenir aucune information de l'Église au sujet de son bébé. Malheureusement, je n'avais rien de nouveau à lui dire, regretta Rose avec une détermination à toute épreuve.

— Sais-tu qui était le père de son enfant ?

— Lorsque j'étais dans la maison pour aider à l'accouchement, sa mère criait sur sa fille, la traitant de petite traînée. C'était très pénible, mais si la fille était une fugueuse, le père aurait pu être n'importe qui.

Rose croisa les bras. Lottie recula devant la dureté de sa mère et réfléchit à ses révélations. Elle espérait qu'elle aurait plus de succès dans la recherche de Susan, alias Sally Stynes. C'était une coïncidence que sa mère ait eu cette information. Les habitants d'une petite ville conservaient ce genre de secrets toute leur vie. Les coïncidences étaient inévitables. Et puis, sa mère connaissait tout le monde et aimait à penser qu'elle savait tout. Lottie sirota son thé. Un souvenir, profondément caché, brûlait d'être libéré.

— T'arrive-t-il de te poser des questions sur Eddie? demanda Lottie, se sentant assez courageuse pour poser la question au sujet de son frère.

Rose se leva, rinça sa tasse, l'essuya et la remit à sa place dans le placard.

— Eddie est parti. Ne parle pas de lui, dit-elle.

Lottie pensa que c'était de la dénégation, mais elle insista.

— Et papa, peut-on parler de lui?

— Le poulet sera cuit dans une demi-heure. Fais attention à ce que l'eau ne fasse pas bouillir les pommes de terre.

Rose enfila son manteau et son chapeau.

— Tu peux tout réchauffer au micro-ondes pour le dîner de ce soir.

— Je suppose que nous ne pouvons pas parler d'eux, alors, répliqua Lottie d'un ton ironique.

— Tu as besoin d'un homme dans ta vie, Lottie Parker, asséna Rose en posant la main sur la porte.

— Quoi ? demanda Lottie, déconcertée.

— Boyd ? C'est son nom ? L'homme longiligne et maigre. Un homme sympathique.

— Qu'est-ce que tu veux dire ?

— Tu sais très bien ce que je veux dire. Et amène bientôt tes enfants me rendre visite.

Lottie ne les tenait pas à l'écart : ils avaient décidé eux-mêmes qu'ils en avaient assez de leur grand-mère qui se mêlait de tout. Sur le pas de la porte, Rose ajouta :

— Au fait, j'ai vu ton interview aux informations.

— Et ?

— Pas très impressionnant, madame. Elle ramena son chapeau sur ses oreilles. Tu aurais pu masquer ces bleus avec un peu de maquillage.

Comme toujours, c'était sa mère qui avait le dernier mot. Lottie claqua la porte. Elle éteignit la cuisinière, égoutta les pommes de terre et les jeta dans la poubelle. Elle jeta aussi le poulet. Elle n'avait pas l'intention de manger quoi que ce soit préparé par sa mère dominatrice. Elle préférait mourir de faim. Sa gueule de bois était terrible, mais elle devait aller travailler.

Chapitre 32

Alors que la neige fondue du matin se dissipait, les températures avaient augmenté de façon inattendue.

— Écoutez ça, dit Gillian O'Donoghue.

— Quoi ça? demanda Tom Tierney.

— La fonte de la neige.

Le son ressemblait à celui d'une forêt d'oiseaux chantonnant. Les deux officiers se tenaient à la porte du cottage de James Brown.

— Positivement doux, dit Tierney. Un degré au-dessus de zéro, c'est mieux que le moins dix degré la veille du Nouvel An.

— Je vais me promener dans le jardin. Mes pieds sont dans un état de gel perpétuel, annonça O'Donoghue.

— Est-ce que c'est le terme approprié?

— On s'en fiche, répondit-elle en riant, et elle se dirigea vers le chemin du jardin, fascinée par la verdure qui se dévoilait lentement à travers la neige changeante. La beauté blanche avait été magique les premiers jours, jusqu'à ce qu'elle devienne un fardeau insupportable. Alors qu'elle se retournait, une tache de couleur sous un arbre attira son attention. Elle s'en approcha, puis recula en criant:

— Tom. Tom!

Une main, menottée de noir, dépassait de la neige. O'Donoghue tendit la main vers la radio accrochée à sa poitrine.

* * * * *

Le temps que Lottie et Boyd arrivent, le jardin était une scène d'agitation organisée. Lottie gémit. Il y avait plus de travail en trois jours qu'il n'y en avait eu en deux ans. Elle n'avait même pas eu le temps d'assimiler les révélations de sa mère.

Boyd et Maria Lynch l'avaient rejointe sur les marches du commissariat avec les nouvelles et ils avaient roulé jusqu'à la maison de James Brown aussi vite que la neige fondue le permettait. Elle marchait avec Lynch à l'arrière de la maison, toutes deux gardant les yeux ouverts sur toute preuve qui pourrait être exposée. Boyd s'entretenait avec les officiers en uniforme. Lottie aperçut le chef d'équipe des releveurs d'indices, Jim McGlynn. Il sourit.

— Le salaud, dit Lottie.

— Qui? demanda Lynch.

— McGlynn.

Il se moquait d'elle. Dommage qu'il ne soit pas sous ses ordres. Elle aurait pris un malin plaisir à lui faire rechercher des dioxines invisibles dans la merde de cochon.

Le jardin était étroit. Une cabane et une table en bois, avec des chaises appuyées contre elle, occupaient le patio à gauche de la porte de derrière. Les feuilles des arbres bordaient les deux côtés de l'enceinte, un mur à l'extrémité et des champs enneigés au-delà. McGlynn s'occupait de la zone, enlevant minutieusement la neige et révélant la victime.

Lottie attendait. Le corps finit par être entièrement exposé. Un homme, face contre terre, vêtu d'une veste et d'un pantalon noirs. La main visible était sans rides et portait un anneau d'argent. Des morceaux de verre et de plastique noir étaient éparpillés autour et sur le corps. McGlynn les ramassa avec une pince à épiler et les plaça dans un sac de preuves.

— Un téléphone ? demanda Lottie.

— Réduit en miettes. Je doute que même nos meilleurs techniciens puissent en tirer quoi que ce soit.

— Depuis combien de temps le corps est-il ici ?

— J'attends la médecin légiste de l'État, répondit McGlynn, brusquement.

— Connard, marmonna Lottie à voix basse.

Jane Dore arriva sur le site, vêtue de sa tenue de protection, et salua Lottie d'un hochement de tête.

— Certains doivent penser que je n'ai rien à faire, ils continuent de me fournir des corps.

— En effet, confirma Lottie en se tenant à l'écart pendant que la médecin légiste procédait à l'examen préliminaire.

— Il semble qu'il s'agisse d'une strangulation, expliqua Jane. Il y a une marque de ligature sur son cou. D'après les premières observations, je peux déterminer qu'il y a de la neige gelée sous le corps. Il est tout à fait possible qu'il ait été tué au cours de la semaine dernière. Les températures glaçantes l'ont conservé en parfait état.

En parfait état, sauf qu'il est mort, pensa Lottie. Elle avait envie de vomir, car sa gueule de bois persistait. Elle se rendit compte que si le corps était là depuis une semaine, l'homme avait été tué avant les décès de Sullivan et de Brown.

— J'en saurai plus lorsque je l'aurai mis sur ma table.

— Et vous me direz s'il a un tatouage?

— Bien sûr, dit la médecin légiste et, à petits pas prudents, elle quitta les lieux.

Le mal de tête de Lottie s'intensifiait. Le nombre de cadavres augmentait. Corrigan était en ébullition. La presse se déchaînait. Le public était terrifié, et l'équipe de Lottie n'était pas près de trouver une explication à tous les meurtres. Bienvenue à *La La Land*, inspectrice Parker. Elle se gratta la tête. Putain de merde.

— Tu vas bien? Boyd était à ses côtés.

— Qui est-il? demanda-t-elle.

— Comment le saurais-je?

Elle se retint de répliquer et regarda Boyd. Son visage semblait plus mince, si c'était possible.

— C'était une question rhétorique. La victime a plus que probablement été tuée avant Sullivan et Brown. Le corps étant retourné sur le dos, Lottie regarda le visage boursouflé et noirci.

— Je dirais qu'il a une trentaine d'années, dit-elle, avant de regarder patiemment les agents de sécurité mettre le corps dans un sac et l'éloigner du lieu du crime. McGlynn brandit un petit sac de preuves en plastique.

— Fibre bleue, nota Lottie.

— De la région du cou, ajouta-t-il.

— Merci, dit Lottie. Une corde similaire à celle enroulée autour du cou de James Brown.

— Pas de portefeuille ni de papiers d'identité, mais il y a deux mégots de cigarettes ici, poursuivit McGlynn, en prenant l'un d'eux avec une pince à épiler.

— Appartenant à la victime ?

— Peut-être, ou à son assassin.

Il le déposa dans un sac de preuves. Lottie regarda McGlynn travailler pendant quelques minutes avant de rentrer dans la maison.

— Ce corps n'est pas à mille lieues de la description que nous avons du Père Angelotti, dit Boyd en la suivant à l'intérieur.

— Le visage est méconnaissable et nous n'avons pas de marques distinctives à vérifier, répliqua Lottie. Nous devons attendre une identification formelle. Sinon, c'est l'analyse de l'ADN.

— Qui que ce soit, il doit manquer à quelqu'un.

— Il n'y a pas de voiture, remarqua Lottie en regardant par la fenêtre. Comment est-il arrivé ici ?

— Peut-être que le tueur l'a conduit ou qu'il a pris un taxi, suggéra Boyd. Pourquoi était-il ici ? C'est une autre question.

— Et Brown le connaissait-il ?

— Nous avons trop de questions et pas assez de réponses, regretta Boyd.

— Trouve ce que tu peux.

— Il aurait pu être l'amant de Brown. Il l'a conduit ici et l'a tué dans un accès de jalousie, tenta d'expliquer Boyd.

— Je suppose que tu penses maintenant que Brown a tué cet homme, étranglé Sullivan, puis s'est pendu ?

Lottie secoua la tête d'un air agacé. Boyd ne dit rien, sortit une autre cigarette et alla l'allumer à l'extérieur. Lottie le suivit et s'engagea dans la cour couverte de neige fondue. Elle n'avait plus la tête à ça. Un verre ne lui ferait pas de mal. Elle se contenta d'une des cigarettes de Boyd et lui raconta ses conversations avec le docteur Annabelle O'Shea et sa mère.

Chapitre 33

De retour au commissariat, ils ajoutèrent la victime inconnue et les détails de la scène au tableau. Lottie soutenait la théorie selon laquelle l'interprétation visuelle des données est plus productive que les informations contenues dans les bases de données, qui peuvent être manquées ou oubliées. Non pas qu'ils aient eu beaucoup de choses à interpréter.

Elle confia à un détective la tâche de retrouver des informations sur Sally Stynes, alias Susan Sullivan, et se demanda où elle pourrait mettre la main sur les archives de Sainte-Angèle. En découvrir davantage sur l'institution pourrait peut-être révéler quelque chose sur Susan Sullivan. Lottie reporta son attention sur la dernière victime.

— Si la neige n'avait pas été aussi abondante, dit-elle, le corps aurait pu être retrouvé…

— Il y a une semaine, poursuivit Boyd.

— Oui. À moins que le tueur n'ait suivi les prévisions météorologiques, il voulait que ce corps soit retrouvé.

— Et il n'y a pas eu de tentative de dissimulation.

— Juste la neige.

— S'il n'avait pas neigé… commença Boyd.

— Mais il a neigé. Était-ce une tentative de pointer du doigt…

— James Brown ? Comme le corps n'a pas été retrouvé, pour une raison ou une autre, le meurtrier a dû tuer Sullivan et Brown. Boyd marqua une pause, puis poursuivit :

— Brown aurait quand même pu commettre ce meurtre.

— Oh, ces conjectures sont inutiles. Lottie soupira d'exaspération.

En regardant le tableau, elle remarqua qu'il n'y avait pas de photo du Père Angelotti. Elle passa un coup de fil rapide, prit son manteau et, évitant Boyd, sortit précipitamment du bâtiment.

* * * * *

— Bonjour, ma Sœur. Je viens voir le Père Burke, qui m'attend.

La religieuse la dirigea vers la pièce où elle s'était assise le premier jour. Lottie fit le tour des meubles en acajou en regardant les grands portraits d'évêques morts depuis longtemps, accrochés aux murs. Ils inspiraient la crainte de Dieu, pensa-t-elle.

— Ne vous inspirent-ils pas la crainte de Dieu ? dit le Père Joe en entrant derrière elle.

— Je pensais exactement la même chose. Elle lui sourit. Synchronicité ?

— Du thé ? Sœur Anna se fera un plaisir de vous l'offrir.

— Non, merci.

— Comment puis-je vous aider ? Ça avait l'air urgent au téléphone.

— J'ai besoin d'une photo du Père Angelotti, expliqua Lottie.

Elle n'en avait pas vraiment besoin, ils avaient la brosse à cheveux pour les comparaisons ADN.

— Vous ne l'avez pas encore retrouvé ?

Il se dirigea vers un ordinateur dans un coin où il imprima une photo. Elle aurait pu le faire elle-même. N'était-ce pas juste une excuse pour le revoir? Elle n'aurait pas dû venir ici. Sa logique et ses émotions étaient contradictoires. Elle aussi. En étudiant la photo, elle fronça le nez. Il était possible qu'il s'agisse du corps dans le jardin de Brown.

— Le Père Angelotti fume-t-il? demanda-t-elle, se souvenant de l'odeur de tabac vicié dans la chambre du prêtre et des mégots de cigarettes sur les lieux.

— Je ne sais pas, répondit-il. Attendez.

Il appela quelqu'un, écouta et raccrocha.

— Selon le Père Eoin, le secrétaire de l'évêque Connor, il fumait. Pourquoi voulez-vous le savoir?

— Pour rassembler autant d'informations que possible. Que savez-vous de Sainte-Angèle?

— Sainte-Angèle? Pas grand-chose. Il a cessé d'être un foyer pour enfants au début des années quatre-vingt. Je pense que c'était un lieu de retraite pour les religieuses avant de fermer définitivement. Il a été vendu il y a quelques années.

— Qu'est-il advenu des archives?

— Je suppose qu'elles ont été archivées, déclara-t-il. Pourquoi ces questions sur Sainte-Angèle?

— Comment pourrais-je savoir où se trouvent les archives? Lottie ignora sa question.

— Tout cela est très mystérieux, inspectrice, mais laissez-moi m'en occuper. Je peux très bien jouer au détective amateur pour vous.

Lottie aperçut une lueur de malice dans ses yeux et crut voir le garçon qu'il avait été, avant que le col blanc de Rome ne l'enchaîne à l'âge adulte austère. Elle se leva pour partir, lui tendant la main. Il sembla la retenir une seconde de plus que nécessaire ou était-ce son imagination ?

— Vous avez mon numéro. Prévenez-moi dès que vous aurez trouvé quelque chose, dit-elle.

— Bien sûr que je le ferai.

* * * * *

Le Père Joe chercha dans les archives du diocèse sur le réseau local, en utilisant son mot de passe personnel. Il tapa Sainte-Angèle. Accès refusé. C'était inhabituel. Il appela le Père Eoin.

— Il semble que j'aie des difficultés à trouver la base de données des registres diocésains, expliqua-t-il.

— L'évêque Connor a engagé un consultant pour réorganiser notre intranet. Il voulait une sécurité accrue.

— Mais ces dossiers sont sûrement accessibles à nous, les prêtres.

— Vous pouvez avoir mon mot de passe. Voyez s'il vous permet d'entrer. Je suis sûr que l'évêque Connor n'y verra pas d'inconvénient.

— Vous me sauvez la vie.

Il raccrocha et entra le nouveau mot de passe. Il eut l'accès. Il regarda le curseur qui clignotait sur l'écran vide. Il n'y avait aucun dossier concernant Sainte-Angèle. Il saisit à nouveau son téléphone.

Chapitre 34

— Quoi ? explosa Boyd quand Lottie lui eut dit où elle était allée. Tu as perdu la tête ?

— C'est quoi, ton problème ? Il a des moyens que nous n'avons pas !

Pourquoi justifiait-elle ses actes auprès de Boyd ?

— Tu es toujours ivre, dit-il. C'est la seule conclusion logique.

— Baisse la voix, ordonna Lottie en regardant autour d'elle pour voir qui écoutait l'échange. Lynch et Kirby gardaient la tête soigneusement baissée.

— Il est suspecté du meurtre de Sullivan.

Boyd faisait les cent pas, ses longues jambes le portant d'un mur à l'autre en trois enjambées.

Son mal de tête s'intensifiait à chaque pas qu'il faisait.

— Je ne lui ai pas dit pourquoi je voulais les dossiers, ni d'ailleurs quels dossiers je cherchais. J'ai besoin de connaître leur existence et l'endroit où ils se trouvent.

— Si c'est lui, le meurtrier, soit il sait qu'il y a quelque chose que tu veux dans ces dossiers et il les détruira, s'ils ne sont pas déjà détruits, soit, s'il ne le savait pas avant, il le sait maintenant et il les détruira de toute façon.

— Tu dis n'importe quoi, Boyd. Elle tira une chaise et s'y installa.

— Qu'est-ce que tu leur veux de toute façon ? demanda-t-il en se plaçant devant elle.

— Je ne sais pas.

Elle souhaitait se retrouver dans son propre bureau. Là au moins, elle pourrait réfléchir sans personne.

— Les dossiers n'ont peut-être rien à voir avec notre affaire. Ce n'est qu'une intuition à ce stade. Coche des cases, poursuivit-elle.

— En parlant de boîtes, as-tu pris mes cigarettes de réserve ce matin ? demanda Boyd en jetant un paquet vide dans la poubelle.

Lottie sortit le paquet de sa poche et le lui lança. Il l'attrapa et se dirigea vers la porte.

— Lynch ?

— Inspectrice ?

— Je sors un moment.

* * * * *

Lottie était convaincue que le cimetière de Ragmullin était l'endroit le plus froid d'Irlande. Le vent glacial tourbillonnait autour d'elle et le soleil froid jetait une brume chatoyante à travers les pierres tombales. Des monolithes inquiétants, à l'ombre de grands pins, projetaient des ombres profondes sur les tombes, ralentissant le dégel. La neige cristallisée, givrée comme des couronnes de Noël, ajoutait une touche mystique improbable à l'environnement.

Le vent s'était levé momentanément et faisait bruisser l'emballage en plastique d'une plante en pot. La tête rouge, noircie et flétrie sous le poids de la neige, rappelait que quelqu'un était venu laisser un témoignage à ceux qui n'étaient plus en vie, mais dont le souvenir perdurait. Une grande croix de granit marquait les quatre courtes décennies qu'Adam avait passées dans ce monde. Elle ne s'y était pas rendue depuis un certain temps, l'évitant à Noël, et maintenant, la solitude du cimetière s'enroulant autour d'elle comme un châle usé lui apportant peu de réconfort, Lottie s'excusa auprès d'Adam.

— Je me sens trop seule ici, dit-elle à la croix de pierre. Je te garde dans mon cœur.

Elle regarda autour d'elle les autres pierres tombales dont les histoires étaient cachées au plus profond du granit taillé. Un carillon tinta dans le silence et un frisson lui parcourut l'échine. Il était temps de partir. Elle avait des secrets à découvrir et un tueur à attraper.

Alors qu'elle sortait, Lottie remarqua la silhouette de Sainte-Angèle, à travers les champs, à environ un kilomètre, enveloppée d'une douce brume grise. Quels étaient les squelettes enfouis dans ses murs ? Combien de vies avaient été brisées ? Elle pensa à Susan et à son bébé. Elle se souvint d'un autre enfant qui avait disparu il y a longtemps. Était-il mort ? Reposerait-il un jour dans l'enceinte d'un cimetière ? Ce garçon disparu était-il la véritable raison pour laquelle elle voulait consulter les anciens registres ? Elle n'était pas du tout sûre de ses motivations. Mais elle savait qu'elle ne pourrait jamais oublier cet enfant. Il avait disparu depuis si longtemps que d'autres l'avaient peut-être oublié, mais pas elle. La vérification constante de son dossier était plus qu'un exercice de mémoire, c'était un moyen de le garder profondément ancré dans son esprit. Le jour où elle avait rejoint les Gardiens de la paix, suivant les traces de son défunt père, elle s'était promis de le retrouver. Jusqu'à présent, elle n'avait pas réussi à tenir sa promesse. Elle se dépêcha de regagner sa voiture avant que les fantômes du passé ne pèsent plus lourdement sur ses épaules.

Chapitre 35

Lottie était assise avec Boyd devant le directeur de la banque, Mike O'Brien. Elle avait tout de suite détesté cet homme dès qu'il s'était assis derrière son bureau sans même dire bonjour. Mais Boyd le connaissait. Ils partageaient le même gymnase et entraînaient l'équipe de hurling des mineurs de Ragmullin. Lottie se demandait s'il avait déjà entraîné Sean. Elle savait que Boyd l'avait fait.

— Vous avez déjà les relevés bancaires de Brown et Sullivan, déclara O'Brien. Alors, que voulez-vous d'autre?

Ses petits yeux rappelaient à Lottie un furet que son fils avait un jour essayé de ramener à la maison comme animal de compagnie. Sombre et sournois. Elle avait l'impression qu'O'Brien essayait de la mettre en doute, se gonflant la poitrine et échouant désespérément à se donner de l'importance. Les pellicules de ses cheveux gris trop longs mouchetaient les épaules de son costume noir. Des boutons de manchette en diamant étincelaient à ses poignets, scintillant sous l'éclairage fluorescent. Voilà un homme qui essaie de faire la moitié de son âge et qui ne réussit qu'à paraître plus vieux. Pas facile, O'Brien. Mais lorsqu'il les avait conduits dans son bureau quelques instants auparavant, elle avait remarqué sa foulée rapide et athlétique. Les heures passées à la salle de sport sont payantes pour certains. Si on a le temps, se dit-elle.

— Le sergent détective Boyd a analysé les relevés bancaires des victimes, expliqua Lottie.

— Nous devons savoir d'où venait l'argent, renchérit Boyd.

— Qu'est-ce que vous voulez dire?

Le regard d'O'Brien passa d'un inspecteur à l'autre.

— Des montants allant jusqu'à cinq mille euros ont été versés régulièrement sur leurs comptes au cours des six derniers mois, expliqua Boyd.

— Près de trente mille chacun, renchérit Lottie. Qui leur donnait ces sommes ?

— Cela ne vous regarde pas, répondit O'Brien, avec une pointe d'arrogance dans le ton.

— Laissez-moi en juger, dit Lottie. Ces personnes ont été assassinées et l'argent semble provenir d'un seul compte et avoir été versé sur les deux. J'ai besoin que vous me disiez qui l'a versé.

— Non, rétorqua O'Brien en resserrant la mâchoire.

— Non, quoi ? Lottie haussa le ton.

— Non, je ne peux pas vous le dire.

O'Brien redressa sa cravate. Les pellicules sur ses épaules semblaient s'intensifier et une odeur de sueur s'échappait de ses aisselles.

— Ces deux personnes sont mortes, reprit Lottie en frappant du poing sur la table. Donnez l'information ou…

— Ou quoi, inspectrice ? O'Brien afficha un sourire suffisant.

— Ou j'obtiendrai un mandat.

Lottie se leva.

— C'est ce que vous ferez.

O'Brien repoussa sa chaise et se leva à son tour. Il mesurait une tête de moins que Lottie et avait peut-être dix à quinze ans de plus qu'elle.

— Notez bien, Monsieur O'Brien, que nous reviendrons, prévint-elle.

— Vous avez leurs relevés bancaires. Je ne peux rien faire d'autre. C'est la loi.

— Ne me faites pas la leçon sur la loi.

— Croyez-moi, ce n'est pas ce que j'essayais de faire.

Lottie fit un pas vers O'Brien et le regarda de haut.

— Je commence à penser que cette ville est pleine de petits merdeux obstructionnistes, siffla-t-elle.

— On se voit au gymnase plus tard, rappela O'Brien en faisant un petit signe de la main à Boyd, tout en snobant Lottie.

— Peut-être, dit Boyd en se tournant vers la sortie.

— Petit con en sueur, grommela Lottie en suivant Boyd hors du bureau.

— Quel langage ! inspectrice, reprocha Boyd.

— Je n'arrive pas à croire que tu partages une salle de sport avec lui.

— Et il entraîne les moins de douze ans de Ragmullin.

— Dieu merci, Sean joue maintenant en moins de seize ans.

— O'Brien n'est pas si mauvais que ça, dit Boyd en riant.

— Tu m'en diras tant!

D'un mouvement d'épaule, Lottie remonta la rue devant Boyd.

Chapitre 36

Au fur et à mesure que l'après-midi s'assombrissait, le dégel s'évaporait aussi vite qu'il était arrivé et un brouillard glacial s'installa, ajoutant de la grisaille à l'atmosphère déjà terne.

Boyd commença à compiler les documents du mandat et Lottie se dirigea vers le magasin au bout de la rue. Elle acheta le journal et un paquet de chips. Une photo accompagnait le titre « Pédophile assassiné ? ».

L'interview de Moroney avait été reformulée pour tous ceux qui avaient manqué la débâcle à la télévision. Elle avait refusé de la regarder, mais Boyd l'avait informée de ses cinq secondes de célébrité non désirée. Entre deux jurons, Corrigan avait continué à parler d'un désastre en matière de relations publiques. Boyd lui avait également fait part de cette information. Tout ce qu'ils avaient trouvé chez James Brown, c'étaient des photos et des images pornographiques sur son ordinateur portable. Rien qui puisse suggérer une quelconque pédophilie. Le scénario le plus probable était donc que Moroney avait entendu des spéculations oiseuses et les avait déformées à sa guise. Qu'il aille se faire foutre, pensait-elle. Elle avait besoin d'avancer dans cette affaire. Quelque chose à brandir en guise d'offre de paix devant Corrigan. Mais quoi ? Peut-être que Jane Dore avait trouvé quelque chose. Elle l'espérait. Elle obtint les clés de l'agent de service, prit une voiture dans la cour du poste de police et partit dans le brouillard.

* * * * *

À la Maison des Morts, Jane Dore faisait chauffer une bouilloire et versa de l'eau sur deux sachets de thé à la camomille.

— S'il vous plaît, dites-moi que vous avez quelque chose d'important, implora Lottie, accueillant la chaleur du thé.

Les quarante kilomètres de route jusqu'à Tullamore avaient apaisé son humeur, mais pas le martèlement dans sa tête.

— Je n'ai pas encore effectué l'autopsie du corps du jardin. Cependant, les premiers tests indiquent que la fibre prélevée sur les lieux correspond à la corde retrouvée autour du cou de James Brown.

— Très bien. Des preuves pour relier les meurtres. Autre chose ?

— Le mot *Pax* est inscrit à l'intérieur de l'anneau. En latin. Ce qui veut dire « paix ».

— Est-ce une alliance ?

— Mauvais doigt, mais cela ne veut rien dire dans un sens ou dans l'autre.

— Une alliance peut porter le mot « amour » ou même le nom du conjoint.

Lottie tourna son propre anneau d'or avec le nom d'Adam gravé à l'intérieur. Son nom était sur sa bague. Dans son cercueil. Elle n'avait pas pensé à la garder. Un autre regret.

— Je n'ai jamais été mariée, alors qu'est-ce que j'en sais ? expliqua Jane. Elle sourit avec nostalgie. Ce n'est pas faute d'avoir essayé, d'ailleurs. Je n'ai jamais rencontré quelqu'un qui puisse supporter mes horribles horaires de travail, sans parler de mon travail.

— C'est probablement notre prêtre disparu, suggéra Lottie en posant la tasse sur le bureau. Elle sortit la photo d'Angelotti et la montra à la médecin légiste.

— Même structure osseuse, constata Jane.

Elle emmena Lottie voir le corps. Elles comparèrent le visage boursouflé du mort avec celui, jeune et dynamique, de la photo.

— Cela pourrait être lui, reprit Lottie en se détournant du cadavre.

— Je pense que vous l'avez trouvé, affirma la médecin légiste. Mais ce n'est que mon avis.

— La brosse à cheveux du prêtre est partie au laboratoire. L'ADN devrait nous le confirmer, expliqua Lottie.

— Cela prendra un certain temps, mais je vous tiendrai au courant dès que les résultats seront connus.

— Une estimation du moment du décès ?

— D'après les rapports météorologiques et la conservation du corps, je pense que c'est la veille de Noël ou avant. Pas après, car c'est à ce moment-là que la neige et la glace ont commencé à tomber.

— C'est un point de départ. Lottie porta une main à son estomac qui gargouillait. Je dois retourner à Ragmullin. Et j'ai besoin de manger.

— La seule façon de soigner une gueule de bois, dit la médecin légiste en sirotant son thé.

— J'ai l'air si mal en point que ça ?

— Oui, confirma Jane en riant. Je me joindrais bien à vous pour manger, mais je dois commencer l'autopsie. Votre commissaire Corrigan trépigne d'impatience.

— Et j'essaie de l'éviter, dit Lottie en quittant la morgue.

* * * * *

Le brouillard s'était levé et les ombres balayaient la route alors qu'elle retournait à Ragmullin. Un givre argenté scintillait sur les bas-côtés dans la lumière des phares. Une fois de plus, les températures avaient chuté en dessous de zéro. En utilisant son kit mains libres, elle appela l'évêque Connor.

— Je crois que j'ai retrouvé votre prêtre disparu, annonça-t-elle.

— Dieu merci. Il va bien ? demanda l'évêque.

— Il est mort, dit Lottie en croisant les doigts sur le volant. Un petit mensonge pourrait secouer sa cage.

— Quoi ? C'est affreux. Où… comment ?

— Avez-vous une idée de la raison pour laquelle quelqu'un voudrait assassiner le Père Angelotti ?

— Un meurtre ? Mais de quoi parlez-vous ?

— J'ai pensé que vous pourriez m'éclairer. Pourquoi était-il vraiment en Irlande ?

— Inspectrice, c'est un grand choc. Je n'apprécie pas que l'on insinue que j'ai été économe de la vérité.

— Je n'ai rien insinué du tout.

Lottie sourit en écoutant la voix de l'évêque s'élever. Était-ce de la panique ?

— Il m'a semblé que c'était le cas, rétorqua-t-il. Je parlerai de vous à votre commissaire.

— Rejoignez la file d'attente, maugréa Lottie en déconnectant l'appel.

* * * * *

L'évêque Terence Connor ferma les yeux et écouta la tonalité de son téléphone. Il avait maintenant une sacrée pagaille à gérer. Ouvrant les yeux, il se dirigea vers la fenêtre et plissa les yeux dans l'obscurité. Une partie de golf serait la bienvenue, mais il faudrait des semaines avant que les *greens* ne soient praticables. Le golf était son moyen d'évasion. Marcher sur l'herbe, frapper la balle, se perdre dans ses coups et ses moyennes de *putting*. Mais il pouvait aussi se rendre à la National Gallery pour voir l'exposition Turner. Il chérissait les beaux-arts. Il appréciait les vins délicats et la gastronomie. Il avait des goûts de luxe. Il pouvait se le permettre. Angelotti avait disparu. Son corps avait été retrouvé. C'était une bonne chose. N'est-ce pas ? Ce prêtre avait posé des problèmes dès son arrivée. L'évêque Connor savait que Rome se mêlait de ses affaires. Il n'était pas question que le jeune prêtre « se trouve », comme ils disaient. Il n'était pas dupe. Angelotti avait été envoyé en mission. Il se rendait compte qu'après tout ce qui s'était passé ces derniers jours, la mort d'Angelotti pourrait lui donner d'autres soucis que la diminution des fonds paroissiaux et les procès pour abus. Il pouvait se passer de l'inspectrice Lottie Parker qui déterrait des choses qui ne la concernaient pas. Il devait parler au commissaire Corrigan.

Chapitre 37

La cuisine était propre lorsque Lottie arriva à la maison peu après 19 heures. Sean entra en sautillant.

— Tu vas bien, maman? demanda-t-il.

Dans un rare moment de tendresse, il l'entoura de ses bras.

— La pression du travail, avoua Lottie en serrant son fils dans ses bras.

— Chloé a été une vraie garce toute la journée, annonça-t-il.

— Ne t'occupe pas d'elle, répondit-elle. Il faut que je lui parle.

— Tu vas recommencer à cuisiner? Comme tu le faisais avant.

— Qu'est-ce que tu veux dire?

Où son fils voulait-il en venir avec cette conversation?

— Tu sais. De la bonne nourriture. Comme quand papa était en vie.

La poitrine de Lottie se serra.

— Qu'est-ce qui te fait dire ça?

— J'adorais ces dîners. En fait, j'ai une putain de faim maintenant.

— Ne parle pas comme ça dans cette maison.

— Toi aussi, tu parles comme ça, dit Sean en s'éloignant de sa mère.

— Je sais que c'est le cas, mais je ne devrais pas et tu ne devrais pas non plus.

— Je suis désolé.

— Moi aussi.

— Je veux dire que je suis désolé d'avoir parlé de papa.

— Oh ! Sean, ne sois jamais désolé de parler de ton père !

Lottie sentit des larmes perler au coin de ses yeux. *Nous devrions parler de lui plus souvent.* Elle avala la boule dans sa gorge. J'ai parfois du mal, alors j'essaie de faire abstraction du passé.

— Je sais. Mais je pense à lui tous les jours.

— C'est une bonne chose.

— Et il me manque.

Les yeux de son fils étaient remplis de larmes. Lottie le serra contre elle et l'embrassa sur le front. Il ne s'éloigna pas.

— Tu es comme lui, murmura-t-elle dans ses cheveux.

— Moi ?

Elle le tenait à bout de bras.

— La putain d'image de lui.

— Maintenant, regarde qui jure.

Ils rirent tous les deux.

— D'accord, je vais préparer quelque chose, dit-elle, regrettant d'avoir laissé tomber la nourriture que sa mère avait préparée ce matin-là.

— Oui ! s'écria Sean en la félicitant.

Lottie rit à nouveau. Il pourrait la faire tourner autour de son petit doigt. Tout comme Adam.

— Où est Katie ? demanda-t-elle. Elle peut me donner un coup de main, puisque Chloé fait la tête.

— Dans le salon, avec son petit ami.

— Son petit ami ?

Sean s'enfuit sans répondre, grimpant à l'étage pour rejoindre son monde de PlayStation. Lottie se dirigea vers le salon. La porte était fermée. Elle écouta. Pas de bruit. Elle ouvrit la porte. Obscurité. Elle alluma la lumière.

La voix de Katie rugit :

— Je t'avais prévenu, Sean. Sors de là.

— Katie Parker !

— Oh, c'est toi, maman, dit Katie en se dégageant des bras d'un garçon. Lottie reconnut l'odeur âcre qui flottait dans l'air.

— Tu fumes de l'herbe ?

— Ne sois pas si prude, maman.

— Pas dans ma maison, certainement pas !

Lottie n'en revenait pas. Qu'est-ce que sa fille était en train de faire ?

— Et qui est cette personne ? Tu vas me présenter ?

Elle croisa les bras si fort qu'elle se fit mal aux côtes abîmées.

— C'est Jason, dit Katie en rabattant son pull sur son jean. Elle se redressa sur le canapé, enroulant ses cheveux dans un nœud au niveau de sa nuque fine. Le garçon se mit debout, les jambes instables, un boxer Calvin Klein apparaissant à la taille de son jean effiloché. Il tendit la main.

— Bonjour, Madame Parker.

Il était aussi grand que Katie, les cheveux jusqu'aux épaules et un T-shirt noir Nirvana tendu sur une poitrine musclée. Un clou en bois perçait l'une de ses oreilles, et il avait l'air négligé.

— Katie, j'ai besoin de ton aide dans la cuisine.

Lottie quitta la pièce sans attendre d'objection. Comment allait-elle s'y prendre ? Avec précaution, se dit-elle. Très prudemment. Katie entra dans la cuisine d'une démarche paresseuse et défoncée.

— Je ne veux pas de sermon, annonça-t-elle.

— Tu es assez âgée pour savoir ce que ce truc peut te faire. Et c'est illégal. Je pourrais vous arrêter.

Katie s'esclaffa, ses pupilles dilatées se couvrirent d'un voile.

— Qui est-il d'ailleurs ? demanda Lottie en jetant des pommes de terre dans l'évier sous l'eau courante. Un parfum de vodka s'échappa de l'évier. Elle se mit à éplucher frénétiquement.

— Jason.

— J'ai compris. Jason qui ?

— Tu ne le connais pas.

— Qui sont ses parents ? Je les connais peut-être.

— Tu ne les connais pas non plus, répondit Katie en étouffant un bâillement.

— Où as-tu trouvé la drogue ? demanda Lottie en faisant tomber les pommes de terre dans la marmite.

— Ce n'est qu'un peu d'herbe.

Lottie se retourna.

— L'herbe est une drogue. Elle réduit ton cerveau à la taille d'un petit pois. Tu finiras dans un hôpital psychiatrique à te taper la tête contre les murs. Je te le dis ici et maintenant, Mademoiselle, tu ferais mieux de t'en débarrasser, et vite.

— Ce n'est pas à moi. C'est à Jason. Je ne peux pas m'en débarrasser.

— Débarrasse-toi de lui, alors, tempêta Lottie, consciente qu'elle parlait de façon irrationnelle.

— C'est mon ami.

Les cheveux de Katie tombaient sur ses yeux. Les yeux de son père. Tous ses enfants avaient ses yeux. Les souvenirs d'Adam avaient hanté Lottie toute la journée.

— Je m'inquiète pour toi, reprit Lottie.

— Ce n'est pas la peine, maman. Je vais bien. La plupart de mes amis fument un peu. Je ne suis pas stupide.

Sentant l'état de fatigue de sa fille, Lottie décida que ce n'était pas le bon moment pour avoir cette conversation. Mais quand était le bon moment? S'attaquer à la source de cette herbe allait définitivement figurer sur sa liste de choses à faire.

— Tiens, coupe ça, ordonna-t-elle en prenant trois poivrons dans le placard.

— Qu'est-ce que tu cuisines?

— Je n'en ai pas la moindre idée, dit Lottie.

* * * * *

Katie partait avec Jason. Avant que le repas ne soit cuit.

— On a déjà dîné, dit Katie.

— Où allez-vous? demanda Lottie.

— Dehors.

La porte claqua sans autre forme de procès.

Lottie vaporisa du désodorisant dans le salon pour masquer l'odeur de mauvaises herbes, en pensant à la vitesse à laquelle elle perdait le contrôle de ses enfants. Une chose était sûre, elle allait devoir surveiller Katie et ses amis de plus près. Cette pensée la remplit d'épuisement. Elle avait envie de dormir, mais, à cause de la nuit précédente, elle avait peur d'aller se coucher. Après s'être servi un verre d'eau, elle s'enfonça dans le fauteuil de la cuisine, les jambes repliées sur elles-mêmes. Elle alluma son iPad et se connecta à Facebook. Cela faisait des semaines qu'elle ne l'avait pas consulté.

— Bon sang, marmonna-t-elle lorsque son fil d'actualité s'anima. Cent quatorze notifications. Probablement des « Joyeux Noël » et des « Bonne année » à la con. Elle n'avait même pas quatorze vrais amis dans la vie. Il y avait un message personnel et une demande d'ami. Elle appuya d'abord sur la demande d'ami.

— Qu'est-ce que… ?

Lottie cligna des yeux, posa son verre sur le sol, étendit ses longues jambes et se redressa. Susan Sullivan. Le nom, pas de photo. Pourquoi Susan Sullivan lui avait-elle envoyé une demande d'amitié ? Elle jeta un coup d'œil à la date de la demande. Le quinze décembre. Était-ce la femme assassinée ? Elle ne connaissait pas Susan Sullivan, n'avait jamais entendu parler d'elle avant le meurtre, mais Susan avait rencontré sa mère. Rose l'avait-elle mentionnée ? Probablement. Mais pourquoi la femme ne l'avait-elle pas contactée au commissariat ?

Elle cliqua sur « accepter un ami » et accéda au compte de la femme. Il était toujours actif. Il n'y avait rien sur la page, tout comme le profil de la femme assassinée. Elle avait rejoint Facebook le premier décembre. Lottie cliqua pour savoir quels étaient les amis de Susan. Aucun. Pas de mise à jour de son statut, pas de *likes* ni de partages non plus. Qu'est-ce qui l'avait poussée à créer ce profil ?

Lottie prit son verre et but lentement une gorgée d'eau, avec l'envie d'une dose de vodka. Elle pourrait peut-être renifler l'évier.

Elle consulta ses messages privés. Susan Sullivan. Encore une fois. Elle lut la courte missive de la morte.

> Inspectrice, vous ne me connaissez pas et vous ne savez rien de moi, mais je me souviens avoir lu un article sur vous dans le journal et j'ai parlé à votre mère. J'aimerais vous rencontrer. J'ai des informations qui pourraient vous intéresser. Je me réjouis d'avoir de vos nouvelles.

C'était tout. Après avoir regardé l'iPad pendant quelques minutes, Lottie prit son téléphone et appela Boyd.

— J'ai reçu un message de Susan Sullivan, dit-elle.

— Es-tu ivre ?

— Je suis sobre comme une pierre.

— Les morts ne parlent pas.

— Crois-moi, Boyd, elle l'a fait.

— Tu es certainement ivre, répéta-t-il.

— Viens donc. Maintenant. Je t'assure que je suis sobre.

Chapitre 38

Boyd était assis dans la cuisine de Lottie, une cuillère de nouilles instantanées dans la bouche, une main sur son iPad.

— Je me demande pourquoi elle n'a pas donné suite à l'affaire, s'interrogea-t-il. Ou pourquoi elle ne t'a pas contactée au commissariat.

— C'est très étrange. Je veux savoir quelles informations elle avait. Lottie se pencha sur l'épaule de Boyd.

— Ces nouilles sentent mauvais.

— C'est de la pure merde.

Poussant le carton vide loin de lui, il demanda :

— Ta mère a-t-elle dit quelque chose à propos de cette information mentionnée par Sullivan ?

— Non.

— Peut-être devrions-nous vérifier si James Brown était aussi sur Facebook.

— Je l'ai fait.

Lottie faisait les cent pas dans sa cuisine.

— Tu te rends compte du nombre de personnes qui s'appellent James Brown ?

— Trop ?

— Exactement.

— Pendant que tu y es, vérifie les autres, ordonna-t-elle.

— Qui ? Le Père Angelotti ? Le prêtre disparu ?

Il tapa le nom. Rien à nouveau.

Lottie s'assit à côté de lui, lui prit l'iPad des mains et lui demanda :

— Tu es dessus ?

— Pour l'amour du ciel, dit-il, ne commence pas.

— Je parie que tu suis ta belle ex-femme Jackie et son petit ami.

— C'est un criminel. Et elle est toujours légalement ma femme.

— Tu dois encore ressentir quelque chose pour elle si tu n'as toujours pas divorcé. Pourquoi ne l'as-tu pas fait ?

— C'était une fêtarde. Pas moi. Mais je l'aime, je veux dire je l'aimais. Je suppose que je n'étais pas ce que Jackie voulait.

— Et elle voulait Jamie McNally ? La plus grosse ordure d'Irlande. Où sont-ils maintenant ?

— Costa del Sol, aux dernières nouvelles.

— Tu gardes un œil sur elle, alors.

Lottie lui tapota la main. Il la repoussa d'un revers de main.

— Non.

— Ça fait des années, Boyd. Oublie-la.

— Ne commence pas.

— D'accord, dit Lottie. Je vais essayer de trouver « Monsieur le Furet ».

— Mike O'Brien ? Ah, arrête. Je le connais.

— Et alors ? Elle haussa un sourcil. Il m'a déshabillée avec ses yeux sournois.

— Je parie qu'il n'a pas eu une aussi bonne vue que celle que j'ai eue hier soir.

— Tais-toi.

Elle tapa le nom d'O'Brien. Rien.

— Je l'ai vu à la salle de sport ce soir. Il allait très bien. Tu sais qu'il est très en forme pour un homme qui n'en a pas l'air.

— Tu m'as mis une image obscène dans la tête.

— Quelle image ?

— O'Brien en lycra.

— Dégueulasse, s'écria Boyd. Essaie Tom Rickard.

Lottie tapa le nom.

— Un nom trop commun. On en aurait pour une semaine à les éplucher pour trouver notre homme.

— Rickard Construction ?

— Oui ! C'est ici.

Elle fit défiler la page. Principalement de la publicité. C'était sa page professionnelle.

— Qui l'a aimée ?

— Bon sang, il y a des centaines de *likes*. Il a dû faire une offre spéciale sur l'une de ses maisons fantômes.

Elle fit défiler les noms.

— Je vais la tuer, s'exclama Lottie.

— Qui ?

— Katie.

— Ta Katie ?

— Oui, ma Katie.

Lottie montra une photo. Jason Rickard.

— Il est moche, n'est-ce pas ? dit Boyd. Il doit être le fils et l'héritier. Qu'est-ce qu'il a à voir avec Katie ?

— C'est le petit ami de ma fille bien-aimée ! Ce blanc-bec était dans mon salon plus tôt dans la soirée. Il fumait de l'herbe.

— Tu te moques de moi.

Boyd haussa un sourcil. Lottie le foudroya du regard.

— Je ne plaisante pas.

— Arrête le petit blanc-bec.

— Il n'est pas si petit que ça, et c'est le fils d'un de nos suspects.

Elle avait du mal à accepter l'idée que Katie ait une relation avec la progéniture de Rickard.

— Tu parles toujours des petites villes, Lottie. En fin de compte, tout le monde se connaît et chacun connaît les affaires des autres.

Elle savait que c'était vrai, mais elle ne voulait pas que sa fille soit au milieu de ce qu'ils étaient en train de faire.

— Pourquoi sommes-nous toujours les derniers à savoir ?

— Les parents ou les policiers ?

— Les deux.

— Tu es fatiguée. Remets ça à demain.

Boyd s'étira et bâilla.

— Je ne veux pas aller me coucher. J'ai l'esprit en ébullition. Elle leva les yeux vers lui. Et pas de commentaire sur la façon dont tu peux me fatiguer.

— Nous pourrons approfondir la question demain.

— Nous sommes bloqués de toutes parts.

— Je rentre chez moi, annonça Boyd. À moins que tu ne veuilles que je reste ?

— Pars, répondit-elle.

Elle ne le regarda pas. Elle n'avait pas besoin de voir la douleur dans ses yeux. Il tira doucement la porte d'entrée derrière lui. Elle revint au message Facebook de Susan Sullivan.

Qu'est-ce que tu voulais me dire ? demanda Lottie.

* * * * *

2 janvier 1975

Il regardait par la fenêtre. Le vent s'engouffrait dans le couloir.

Il avait vu la fille sortir de la voiture, suivie d'une grande femme mince qui tenait un petit paquet dans le creux de son bras. La jeune fille était pâle et fatiguée. Il baissa la tête lorsqu'elle jeta un coup d'œil vers les fenêtres à guillotine blanches. Ses yeux, voilés d'une manière sombre et invisible, lui rappelaient un garçon terrifié qu'il avait vu une fois, après avoir été battu. La jeune fille lui ressemblait, marchant avec stupeur, poussée par une force invisible. Un homme était assis dans la Cortina jaune, le moteur en marche.

Sœur Immaculata descendit précipitamment les marches. Elle prit le paquet couvert et fit signe à la jeune fille de marcher à côté d'elle. Sans une étreinte ni un baiser, la grande femme – il supposa qu'il s'agissait de sa mère – se précipita vers la voiture qui démarra rapidement.

Il resta là, à écouter le vent, qui l'effrayait autrefois avant qu'il ne se rende compte qu'il y avait des choses plus terrifiantes à Sainte-Angèle que des couloirs agités. Il s'interrogea sur la nouvelle fille et son paquet, son bébé. Il savait que c'était un bébé, son bébé. Il avait assisté à de nombreuses arrivées ici, mais les yeux stupéfaits de cette jeune fille l'avaient troublé. Certains ne restaient que peu de temps. Mais pas tous. Pas comme lui. Il pensait être ici depuis toujours. Il supposait qu'il y avait de nombreuses années, il était comme le paquet emballé – un sombre secret caché au plus profond de l'emmaillotement.

Sa mère était-elle comme cette fille ? D'ordinaire, il ne se permettait pas de telles réflexions, mais son visage, empreint d'une telle incertitude et d'une telle peur, le touchait. C'était sa maison. Il ne connaissait rien d'autre. Serait-ce sa maison à elle maintenant ? Quelle était son histoire et où se terminerait-elle ?

« Patrick, sors de cette fenêtre. Combien de fois dois-je te le dire ? Tu vas attraper froid », dit Sœur Teresa en passant devant lui.

Il étendit ses jambes de douze ans jusqu'au sol et se réjouit de la tape sur la tête que lui donna la vieille main de Sœur Teresa. Il l'aimait bien. Pas les autres religieuses. Elles avaient changé depuis l'arrivée du dernier prêtre. Celui avec les yeux noirs. Non, Patrick ne l'aimait pas du tout, et les religieuses se méfiaient. Peur ? Il décida que, d'une manière ou d'une autre, il ne s'en souciait pas vraiment. Alors qu'il marchait le long des mosaïques noires et blanches jusqu'à l'escalier sculpté en pierre, Sœur Immaculata, qui sortait de la crèche, se plaça devant lui.

« C'est l'heure du thé, Patrick », dit-elle, le front bombé sous la guimpe de son long voile noir.

Il haussa les épaules. Elle le précéda, descendant l'escalier. Il sentit l'odeur de la naphtaline et suivit, en silence. De quoi aurait-elle l'air en bas, s'il la faisait trébucher ? Ce n'était pas la première fois qu'il se posait cette question. Il sourit intérieurement et alla se laver les mains avant le thé.

Cinquième jour

3 janvier 2015

Chapitre 39

Les habitants de Ragmullin étaient bien éveillés et méfiants. La nouvelle d'un nouveau meurtre avait filtré à travers les rumeurs. On disait qu'un prêtre était mort. Lottie fronça les sourcils. Les rumeurs s'avéraient très fructueuses, même au cœur de l'hiver.

Des stalactites de neige suspendues aux tuyaux d'évacuation s'égouttaient lentement tandis que les températures peinaient à remonter. Un brouillard gris et sombre enveloppait la matinée. Lottie détourna son regard de la fenêtre de son bureau. Des recherches approfondies n'avaient pas permis de localiser un téléphone ou un ordinateur portable appartenant à Susan Sullivan.

— Elle aurait pu utiliser un cybercafé, suggéra Boyd.

— Elle aurait pu être sur Mars pour ce qu'on en sait, s'emporta Lottie.

Elle se sentait ballonnée, après avoir englouti un petit-déjeuner McDonald's sur le chemin du travail. De la malbouffe. Elle se gavait lorsque l'envie d'alcool menaçait de devenir plus qu'une envie. Les investigations pousseraient un saint à boire du vin d'autel. Lottie savait qu'elle n'était pas une sainte, mais elle avait passé la nuit sans alcool ni sommeil.

L'équipe technique avait fait des recherches sur les pages Facebook concernées, mais n'avait rien trouvé. C'était comme conduire dans une ville inconnue sans GPS ni connaissance de la langue locale. Ils étaient perdus.

En jetant un nouveau coup d'œil par la fenêtre, elle remarqua qu'une douzaine de journalistes en tenue lourde, armés de caméras et de carnets de notes, étaient rassemblés en contrebas. Elle se tourna vers le tableau d'enquête. Elle avait l'impression que le meurtrier était un homme ou une femme invisible. Mais il était là. Elle se tourna vers Boyd.

— Nous devons bientôt relier les points, et quand nous le ferons, le tableau va se compliquer très rapidement.

— C'est déjà assez compliqué, répondit-il.

— Nous avons besoin d'une pause, sinon nous travaillerons tous les deux sur des affaires non résolues jusqu'à la fin de nos jours. Et celle-ci sera la plus froide de toutes.

— Parfois, tu parles avec des énigmes de dieux égyptiens, affirma Boyd.

— Des dieux égyptiens ? Lottie étudiait les empreintes sur le tableau.

— Comme les hiéroglyphes. Tu sais, la langue des symboles, répondit-il en guise d'explication.

Lottie soupira. À ce stade, elle se contenterait de n'importe quel signe leur indiquant la bonne direction. Quelque chose pour combler les vides flagrants. Elle étudia les photocopies des tatouages de Susan Sullivan et de James Brown.

— Je me demande s'il ne s'agit pas de symboles anciens. Elle comparait les tatouages de Brown et de Sullivan.

— Ce sont des croix dans des cercles, expliqua Boyd.

— Non, ce ne sont pas des croix, rétorqua-t-elle. Ils sont peut-être liés à un rituel ou à une secte. Je me demande si la victime numéro trois, qui est en fait la victime numéro un, en a un aussi.

Elle composa le numéro privé de Jane Dore. La médecin légiste répondit immédiatement.

— Je suppose que c'est trop espérer que notre dernière victime ait aussi le tatouage ? demanda Lottie

— J'ai fait un examen visuel approfondi et je n'en ai pas trouvé, annonça Jane Dore d'une voix posée. Je vais bientôt commencer l'autopsie. J'enverrai mon rapport préliminaire lorsque j'aurai terminé.

— Des nouvelles de l'analyse ADN ? demanda Lottie. Je dois confirmer qu'il s'agit bien du Père Angelotti.

— Je vous ai dit que les comparaisons d'ADN pouvaient prendre des semaines. Ne mettez pas tous vos espoirs là-dessus. Demandez à quelqu'un d'identifier le corps.

Encore une impasse. Elle espérait que c'était lui, sinon elle serait dans la merde après avoir dit à l'évêque qu'il s'agissait de son prêtre disparu. Elle regarda à nouveau le tatouage. Peut-être le Père Joe pourrait-il le comprendre. Ce n'était pas très orthodoxe de demander de l'aide à un suspect potentiel, mais qu'importe. Elle s'enfonçait un peu plus.

* * * * *

Elle frappa la cloche une seconde fois. La petite nonne bossue finit par ouvrir la porte.

— J'aimerais parler au Père Joe, s'il vous plaît, demanda Lottie en se penchant à la hauteur de la religieuse.

— Je ne suis pas sourde, vous savez, reprocha la religieuse. Et il s'appelle Père Burke.

Lottie imagina la vieille religieuse dans la force de l'âge, en train de battre des jeunes terrifiés dans une salle de classe. La religieuse garda la porte fermée.

— Pardon, je voulais dire le Père Burke.

Lottie ajouta :

— Est-il ici ?

— Plus maintenant, répondit la femme voilée en fermant la porte.

Lottie posa son pied botté dans l'entrebâillement, espérant qu'elle n'aurait pas les os broyés.

— Qu'entendez-vous par « plus maintenant » ? Je lui ai parlé hier.

— Il n'est plus là. Il est parti, dit la religieuse avec une autorité froide.

— Y a-t-il quelqu'un à qui je peux parler pour savoir pourquoi il est parti ? poursuivit Lottie, l'angoisse lui remontant à la poitrine.

Le Père Joe était l'une des personnes qui les intéressaient, même si elle ne pensait pas qu'il ait fait quoi que ce soit de mal.

— Je ne peux pas vous aider. Vous devriez parler à l'évêque Connor.

Lottie recula d'un bond lorsque la plaque de bois de la porte s'écrasa contre le montant et que le pêne glissa dans la serrure. Elle s'avança dans le vent glacial et se dirigea vers le sentier, loin de la vieille femme. Boyd va s'en donner à cœur joie, pensa-t-elle. Il dira qu'il a pris la poudre d'escampette. Instinctivement, Lottie savait qu'il y avait plus que cela. Elle essaya le portable du Père Joe. Il était éteint. Elle devait absolument le retrouver. Soufflant de l'air chaud sur ses mains froides, elle eut envie d'une cigarette et pensa à Katie fumant de l'herbe. Elle devait faire quelque chose de constructif. Comme régler le problème de sa fille.

Chapitre 40

Les quatre hommes étaient assis à une grande table, une tasse de café à la main. Chacun d'entre eux était inquiet, se méfiait des autres, était troublé et avait peur. Tom Rickard prit la parole en premier.

— Alors ?

— Nous ne devrions pas nous réunir comme ça. Quelqu'un pourrait nous voir, dit Mike O'Brien, essuyant nerveusement les pellicules sur ses épaules. Et je dois retourner à la banque avant de manquer à l'appel.

— La date fatidique approche à grands pas. Nous devons être sûrs de ce que nous faisons, déclara Gerry Dunne. Ce genre d'attitude n'est pas concevable lors d'une réunion du conseil.

— Et je dois m'assurer que vous approuvez ce permis de construire, rappela M. Rickard, en pointant du doigt M. Dunne. Je veux que ce projet aille de l'avant, sinon je serai en faillite.

Dunne se redressa sur sa chaise, lissant les plis de son pantalon à pinces immaculé.

— Je sais à quel point c'est important pour nous tous.

Rickard examina les hommes et se demanda, pour la première fois, pourquoi il s'était laissé entraîner dans cette affaire. Gerry Dunne, directeur du comté, avec le destin de l'urbanisme entre ses mains, O'Brien manœuvrant l'argent autour des banques et l'évêque Connor conservant une participation dans le projet après la vente.

— J'ai entendu une rumeur ce matin. Qu'est-ce que c'est que cette histoire de prêtre retrouvé mort ? Dans le jardin de James Brown, rien de moins.

Rickard fit un signe de tête à l'évêque.

— Savez-vous quelque chose à ce sujet ?

— Cela ne nous concerne pas, répondit l'évêque Connor.

— Pour notre bien à tous, j'espère que c'est vrai, asséna Rickard. Deux meurtres, et maintenant celui-ci...

— Plus vite ce sera fini, mieux ce sera, dit O'Brien.

— C'est à vous de garder un œil sur l'argent, dit Rickard en remarquant un tremblement de la main de l'autre homme.

O'Brien prit son verre, but rapidement et se mit à tousser.

— J'ai besoin de plus d'eau, dit-il en s'étouffant.

— J'ai besoin d'autres vacances, renchérit Dunne en renversant son café.

— Vous devez tous vous calmer, ordonna l'évêque Connor alors que le liquide sombre se répandait sur le bureau.

* * * * *

Lottie éteignit le moteur de la voiture devant le manoir de briques rouges aux multiples fenêtres. L'image de sa fille, avec son petit ami fumeur d'herbe, s'immisçait chaque fois qu'elle tentait de coordonner ses pensées en un train cohérent. Plutôt que de les laisser s'envenimer tout au long de la journée et, pour éviter d'avoir à gérer le départ précipité du Père Joe de Ragmullin, elle avait décidé de parler aux Rickard de l'habitude illégale de leur fils et de la source de sa drogue.

Elle sortit de la voiture et sonna la cloche ornée avant de pouvoir changer d'avis. Alors que le son résonnait à l'intérieur, elle remarqua que le soleil éclairait le côté de la maison. Les arbres se dressaient, encerclant le bâtiment comme des parapluies géants. Les premières perce-neige poussaient dans les plates-bandes glacées, s'efforçant de résister aux intempéries. Une étendue de pelouse apparaissait par plaques à travers la neige. Quelqu'un allait être occupé au printemps. Et probablement pas le fils errant, pensa Lottie. Des pas feutrés s'approchèrent de la porte. Jason Rickard l'ouvrit.

— Oh ! Madame Parker, dit-il en sautant en arrière, pieds nus, sur le carrelage de marbre du couloir. Il portait les mêmes vêtements que la veille.

— Tes parents sont là ?

Ses yeux furent attirés par l'inscription noire qui serpentait sur la peau de son cou. Il s'avança et s'appuya contre le cadre de la porte, croisant les bras sur son torse maigre.

— Ils ne sont pas là.

— Vraiment ? À qui appartiennent les voitures à l'extérieur, alors ?

— À nous.

— Bon sang, combien de voitures possédez-vous ? s'exclama Lottie.

Derrière elle, elle avait remarqué quatre voitures et un quad, bien alignés devant un garage triple.

— Le quad et le Beamer sont à moi. Les autres appartiennent à mes parents.

Le garçon gardait l'entrée de sa maison avec une pointe d'arrogance juvénile.

Une BMW ? Et elle l'avait d'abord pris pour un clochard. Mauvais jugement, inspectrice.

— Je croyais que tu avais dit que tes parents n'étaient pas là, s'enquit-elle.

— Ils ont d'autres voitures, affirma-t-il.

Lottie le dévisagea.

— Quel âge as-tu, Jason ?

— Dix-neuf ans.

— Eh bien, si tu veux traîner avec ma fille, il vaudrait mieux que je ne te prenne pas en flagrant délit de possession.

— Possession de votre fille ?

— Écoute, petit malin, je ne t'aime pas et je ne sais pas ce que Katie te trouve, mais prend cette visite comme un avertissement. La prochaine fois, je viendrai avec un mandat de perquisition.

Lottie se rapprocha de la fente de la porte. Elle remarqua que les yeux de Jason s'assombrissaient pour former des arcs de cercle sombres et provocants. Tel père, tel fils, conclut-elle.

— Katie est assez grande pour penser par elle-même, asséna-t-il en refermant la porte.

— Est-ce que tu sais ce que toi-même tu penses ? J'en doute sincèrement, rétorqua Lottie. Je reviendrai parler à tes parents.

La porte se referma. Lottie s'éloigna, mécontente. Deux fois dans la même matinée, une porte s'était refermée sur elle. Était-elle en train de perdre la main ? Et toutes ces voitures. Elles avaient besoin d'être vérifiées. Elle prit des photos avec son téléphone. Juste au cas où cette petite merde mentirait.

* * * * *

Jason passa du hall à la cuisine à l'arrière de la maison et se servit un verre d'eau. Il regarda par la fenêtre. L'Audi blanche de son père, une BMW bleu foncé et deux Mercedes noires étaient garées dans la cour. Son père lui avait dit qu'il ne fallait pas déranger les visiteurs. Et ils ne l'avaient pas été. Il aurait aimé avoir une nouvelle voiture.

Il aurait aimé que Katie n'ait pas une mère aussi salope. Il se retourna. L'un des amis de son père se tenait dans l'embrasure de la porte.

— Je cherche quelque chose pour essuyer une éclaboussure, demanda l'homme, et une carafe d'eau.

— Ceci devrait faire l'affaire.

Jason lui tendit un torchon. Il jurerait que les doigts de l'homme s'étaient attardés sur les siens une ou deux secondes de plus que nécessaire. Il retira sa main et s'empressa de la frotter sur son jean. Il fouilla dans l'armoire, trouva une carafe et y versa de l'eau. L'homme la prit et ses lèvres se retroussèrent en un lent sourire, ses yeux parcourant le corps de Jason.

— Tu es devenu un beau jeune homme, dit-il, et il sortit, laissant la porte ouverte derrière lui.

Jason était cloué au sol. C'était comme si quelqu'un avait traversé sa peau et lui avait pincé le cœur. Il se sentait soudain nu.

* * * * *

Derrière la porte de la cuisine, l'homme prit quelques grandes respirations, mit le torchon en boule et essaya d'arrêter les tremblements de sa main qui tenait la carafe. Il ferma les yeux et se remémora l'image du corps maigre du garçon. Il pouvait encore sentir son parfum de jeunesse, doux et sucré. Il était beau. Cela faisait des années qu'il n'avait pas éprouvé ces sentiments, alors pourquoi avaient-ils refait surface ces derniers mois ? Cela devait être lié à tout le stress qu'il subissait avec le projet, pensa-t-il. Ou était-ce parce que l'église Sainte-Angèle était à nouveau au premier plan de ses préoccupations ? Il avait cru, qu'il était si loin du garçon qu'il avait été, que rien ne pouvait ressusciter le passé. Mais à présent, il le traquait tous les jours. Chaque jour. Et avec lui, les émotions qu'il avait refoulées. Il frissonna et l'eau gicla de la carafe. Il avait oublié qu'il la tenait. Il avait oublié un instant où il était, qui il était maintenant. Prenant une profonde inspiration, il tamponna son pantalon à l'endroit où l'eau avait giclé et alla rejoindre la réunion, l'image du garçon fermement ancrée dans son esprit.

Chapitre 41

Dans son bureau, Bea Walsh vérifiait avec diligence les dossiers de Susan Sullivan. Dans le cadre d'une procédure d'urbanisme axée sur le temps, si une demande n'était pas finalisée dans le délai de huit semaines, elle était considérée comme approuvée par défaut. Consciente de ce fait, elle parcourait la base de données, comparant les dossiers sur son bureau à la liste de l'ordinateur. L'écran lui indiquait qu'elle aurait dû avoir dix dossiers. Elle en avait neuf.

Elle parcourut la liste de James Brown. Peut-être était-il mis là-dedans. Mais elle était efficace et savait qu'elle n'avait pas fait d'erreur. Même avec le traumatisme des meurtres, elle s'acquittait de ses tâches avec professionnalisme. Le fichier manquait.

Elle revérifia l'écran. La décision était attendue pour le 6 janvier. D'un point de vue réaliste, elle savait que le dossier pouvait se trouver à plusieurs endroits, mais toutes les cases de la base de données étaient cochées. Cela signifiait que la demande contenait tous les rapports requis, complétés et signés par les ingénieurs et les urbanistes. Elle se souvint alors de l'endroit où elle l'avait vu pour la dernière fois. Susan Sullivan et James Brown, dans son bureau, en pleine dispute, et le dossier sur le bureau entre eux. La veille des vacances de Noël de Madame Sullivan. Bea enleva ses lunettes de lecture et se frotta les yeux. Elle n'avait pas vu le dossier depuis.

* * * * *

Lottie avait branché son téléphone sur son ordinateur de bureau et avait téléchargé les photos des voitures de la maison de Rickard.

Elle avait entré les numéros d'immatriculation dans la base de données PULSE. Toutes les voitures appartenaient à la famille Rickard. De riches bâtards. Boyd regarda l'écran par-dessus son épaule.

— Qu'est-ce que tu t'attendais à trouver ? demanda-t-il.

— Je ne sais pas. Quelque chose, répondit-elle, souhaitant que l'ordinateur trouve un indice.

Puis elle lui parla de la disparition du Père Joe.

— Il s'est enfui, conclut Boyd.

Lottie soupira. Boyd était si prévisible.

Son téléphone sonna.

— Il faut que je vous parle, inspectrice, expliqua Bea Walsh d'une voix tremblante.

Lottie fut surprise d'entendre l'assistante de Susan Sullivan.

— Bien sûr. Je vous appelle à votre bureau ?

— Non, pas ici. Chez Cafferty ? Après le travail. Cela vous convient-il ?

— Bien sûr.

— Je serai là à 17 heures, précisa Bea et elle raccrocha.

— Je me demande de quoi il s'agit, dit Lottie à Boyd.

Il grogna.

Elle regarda à nouveau les photos des voitures de Tom Rickard et s'occupa d'un trou qui apparaissait sur l'ourlet de son T-shirt. Lynch passa la tête par la porte.

— Derek Harte est en bas. Vous vouliez lui reparler ?

— Oui, en effet, répondit Lottie.

Chapitre 42

— James fumait-il ? demanda Lottie, après les présentations de routine.

Maria Lynch s'était assise discrètement, son carnet de notes à portée de main. L'amant de James Brown, Derek Harte, était assis droit sur la chaise d'en face.

— Non, mais, je fume, répondit Harte. Marlboro Lights. J'ai essayé d'arrêter. Je ne pourrai certainement pas le faire maintenant.

— Vous êtes prêt à nous fournir un échantillon d'ADN ?

— Pourquoi ? demanda-t-il en se rasseyant.

— Pour vous éliminer de nos enquêtes. Procédure standard, expliqua Lottie, espérant qu'il y ait une correspondance avec les deux mégots de cigarettes trouvés à côté du corps dans le jardin.

— Oui, acquiesça Harte comme s'il n'avait pas le choix.

— Vous m'avez déjà dit que James et vous n'étiez pas chez lui le soir de Noël. Est-ce vrai ?

— Bien sûr que oui. La neige est tombée comme une avalanche. Personne n'allait nulle part cette nuit-là. Où voulez-vous en venir ?

— Pensez-vous que James ait pu avoir une relation avec quelqu'un d'autre ?

Harte rit.

— Cela a-t-il un rapport avec le corps que vous avez trouvé?

— C'est moi qui pose les questions, rappela Lottie.

Harte haussa les épaules.

— Non, inspectrice, James n'avait pas de relation avec quelqu'un d'autre. Lui et moi étions engagés l'un envers l'autre. Et avant que vous ne posiez la question, je n'ai aucune idée de la façon dont un corps s'est retrouvé là.

— L'avez-vous déjà entendu parler d'un Père Angelotti?

— Non, répondit-il rapidement.

— Vous semblez bien sûr de vous, s'étonna Lottie.

— Je me souviendrais d'un tel nom.

Harte s'enfonça un peu plus dans son fauteuil. Son attitude commençait à agacer Lottie.

— Pourquoi un prêtre serait-il venu chez lui? demanda-t-elle.

— Aucune idée.

— James a-t-il dit quoi que ce soit qui puisse indiquer qu'il avait affaire à un prêtre?

Essayant d'être aussi diplomate que possible, Lottie avait l'impression de se heurter à un mur de briques.

— Non.

— Quelque chose en rapport avec Susan Sullivan?

— Non, mais si je me souviens de quelque chose, je vous le ferai savoir.

Il poussa la chaise avec l'arrière de ses genoux et se leva.

— C'est tout, inspectrice ?

— L'inspectrice Lynch va s'occuper de votre prélèvement d'ADN, puis vous pourrez partir, dit Lottie.

Lorsqu'il fut parti, elle comprit qu'il avait été économe avec la vérité. Mais il était prêt à donner un échantillon d'ADN, alors que cachait-il ?

* * * * *

Elle posa une tasse de café à côté de l'ordinateur de Boyd.

— Qu'est-ce que c'est que ça ? demanda-t-il.

— Je pense que tu es censé le boire.

Lottie se rendit à son bureau pour rédiger l'audition de Harte. Toute la journée, elle avait relu l'ensemble des informations dont ils disposaient sur les meurtres et elle n'était pas plus proche d'un mobile ou d'un tueur.

Boyd souleva la tasse, essuya l'anneau humide qui se trouvait en dessous et posa un bloc-notes avant de remettre la tasse en place.

— Ce Derek Harte a l'air sincère, déclara-t-elle en remuant son café avec le bout d'un stylo.

— Mais ?

— Je ne pense pas qu'il le soit.

— Son amant est mort. Nous avons trouvé le corps d'un prêtre disparu dans le jardin de son amant. Il y a de quoi s'inquiéter, rétorqua Boyd.

— Je veux qu'on vérifie ses antécédents, si ce n'est pas déjà fait. Et pourquoi n'avons-nous pas prélevé son ADN la première fois qu'il est venu ici ?

— Nous n'avions aucune raison de le faire, affirma Lynch. Nous avons traité la mort de Brown comme un suicide.

— Je suis sûre qu'il s'agit d'un meurtre maquillé en suicide, alors traitez l'ADN aussi vite que possible, ordonna Lottie. À ce stade, nous ne pouvons rien laisser au hasard.

* * * * *

Kirby entra avec une pile de journaux.

— De bonnes nouvelles ? demanda Lottie.

— Nous sommes les méchants maintenant, selon la presse, dit-il. Nous n'avons pas fait assez, assez vite, l'enquête est au point mort et ne mène nulle part, et un meurtrier est dans la nature.

— Les résultats de l'analyse ADN des cigarettes dans le jardin de Brown sont-ils arrivés ?

— Rien pour l'instant, répondit Kirby en feuilletant rapidement les documents. Vous savez que cela peut prendre…

— Des semaines. Oui, je sais, s'emporta Lottie en levant les bras au ciel.

— Quelqu'un est resté là assez longtemps pour fumer deux cigarettes. Qu'est-ce qu'il regardait ou attendait ?

— Probablement James Brown, suggéra Kirby.

— Et il n'est pas venu parce qu'il était bloqué par la neige à soixante kilomètres de là, à Athlone, poursuivit Lottie.

— Si l'on en croit Derek Harte, précisa Boyd.

— D'autres nouvelles, Kirby ? demanda Lottie.

Il posa les journaux sur le sol et lut sur son écran.

— Comme vous le savez déjà, la mère de Susan Sullivan, Mme Stynes, est décédée il y a deux ans à Dublin. Son mari est mort l'année précédente. Nous n'avons pas trouvé d'autres parents.

Lottie soupira.

— Le père meurt, la mère meurt, puis Susan retourne à Ragmullin. Elle meurt. C'est une impasse.

Allaient-ils un jour franchir ce mur ? Elle consulta ses courriels. Le rapport préliminaire de Jane Dore sur l'autopsie du Père Angelotti était arrivé.

— Je t'aime, Jane, cria Lottie devant son écran.

— Je le savais, s'exclama Boyd.

— Tais-toi, Boyd.

— Alors, pourquoi cette excitation ?

— Jane a obtenu une énorme faveur. Un ex-petit ami du laboratoire médico-légal. Il a accéléré l'analyse de l'ADN du corps, expliqua Lottie en lisant l'écran, et il correspond aux poils de brosse que j'ai prélevés dans la chambre du Père Angelotti.

— Nous avons retrouvé notre prêtre disparu, se réjouit Boyd.

— Vous êtes sûr que c'est sa brosse à cheveux ? demanda Kirby, sans lever la tête.

Ses doigts tachés de tabac frappaient son clavier. La rumeur qui circulait à l'époque voulait que la jeune actrice qu'il aimait ait pris le train de nuit de Ragmullin pour rentrer à Dublin, laissant Kirby dans un brouillard de fumée de cigare et de whisky.

— Kirby, s'enquit Lottie, que faites-vous exactement ?

— Rien, répondit Kirby.

— C'est bien ce que je pensais.

— La police scientifique ne peut rien faire avec le téléphone cassé.

Kirby leva les yeux de son écran.

— C'était sûr, se plaignit Lottie.

Elle pensa à Derek Harte. Il avait déjà été interrogé deux fois et elle ne pouvait s'empêcher d'imaginer qu'elle avait manqué quelque chose. Était-il le meurtrier ?

— Enfin de bonnes nouvelles, annonça Lynch. Un mandat a été délivré pour accéder aux comptes bancaires des victimes.

— Nous avons leurs comptes, rappela Lottie, mais voyons si nous pouvons utiliser le mandat pour mettre la pression sur la fouine.

* * * * *

— Les diamants sont éternels, chuchota Lottie à Boyd.

Les pierres précieuses des boutons de manchette d'O'Brien brillaient tandis qu'il consultait les comptes sur son ordinateur.

— Et le meilleur ami d'une fille, renchérit Boyd derrière sa main.

Le banquier leur tendit une copie imprimée.

— Qu'est-ce que c'est ? demanda Lottie en secouant les pellicules du papier.

La page contenait un numéro avec un certain nombre de sommes d'argent. Les mêmes chiffres que ceux qu'ils avaient vus sur les comptes bancaires de Brown et Sullivan.

— C'est le numéro du compte, dit-il. Enregistré auprès d'une banque de Jersey. Les lois sur le secret sont très strictes. Donc pas de noms. Je suis désolé.

— Je suis sûre que vous l'êtes, ironisa Lottie.

— Ah, allez, Mike, implora Boyd. Vous devez nous en dire plus que cela.

O'Brien secoua la tête.

— Vous pouvez essayer la banque de Jersey vous-mêmes. Mais comme vous le savez, il est pratiquement impossible d'obtenir des informations en raison des lois bancaires.

Lottie se leva, la peau hérissée de rage. Encore une impasse. Elle jeta un coup d'œil au banquier et aperçut une petite entaille dans son oreille.

— Vous savez, Monsieur O'Brien, un diamant est étincelant à l'extérieur, mais à l'intérieur ce n'est que du carbone noir. Alors qui êtes-vous ?

— Je n'ai aucune idée de ce dont vous parlez. O'Brien se frotta l'oreille, inconsciemment. Je pense que vous devriez partir. Il se leva, sa tête rejetant des pellicules sur ses épaules en se déplaçant.

— Nous partons, concéda Boyd en poussant Lottie à travers la porte devant lui.

*****

Dans la rue, Boyd s'emporta :

— Pourquoi faut-il que tu fasses chier tout le monde ?

— C'est le badge qui veut ça, répondit Lottie.

— Je dirais plutôt que ça vient de toi, corrigea Boyd.

— Jersey. Il ne manquait plus que ça.

— Il est un peu tôt pour boire, asséna Boyd en regardant l'heure sur son téléphone. Je peux venir ?

Mais Lottie avait tourné au coin de la rue, descendant Gaol Street, le laissant la poursuivre du regard.

Chapitre 43

Bea Walsh était assise dans le petit salon, derrière la porte du bar, un whisky chaud sur la table devant elle. Lottie avait commandé un café.

— Désolée, je suis un peu en retard, s'excusa Lottie en consultant sa montre. Il était six heures moins le quart

— Merci d'avoir accepté de me voir, répliqua Bea.

— Pas de problème.

Lottie s'assit. L'odeur du clou de girofle et du whisky emplissait l'air autour de Bea. Le pub était sombre et, d'après ce que Lottie pouvait voir, il n'y avait que trois autres clients assis au bar. Darren Hegarty, le barman, lui apporta son café.

— Vous avez réussi à attraper votre meurtrier? demanda-t-il.

— J'y travaille, répondit Lottie en se tournant vers Bea.

Darren essuya la table et retourna à son poste de sentinelle solitaire derrière le bar.

— Mme Sullivan a beaucoup pleuré, expliqua Bea en s'essuyant le nez avec un mouchoir en papier froissé. En secret, je veux dire, quand elle pensait que personne ne la regardait. Je savais que quelque chose la troublait.

Bea se mit à gémir.

— Vous allez bien? lui demanda Lottie.

— Juste triste. Bea se tamponna les yeux. Il y a environ un mois, je suis entrée dans les toilettes des dames et Mme Sullivan était là. Elle pleurait. Lorsqu'elle m'a remarquée, elle avait l'air embarrassée. Je lui ai demandé si je pouvais faire quelque chose pour l'aider. Elle m'a répondu qu'elle n'avait plus besoin d'aide. Les choses étaient hors de contrôle. C'est ce qu'elle a dit. Les choses étaient hors de contrôle.

Bea ferma les yeux.

— Avez-vous une idée de ce qu'elle voulait dire ?

— Je lui ai demandé, mais elle s'est essuyé les yeux et m'a dit de ne pas y penser, répondit Bea en sirotant délicatement son verre.

L'odeur du clou de girofle s'envolait vers Lottie.

— Mme Sullivan était soumise à une pression énorme au travail.

— Il y a quelque chose de particulier que je devrais savoir ?

Bea hésita, ouvrit la bouche pour parler, puis la referma.

— Quoi ? insista Lottie.

— Rien.

— Vous êtes sûre ? Je pensais que vous alliez ajouter quelque chose.

— Non, inspectrice, je n'ai rien à ajouter.

Lottie décida de laisser passer. Pour l'instant.

— Susan avait-elle un ordinateur portable ?

— Non. Elle disait qu'elle n'en avait pas besoin.

— Avait-elle un téléphone moderne ? Avec Internet ?

Lottie se demanda pourquoi elle n'avait pas posé cette question le premier jour.

— Oui, un iPhone, je crois.

— Savez-vous où il se trouve ?

Lottie croisa les doigts, espérant.

— Non, désolée.

Lottie s'effondra. Le téléphone de Susan restait introuvable. Mais à ce stade, ils devraient avoir le journal des appels du fournisseur de services. *Note à moi-même : faire un suivi.*

— J'ai remarqué des documents relatifs à « Ghost Estates » dans ses fichiers informatiques. Quel rôle jouait-elle auprès d'eux ?

Bea but à nouveau, ses joues pâles rougies par la chaleur du whisky.

— M. Brown était plus impliqué dans ces affaires. La façon dont les promoteurs ont laissé ces propriétés inachevées est un crime. Le personnel essayait de trouver un moyen de les achever, plutôt que de les laisser à moitié construits et vides.

Lottie aimait bien cette femme. Elle parlait bien malgré son apparence timide. Bea poursuivit :

— Le pire, inspectrice, c'est que ces promoteurs s'en sont sortis sans être inquiétés. Et ils ont le culot de recommencer des projets tout aussi funestes.

— Qui est responsable ? demanda Lottie, qui regretta de ne pas avoir suivi l'actualité avec plus d'assiduité.

— Personne ne veut prendre ses responsabilités. On dit, en premier lieu, que le permis de construire n'aurait jamais dû être accordé. J'appelle ça de l'avidité.

Lottie réfléchit un instant.

— Pensez-vous qu'il y ait eu des malversations en matière d'urbanisme à Ragmullin ?

Bea hésita, comme si elle réfléchissait à sa réponse.

— Après ce qui est arrivé à Mme Sullivan et à M. Brown, je n'en suis plus sûre. Avant cela, j'aurais dit que tout était normal. Et maintenant ? Je m'interroge.

Elle laissa sa phrase en suspens.

— Pouvez-vous m'indiquer des dossiers en particulier ? Nous avons très peu de pistes, et tout ce que vous me direz, aussi insignifiant que vous le pensiez, pourrait nous aider. Je ne dis pas que leur mort est liée à leur travail, mais pour l'instant, c'est tout ce que j'ai.

Enfin, la femme à l'allure de petit oiseau ouvrit la bouche.

— C'est la raison pour laquelle j'ai demandé à vous parler. Je ne savais pas quoi faire. Mon travail est couvert par la confidentialité, mais, dans ces circonstances, j'estime qu'il est de mon devoir de vous le dire.

Elle marqua une pause et, les larmes aux yeux, poursuivit.

— Il manque un dossier. Mme Sullivan s'en est occupée, ainsi que M. Brown. Il figure dans la base de données comme étant en cours de traitement, en attente de signature. La décision doit être rendue dans quelques jours. Le problème, c'est que je ne trouve le dossier nulle part.

La petite femme se rassit, épuisée.

— C'était un dossier litigieux? demanda Lottie.

— Je pense que oui. Mais mon travail consiste à vérifier la base de données, à m'assurer que les rapports sont prêts à temps et, si ce n'est pas le cas, à faire un suivi auprès des personnes concernées. Je suis les dossiers. Je ne les lis pas. Mais j'ai entendu dire que la propriété avait été achetée pour une bouchée de pain et qu'elle avait fait l'objet d'un plan d'aménagement controversé il y a quelques mois.

— De quel dossier s'agit-il?

— Je crains de ne pas pouvoir le dire. Maintenant que je suis ici, je me sens idiote.

Lottie fouilla dans son sac et en sortit un stylo et un bloc-notes. Elle les tendit à Bea.

— Voulez-vous écrire les détails pour moi?

Bea hésita à nouveau.

— S'il vous plaît, implora Lottie.

— Il se peut qu'il n'y ait rien du tout.

Bea commença à écrire. Il devait y avoir quelque chose, pensa Lottie, sinon Bea Walsh n'aurait pas fait tout ce qu'elle pouvait pour le signaler. Elle lut les mots de la femme. Enfin, il y avait quelque chose à creuser. Elle leva les yeux vers Bea, l'interrogeant silencieusement. La femme fit un signe de tête en guise d'acquiescement.

La propriété: Sainte-Angèle. Le promoteur: Tom Rickard.

Chapitre 44

— Tu as l'air contente de toi, déclara Boyd.

Lottie s'assit devant son ordinateur et sourit.

— Allez, raconte-moi, implora-t-il.

— Brown et Sullivan se sont occupés d'une demande de permis de construire pour Sainte-Angèle. Devine qui est le propriétaire?

— Pas Tom Rickard?

— Si, Tom Rickard.

Lottie se connecta rapidement à son ordinateur.

— Ces meurtres sont donc probablement liés à des affaires actuelles et non au passé, conclut Boyd.

— Je ne sais pas encore, avoua-t-elle. Kirby, lorsque vous avez vérifié les dossiers de l'urbanisme du conseil, avez-vous trouvé quelque chose en rapport avec la propriété de Sainte-Angèle?

Elle se tourna vers le bureau de Kirby et leva les yeux au ciel devant son désordre. Il s'empressa de déposer une boîte de Happy Meal à ses pieds, un air coupable sur le visage.

— Je n'ai pas encore eu le temps.

Il ajouta rapidement:

— Qu'est-ce que je cherche?

— Si je le savais, je ne vous demanderais pas de chercher, n'est-ce pas ?

— Un indice peut-être ?

— Vous êtes un détective, alors commencez à détecter.

À voix basse, Kirby maudit toutes les femmes qu'il avait connues.

— D'accord, céda Lottie. Trouvez tout ce que vous pouvez sur l'implication de Tom Rickard dans Sainte-Angèle.

Elle passa encore deux heures à vérifier tous leurs rapports à ce jour. Elle ne trouva rien. Cela n'entama pas sa bonne humeur. Elle sentait qu'elle était peut-être proche du noyau de l'affaire.

Elle fit une recherche sur le site de Sainte-Angèle. Une photo parue dans le *Midland Examiner* de février dernier attira son attention. L'évêque Terence Connor remettait les clés à Tom Rickard, de Rickard Construction. L'article l'informait que la propriété allait être transformée en hôtel et en terrain de golf, sous réserve de l'obtention d'un permis de construire. Elle se leva d'un bond, partit à la recherche de Boyd et le trouva dans la salle de pause, en train de faire chauffer la bouilloire. Elle lui demanda :

— Ça te dit de faire un tour ?

— Pour aller où ?

— Tu poses trop de questions.

* * * * *

La journée avait été longue, et maintenant la lune faisait courir une lumière chatoyante dans le ciel. Boyd conduisait. Lottie était fatiguée. Elle lui indiqua la vieille route qui sortait de la ville.

— J'espère que tu ne t'attends pas à ce que je visite le cimetière dans l'obscurité, ironisa Boyd.

— Poule mouillée. Tourne à gauche ici.

Il remonta une petite route bordée d'arbres et s'arrêta devant l'entrée du cimetière Sainte-Angèle.

— L'endroit a l'air intimidant, s'exclama Boyd en coupant le moteur.

Lottie sortit de la voiture. Le portail était ouvert, mais elle voulait marcher. Le néon jaune des feux de signalisation éclairait faiblement l'endroit. Un immeuble de quatre étages, silhouetté sous la lune, se dressait à deux cents mètres au bout de l'avenue sinueuse bordée d'arbres. Lottie leva les yeux. Un frisson glacial lui parcourut l'échine. Elle avait déjà vu cet endroit au loin à maintes reprises. Il était visible depuis le cimetière. Mais aujourd'hui, elle ne pouvait pas arrêter l'inquiétude qu'il lui causait. Essayant de calmer son cerveau, elle se mit à compter les fenêtres. Seize jusqu'au dernier étage. Boyd se tenait à côté d'elle.

— Tu peux me dire pourquoi nous regardons ce bâtiment dans la nuit ?

— Nous savons maintenant que Sainte-Angèle faisait l'objet d'une demande de permis de construire de la part de Tom Rickard, expliqua Lottie, en se protégeant derrière Boyd de la bise qui s'engouffrait dans les branches au-dessus de leurs têtes.

— Et alors ?

— James Brown a téléphoné à Tom Rickard le soir où il a été assassiné. Rickard ne nous a pas fournis d'alibi solide.

Elle marqua une pause et réfléchit à ce que Rickard pouvait tirer d'un meurtre.

— Selon Bea Walsh, Brown et Sullivan s'occupaient du dossier du projet d'urbanisme qui semble avoir disparu. Rickard a acheté Sainte-Angèle à l'évêque Connor, qui a maintenant un prêtre assassiné sur les bras. Et c'est ici, dans cette institution, que la jeune Susan, connue à l'époque sous le nom de Sally, a été abandonnée avec son nouveau-né.

Boyd restait silencieux.

— Alors ? demanda Lottie.

— Je n'aime pas ce Tom Rickard, dit-il en enfonçant ses mains dans les poches de son manteau.

— C'est tout ce que tu as à dire ?

— Pour l'instant, oui. Et je suis gelé. Viens, espèce de folle.

Il se dirigea vers la voiture. Elle fit quelques pas en avant. Une rafale de vent résonna autour d'elle, provoquant un nouveau frisson le long de sa colonne vertébrale. Elle essaya de le repousser, ainsi que la sensation d'un vieux souvenir sombre qui s'agitait en elle. Tout son corps tremblait. Elle suivit Boyd.

— Qu'est-ce qu'il y a ? demanda Boyd en se retournant par-dessus son épaule.

— Ce n'est rien. Fais démarrer la voiture.

Une fois de plus, elle regarda le bâtiment tandis que Boyd sautait dans la voiture et mettait le moteur en marche. Fixant son regard, elle se demanda si Sainte-Angèle avait effectivement quelque chose à voir avec deux, voire trois meurtres. Elle remarqua une alcôve au centre du toit, une construction ronde abritant une statue en béton. Elle plissa les yeux, mais la nuit était trop sombre pour qu'elle puisse la distinguer. Il faudrait qu'elle la voie à la lumière du jour. Elle retourna à la voiture, s'éloignant de Sainte-Angèle qui abritait ses fantômes derrière des ombres.

— Demain, on ramène le cul de Tom Rickard, déclara-t-elle en s'asseyant à côté de Boyd. Et augmente le chauffage.

Chapitre 45

— Tu veux manger un morceau? demanda Boyd.

— Non, merci, répondit Lottie.

— Allez, viens. Il est plus de neuf heures et je n'ai pas mangé depuis je ne sais quand. J'aimerais bien un Indien.

Il fit demi-tour et descendit Main Street. La ville était déserte.

— Doux Jésus, Boyd, si Corrigan voyait ce que tu viens de faire.

— Il n'y a aucune chance qu'il me voie.

— Pourquoi?

— Il est à un bal de charité au Park Hotel. Le Golf Ball.

— Tu plaisantes?

— Je suis sérieux.

— Il a du culot.

— Pourquoi?

— Nous sommes au milieu de trois enquêtes majeures et il s'exhibe à un concert chic. Les médias vont s'en donner à cœur joie.

Boyd gara la voiture sur une double ligne jaune devant le restaurant indien Sagaar, alors que la neige commençait à tomber.

— Je devrais rentrer chez moi et nourrir mes enfants ou au moins leur apporter un plat à emporter, protesta Lottie.

— Ce ne sont pas des chatons. Ils peuvent se nourrir seuls. Ils ne sont pas morts de faim jusqu'à présent, répliqua Boyd.

Elle se dit qu'il n'avait pas tort. Ils sortirent de la voiture et montèrent les escaliers jusqu'au restaurant du premier étage. Ils étaient les seuls clients. Une musique douce, le seul son qui troublait le silence. Des appliques ternes atténuaient le décor écarlate. Pour certains, il aurait pu être considéré comme romantique, mais il rappelait à Lottie une pièce habillée pour Halloween. Elle choisit une table près de la fenêtre, d'où elle pouvait regarder la rue en contrebas tout en évitant les yeux de Boyd. Pendant un moment, elle observa les flocons de neige qui fondaient sur la vitre.

— J'ai besoin d'aller aux toilettes, déclara-t-elle en se levant. Tu peux commander pour moi.

Elle fit pipi, se lava les mains et s'empressa de se passer le rouge à lèvres de Katie.

Katie. S'attaquer à la source de sa dépendance à l'herbe figurait toujours sur sa liste de choses à faire, une liste qui s'allongeait de jour en jour. Elle vérifia que son T-shirt était suffisamment propre pour enlever sa veste. Ce serait suffisant.

— J'ai commandé, déclara Boyd en s'asseyant à nouveau.

— Je suis désolée.

— Pour quoi ?

— Tu sais. De t'avoir appelé quand j'étais ivre l'autre soir.

— Je n'y vois pas d'inconvénient.

Il s'occupa de la carte des vins.

— Je sais que ça ne te dérange pas. C'est ça, le problème, répliqua Lottie.

— Ce n'était pas un problème pour moi, dit Boyd. Mais…

— Mais quoi ?

— J'aimerais que tu m'appelles un soir, quand tu seras sobre.

Le serveur apporta une bouteille d'eau gazeuse et la versa dans des gobelets.

— Commande du vin pour toi, dit Lottie. Je ramènerai ta voiture à la maison.

— Tu es sûre ?

— Je ne dirais pas le contraire.

Boyd indiqua au serveur une bouteille de vin rouge de la maison.

— Il n'a pas fallu beaucoup de temps pour te convaincre, dit Lottie, et ils retombèrent dans un autre silence, regardant tous deux par la fenêtre.

Abandonnant la vue extérieure, elle l'étudia. Il était concentré sur la circulation en contrebas. Elle devait admettre qu'il était maladroitement beau. La ligne sévère de sa mâchoire accentuait ses yeux bruns et, lorsqu'ils étaient exposés à la lumière, ils brillaient. Une petite partie d'elle désirait ardemment découvrir ce qui faisait vibrer Mark Boyd, mais une autre partie avait peur de ce qu'elle pourrait découvrir sur elle-même si elle se rapprochait trop de lui.

Leurs entrées arrivèrent.

— J'espère que ce n'est pas trop épicé, dit Boyd.

— J'aurais bien besoin d'un peu de piquant dans ma vie, dit Lottie en reniflant l'arôme.

— Je l'ai proposé.

— Je sais.

— Tu as refusé.

— Je sais, répéta Lottie en versant du chutney à la menthe sur un chapati.

Ils mangèrent en silence.

— Veux-tu parler de l'affaire ou allons-nous profiter du silence ? demanda Boyd, alors que le serveur débarrassait les assiettes.

— Tom Rickard est impliqué jusqu'au cou.

— La seule preuve à l'appui de cette théorie est un appel téléphonique de James Brown. Qu'il nie d'ailleurs avoir reçu.

— Nous pouvons prouver qu'il l'a reçu.

— D'accord, mais nous ne saurons jamais de quoi ils ont parlé.

— Brown aurait pu lui dire que Susan Sullivan était morte, dit Lottie. Rickard devait les connaître par le biais du conseil. Il a probablement eu affaire à eux pour la demande de permis de construire.

— D'accord, dit Boyd. En théorie, nous pouvons en déduire qu'il connaissait Brown et Sullivan. Mais pourquoi les tuer ?

— Je ne sais pas, mais c'est un multimillionnaire. Il possède au moins quatre voitures. C'est peut-être son argent qui est entré et sorti des comptes des victimes. Elle regarda Boyd. Mais pourquoi ?

— Ce n'est peut-être pas lui. Certes, il a déposé une demande pour développer Sainte-Angèle, mais il doit avoir des dizaines de demandes dans tout le pays. Celle-ci est-elle différente ? Est-ce qu'il y a là un motif pour assassiner ?

— Récapitulons, dit Lottie. Les deux premières victimes que nous avons découvertes avaient des secrets. James Brown avait une liaison avec un homme plus jeune et Susan Sullivan était en train de mourir d'un cancer et, à l'âge de onze ou douze ans, elle avait eu un bébé et était incarcérée à Sainte-Angèle. De plus, elle avait changé de nom. Essayait-elle d'exorciser son passé ? La propriété, achetée par Tom Rickard à l'évêque Connor, fait maintenant l'objet d'une demande d'urbanisme pour la construction d'un hôtel de plusieurs millions d'euros, d'un terrain de golf ou autre. Lottie but une gorgée d'eau. Deux des victimes qui ont travaillé sur ce dossier ont un tatouage similaire sur les jambes, sans parler des deux mille euros dans le congélateur de Susan et des centaines de journaux empilés dans son salon. Voilà ce que nous avons jusqu'à présent.

Lottie reprit son souffle. Elle avait parlé trop vite. Boyd savait déjà tout cela.

— Et le prêtre mort dans le jardin de Brown. Ne l'oublie pas, dit-il.

— Nous avons des corps, une foule de questions et aucune réponse, reprit Lottie.

Elle tira sur le revers de son T-shirt, attrapa un fil perdu et le regarda s'effilocher. Je commence à me sentir comme un disque rayé.

Le serveur arriva et déposa leur plat principal dans des bols en argent sur la table. L'arôme du poulet Korma avec de la noix de coco infusait l'air.

— Mange et savoure, conseilla Lottie.

Elle se détendit pendant qu'ils mangeaient. Une fois les assiettes débarrassées, elle commanda un thé vert. Boyd versa le dernier verre de vin et regarda dehors.

— Bois, dit Lottie. Nous avons une réunion à six heures du matin avec le commissaire Corrigan.

— Il va avoir une de ces têtes.

— Je pense à la marmite et à la bouilloire, dit Lottie en souriant.

— Voilà, dit-il. Ton visage s'illumine lorsque tu décides de courber ces lèvres fascinantes vers le haut.

Elle rit, se sentant étourdie. Il finit son vin. Ils partagèrent l'addition et partirent.

* * * * *

Lottie conduisit Boyd à son appartement, gara la voiture, lui remit les clés et le raccompagna à la porte. La neige lourde s'était transformée en flocons légers.

— Merci pour le repas. Je crois que j'avais besoin d'une pause, dit Lottie.

— Tu entres prendre un café ?

— Le café m'empêchera de dormir toute la nuit.

— Bien, dit Boyd en souriant. Je ferais mieux de rentrer chez moi.

Elle s'attarda un instant. Il lui caressa la joue, traçant une ligne imaginaire de son œil à sa bouche.

— Ne fais pas ça, dit Lottie.

— Pourquoi ? Tu as aimé l'autre soir. Tu te souviens ?

— Je n'aime pas qu'on me rappelle des choses que je ne me souviens pas avoir faites alors que j'étais dans un état « ivramnésique ».

Lottie détourna la tête.

— Ça n'existe pas.

— Je ne m'en soucie plus.

— C'est aussi ce que tu as dit l'autre soir.

— Tu es un salaud sadique, Mark Boyd. Elle riait.

— J'ai envie de toi, dit-il en passant sa main derrière sa nuque, dans ses cheveux.

— Je le sais.

Son doigt dessina de petits cercles à la base de la racine de ses cheveux. Il pencha la tête vers la sienne et l'embrassa sur les lèvres. Elle goûta le vin et les épices, sentit un frémissement au creux de son estomac et, les mains toujours dans les poches, s'autorisa un moment de plaisir. Puis elle l'arrêta.

— Je suis désolée, dit-elle en baissant la tête.

— Ne le sois pas. Mon Dieu, Lottie, ne sois pas désolée. Il lui souleva le menton d'un doigt.

— Je dois y aller, dit-elle.

— Je comprends. Il déposa un chaste baiser sur ses lèvres. Tu aurais dû te faire recoudre le nez. Tu auras une cicatrice.

Il traça une dernière ligne sur sa joue, caressant l'ecchymose sous son œil, et elle sentit la douceur de son soupir sur ses cheveux avant qu'il ne tourne sa clé dans la serrure, entre et referme la porte. Elle savait qu'il se tenait là, derrière la porte. Il attendait qu'elle mette le doigt sur la sonnette. Elle aurait pu facilement le faire. Sonner la cloche. Mais elle ne le fit pas. Elle remonta sa capuche et rentra chez elle, le visage tourné vers le ciel, attrapant les flocons.

Chapitre 46

La ville était si calme alors qu'il rentrait chez lui qu'il fut surpris de voir une femme marcher seule dans la neige. Il s'arrêta presque pour lui proposer de la raccompagner lorsqu'elle leva la tête et que son visage apparut sous la lumière du réverbère. Il s'agissait de l'inspectrice Lottie Parker.

Il continua à rouler pendant quelques minutes avant de s'arrêter devant un garage fermé. Il n'avait pas trop bu, mais tout de même, si une voiture de patrouille circulait, il était sûr d'avoir dépassé la limite d'alcoolémie. En regardant dans son rétroviseur, il la vit tourner dans une avenue isolée. C'est donc là que vous habitez, pensa-t-il.

— Il est bon de savoir ce genre de choses. On ne sait jamais quand je vais devoir vous rendre visite, dit-il, avant de se rendre compte qu'il parlait tout haut.

Qu'est-ce qu'il lui arrivait ? Rentre chez toi et bois un bon verre, se dit-il. Et pense au beau spécimen de garçon que tu as vu ce matin-là.

Il mit le moteur en marche, enclencha la vitesse et s'engagea sur la route enneigée, se demandant combien de temps il lui faudrait pour réfléchir avant d'agir.

Chapitre 47

— C'est elle ?

Mélanie Rickard était ivre. Elle enleva ses talons hauts. Tom Rickard les regarda glisser sur le sol en marbre de la cuisine.

— Quelle femme ? demanda-t-il.

— La salope que tu baises.

— De quoi tu parles ? demanda-t-il à voix basse. Il ne fallait surtout pas se mettre à crier quand Mélanie criait.

— Ne fais pas l'innocent avec moi, se moqua-t-elle. C'est elle que tu baises et qui rentre à la maison en sentant les baies sauvages et le jasmin ? Jo… putain… Malone… parfum. Je ne suis pas stupide, espèce de connard !

— Tu es ivre, dit-il.

Ce qui n'était pas la bonne chose à dire à une Mélanie ivre et furieuse.

Elle cria et frappa des poings sur le comptoir avant de retrouver un calme dangereux.

— Je ne suis pas aveugle, dit-elle. Tes yeux étaient enfouis dans sa robe, presque au niveau de son nombril !

Il ne répondit rien. Il ne pouvait pas nier qu'il avait reluqué la belle blonde assise en face de lui, qu'il avait envie de tendre les mains le long de son cou, de pousser ses lèvres contre les siennes.

Comme il l'avait fait la veille au soir. Il s'était maudit d'avoir laissé Mélanie l'obliger à assister au bal du golf. Il savait qu'elle y serait. Avec son mari, qui avait l'air d'une souris. Peut-être qu'inconsciemment, il voulait vraiment y être. Pour comparer son exquise beauté à celle, disparaissant rapidement, de Mélanie. Mais le fait de devoir s'asseoir à côté du commissaire Corrigan rendait la soirée gênante, alors il l'avait abreuvé de cognac. Une bande d'ivrognes, tous autant qu'ils étaient, pensa-t-il, et Mélanie était la pire de tous. Il s'était enfui avec elle, dès qu'il l'avait pu.

— Je ne la toucherais pas avec une perche, affirma-t-il.

— C'est donc elle qui essayait de s'échapper de ton pantalon. Eh bien, va te faire foutre, Tom, toi et la pouliche que tu chevauches !

Elle saisit une bouteille de cabernet.

Il crut un instant qu'elle allait la lui jeter à la figure. Mais elle la déboucha plus vite qu'elle ne l'aurait fait si elle avait été sobre, prit un verre dans l'armoire et sortit pieds nus de la cuisine pour se rendre dans le salon, où elle s'endormit rapidement dans un fauteuil surdimensionné.

Il se tenait au milieu de la pièce glaciale et se demanda à quel moment tout cela avait mal tourné. Il la détestait. À cet instant, il aurait pu l'étrangler.

Chapitre 48

Facebook. Lottie se connecta.

Elle écoutait le ronronnement du réfrigérateur et le murmure de l'émission de télévision que Sean et Chloé regardaient dans le salon. Katie était encore sortie. Probablement avec Jason Rickard.

Alors qu'elle sirotait un verre d'eau, assise dans le fauteuil de la cuisine, une demande d'ami apparut. Elle appuya paresseusement sur l'icône. La photo du Père Joe apparut. Elle posa son verre et déplia ses jambes. Elle appuya sur l'onglet « Accepter ». La boîte de dialogue s'ouvrit. Il était en ligne.

Bonjour.

Où êtes-vous ?

À Rome.

Qu'est-ce que vous faites là-bas ?
Vous êtes suspecté de meurtre ?

Très drôle.

Le commissaire Corrigan va piquer une crise.
Votre évêque va piquer une crise.

J'espère être de retour avant que je ne manque à l'un ou à l'autre.

Comment comptez-vous vous y prendre ?

J'ai dit que ma mère était malade
et que je devais lui rendre visite à Wexford.

Que faites-vous à Rome ?

Je suis un détective amateur.

Vous êtes drôle. Vous savez qu'on a trouvé
un autre corps ?

Je l'ai entendu aux infos.

Vous savez qui c'est ?

Non. Qui ?

Le Père Angelotti.

Il n'y eut pas de réponse pendant un certain temps. Mais l'application montrait qu'il était actif. Puis il répondit.

C'est terrible. Je ne comprends pas.

Moi non plus. Pouvez-vous voir si quelqu'un à Rome
sait pourquoi il était ici ?

Je vais me renseigner. Lottie ?

Quoi ?

Vous vous souvenez que vous m'avez
demandé si je pouvais trouver quelque chose
sur les archives de Sainte-Angèle ?

Oui.

J'ai cherché dans nos archives, mais il n'y avait rien en ligne. Les documents sont sur papier.

Où ça?

Normalement, les documents de ce type sont archivés par chaque diocèse. Mais j'ai fait des vérifications croisées, pensant que les dossiers de Sainte-Angèle avaient peut-être été transmis à l'archidiocèse de Dublin, ce qui est la procédure normale.

Et?

J'ai parlé à l'archiviste de l'archidiocèse de Dublin. Ils avaient les dossiers à un moment donné. Mais il m'a dit que les dossiers de Sainte-Angèle avaient été transférés à Rome.

Par qui? Pourquoi? Ce n'est pas normal, n'est-ce pas?

Pas normal, non. Je ne sais pas qui a demandé ce transfert et je n'ai jamais rencontré cela auparavant, mais je vais me renseigner.

Quand ont-ils été transférés?

Je ne le sais pas non plus. Je vérifierai.

J'espère que vous n'aurez pas d'ennuis.

Je n'en aurai pas. J'espère trouver quelque chose d'intéressant.

Je vous remercie.

Et j'essaierai de voir si quelqu'un sait quelque chose sur le Père Angelotti.

Merci, Père Joe.

Appelez-moi Joe.

D'accord. Joe. Bonne nuit.

Ciao, comme disent les Italiens.

Ils signèrent tous les deux.

Rome. Lottie se demandait ce qui se passait. Pourquoi déplacer les dossiers de Sainte-Angèle si ce n'était pas la procédure normale ? Elle prit un bloc-notes A4 dans le cartable de Sean et un stylo. Sur la table de la cuisine, elle écrivit tout ce qu'elle savait jusqu'à présent. Rien de tout cela n'avait de sens. Elle regarda les noms en se demandant s'ils étaient liés ou si tout cela n'était pas que le fruit du hasard. La porte d'entrée s'ouvrit et se referma.

— D'où viens-tu à cette heure de la nuit ? s'enquit Lottie alors que Katie entrait dans la cuisine, enlevant sa veste humide.

— Qu'est-ce que c'est ? demanda Katie en regardant les pages éparpillées sur la table.

— Le travail, dit Lottie.

— Je m'en doutais. Pourquoi le nom du père de Jason est-il écrit là ?

— Alors, maintenant je le connais ?

Lottie examina sa fille aînée. Ses yeux, bien qu'arrondis par un épais eye-liner noir, étaient clairs.

— Jason m'a dit que tu t'étais pointée chez lui ce matin.

— Où étais-tu ?

— Dans sa chambre. J'ai dû y rester parce qu'il y avait une réunion d'affaires en bas.

Le petit con de Jason avait menti.

— Qui était à cette réunion ? demanda Lottie.

— Comment le saurais-je ? J'étais confinée à la caserne, comme disait papa quand il m'envoyait dans ma chambre.

Katie ouvrit la porte du réfrigérateur et parcourut son maigre contenu.

— Pourquoi étais-tu là, au fait ?

— Parce que je veux aller au fond de cette histoire d'herbe. C'est sérieux, Katie.

— Maman ! Je ne suis plus une enfant.

— Tu es mon enfant, et je ne vais pas te laisser mourir dans l'embrasure d'une porte avec une aiguille dans le bras. Et je peux te garantir que Jason Rickard s'éloignera de toi à des millions de kilomètres lorsqu'il perdra tout intérêt.

— Peu importe ! Je vais me coucher, dit-elle en retirant l'emballage d'un bâtonnet de fromage.

— Tu as mangé aujourd'hui ?

Katie agita le fromage du frigo et se précipita hors de la pièce avant que Lottie ne puisse la réprimander davantage.

Assise à la table, elle réfléchit à Tom Rickard et aux autres personnes présentes à la réunion. Pourquoi devait-il mener ses affaires chez lui ? Il disposait d'un bureau tout à fait magnifique au centre de la ville. S'agissait-il d'une affaire louche ?

Elle rassembla les pages, les mit dans son sac et s'assit dans son fauteuil, les jambes repliées sur elles-mêmes. Fermant les yeux, elle s'endormit d'un sommeil agité et rêva de corbeaux noirs qui tournaient autour d'une statue de femme saignante, une corde de nylon bleu autour du cou. L'un des corbeaux descendit en piqué, planta son corps plumeux dans un lit de camp, avant de s'envoler avec un bébé couinant coincé dans son bec. Lottie se réveilla brusquement, une sueur froide coulant entre ses seins.

* * * * *

2 janvier 1975

Sally vit le garçon assis à la fenêtre alors qu'elle suivait la religieuse en montant les marches et en franchissant la porte au son de la voiture qui la laissait derrière elle.

Le couloir était froid et le sol dégageait une odeur de cirage. La panique menaçait de l'envahir lorsque la religieuse disparut au bout d'un couloir. Avec son bébé. Une porte claqua et elle suivit l'écho.

Un bébé pleurait et elle se demanda si elle serait capable de reconnaître le son de son propre enfant et n'était pas du tout sûre de pouvoir le faire. Elle avança, marchant sur les motifs en bois jusqu'à ce que le sol se transforme en mosaïques multicolores. Elle s'arrêta devant une porte avant de tourner la poignée. Sa culotte était trempée, le sang qui coulait le long de ses jambes tachait de rouge ses mi-bas blancs. Ses petits seins étaient douloureux et fuyaient. Elle avait envie de se blottir dans son propre lit et de mourir.

Elle tourna la poignée et ouvrit la porte. Trois rangées de berceaux aux barreaux de fer, cinq par ligne et un bébé dans chacun d'eux. La religieuse se plaça au centre de la pièce et se retourna en écartant les bras. Sally se demanda dans quel berceau était son bébé. On aurait dit des poupées. Des petites poupées en cage.

« Ce sont les œuvres du diable, les enfants du péché, les rejetons de Satan », grogna la religieuse.

Sally sentit ses genoux se dérober et du sang suinter entre ses jambes.

Les robes noires, sentant le tiroir de l'armoire de sa grand-mère décédée, s'approchaient d'elle. La plupart des religieuses de son école portaient des jupes plus courtes et certaines se risquaient même à montrer une mèche de cheveux. Celle-ci, vêtue d'une robe à l'ancienne et d'un tablier de coton blanc taché noué à la taille, était grande, et sa peau transparente arborait un visage menaçant et délavé.

« Où est mon bébé? », demanda Sally, regardant anxieusement le long d'une rangée de lits, s'efforçant de voir derrière la religieuse.

Tous les bébés étaient maintenant silencieux, certains endormis, d'autres éveillés – leurs petits yeux suppliants se dirigeaient vers le plafond fissuré.

« Ce n'est plus à vous, dit la religieuse. Ils appartiennent tous au diable. »

Sally rassembla ses forces et, la peur aidant, elle dépassa la religieuse, courut jusqu'au bout de la pièce et revint. Les larmes l'aveuglèrent. Elle chercha frénétiquement son bébé. Mais lequel était le sien ?

« Où est mon bébé ? s'écria-t-elle. Dites-le-moi. »

La pièce se mit à tourner. L'odeur des couches sales et du lait aigre lui bouchait le nez. Les bébés se mirent à gémir, dérangés par son cri. En heurtant le sol, elle aperçut la statue bleue et blanche au fond de la pièce. La Vierge Marie, un serpent enroulé autour de son ventre gonflé, étouffant la vie de l'enfant avant même sa naissance.

Sixième jour

4 janvier 2015

Chapitre 49

Le commissaire Corrigan avait la gueule de bois. Boyd avait la gueule de bois. Kirby avait la gueule de bois. Lottie et Maria Lynch étaient prises entre deux feux.

Une fois qu'elle s'était traînée du fauteuil de la cuisine jusqu'au lit, la nuit de Lottie avait été remplie de nouveaux cauchemars. Elle se réveilla à cinq heures, trempée de sueur. Elle était ravie de la réunion matinale, car elle avait besoin de se concentrer sur quelque chose pour chasser les terreurs nocturnes. Soulignant les progrès accomplis, elle souhaita que la journée d'aujourd'hui soit encore plus fructueuse.

Elle regarda Corrigan, dubitative.

— Je vais discuter avec Tom Rickard aujourd'hui, annonça-t-elle.

— Une discussion ? Corrigan poussa un cri, puis grimaça et baissa la voix.

— Je veux voir quelles informations je peux découvrir sur le projet de Sainte-Angèle. C'est tout ce dont nous disposons. C'est peut-être une impasse, mais nous devons poursuivre la piste.

— Ne vous engagez pas dans une impasse, comme un éléphant dans un magasin de porcelaine. C'est une de mes connaissances. J'ai parlé avec lui hier soir. Un grand homme. Je ne veux pas l'avoir à nouveau au téléphone, hurlant que vous le harcelez. Surtout pas aujourd'hui.

Il caressa son crâne chauve, augmentant son éclat.

— Bien sûr.

Lottie n'était pas non plus d'humeur à discuter.

L'agent de service passa la tête par la porte.

— Nous avons arrêté un ivrogne la nuit dernière. Il est réveillé maintenant et il fait hurler tout le monde. Je pense que vous devriez l'entendre, inspectrice.

— Je suis en pleine réunion.

— Il dit qu'il connaissait Susan Sullivan.

— D'accord, concéda Lottie en rassemblant ses papiers. Mettez-le dans une salle d'interrogatoire et j'arrive tout de suite.

— Il est un peu mal en point, avertit le sergent.

— Nous le sommes tous, reconnut Kirby.

Tous les yeux de la salle se tournèrent vers lui. Kirby baissa la tête.

— Je m'en vais, dit Lottie.

* * * * *

L'air empestait les oignons mous et pourris. L'estomac de Lottie se souleva et elle tenta d'endiguer la montée de bile. Boyd était assis à côté d'elle, et elle savait qu'il avait envie d'allumer une cigarette. Elle regarda l'ivrogne de l'autre côté de la table et vérifia son nom sur la feuille d'accusation.

Patrick O'Malley était dans un sale état; son visage était une carte de boutons pulsants et il léchait continuellement, avec une langue gonflée, des boutons de fièvre sur des lèvres craquelées. Ses mains tremblantes, où poussaient de longs ongles crochus bourrés des restes de ce qu'il avait mangé en dernier, étaient enveloppées dans des mitaines. Un vieux manteau de laine, qui rappelait à Lottie celui que portait son père, pendait par-dessus au moins deux sweats à capuche défraîchis. Voilà un homme, pensa-t-elle, qui porte son parcours de vie, non seulement sur ses vêtements, mais aussi dans ses yeux.

— Monsieur O'Malley, dit-elle, j'apprécie que vous nous parliez. Vous connaissez vos droits et nous enregistrons cet entretien.

Il détourna les yeux, jeta un coup d'œil nostalgique vers la porte, puis baissa la tête.

— Voulez-vous une tasse de thé? demanda-t-elle.

Il leva lentement les yeux sous ses paupières collantes et elle comprit que ses tremblements n'étaient pas seulement alimentés par l'alcool, mais qu'il était terrifié par l'autorité.

— Non, Madame, inspectrice, dit enfin O'Malley, la voix basse et fêlée. Tout va bien.

— Vous êtes sûr?

— Oui.

— Vous avez eu une nuit un peu agitée?

— Oui, avoua-t-il en jetant un coup d'œil furtif dans la petite pièce.

— J'en ai moi-même eu quelques-unes récemment, concéda Lottie.

O'Malley éclata d'un rire rauque. Lottie décida qu'il était maintenant suffisamment détendu pour qu'elle découvre ce qu'il avait raconté dans la cellule de détention.

— Vous avez dit à mes collègues que vous connaissiez Susan Sullivan. Y a-t-il quelque chose que vous voulez me dire?

— On peut dire ça, dit-il. Mais encore une fois, ce n'est peut-être pas le cas.

Lottie poussa un soupir, espérant qu'il ne s'agirait pas d'une de ces interviews énigmatiques, résultant des divagations d'un esprit ivre. Elle risquait de lui vomir dessus avant la fin de l'entretien. Elle se demanda comment Boyd s'en sortait, mais n'osa pas le regarder.

— J'étais couché devant la devanture du magasin d'électricité Carey's, essayant de me réchauffer. C'est difficile par ce temps avec seulement ce vieux manteau et quelques bouts de carton. Mais je suppose que vous n'avez pas besoin de penser à cela, inspectrice, n'est-ce pas?

Lottie secoua la tête.

— Je ne pense pas. Vous êtes une femme bien comme il faut. Je suis sûr que vous avez un homme pour vous tenir chaud la nuit.

O'Malley gloussa et se mit immédiatement à tousser. Des mucosités jaunes recouvraient ses lèvres.

— Vous allez bien ?

Lottie chercha des mouchoirs, trouva une boîte derrière elle et la lui tendit. Il en sortit plusieurs et les fourra au fond de sa poche, sans se nettoyer la bouche.

— Je vais vous chercher de l'eau, dit Boyd qui s'échappa.

— J'ai un rhume, voyez-vous. Je n'arrive pas à m'en débarrasser.

Il marqua une pause tandis que ses poumons résonnaient bruyamment dans sa poitrine. Boyd revint avec deux gobelets en plastique et en tendit un à O'Malley. Celui-ci le but d'un trait, assoiffé.

— Tenez, prenez le mien, dit Boyd en le faisant glisser.

— Merci, Monsieur, dit O'Malley en baissant la tête.

— Allez-y, Monsieur O'Malley, dit Lottie. Vous avez quelque chose à me dire.

— Qu'est-ce que je disais ?

Son regard passa de Lottie à Boyd, comme s'il essayait de se rappeler où il était. Non seulement où il se trouvait dans la conversation, mais où il se trouvait réellement dans la réalité. Lottie s'efforça de maîtriser son impatience.

— Vous étiez à l'extérieur de Carey's, dit-elle pour l'amadouer.

— J'ai bu une goutte de vin avant que votre bande ne m'amène ici. Je m'occupais de mes affaires. Je n'ai pas toujours été un ivrogne ou un sans-abri, vous savez. Et encore, peut-être que je l'étais.

Il fronça les sourcils. Bon sang, il va pleurer. Lottie jeta un coup d'œil à Boyd, mais il fixait un point sur le mur au-dessus de la tête de l'homme.

— Vous devez être très occupée avec tous ces meurtres, inspectrice. Je ne voudrais pas vous faire perdre votre temps.

Il marqua une pause, laissant passer une nouvelle quinte de toux.

Je vais l'étouffer moi-même, pensa Lottie, mais elle lui sourit chaleureusement, lui permettant de prendre la parole.

— J'ai vu les nouvelles à la télévision dans la vitrine du magasin. L'autre soir, vous savez. Je n'ai pas pu entendre, j'ai seulement vu les images. Il y avait sa photo.

— La photo de qui ? l'interrompit Lottie.

— Je la connaissais.

— Qui ?

— Sally avait l'habitude d'apporter la soupe le soir, à tous ceux qui dormaient dans la rue. Elle était l'une des rares personnes à être gentille avec moi.

Il s'arrêta de parler, ferma les yeux et baissa la tête, son menton reposant sur sa poitrine. Sally ? Voulait-il dire Susan ? Si c'est le cas, livrer de la soupe aux sans-abri était une nouvelle information. Lottie la nota.

— Cette soupe populaire ? Parlez-m'en.

O'Malley s'étrangla en toussant. Au bout d'un moment, il dit :

— C'est tout ce qu'il y a à dire. Elle venait avec la vieille femme. Tous les soirs.

Des larmes brillaient au coin de ses yeux jaunis.

— Qui était cette vieille femme ?

O'Malley haussa les épaules sans rien dire.

— Cette Sally dont vous parlez était donc Susan Sullivan, résuma Lottie.

— Elle s'appelait Sally avant d'être Susan, rectifia O'Malley. Je me souvenais d'elle à l'époque. Le premier soir où elle m'a apporté la soupe, j'ai levé les yeux vers elle. J'ai vu ce regard.

Il gratta la table avec un ongle sale et poursuivit :

— La peur. Nous l'avons tous eue. Quand nous étions des enfants, pas plus de douze ans. À Sainte-Angèle.

Lottie croisa le regard de Boyd. Sainte-Angèle !

* * * * *

2 janvier 1975

Ce soir-là, il vit la fille au moment du thé. Le réfectoire était bruyant et malodorant. Elle était assise à une table avec Sœur Immaculata et deux autres garçons. Patrick voulait en savoir plus sur elle. Il sauta donc entre deux rangées de chaises et s'arrêta derrière elles.

« Assieds-toi, Patrick. Tu me rends nerveuse », dit Sœur Immaculata.

Il s'assit bruyamment à côté d'elles.

« Voici Sally. Elle reste ici avec nous pendant un certain temps. Je veux que tu fasses en sorte qu'elle se sente chez elle.

— Je déteste ce chez moi, putain », jura Sally, les larmes coulant sur ses joues.

« Cher Dieu, nous n'autorisons pas ce genre de blasphème. Tu seras punie. Mais d'abord, tu dois manger », ordonna Sœur Immaculata en saisissant sa fourchette d'une main osseuse.

Patrick regarda son assiette d'œufs brouillés et la tranche de pain à la croûte dure de deux pouces. Saisissant son verre, il le renversa, et le lait se répandit sur son assiette. Le lait satura le pain et transforma les œufs en une soupe liquide. Sœur Immaculata retira son bras et le frappa violemment sur le dessus de la tête. Sally sursauta.

« Tu peux prendre le mien, proposa-t-elle. Je n'aime pas les œufs. » Elle poussa son assiette vers lui.

« Tu es un garçon stupide », cria la religieuse.

Il sourit, l'insolence affichée sur son visage, ses yeux scintillant d'un air diabolique. Il se retourna et sourit à Sally. Elle le regarda fixement, les yeux écarquillés, la bouche ouverte. La religieuse le frappa à nouveau. Sœur Teresa se précipita entre les tables. Elle prit Patrick par la main et l'entraîna loin de la tyrannie de Sœur Immaculata. Il ne cessait de regarder derrière lui pendant la marche précipitée hors de la salle bondée, ses yeux restant fixés sur ceux de Sally pendant tout le trajet.

* * * * *

— Personne ne m'a jamais montré beaucoup de gentillesse avant l'arrivée de Sally, dit O'Malley. Elle ne se mêlait pas aux autres, alors elle et moi sommes devenus amis. Et puis, toutes ces années plus tard, lorsqu'elle distribuait la soupe, elle avait l'habitude de bavarder avec moi. Il resserra ses lèvres fendues en une ligne. Je ne devrais rien dire.

— Vous pouvez me le dire, insista Lottie. Continuez, s'il vous plaît.

— Je suppose que je peux. Cela ne changera pas grand-chose maintenant qu'ils sont tous les deux morts.

— Quels deux ? De qui parlez-vous ?

— Elle m'a dit qu'elle avait travaillé avec James Brown. Et maintenant, il est mort lui aussi.

— Vous le connaissiez ?

— Oui, il était à Sainte-Angèle avec nous.

Lottie le regarda fixement, puis se tourna vers Boyd, qui s'était rapidement redressé. C'était une bonne chose. Le lien entre Susan et James qu'elle recherchait depuis longtemps.

— James Brown était à Sainte-Angèle ? demanda-t-elle, incrédule.

— C'est bien ce que je voulais vous dire.

— Je ne le savais pas.

Lottie sentit sa mâchoire se décrocher. Elle pensa au tatouage sur les jambes des victimes.

— James et Susan avaient des marques similaires à l'intérieur de leurs jambes. Comme un tatouage grossier. Savez-vous quelque chose à ce sujet ?

O'Malley ne dit rien.

— Est-ce que cela a quelque chose à voir avec Sainte-Angèle ?

— On peut dire cela, concéda-t-il finalement.

— Qu'est-ce que cela signifie ? insista Lottie.

— Je ne sais pas, dit-il, le visage fermé.

— Est-ce qu'ils se sont fait tatouer quand ils étaient à Sainte-Angèle ?

Lottie réfléchit un instant.

— Vous en avez un ?

O'Malley la regarda fixement, comme s'il décidait de lui dire ou non. Il répondit :

— Ça se pourrait, inspectrice.

Il se lécha les lèvres et secoua la tête.

— Je ne me souviens plus.

Il mentait, mais Lottie n'insista pas, craignant qu'il ne se taise complètement. Elle voulait en savoir plus sur Sainte-Angèle.

— Parlez-moi de Susan et de James.

— Nous sommes partis ensemble, tous les trois. À Sainte-Angèle. Il sourit. Nous étions aussi amis avec un autre garçon. Je ne me souviens plus de son nom. Vous savez, beaucoup d'entre eux changent de nom quand ils sortent de prison. Je ne m'en souciais pas. James non plus, je suppose.

— Combien de temps Susan est-elle restée là-dedans ?

Il avait l'air troublé.

— À Sainte-Angèle, ajouta-t-elle.

— Je n'en sais rien. Cela a pu durer un an, plus ou moins longtemps. À vrai dire, je ne sais même pas combien de temps j'y suis resté.

— Que faisiez-vous toute la journée à Sainte-Angèle ? demanda Lottie en prenant des notes.

— Nous allions à l'école le matin après la messe. En automne, nous ramassions des pommes.

— Des pommes ?

Lottie baissa le menton et leva les yeux.

— Les religieuses faisaient de la gelée de pommes.

— Pour manger ?

— Pour vendre, expliqua O'Malley. Il y avait un verger là-bas. Nous avions l'habitude de ramasser les pommes tombées par terre. Si vous étiez puni pour quelque chose, vous deviez arracher les asticots et les mouches des pommes molles. Ça portait malheur si on avait peur des asticots.

O'Malley avait répondu avec un petit rire, mais Lottie remarqua que ses yeux étaient d'un sérieux mortel.

— De la gelée de pommes, songea Lottie, se souvenant des bocaux en verre, dont les couvercles en tissu étaient maintenus par des élastiques, qui se trouvaient sur la table du petit-déjeuner devant sa mère.

— Oui, inspectrice, renchérit O'Malley. Je me souviens de l'année où Sally est arrivée. C'était une année exceptionnelle pour les pommes. Mais pour nous, ce n'était pas une bonne année.

* * * * *

Août 1975

« Fais le tri dans ce panier de pommes, maître Brown, ordonna le grand prêtre en montrant un tas de fruits meurtris.

— S'il vous plaît, Mon père, je n'aime pas les vers. Ne m'obligez pas à le faire », supplia James.

Le prêtre s'étira de toute sa taille. Le garçon se recroquevilla, comme s'il s'attendait à recevoir une gifle.

« Laissez-le tranquille », intervint Sally.

Patrick se tenait à côté de Sally et d'un autre garçon appelé Brian. Elle tenait une pomme dans sa main. Elle était meurtrie et noire. Patrick pensa qu'elle allait la jeter sur le prêtre. Un salaud, voilà ce qu'était le Père Con'. Ils le savaient tous. Ils avaient tous peur de lui.

Patrick regarda avec méfiance le Père Con' s'approcher de James et tendre la main vers le panier. Il prit une pomme, l'examina et la rejeta. Il en sortit une autre. Celle-ci était presque en bouillie, un asticot suçant la chair. Il poussa le fruit vers le garçon. James garda ses bras tremblants calés le long de son corps.

« Mange-la, cria le prêtre en poussant la pomme sous le nez du garçon. Mange.

— Ne l'obligez pas à le faire, s'écria Sally.

— Tu la fermes!», ordonna le prêtre.

Patrick saisit le bras de Sally. Ce n'était pas la peine de les punir tous.

«J'ai dit: "mange!"»

James tendit la main, mais il était à peine capable de tenir la pomme. Ses doigts étaient blancs jusqu'aux poignets. Il la laissa tomber, se retourna et se mit à courir.

«C'est de ta faute», dit le prêtre en saisissant les cheveux de Sally.

Elle cria. Patrick se figea dans ses chaussures. James atteignit l'extrémité du verger et se recroquevilla contre le mur de briques. Le prêtre saisit Brian par le bras.

— Vous subirez la punition de Brown. Puis il attira Sally vers lui.

«Fillette, prends cette pomme et fais-la manger jusqu'à la dernière bouchée à Brian.» Sa voix était un murmure sinistre. «Je surveillerai.»

Quoi qu'il y ait dans ses yeux, Patrick vit que cela terrifiait Sally et la réduisait au silence. Elle porta la pomme à la bouche de Brian. Le garçon poussa un cri.

«S'il te plaît, implora Sally, suppliant Brian, des larmes coulant sur son visage.

— Non, hurla Brian.»

Elle lui enfonça la pomme dans la bouche. Le prêtre tira plus fort sur ses cheveux. James revint vers eux en courant. Patrick restait immobile.

Encore une fois, dit le Père Con'. Encore!»

Sally poussa la pomme dans la bouche du garçon et un ver noir s'agita au coin de ses dents. Ses yeux s'écarquillèrent d'horreur. Elle laissa retomber sa main et le fruit se logea dans la bouche du garçon, étouffant ses cris. Patrick resta immobile tandis que Sally se tournait vers lui. Elle le suppliait. Mais il ne pouvait pas bouger.

* * * * *

O'Malley avait les yeux fermés, plongé dans ses souvenirs.

— C'est horrible, s'exclama Lottie.

Les images qu'il avait peintes lui donnaient la chair de poule, et elle serra le poing. Qui était ce Père Con'? Elle regarda le nom qu'elle avait écrit.

— Un con, c'est tout, dit O'Malley, les yeux écarquillés de rage. Un fléau, une putain de peste. Il marqua une pause. Désolé pour le langage, inspectrice.

— Connaissez-vous son nom complet?

— Je ne le connaissais que sous le nom de Père Con'.

— C'est Brian, l'ami dont vous avez parlé?

O'Malley rit.

— Brian n'était pas notre ami, inspectrice.

— Et vous ne connaissez pas non plus son nom complet?

— Non, madame.

Il resta silencieux pendant un moment. Lorsqu'il parla, sa voix était un grincement douloureux. Mon Dieu, pensa Lottie, avait-il d'autres choses à dire?

— Sally et James, dit O'Malley. Ils n'ont pas été les premiers à être tués.

Lottie le regarda fixement, tandis qu'il extirpait un autre souvenir des profondeurs de son être.

* * * * *

Août 1975

Patrick entendit Sœur Teresa crier. Puis il entendit le vacarme. Des religieuses qui couraient dans les couloirs. Des enfants qui sortaient précipitamment de leur chambre. Tout le monde se demandait ce qu'il se passait. Un bébé avait disparu de la crèche. Le bébé de qui ?

Patrick sentit une peur terrible lui nouer la poitrine. Il espérait que ce n'était pas le bébé de huit mois de Sally. Sally n'était jamais autorisée à rendre visite à la pouponnière. Les religieuses y veillaient.

Tout le monde avait cherché pendant des heures, adultes et enfants, jusqu'à ce qu'ils trouvent le bébé niché dans un panier, sous un pommier, entouré de pommes fraîches à la peau lisse. Le cordon du bas de pyjama d'un garçon était enroulé autour du petit cou.

Les enfants restaient blottis les uns contre les autres, tandis que Sœur Teresa, en larmes, serrait contre sa poitrine le corps blanc comme de la craie, semblable à celui d'une poupée. Elle traversa lentement la foule silencieuse, qui s'écarta comme la mer Rouge pour Moïse. Alors qu'ils regardaient la religieuse monter les marches, Patrick tenait l'une des mains de Sally et James l'autre.

« Bon sang, dit James.

— Merde, dit Patrick.

— C'est mon bébé ?», demanda Sally.

Personne ne la laissa voir le corps. Personne ne lui dit rien. Patrick lui serra la main. Elle la serra à son tour et les deux garçons la conduisirent à l'intérieur.

* * * * *

— La police a-t-elle été appelée ? demanda Lottie à O'Malley.

— Vous êtes folle ou quoi ? s'exclama-t-il, sa langue entrant et sortant de sa bouche comme s'il cherchait ses boutons de fièvre. On nous a fait entrer dans le hall comme des animaux. Ils nous ont dit que c'était un accident tragique. Menteurs. Et nous avons été suffisamment effrayés pour nous taire.

— Que s'est-il passé ensuite ? s'enquit Lottie, un peu trop fort, incapable de masquer son incrédulité.

— Ils ont enterré l'enfant sous l'un de ces pommiers.

— Et Sally ?

— Elle s'était convaincue que son bébé avait déjà été adopté. Mais personne n'a voulu confirmer ou infirmer que c'était le cas. Penser qu'il était déjà parti l'a empêchée de devenir folle dans cet endroit.

— Avez-vous une idée de qui a fait ça, à l'époque ?

— Bien sûr, comment le saurais-je, inspectrice ? s'emporta O'Malley. Peut-être le prêtre. Ou ce Brian. Après tout, c'est Sally qui lui a mis la pomme dans la bouche. Quoi qu'il en soit, je ne sais pas. Ce qui est terrible, c'est qu'ils ont mis ça sur le dos d'un autre garçon. Un rouquin à la moustache déchirée. Il était plus jeune que nous.

— Qui était-ce ?

— Je ne me souviens plus. J'ai la tête un peu dérangée par la boisson, vous savez.

Il montra une tache de peau juste en dessous de son œil.

— Mais je me souviens qu'il m'a planté une fourchette dans le visage une fois. Il aurait pu me rendre aveugle, mais je ne sais pour quelle raison, nous sommes devenus amis. Pas de vrais amis. Du respect l'un pour l'autre, peut-être. Difficile à expliquer.

O'Malley fixa un point sur le mur au-dessus de la tête de Lottie. Pauvre bâtard. Le cerveau de Lottie nageait dans toutes ces nouvelles informations.

— Ils l'ont tué aussi. La voix d'O'Malley était douce dans le silence.

— Qu'est-ce que vous voulez dire par là ? Qui a tué qui ? Quand ? interrogea Lottie, la confusion étouffant sa pensée.

— Ah, c'était des mois plus tard. C'était l'hiver. Il faisait un froid glacial. Il a été réduit en bouillie. On l'a enterré à côté du bébé dans le verger.

La tête d'O'Malley s'enfonça dans sa poitrine. Lottie se demanda un instant s'il n'avait pas tout inventé. Mais elle conclut que l'homme était trop bouleversé pour cela. Que s'était-il passé dans cet endroit ? Qui avait assassiné le bébé et qui avait assassiné ce garçon sans nom ? Qui était le bébé ? Était-ce celui de Susan ? Un flot de questions crépitait au bout de sa langue sans qu'elle les prononce. Elle observa O'Malley, dont les yeux perçaient le mur, et elle sut qu'il avait dit tout ce qu'il avait à dire. Il bougea la tête et la regarda, et elle sentit ses yeux brun profond scruter l'arrière de son crâne.

— Nous avions l'habitude de l'appeler la nuit de la lune noire, reprit-il.

— La lune noire, releva Boyd. Je crois que j'en ai entendu parler.

— Je peux vous dire que nous avions peut-être peur avant que ce garçon ne soit tué, mais ce n'était rien comparé à la peur que nous avons ressentie par la suite.

— Et vous ne savez pas qui c'était ? demanda encore Lottie.

Il secoua la tête.

— J'ai dû tout bloquer.

— Si ça vous revient, faites-le-moi savoir.

C'était l'heure de l'énigme. Elle jeta un coup d'œil à Boyd. Il avait l'air aussi déconcerté qu'elle. O'Malley lui fit un signe de tête fatigué. Elle regarda le nom qu'elle avait griffonné sur son bloc-notes.

— Savez-vous où se trouve le Père Con' ?

— J'espère qu'il est mort.

— Et Brian, savez-vous ce qui lui est arrivé ?

— Je ne l'ai jamais aimé et j'ai toujours eu des soupçons sur lui et le bébé mort. Alors j'espère qu'il est mort aussi.

* * * * *

Lottie se tenait à côté de Boyd devant la porte du commissariat et regardait O'Malley, tout voûté, se traîner dans la neige en descendant la rue. Boyd alluma une cigarette. Lottie la lui prit. Elle inspira et il en alluma une autre pour lui-même.

— C'était un véritable enfer, dit-elle.

— Sainte-Angèle ?

— Oui. Bon sang, combien de vies ont été détruites ?

— Il suffit de regarder Patrick O'Malley. Le pauvre type.

— Et combien y en a-t-il d'autres comme lui ? renchérit Lottie. Je pense que Susan Sullivan a été hantée toute sa vie par ses expériences et probablement Brown aussi. Mais je suis enfin convaincue qu'il y a plus dans cette affaire qu'un simple permis de construire.

— Tu es sûre que leur passé est un facteur ? demanda Boyd.

— Bien sûr que oui.

Lottie était catégorique. Elle savait que Boyd n'était pas convaincu.

— Deux meurtres apparents, il y a presque quarante ans, expliqua-t-il. Je ne vois pas comment ils peuvent être liés aux meurtres que nous avons aujourd'hui.

— Je ne vois pas non plus. Pas pour le moment.

Lottie écrasa sa cigarette.

— Je me demande qui est ce Père Con' et où il se trouve, s'interrogea Boyd.

— En prison, s'il a de la chance.

— Je vais chercher son nom dans PULSE et voir ce que ça donne, proposa Boyd. Mais sans nom complet, je n'ai pas beaucoup d'espoir.

— Cherche aussi ce que tu peux sur cette soupe populaire, ajouta Lottie.

— Ce O'Malley est-il un suspect?

— Dieu lui vient en aide, mais il doit être dans le coup. Quelque part. Il est lié à Brown et Sullivan par leur passé commun. Nous ferions mieux de garder un œil sur lui.

— Je ne pense pas qu'il puisse rester sobre assez longtemps pour tuer quelqu'un.

Boyd tenta de souffler des ronds de fumée, mais ils s'éteignirent dans l'air.

— Et il laisserait derrière lui des traces de peau à faire pâlir tous les laboratoires de police scientifique du pays.

Lottie jeta un coup d'œil vers la cathédrale et sursauta lorsque les cloches sonnèrent dix coups.

— Je vais rendre visite à notre ami promoteur, Tom Rickard, lança-t-elle.

— Secoue son arbre et tu verras ce qui en tombera, conseilla Boyd en éteignant sa cigarette dans la neige.

— Et il faudra que je découvre comment l'évêque Connor s'insère dans tout cela.

— Demande à ton prêtre quand tu le trouveras.

— Qui?

— Ne fais pas l'innocente avec moi, Lottie Parker. Je crois que tu as pris goût au Père Joe?

— Ton imagination est si vive, Boyd, qu'elle m'aveugle.

Lottie ferma sa veste et se dépêcha de descendre la rue avant que Boyd ne puisse voir la rougeur sur ses joues.

Chapitre 50

Tom Rickard lui faisait savoir qu'il était occupé, en ouvrant et fermant les tiroirs de son bureau, en empilant les dossiers devant lui et en tapotant sur son clavier. Simultanément. Ses yeux se rapprochèrent, se plissèrent en un air renfrogné.

— Je peux me passer de vos interruptions, dit-il en se débarrassant de sa veste de costume.

Il roula les manches de sa chemise, lentement et méthodiquement, jusqu'aux coudes.

Prêt pour la bataille, supposa Lottie, se demandant comment il avait pu avoir un fils. Mais bon, c'était un riche bâtard. Parfois, l'argent pouvait compenser.

— Pourquoi avez-vous acheté Sainte-Angèle ? demanda-t-elle sans préambule.

Elle l'avait surpris sur le chemin du travail, espérant qu'il avait la gueule de bois, comme presque tous ceux qu'elle avait rencontrés ce matin. Il n'était pas impressionné par le fait qu'on lui ouvre la porte. C'était à contrecœur qu'il lui avait accordé quelques minutes de son précieux temps.

— Ce ne sont pas vos affaires.

Rickard cessa de s'agiter.

— J'ai deux victimes de meurtre, qui travaillaient toutes deux sur le dossier d'urbanisme de la propriété que vous avez achetée à l'évêque Connor. J'ai aussi un prêtre mort. Et vous me dites que ce n'est pas mon affaire ?

— C'est simple, dit-il. J'ai acheté Sainte-Angèle parce que je pense que c'est un site idéal pour le projet. J'y ai investi beaucoup d'argent et je compte bien en tirer des bénéfices à l'avenir. Je n'apprécie pas que vous vous mêliez de mes affaires.

Il donna un dernier coup de poing dans le tiroir et croisa les bras.

— C'est mon affaire, si cela m'aide à trouver un meurtrier. Lottie marqua une pause pour faire son effet. Dites-moi, pourquoi James Brown vous a-t-il contacté après le meurtre de Susan Sullivan ?

— Êtes-vous sourde ? Je vous ai déjà dit que je ne lui avais pas parlé.

— L'appel a duré trente-sept secondes, insista Lottie. On peut dire beaucoup de choses en trente-sept secondes.

— Je n'ai pas parlé à cet homme, répéta Rickard, la voix lente et déterminée, le vernis étincelant.

— Il est peut-être tombé sur votre boîte vocale. Vous avez vérifié ?

— Je ne lui ai pas parlé, renchérit-il, un rictus courbant sa bouche vers le haut.

— Combien vous a coûté Sainte-Angèle ? Lottie changeait de tactique.

— Cela ne vous regarde absolument pas, s'exclama Rickard en dépliant ses bras et en frappant du poing sur son bureau.

Lottie sourit. Secouer l'arbre fonctionnait.

— Monsieur Rickard, j'ai découvert que vous aviez acheté Sainte-Angèle pour pas plus de la moitié de sa valeur marchande. Bea Walsh avait fourni cette information à Lottie. Cette information pourrait intéresser les gourous financiers du Vatican. J'ai entendu dire qu'ils étaient à la recherche de fonds. Qu'en pensez-vous ?

— Je pense que vous êtes à côté de la plaque, inspectrice. Personne ne se soucie de savoir combien j'ai payé pour cette propriété. Ses narines s'agitaient comme celles d'un taureau enragé. Je ne vois pas en quoi cela a un rapport avec votre enquête.

Son visage devenait de plus en plus rouge.

— Je ne suis pas d'accord, affirma Lottie, calmement. Avec le poids des dépenses que supporte cette paroisse, je pense que les médias seront très intéressés par votre petite affaire.

— Vous feriez mieux d'en discuter avec l'évêque Connor.

— J'en ai bien l'intention.

Lottie avait l'impression d'être dans une cour de récréation. Rickard était un adepte de l'improvisation et jouait ses cartes au plus près de sa poitrine. Elle préférait passer directement à la couleur de cœur.

— Je pense que vous avez acheté Sainte-Angèle avec des conditions, reprit-elle.

— Pensez ce que vous voulez.

— Alors, qui était présent à cette réunion chez vous hier matin ?

— Je n'ai absolument aucune idée de ce dont vous parlez.

— Vous niez qu'il y ait eu une réunion?

— Je n'ai pas à confirmer ou à infirmer quoi que ce soit.

Il ouvrit et frappa à nouveau un tiroir.

— Avez-vous déjà été à Sainte-Angèle?

— Je suis le propriétaire de cet endroit. Bien sûr que j'y suis allé.

— Je veux dire en tant qu'enfant, en tant que jeune garçon. Y étiez-vous déjà, oh je ne sais pas… dans les années soixante-dix?

— Quoi?

Rickard gonfla ses joues, passant du rouge au violet en décalant ses mâchoires, et jeta ses mains en l'air.

— C'était le cas?

Lottie remarqua les taches d'humidité qui se formaient sous ses aisselles. L'odeur de sa sueur commença à se répandre dans la pièce.

— Je n'ai jamais mis les pieds à l'intérieur de Sainte-Angèle jusqu'à ce que je m'intéresse à l'acquisition de la propriété.

— Mmh.

Lottie n'était pas convaincue. Mais elle n'avait aucun moyen de le prouver, pas pour le moment en tout cas.

— Vous pouvez « mmm » tant que vous voulez, mima-t-il.

Lottie sourit de toutes ses dents et demanda:

— Par ailleurs, savez-vous que votre fils se drogue?

Elle n'allait pas le laisser s'en tirer à si bon compte.

— Ce que Jason fait ou ne fait pas n'a rien à voir avec vous.

— Au contraire, cela a tout à voir avec moi, parce que Monsieur Jason Rickard, même si cela m'exaspère, a une relation avec ma fille.

Elle observa attentivement Rickard. Il ouvrit la bouche pour répondre, mais s'arrêta comme s'il réalisait ce qu'elle venait de dire. Le premier signe d'incertitude se glissa dans les lignes de ses yeux fatigués et ses lèvres se relâchèrent. Il se leva et se dirigea vers la fenêtre. Elle l'avait enfin pris au dépourvu.

— Votre fille?

— Oui, ma fille, Katie.

Rickard se retourna pour lui faire face, le soleil hivernal, derrière lui, dessinant la silhouette de son ventre arrondi, maintenant relâché sans son gilet. Des bruits lointains de circulation résonnaient dans la rue en contrebas.

— Ce que mon fils fait ou ce qu'il a dans le nez n'a aucune incidence sur quoi que ce soit. Et écoutez-moi bien, inspectrice Parker, je n'ai rien à voir avec ces meurtres. Si vous continuez à me harceler, je vous dénoncerai.

Vous et tous les autres, pensa Lottie. Elle en avait assez entendu de la part de Tom Rickard. Elle se leva à son tour.

— J'espère que vous ne remettez pas en cause mon professionnalisme. Car je peux vous assurer, Monsieur Rickard, que j'irai au fond des choses de manière honnête et transparente. Je ne fonctionne pas comme vous gérez votre entreprise.

— Et vous insinuez... quoi exactement?

— Vous savez exactement ce que j'insinue. Les pots-de-vin, les promesses chuchotées dans les couloirs du conseil. Pensez ce que vous voulez de moi, mais je vous préviens, ne me sous-estimez pas.

Lottie tourna les talons, attrapa sa veste sur le dossier de la chaise et le laissa regarder par la fenêtre de son bureau moderne, écoutant la circulation du milieu de la matinée sous ses pieds. Elle sauta presque jusqu'à l'ascenseur. Elle se sentait bien. Non, pas bien. Superbement bien.

* * * * *

Se précipitant à travers la réception bondée du commissariat, elle se heurta à Boyd. Il lui prit le bras, se retourna et la reconduisit vers la porte.

— Qu'est-ce qu'il y a? demanda Lottie en essayant de garder l'équilibre.

— Corrigan. Il a reçu un appel de Tom Rickard. Quelque chose à voir avec le fait que tu menaçais sa famille.

— C'est un tas de conneries, dit-elle en dégageant son bras. Elle fit tourner Boyd pour qu'il lui fasse face. Ce sont des conneries.

— Peut-être. Mais quelque temps hors de la ligne de mire de Corrigan n'est peut-être pas une mauvaise chose en ce moment.

Il lui saisit le bras. Elle céda et l'accompagna jusqu'à la voiture.

— Où allons-nous ? demanda-t-elle en attachant sa ceinture.

— À la soupe populaire.

— C'est un nouveau restaurant ? s'enquit-elle sèchement. Boyd fit marche arrière.

— Tu sais très bien que c'est là que Susan Sullivan faisait son travail de charité.

Lottie se calma, et Boyd alluma la radio. Un rappeur se fit entendre et Lottie pensa à Sean.

— Suis-je une mauvaise mère ?

— Non, tu ne l'es pas. Pourquoi ?

— Depuis la mort d'Adam, je n'arrive plus à gérer ma vie de famille. Je me suis jetée à corps perdu dans mon travail. J'abandonne mes enfants à leur sort. Dieu sait ce que Chloé et Sean font toute la journée. Et Katie sort avec le fils drogué d'un millionnaire. Je crois que je perds le contrôle, Boyd.

— Cela pourrait être pire, la rassura-t-il.

— Comment ça ?

— Katie pourrait sortir avec un junkie sans les millions.

Chapitre 51

Mellow Grove, un lotissement communal de deux cent dix maisons sinistres, se trouvait à une courte distance en voiture de la ville. Boyd gara la voiture devant le numéro 202, une maison en bout de rue, bordée de galets, avec une petite extension à toit plat sur le côté. Un jeune garçon de cinq ans tout au plus, aux cheveux blonds et sales dépassant sous une casquette à visière de Manchester United, s'approcha du pare-chocs avant et dévisagea les deux détectives.

— Qui cherchez-vous, Monsieur? demanda-t-il.

— Mêle-toi de tes affaires, maugréa Boyd en poussant le portail rouillé.

— Va te faire foutre, espèce de gros tas de misère, cria le garçon.

Lottie et Boyd se retournèrent, le regardèrent, puis se regardèrent l'un l'autre et rirent.

Une Fiat Punto vert tilleul de 1992 était garée devant le mur. Deux chats noirs et un berger allemand montaient la garde sur la marche. La femme qui ouvrit la porte, dont le corps encadrait la largeur, avait une chevelure grise bouclée sur des joues roses et rebondies. Un gilet tricoté inégalement boutonné pendait sur une robe midi en polyester noir. Des bas élastiques sur des jambes gonflées descendaient jusqu'à des pantoufles en tartan bien usées.

— Madame Joan Murtagh? demanda Lottie. Nous vous avons appelée il y a quelques minutes.

— Et vous êtes? La femme vérifia leur identité et les fit passer devant elle, dans sa maison. Ma mémoire me fait parfois défaut.

Elle poussa le chien sur le chemin. Il s'étira et s'éloigna, ses pattes chaudes laissant derrière lui des traces de pas dans la neige. Lottie renifla l'odeur des pâtisseries fraîches à l'intérieur. En entrant dans la cuisine, elle aperçut du pain brun posé sur une grille.

— Vous en voulez? demanda Mme Murtagh, remarquant le regard de Lottie.

Sans attendre de réponse, elle coupa la moitié du pain, la plaça dans une assiette et retira le couvercle d'un beurrier. Une canne en bois pendait, inutilisée, au bord de la table. Elle se déplaçait étonnamment vite, et Lottie pensa qu'elle avait probablement l'âge de sa mère.

— Mangez, dit Mme Murtagh. Elle versa l'eau chaude de la bouilloire dans une théière. Vous avez tous les deux l'air d'avoir besoin d'une bonne nourriture.

— Merci.

Lottie beurra le pain et en prit une bouchée. C'était délicieux.

— Essaie, enjoignit-elle à Boyd.

— Je suis au régime, rétorqua-t-il en sortant son carnet et son stylo.

Mme Murtagh éclata d'un rire robuste.

— Je suis au régime, répéta-t-elle.

Elle se tourna vers Lottie.

— C'est un travail dangereux pour une femme que d'être dans la police.

Elle posa la théière sur la table et s'assit. Lottie se gratta son nez abîmé.

— J'aime mon travail.

— Je parie que vous le faites bien aussi, renchérit Mme Murtagh en versant du thé noir dans trois tasses.

— Quand avez-vous rencontré Susan Sullivan pour la première fois ? demanda Boyd en cherchant du lait.

— Il va falloir être patient. Je suis susceptible d'oublier des choses importantes. Mon médecin pense qu'il s'agit d'un début d'Alzheimer. Alors, laissez-moi réfléchir. Cela doit faire cinq ou six mois.

Mme Murtagh mâchait son pain. Des miettes s'étaient accrochées aux poils du visage à la commissure de ses lèvres.

— Susan a entendu parler de mes activités caritatives auprès des sans-abri, reprit-elle. Je collectais des fonds pour un refuge, je voulais transformer l'extension sur le côté de ma maison en une sorte de centre d'hébergement. Vous l'avez remarqué en entrant ? Pauvre Ned, c'est mon défunt mari, qui l'a construite lui-même. Dieu l'aime. C'était un tas de ferraille.

Lottie acquiesça.

— Le conseil m'en a empêché, poursuivit Mme Murtagh. Il a dit que ce n'était pas en accord avec le quartier. Je sais que les voisins se sont plaints. Ils ont lancé une campagne pour s'opposer à moi. Cela n'avait pas vraiment eu d'importance en fin de compte. Je n'avais pas assez d'argent à l'époque.

— Qu'a fait Susan ? s'enquit Lottie.

— Elle a appelé pour me voir. Elle voulait m'aider. Elle m'a donné dix mille euros directement. En liquide. Sans poser de questions. On ne fait pas de cadeau à la légère, n'est-ce pas ? J'ai fait rénover l'extension et j'ai installé une cuisinière de type restaurant.

Je l'ai aménagée au mieux. Et nous avons créé notre propre soupe populaire. Mme Murtagh sirotait son thé, le visage illuminé par la fierté. Je vous montre?

— Peut-être plus tard, dit Lottie. Comment l'avez-vous fait fonctionner?

Lorsque Mme Murtagh leva un sourcil, Lottie précisa:

— Comment fonctionnait votre soupe populaire?

— Oh! Nous préparions le bouillon, le mettions dans des récipients et parcourions la ville pour le distribuer aux pauvres malheureux. Quelques-uns d'entre eux vivent dans la rue et il y en a d'autres dans la zone industrielle. Vous savez, le long du canal, derrière la gare.

Lottie le savait. Ses côtes lui faisaient encore mal à cause de l'agression.

— Susan vous a-t-elle donné la raison pour laquelle elle faisait ça?

Lottie beurra une deuxième tranche de pain. Si Boyd ne mangeait pas, c'était tant pis pour lui.

— Elle voulait aider ceux qui ne pouvaient pas s'aider eux-mêmes. Elle se préoccupait des enfants qui dormaient dans la rue. Ce qui se passe dans ce pays est une honte nationale. Toutes ces maisons barricadées et les pauvres n'ont nulle part où dormir.

Mme Murtagh tapa du poing sur la table, les yeux brillants. Sa passion surprit Lottie. Dommage qu'il n'y en ait pas plus comme elle, pensa-t-elle.

— Susan fulminait contre les promoteurs qui construisaient toutes ces maisons fantômes. Elle disait qu'il était criminel que le conseil leur permette de continuer, raconta Mme Murtagh.

Lottie regarda Boyd. Il lui rendit un regard complice.

— Mais elle travaillait pour le conseil, fit mine de s'étonner Lottie.

— Je sais. Mais elle n'a jamais eu le dernier mot. C'est ce qu'elle m'a dit.

— A-t-elle jamais parlé de Tom Rickard ? C'est un promoteur.

— Je ne suis pas stupide, j'oublie juste. Je sais qui il est. Avec sa femme snobinarde et son gamin drogué, qui nous regardent de haut, nous les simples mortels. Je vous le dis, j'ai plus de richesses dans mon cœur que Tom Rickard n'en aura jamais sur son compte en banque, inspectrice Dottie. Elle referma le couvercle du beurrier.

— Avez-vous eu une altercation avec lui ? demanda Boyd.

Lottie surprit son sourire en coin à la mention imprécise de son nom par Mme Murtagh. Elle l'ignora.

— Pas personnellement, mais je connais les gens de son espèce, répondit Mme Murtagh. Susan n'avait pas beaucoup de temps à lui consacrer de toute façon.

— Pourquoi ? demanda Lottie.

— Quelque chose à voir avec le fait qu'il soit propriétaire de Sainte-Angèle. C'est le grand orphelinat vide de l'autre côté de la rue. Elle a mentionné une fois qu'il était prêt à payer pour que son projet fonctionne. Je ne sais pas ce que cela signifie, mais je peux faire une assez bonne supposition.

Lottie avait vidé le reste de son thé. Mme Murtagh commença à remplir les tasses.

— Combien de personnes sont impliquées dans la soupe populaire ? demanda Boyd en refusant le thé.

— Juste moi, maintenant que Susan est partie. Je ne sais pas combien de temps je vais pouvoir continuer, sans argent.

Lottie avait le sentiment que Mme Murtagh continuerait à faire fonctionner sa soupe populaire jusqu'à sa mort, argent ou pas.

— Avez-vous une idée de la raison pour laquelle quelqu'un aurait voulu tuer Susan ? s'enquit Boyd.

— Je ne sais pas. La femme secoua la tête, tristement. C'était une personne honnête. Elle voulait seulement faire du bien aux gens. C'est un mystère pour moi. Elle essuya les larmes de ses yeux. Beaucoup de choses sont un mystère pour moi aujourd'hui.

— Elle a dû vous parler de sa vie. Avait-elle des inquiétudes ou des préoccupations ?

— Elle m'a dit qu'elle allait mourir. Je n'ai jamais rencontré quelqu'un qui ait accepté une condamnation à mort comme elle l'a fait. Elle s'était résignée à son destin.

— Vous a-t-elle jamais dit d'où venait l'argent ?

— L'argent ? Mme Murtagh resta silencieuse, réfléchissant un instant. Oui, elle a dit qu'il lui était dû, il y a longtemps. « Tout le monde finit par payer ». C'est Susan qui a dit ça. C'est drôle comme je me souviens de ces choses et pas d'autres. Vous savez, j'ai l'impression qu'il y a autre chose que je devrais vous dire. Mais je n'arrive pas à m'en souvenir.

Lottie enregistra l'information.

— Quelqu'un lui en voulait-il? poursuivit Boyd en tapotant son carnet avec impatience.

— Susan était une âme tranquille, qui voulait simplement aider les gens. Je ne vois pas pourquoi quelqu'un aurait voulu lui faire du mal.

— Avait-elle un petit ami ou un partenaire? demanda Lottie.

— Pas que je sache.

— Saviez-vous qu'elle avait été à Sainte-Angèle quand elle était enfant?

La femme plus âgée resta silencieuse pendant un moment, hochant la tête pour elle-même.

— Elle m'a dit que c'était un endroit terrible. Aucun enfant ne devrait être abandonné par sa mère comme elle l'a été. Elle m'a dit qu'elle était l'une des plus chanceuses, si l'on peut appeler chance le fait d'être marqué toute sa vie. L'Église catholique a beaucoup de comptes à rendre dans ce pays.

Elle secoua la tête avec lassitude.

— Qu'est-ce qu'elle vous a dit à propos de la recherche de son enfant? demanda Lottie.

— Ça lui a brisé le cœur, qu'ils lui aient pris son enfant. Elle n'a jamais été sûre de ce qui était arrivé à son bébé.

— Alors, elle n'a pas eu la chance de le retrouver?

— Elle a exploré toutes les pistes possibles et n'a abouti à rien. Le plus grand obstacle était l'Église. Elle a même rencontré l'évêque. Cela lui a fait beaucoup de bien.

La colère brillait à nouveau dans les yeux de la vieille femme.

— Elle a rencontré l'évêque Connor?

Lottie poussa Boyd du coude. L'évêque avait nié connaître Susan, et maintenant il semblait l'avoir rencontrée.

— Oui, elle l'a rencontré. Laissez-moi réfléchir une minute.

Mme Murtagh ferma les yeux, puis dit:

— Quand elle est revenue ici après, elle était très bouleversée. Je n'ai donc pas compris pourquoi elle y était retournée une deuxième fois.

— Une deuxième fois? Quand? Pourquoi? s'étonna Lottie, qui avait envie de s'en prendre à nouveau à l'évêque Connor.

— Je n'en sais rien. Je lui ai dit de ne pas y retourner, mais elle était persuadée qu'il avait des informations. Mme Murtagh baissa les yeux. Pauvre âme. Cet homme lui a dit qu'elle n'était rien d'autre qu'une salope et a dit que c'était pour cela qu'elle avait été placée à Sainte-Angèle. C'est un salaud. Que Dieu me pardonne. Mme Murtagh se bénit à nouveau.

Lottie enregistra cette information. Pourquoi l'évêque Connor avait-il menti?

— Quand a eu lieu cette deuxième rencontre, Madame Murtagh?

— À Noël! Oui, c'était avant Noël.

— Une idée de la date exacte?

— Susan était en congé annuel du conseil. La veille de Noël. C'est ça! Nous avions trois casseroles qui bouillaient sur la grande cuisinière. Je vous ai montré la cuisinière ? Bien sûr que non. Rappelez-le-moi avant de partir. Normalement, une ou deux casseroles suffisent. C'est drôle que je me souvienne de ça alors qu'il y a tellement de choses que je ne peux pas. Il neigeait à gros flocons et la météo annonçait moins douze ou quelque chose comme ça. Alors oui, je suis presque sûre que c'était la veille de Noël.

Boyd prit note.

— Comment s'est passée sa deuxième rencontre ? demanda Lottie en reprenant une bouchée de pain. Elle n'avait pas réalisé à quel point elle avait faim.

— Je ne crois pas lui avoir posé la question. Quand elle est revenue, nous avons rempli les récipients, chargés ma voiture et nous sommes parties, à travers le blizzard.

— Son humeur avait-elle changé ?

— Comment cela ?

— Après sa visite à l'évêque. Était-elle troublée ou bouleversée ?

— J'imagine qu'elle était la même Susan que d'habitude. Troublée, très troublée.

Lottie pensa à l'évêque Connor et ressentit une sympathie croissante pour Susan Sullivan. Elle avait été lésée tout au long de sa vie, et plus elle en apprenait sur elle, plus elle était déterminée à lui rendre justice, même si c'était trop tard.

— Quand avez-vous vu Susan pour la dernière fois ? demanda Boyd.

— La nuit précédant son assassinat. Mme Murtagh essuya une nouvelle larme du coin de l'œil. Nous avons fait notre tournée de soupe tous les soirs pendant la période de Noël.

— Elle était en congé, rappela Lottie, alors, que faisait-elle pendant la journée ?

— Je ne sais pas. Susan se tenait à l'écart.

— Elle vivait à l'autre bout de la ville. Mais on dirait que sa voiture n'a pas été déplacée depuis des semaines. Elle marchait partout ?

— Elle aimait faire de l'exercice. Elle avait toujours cette musique dans les oreilles. Comment l'appelez-vous ?

— Un iPod.

— Elle aimait sa musique, dit Mme Murtagh avec nostalgie.

— Vous avez autre chose à nous dire ? demanda Lottie.

— Deux tasses de farine complète, une cuillère à café de levure, une cuillère à soupe de beurre, une pincée de sel et vingt minutes au four.

— J'ai bien peur de ne pas savoir faire de pâtisserie, regretta Lottie. Et même si je le faisais, je ne pense pas que je ne pourrais jamais faire un pain aussi délicieux que celui-ci.

Elle se demanda si la vieille dame était en train de changer de sujet. Elle redoutait l'idée que sa mère soit un jour atteinte de la maladie d'Alzheimer. Ou peut-être serait-ce une bonne chose. Difficile de savoir avec Rose Fitzpatrick.

— Vous essayez de me flatter. Je vais chercher du papier d'aluminium et vous pourrez rapporter le reste du pain chez vous.

Lottie commençait à protester, mais décida que l'offre était trop belle pour être refusée. En enveloppant le pain, Mme Murtagh dit :

— Et vous, jeune homme, vous auriez bien besoin d'une tranche ou deux.

Boyd sourit et resta silencieux. Lottie reprit la conversation.

— J'ai cru comprendre que Sainte-Angèle était un endroit brutal. Que vous a dit Susan à ce sujet ?

— Elle m'en a parlé une fois. Elle m'a dit qu'elle ne l'avait jamais dit à personne. Un bébé y a été assassiné et un jeune garçon a été battu à mort. Mme Murtagh fit lentement et délibérément le signe de la croix, du front à la poitrine et aux épaules. Elle l'appelait la prison des bébés ; tous ces petits êtres dans des lits à barreaux. Elle n'était pas sûre que ce soit son bébé qui ait été assassiné, elle s'est convaincue que ce n'était pas le cas.

Elle marqua une pause, des larmes humides sur ses joues.

— Ne pas savoir, c'était le pire, reprit-elle. La pauvre âme tourmentée. Savez-vous qu'elle achetait le journal tous les jours pour regarder les photos ? Elle pensait reconnaître son enfant, devenu adulte.

— Nous avons vu les journaux chez elle, dit Boyd.

— Elle était obsédée. Comme si elle pouvait reconnaître quelqu'un qu'elle n'avait vu que bébé. J'ai essayé de lui parler. Mais elle m'a dit que si elle voyait une photo, elle le saurait.

Ignorant l'inutilité de la quête de Susan dans les journaux, Lottie poursuivit :

— Patrick O'Malley. Avez-vous déjà entendu parler de lui ?

— Bien sûr. Un homme dément. Un de nos clients pour la soupe, répondit Mme Murtagh. Susan était très gentille avec lui, mais ne m'a jamais parlé de lui. Inspectrice, je n'ai connu Susan que pendant les six derniers mois de sa vie, mais j'avais l'impression de la connaître depuis toujours. C'est vraiment triste. Pourquoi ces choses arrivent-elles aux bonnes personnes et les mauvais salauds s'en tirent-ils à bon compte ?

Lottie et Boyd ne dirent rien. Il n'y avait pas grand-chose à ajouter à cela. La femme se leva, ramassa les trois tasses, les plaça dans l'évier, ouvrit le robinet et les rinça sous l'eau courante. Les laissant sécher sur l'égouttoir, elle prit sa canne et indiqua la porte latérale.

— Venez. Je vais vous montrer notre soupe populaire. Nous en étions si fiers.

Lottie n'eut pas le cœur à refuser.

* * * * *

Les quatre roues étaient intactes et le petit garçon grossier n'était pas en vue.

— C'est un sacré coup monté, dit Boyd en faisant démarrer la voiture.

— Où que Susan ait trouvé l'argent, il semble qu'elle l'ait mis dans la soupe populaire. Lottie déposa le pain à ses pieds. J'espère que ce que Mme Murtagh ne se souvient pas de nous dire n'est pas trop important.

— Il faut qu'on revoie les relevés téléphoniques de Susan.

— C'est sûr.

— Où va-t-on ensuite ? demande Boyd. Ou dois-je deviner ?

— Chez l'évêque Terence Connor, répondit Lottie. Il a des explications à donner.

Chapitre 52

— Je vois que vous avez amené la cavalerie avec vous, inspectrice. L'évêque Connor indiqua deux chaises devant son bureau. Lottie et Boyd s'assirent.

— Quand allez-vous libérer le corps du père Angelotti ? demanda-t-il.

— C'est à la médecin légiste de décider, trancha Lottie. Y a-t-il quoi que ce soit que vous puissiez ajouter à notre enquête concernant son meurtre ?

— Je suis dévasté, s'exclama-t-il. Quand je pense qu'il n'était là que depuis quelques semaines et que cette abomination s'est produite.

— Pourquoi était-il chez James Brown ?

— Je n'en ai aucune idée.

— A-t-il jamais parlé de James Brown ou de Susan Sullivan ? insista Lottie.

— Il n'a jamais rien dit, inspectrice. Il a à peine communiqué avec moi.

— Avait-il accès à une voiture ?

— Je suis sûr qu'il aurait pu en obtenir une s'il en avait eu besoin.

— Mais il n'y avait pas de voiture chez Brown. Comment s'y est-il rendu ?

Connor hésita. Un mouvement imperceptible des yeux, mais Lottie le saisit.

— Un taxi ? suggéra-t-il. Je suis sûr que vous pouvez vérifier auprès des compagnies locales.

— C'est ce que je fais en ce moment même, expliqua Lottie, en notant mentalement qu'il faudrait suivre cette piste.

— Vous m'avez dit que vous ne connaissiez pas Susan Sullivan. Est-ce exact ? poursuivit-elle en feuilletant son carnet de notes, pour l'effet plutôt que pour la substance.

Les yeux vert intense qui avaient tenté de l'intimider lors de sa première visite la regardaient maintenant avec méfiance.

— Je crois que c'est exact, répondit-il, imitant les mots de Lottie.

— Vous devez réfléchir très attentivement, insista-t-elle. J'ai la preuve que vous avez rencontré Mme Sullivan à deux reprises au moins.

Des ouï-dire, mais il n'en savait rien.

— Et de quelle preuve s'agit-il ?

Les yeux de l'évêque s'écarquillèrent. Lottie donna la parole à Boyd. Il était plus doué pour truquer la vérité.

— Nous avons des relevés téléphoniques qui prouvent que Susan Sullivan vous a appelé. Et l'agenda de son ordinateur, qui indique une réunion prévue avec vous, affirma Boyd, bluffant avec assurance.

— Je croyais que vous n'aviez pas pu trouver son téléphone.

L'évêque Connor s'enfonça dans son fauteuil et sourit.

— Et comment pouvez-vous savoir si nous l'avons trouvé ou non ? demanda Lottie.

— Mes sources sont très bonnes.

— Vos sources sont incorrectes et vous m'avez menti, rétorqua Lottie.

— Je ne connaissais pas Susan Sullivan. J'admets cependant que je l'ai rencontrée. Il y a une différence entre connaître quelqu'un et le rencontrer.

Il caressa son menton lisse avec ses doigts.

— Vous êtes évasif. Je pourrais vous arrêter pour rétention d'informations. Trou du cul, pensa Lottie.

— Je ne crois pas avoir d'informations qui pourraient vous aider, se défendit l'évêque.

— Laissez-moi en juger. Sur quoi portaient ces rencontres ? Elle en avait assez de ces tergiversations.

— Des affaires privées. Je n'ai pas à vous en dire plus.

— Monseigneur Connor, vous connaissiez deux de nos trois victimes. L'une d'entre elles, Susan Sullivan, vous a rencontré, et l'autre, le Père Angelotti, était sous votre responsabilité. Et vous dites que vous n'avez rien à nous dire.

Lottie gardait une voix forte et provocante. Plus vous jouez ce jeu, plus je pense que vous êtes coupable de quelque chose. Et croyez-moi, si j'ai le moindre soupçon que vous nous faites tourner en rond, vous pourriez commencer à expérimenter ce qu'est l'enfer sur terre.

Elle se penchait en avant, respirant rapidement.

— Vous me menacez, inspectrice?

L'évêque lui rendit son regard. Boyd mit fin à la confrontation.

— Nous ne vous menaçons pas, Monseigneur Connor. Nous vous disons les choses telles qu'elles sont et nous aimerions savoir pourquoi vous avez nié avoir rencontré Susan Sullivan. Vous devez admettre que tout cela semble très suspect.

L'évêque Connor respira et s'enfonça dans le confort de son fauteuil. Lottie restait penchée en avant, si tendue qu'elle risquait de se jeter sur le bureau d'une minute à l'autre. Boyd posa une main sur son bras. Elle refusa de bouger. Elle ne voulait surtout pas laisser Connor s'enfuir cette fois-ci.

— Et n'invoquez pas la menace du commissaire, s'avisa-t-elle. Je me fous du nombre de balles de golf que vous et le commissaire Corrigan avez frappées ensemble. Ou le nombre de whiskeys que vous avez descendus au dix-neuvième trou ou le nombre d'oiseaux, d'aigles ou d'albatros que vous pouvez revendiquer. Cela ne marchera pas, avec moi. Je veux des réponses. Si je dois traîner votre cul impie au poste, qu'il en soit ainsi. Mais d'une manière ou d'une autre, vous me parlerez.

L'évêque Connor sourit, ce qui ne fit qu'irriter davantage Lottie. Boyd expliqua:

— Permettez-moi de vous exposer notre position. Le Père Angelotti est arrivé de Rome le premier décembre. La veille de Noël, vous avez rencontré Susan Sullivan à la suite d'un échange plus tôt dans l'année. Notre meilleure estimation est que le Père Angelotti a été assassiné la veille de Noël. Je pense qu'il est temps que vous commenciez à parler.

— Et je pense qu'il est temps pour vous de partir, déclara l'évêque Connor.

— Qu'est-ce que vous cachez? demanda Lottie, les yeux rivés sur les émeraudes de l'évêque.

— Je n'ai rien à cacher, répondit-il, une ombre rose remontant le long de ses pommettes.

— Mais vous ne voulez pas nous parler, rétorqua Boyd.

— Je suis occupé... si vous voulez bien... Il désigna la porte, son téléphone déjà à la main.

— Vous perdez votre temps à parler au commissaire Corrigan, annonça Lottie en se dirigeant vers la porte.

— Et vous perdez votre temps à me parler.

Il referma la porte derrière eux.

* * * * *

En s'installant dans la voiture, Lottie déclara:

— Si j'en avais envie, je pourrais assassiner ce salaud moi-même.

— Moi aussi, renchérit Boyd. Et comment en sais-tu autant sur le golf?

— Sean a eu une phase Rory McIlroy avec ses jeux PlayStation.

Boyd acquiesça, comme s'il comprenait.

— Connor cache quelque chose, assura Lottie.

— J'ai besoin d'un verre, annonça Boyd.

Lottie regardait le lac pendant qu'ils s'éloignaient, l'eau ondulant sous les reflets de la lune.

— Il est presque sept heures. Je devrais aller voir à la maison.

Boyd se concentrait sur la route.

— À la réflexion, pourquoi pas ? se reprit-elle en inclinant le siège. Elle posa ses pieds sur le tableau de bord et ferma les yeux.

Il resta silencieux.

Elle se réjouit de son silence. Rickard et Connor lui donnaient du fil à retordre et, après cette journée, elle était convaincue qu'ils cachaient quelque chose. Mais quoi ? Elle était presque certaine que c'était lié à Sainte-Angèle. Elle ne savait pas si c'était lié au passé ou au présent. Une chose était sûre, elle était déterminée à le découvrir. Elle le devait aux victimes.

Chapitre 53

L'homme quitta son bureau en disant qu'il serait de retour dans une heure. Il avait besoin d'air frais, même si la neige tombait. Alors qu'il se promenait dans la ville à moitié déserte, un couple d'adolescents riant et s'appuyant l'un sur l'autre le dépassa en trombe. Un coup de vent souleva l'écharpe du cou du garçon et la fille la ramena autour du sien. Le tatouage noir se détacha sur les flocons blancs tombant du ciel. L'homme s'arrêta devant la vitrine d'un magasin, tandis que la fille attirait le garçon vers elle et l'embrassait. Il pouvait voir ses mains pâles se frotter aux cuisses du jeune homme, puis remonter jusqu'à caresser son cou. Il essaya de contrôler sa respiration ; elle était si forte qu'il pensait qu'ils l'entendraient. Le cou. Le tatouage. Ce beau garçon. Le jeune couple reprit sa marche et se dirigea vers le Danny's Bar. Il fallait qu'il touche cette peau. Rapidement.

Chapitre 54

Les inspecteurs Larry Kirby et Maria Lynch étaient déjà au Danny's Bar, assis devant le feu, lorsque Lottie et Boyd arrivèrent. Deux pintes de Guinness trônaient sur la table ronde à côté de Kirby, les cheveux plus sauvages que d'habitude. Lynch buvait un whisky chaud. Un brouhaha emplissait l'air et un groupe d'adolescents, piercings et tatouages mettant en valeur leur peau pâle, était assis en demi-cercle dans un coin peu éclairé. Une théière et une multitude de tasses et de soucoupes encombraient leur table. L'heure du thé au zoo, pensa Lottie en se glissant entre ses deux détectives. Elle ne fit plus attention aux jeunes. Boyd alla commander les boissons.

— Vous buvez pour deux, Kirby ? ironisa Lottie.

— Je suis en train de réfléchir au deuxième, dit-il en enlevant sa veste, prêt pour la séance. Une liasse de papier et trois Bic mâchouillés sortaient de la poche de sa chemise.

— Et la première ?

— Elle passera si vite que je ne me souviendrai même pas de l'avoir bue.

Il prit la pinte, la présenta aux deux femmes à côté de lui et l'avala en trois gorgées. Il s'essuya la bouche du revers de sa main rugueuse et reposa le verre vide sur la table.

— J'en avais bien besoin, expliqua-t-il.

Lottie sourit à Lynch. Boyd arriva avec un verre de vin rouge pour lui et un blanc pour Lottie.

— Je croyais que vous ne buviez plus, s'étonna Kirby, une Guinness blanche et mousseuse flottant sur sa lèvre supérieure.

— C'est le cas, reconnut Lottie. Mais maintenant, j'en ai autant besoin que vous avez eu besoin de cette première pinte.

— Tout à fait d'accord avec vous, s'exclama Kirby en prenant une grande gorgée, suivie d'une éructation bruyante, sans la moindre gêne.

Les quatre inspecteurs burent leur verre et le feu ardent redonna de la chaleur à leurs corps.

— Ne regardez pas, inspectrice, déclara Lynch en faisant un signe de tête derrière Lottie, mais votre fille est assise dans le coin.

Lottie se retourna immédiatement. Katie ! Elle se prélassait, la tête posée sur l'épaule de Jason Rickard. Ses yeux étaient des fentes fatiguées, tandis qu'un sourire s'enroulait aux coins de ses lèvres rouges et boudeuses. Son visage, artificiellement pâli par un fond de teint d'un blanc intense, interpella Lottie.

— Restez où vous êtes, conseilla Boyd.

— Je n'ai pas l'intention de bouger. J'ai eu assez de confrontations pour aujourd'hui.

Sirotant le vin illicite, Lottie avait vraiment envie de l'achever, comme Kirby l'avait fait avec sa pinte. Mais elle n'avait pas ses tripes et devait pouvoir rentrer chez elle à pied. Katie pouvait attendre. Mais elle était contrariée que Maria Lynch soit témoin de ses conflits familiaux. Elle se tourna vers ses collègues et leur fit part des progrès qu'elle et Boyd avaient réalisés.

— Donnez-moi cinq minutes avec cet évêque et il parlera, proféra Kirby en se léchant les lèvres.

— Comment s'est passée votre journée ? demanda Lottie, ignorant soigneusement les adolescents derrière elle.

— J'ai eu un petit moment de bingo, annonça Kirby. J'ai examiné les relevés téléphoniques de Brown et j'ai découvert que certains des appels qu'il avait passés étaient destinés à un numéro de portable n'appartenant à nul autre que le Père Angelotti.

— James Brown connaissait le Père Angelotti ! Lottie termina son vin d'un trait. Nous avons donc un lien concluant entre James Brown et le prêtre décédé. Elle posa le verre vide sur la table. Quand cela s'est-il produit ? Quelle date ?

— Dates au pluriel, corrigea Kirby. Il y a eu plusieurs appels. Le premier était à la mi-novembre. Attendez. Il sortit la liasse de papiers de la poche de sa chemise et la déroula. Un surligneur jaune illuminait les pages, encerclant une myriade de chiffres.

— Le voici, lança Kirby en pointant un petit doigt. Et deux autres, le deux décembre et le vingt-quatre décembre.

— À quelle heure le vingt-quatre décembre ? questionna Lottie, qui se sentait très excitée.

— Dix heures trente et sept heures trente, dit Kirby en prenant un de ses stylos et en traçant un autre cercle autour des chiffres.

— Et selon la meilleure hypothèse de notre médecin légiste, le Père Angelotti a été assassiné la veille de Noël, dit Lottie.

— Et Susan Sullivan a rencontré l'évêque la veille de Noël. Même si ce bâtard prétentieux refuse de nous dire de quoi il s'agissait, ajouta Boyd.

— Qu'est-ce qui relie tout cela ? demanda Lynch.

— Sainte-Angèle et le promoteur Tom Rickard.

Lottie jeta un coup d'œil au fils de Rickard par-dessus son épaule. Il était en train de caresser le cou de sa fille. Elle se détourna, fronçant le nez de dégoût.

— Quelle est la place du Père Angelotti ? voulut savoir Boyd.

— Je ne sais pas encore, mais on peut supposer que Brown l'appelle à dix heures trente pour convenir d'un rendez-vous et qu'il rappelle plus tard pour dire qu'il n'a pas pu revenir à temps, suggéra Lottie. C'est le rendez-vous auquel son amant Derek Harte a fait référence.

— Mais le Père Angelotti était déjà là, répliqua Boyd, et quelqu'un d'autre aussi.

— Apparemment, renchérit Lottie.

Un barman s'interposa et déversa un seau de charbon sur le feu. Les flammes s'atténuèrent momentanément, puis s'élancèrent dans la cheminée. Des étincelles se déposèrent sur l'âtre devant les détectives. Kirby commanda une autre tournée. Le silence s'installa entre eux quatre.

Un éclat de rire fusa parmi les bavardages derrière eux. Lottie essaya de se concentrer sur les informations de Kirby. En même temps, elle voulait savoir ce que faisait sa fille. Elle baissa les yeux sur son verre vide, attendant que le barman revienne le remplir. Elle remarqua les bords effilochés des manches de son T-shirt. Si Adam était encore en vie, elle aurait plus d'argent. Était-ce la richesse du fils Rickard qui attirait Katie ?

Les boissons arrivèrent. Kirby paya. Lottie entendit à nouveau des rires derrière elle. Elle se retourna. Katie la regardait droit dans les yeux. La bouche ouverte de la jeune fille montrait un piercing à la langue qui se reflétait dans la lumière du feu. Quand l'avait-elle eu ? Jason avait passé son bras autour de l'épaule de Katie et lui touchait la clavicule. Lorsqu'elle sentit Boyd tirer sur son bras, Lottie comprit qu'elle s'était levée.

— Laisse-la tranquille, dit-il. C'est juste une enfant qui s'amuse.

— Qu'est-ce que tu en sais ? s'emporta Lottie, repoussant la main de Boyd.

— Pas grand-chose, j'en conviens. Mais ce que je sais, c'est que faire une scène à ta fille devant ses amis n'est pas la bonne solution. Assieds-toi.

C'est ce qu'elle fit. Boyd avait raison, bien sûr. Elle soupira et laissa le vin engourdir son cerveau.

— Je n'aime pas dire ça, mais votre autre fille, Chloé n'est-ce pas ? Elle vient d'entrer, déclara Lynch.

— Doux Jésus.

Lottie se retourna sur sa chaise. Chloé la salua et s'approcha.

— Bonjour, maman, dit Chloé. Elle fit un signe de tête aux autres inspecteurs. C'est donc ça, ton emploi du temps chargé ?

— Les sarcasmes ne te conviennent pas, protesta Lottie. Où est Sean ?

— Il n'est pas avec moi.

— Évidemment, rétorqua Lottie, citant l'un des mots préférés de Chloé.

— Il est à la maison. Nous avons mangé un pot de nouilles pour le déjeuner, dit Chloé en s'attardant derrière la chaise de sa mère.

— Beurk, s'exclama Boyd en levant le nez.

— Qu'est-ce que tu fais ici ? s'enquit Lottie, sentant que sa fille la culpabilisait. Tu n'as pas l'âge requis pour être ici.

— C'est évident, maman, reconnut Chloé en tirant sur le cordon d'un sweat à capuche rose sous sa veste blanche. Elle avait l'air d'avoir douze ans, pas seize. Je cherchais Katie et je l'ai trouvée.

— Je pense que tu devrais rentrer à la maison, ordonna Lottie, consciente qu'elles étaient maintenant au centre de l'attention. Attends-moi dehors. Je te rejoins dans une minute.

Chloé se retourna, ses cheveux blonds flottant sur sa tête et sortit du pub.

— Ne t'inquiète pas pour eux, assura Lynch. Les choses vont s'arranger.

— Quand ? s'inquiéta Lottie. C'est ce que j'aimerais savoir. Les choses vont de mal en pis.

Avait-elle remarqué un sourire en coin sur les lèvres de Lynch ? Elle devait surveiller Lynch de plus près. Elle ne pensait pas pouvoir lui faire confiance. Ignorant son vin inachevé, elle enfila sa veste.

— Je vous verrai tous à six heures du matin. Merci pour les boissons. J'ai une dette envers vous.

— Besoin d'un chauffeur ? proposa Boyd. Il resta assis.

— Nous allons marcher. J'ai envie de me changer les idées. Merci quand même.

— Attention aux agresseurs, prévint Kirby.

Lottie s'arrêta un instant devant Katie et ses amis, ne dit rien et continua à marcher. Boyd, Kirby et Lynch ne dirent rien non plus. Ils sirotaient leurs boissons en écoutant le feu crépiter.

À l'extérieur du pub, remontant sa capuche contre le blizzard, Lottie se dit qu'il était parfois plus facile de lutter contre la météo que contre la tempête tumultueuse qui faisait rage à l'intérieur d'elle-même. Chloé passa sa main sous son bras et Lottie se sentit enfin au chaud.

* * * * *

L'homme resta dans le recoin sombre, caché de la foule, jusqu'à ce que les détectives quittent finalement le bar après une nouvelle tournée de boissons. Il était sûr qu'ils ne l'avaient pas remarqué. Mais il en était arrivé à un stade où il ne se souciait pas vraiment de l'un ou de l'autre. Lorsque le jeune au cou tatoué se dirigea vers le bar, il le rejoignit.

— Une pinte ? demanda-t-il en en commandant une pour lui.

— Non, merci. Je suis avec un groupe.

— Vous êtes sûr ? Il lui tendit un billet de cinquante.

— Lâchez-moi à la fin !

L'homme fixa ses yeux sombres un moment avant de payer sa pinte et d'empocher la monnaie. Alors qu'il s'éloignait, il frôla le long de la colonne vertébrale du jeune homme, sentant les vertèbres sous le T-shirt en coton.

— Oh, désolé, s'excusa-t-il. Il y a un peu de monde ici ce soir.

— Va te faire foutre, espèce de pervers!

L'homme retourna dans son coin, ses doigts picotant et son corps durcissant. L'impatience était trop forte pour être supportée. Il allait devoir faire quelque chose.

Chapitre 55

Tom Rickard était assis sur le bord du lit et faisait ses lacets.

— Je t'ai déjà dit à quel point tu es belle, déclara-t-il.

— Seulement toutes les cinq secondes au cours de la dernière heure, ironisa la femme, dont les longs cheveux encadraient le visage. Tom, je ne sais pas combien de temps je vais pouvoir continuer.

Il soupira tandis qu'elle remontait le drap jusqu'à son cou, son corps humide se dessinant de manière séduisante sous le drap et une chaîne d'argent scintillante pendant sur une épaule.

— Ne dis pas cela.

Il se retourna et, se penchant, l'embrassa rudement sur les lèvres. Elle se débattit pour s'asseoir, le drap tombant pour exposer sa chair, chaude et invitante. Il la désirait à nouveau. Avait-il le temps?

— Il devient trop difficile de trouver des excuses, expliqua-t-elle. Et un jour, quelqu'un nous verra aller et venir d'ici. Elle marqua une pause. Tom, tu m'écoutes? Regarde cet endroit. Combien de temps pourrons-nous continuer ainsi? Je déteste ça.

Il ne se sentait pas capable de parler. Il prit sa veste sur l'étroite chaise en bois et l'enfila par-dessus sa chemise violette froissée. Il balaya la pièce du regard, la voyant telle qu'elle était. Un chauffage électrique inadapté à deux barres dans un coin, de la peinture écaillée qui tombait du plafond humide et des lattes de plancher fissurées qui, plus d'une fois, leur avaient valu à tous les deux de se couper les pieds. Son désir avait transformé la pièce en un paradis pour les amants. La belle créature sur le lit grinçant méritait mieux qu'un ancien dortoir. Mais ils étaient trop connus pour avoir des aventures dans des hôtels. Et surtout pas maintenant, avec Mélanie qui reniflait autour de lui.

— Pouvons-nous en discuter une autre fois ? Il s'assit sur le bord du lit.

— Ce n'est pas la peine de me parler comme si j'étais une de tes employées. Tu ne peux pas m'inscrire dans ton agenda pour un petit coup rapide et ensuite aller te faire foutre chez Mme Versace Rickard. Nous ne devrions même pas être ici, peu importe ce que nous faisons quand nous sommes ici.

Elle s'affaissa sur l'oreiller humide et ferma les yeux.

— Donne-moi encore un peu de temps. Je suis en train d'arranger les choses. Sincèrement. Nous ferons en sorte que ça marche. Ensemble.

— Et comment comptes-tu t'y prendre ? Sois réaliste, Tom. Tu es pathétique.

— Tu veux partir ? s'inquiéta-t-il, horrifié à l'idée qu'elle puisse être d'accord.

— Non. Oui. Je ne sais pas. Ce n'est pas bien.

Elle ferma les yeux.

— Bientôt, très bientôt. J'y suis presque. Ne fais rien d'irréfléchi. Pas encore. Laisse-moi le temps.

Elle écarquilla les yeux et il frissonna sous l'intensité de son regard. Puis elle sembla céder.

— Embrasse-moi et je m'habille. Nous pourrons partir ensemble. Cet endroit me glace le sang.

Il se pencha, passa sa langue le long de son épaule, suçant la chaîne dans la courbe, verrouilla sa bouche sur la sienne et l'assaillit d'un violent baiser. Un cri aigu s'échappa de ses lèvres et il se rendit compte qu'il avait fait couler du sang de sa bouche.

— Pourquoi as-tu fait ça ? s'écria-t-elle en le repoussant. Elle sauta du lit et enfila ses sous-vêtements. L'odeur du sexe lui collait à la peau, musquée, comme un parfum d'hier. Parfois, je me pose des questions sur toi, cracha-t-elle, le dégoût s'insinuant dans chacun de ses mots.

— Je suis désolé, s'excusa-t-il.

La frustration de ne pas avoir pu la toucher hier soir au bal gonflait comme une tumeur à l'intérieur de lui. Il ne pouvait pas se passer d'elle.

— Je suis désolé, répéta-t-il.

— Moi aussi. Je suis désolée d'avoir été impliquée dans cette histoire sordide. Elle referma sa robe. Je ne suis pas sûre de vouloir rester avec toi plus longtemps.

— Ne dis pas ça. Je t'aime. Nous sommes faits l'un pour l'autre, plaida-t-il.

— Tu vois, c'est exactement ce que je voulais dire.

Elle boutonna son gilet, puis son manteau.

— Tu peux être si immature parfois. J'ai déjà vécu cela. J'ai vu des hommes s'effondrer sous le poids des affaires. Et toi, tu deviens exactement comme les autres.

Il la regardait attacher la ceinture de son manteau. Quand elle se moquait de lui, cela le transperçait de part en part. Il resta bouche bée.

— Oh, je t'en prie, poursuivit-elle. Tu ne crois vraiment pas que c'est la première fois que je me retrouve dans ce genre de situation. Grandis un peu. Elle rit à nouveau, prit son sac à main et le mit sur son épaule. Il faut que tu trouves un autre endroit pour ta baise habituelle. Je ne remettrai plus jamais les pieds ici.

Elle frappa à la porte. Les vitres s'entrechoquèrent et il sentit son cœur se contracter. S'asseyant sur les draps tachés, Tom Rickard secoua la tête. D'abord Mélanie qui perdait les pédales, puis sa maîtresse. Ajoutez à cela le gâchis financier dans lequel il se trouverait si le projet Sainte-Angèle échouait, plus l'inspectrice Lottie Parker et son flair de limier et il se demanda comment les choses pouvaient encore empirer. Puis il se mit à rire. Il avait déjà affronté le pire et s'en était sorti. Cette fois-ci ne serait pas différente. Il était le roi de la magouille et il allait régler ce problème.

Chapitre 56

Il neigeait sans discontinuer pendant qu'elles rentraient à la maison et l'air froid aidait à diluer le vin dans le sang de Lottie. Elle marchait en silence avec sa fille, car il faisait trop mauvais pour parler, regardant constamment par-dessus son épaule pour s'assurer qu'elle n'était pas suivie. Elle ne voulait pas être paranoïaque, mais elle craignait que l'agresseur ne frappe à nouveau. Arrivée à la maison, elle accrocha sa veste à la rampe de l'escalier et Chloé entra dans le salon. Sean était allongé sur le canapé et regardait la télévision. Chloé s'installa sur la chaise en face de lui, les bras croisés. La pièce était chaude, l'atmosphère froide.

— Je suis désolée, se repentit Lottie. J'aurais dû rentrer directement à la maison après le travail. Mais la journée a été longue et j'avais d'abord besoin de me détendre.

Elle s'adossa à la porte et regarda ses enfants. Pourquoi devait-elle s'expliquer ? Culpabilité ? Chloé se leva d'un bond de sa chaise et s'approcha d'elle en sautillant.

— Non, c'est moi qui suis désolée, dit-elle en entourant Lottie de ses bras et en la serrant. Je craignais que tu ne sois en pleine crise de nerfs. C'est la vraie raison pour laquelle je suis allée au pub.

Lottie se réjouit de l'inquiétude de sa fille.

— Tu n'as pas besoin de t'inquiéter pour moi, affirma-t-elle. Je n'ai bu que deux verres. Je n'en ferai pas une habitude.

— Ne croyez pas que je vais vous serrer dans mes bras, lança Sean en leur souriant par-dessus son épaule. J'ai besoin d'une nouvelle PlayStation.

— Elle n'a que deux ans. Qu'est-ce qui ne va pas avec elle? demanda Lottie en se libérant de Chloé.

— Elle n'arrête pas de *bugger*. Niall l'a regardée et a dit que c'était presque le feu rouge de la mort. Elle ne peut pas être réparée, déplora Sean. Et je l'ai depuis quatre ans, pas deux. Je l'ai eue bien avant que papa ne meure.

— Et Niall est un expert, n'est-ce pas?

Lottie savait que le meilleur ami de Sean était passé maître dans l'art de démonter et de remonter les choses. Elle espérait qu'il se trompait. Le «feu rouge» de la mort? Qu'est-ce que c'est que ça? Son budget ne lui permettait pas d'acheter une nouvelle PlayStation.

— C'est un expert. Quand est-ce que je pourrai en avoir une nouvelle? supplia Sean, le petit garçon en lui l'emportant sur l'adolescent. J'ai de l'argent à la banque.

— Tu ne peux pas toucher à ton argent. Tu sais qu'il est placé jusqu'à ce que tu aies vingt et un ans.

Elle avait placé la petite assurance vie d'Adam sur des comptes spéciaux pour les enfants.

— Je sais. Mais j'ai quelques centaines d'euros sur mon propre compte, déclara Sean en boudant.

— Je vais voir ce que je peux faire. Tu retournes à l'école dans quelques jours, alors tu vas faire tes devoirs, argumenta-t-elle, pleine d'espoir. Donc, pas de temps pour la PlayStation.

— Je vais mourir sans FIFA et GTA. Il n'y a rien à la télé.

Lottie soupira. Elle devrait peut-être résilier son abonnement à Sky.

— Allez, Chloé, on va voir s'il y a autre chose que des nouilles dans la cuisine. Sean se remit à zapper sur les chaînes et choisit une rediffusion de *Breaking Bad.* Lottie n'était pas sûre que cela convienne à un enfant de treize ans, mais elle n'avait pas l'énergie de protester.

Chapitre 57

Mike O'Brien avait quitté la banque de mauvaise humeur, après avoir envoyé le compte de prêts de Rickard au siège. Il savait qu'il pourrait y avoir des répercussions. Un jour. Mais pas tout de suite. Il avait arrangé les chiffres du mieux qu'il pouvait. Maintenant, il devait attendre et espérer que le compte se perde dans le cybermonde. La diversion sur le chemin du retour n'avait guère contribué à apaiser son humeur.

Il s'assit avec son chat roux sur les genoux, comme il le faisait la plupart des soirs. Les haut-parleurs de la chaîne hi-fi diffusaient de la musique classique. D'habitude, cela le détendait. Pas ce soir.

Se rongeant les ongles, il caressa la créature qui ronronnait. Il avait passé la plus grande partie de sa vie seul. C'est ce qu'il aimait. La solitude et l'isolement allaient de pair pour lui. Il n'avait jamais été du genre à nouer des amitiés et encore moins des relations. Il avait quelques connaissances à la salle de sport, dont Boyd, le détective. Mais ce n'étaient pas des amis.

Ses insuffisances sexuelles avaient altéré son sentiment d'appartenance. Il avait appris à vivre avec. Il avait trouvé des moyens d'y suppléer. Pas toujours avec goût, mais il avait survécu.

Il restait encore quelques mois avant la reprise de la saison de hurling. L'entraînement des jeunes lui manquait. L'activité permettait d'occuper les soirées de printemps.

La sonnette de la porte retentit, interrompant sa rêverie. Jetant le chat par terre, O'Brien regarda autour de lui. Le siège avait-il déjà envoyé la brigade criminelle? Pouvaient-ils être au courant aussi rapidement de ses activités frauduleuses avec les prêts Rickard ? C'était insensé. Pas à neuf heures du soir.

Il éteignit la musique, écarta le rideau et plongea son regard dans l'obscurité. Vivre à la périphérie de la ville avait ses inconvénients, d'autant plus que sa maison se trouvait au milieu d'un domaine fantôme de Rickard. Vingt-cinq maisons, enfermées derrière de hauts murs, tel était le plan initial, mais seule la moitié d'entre elles étaient achevées et l'adjonction des barrières d'interphone n'avait pas eu lieu. Les autres maisons se débattaient contre des échafaudages rouillés et le vent hurlait à travers le béton sans fenêtre. Le son résonna dans le crâne d'O'Brien.

En s'éloignant de la fenêtre, il ne restait plus que son reflet dans la vitre. Il laissa retomber le rideau et en lissa les plis.

La sonnette retentit une seconde fois. Il poussa un juron et alla répondre.

* * * * *

L'évêque Connor affichait une mine anxieuse.

— Laissez-moi entrer, avant que quelqu'un ne me voie, proféra-t-il en poussant O'Brien.

— Qu'est-ce qui ne va pas ? demanda O'Brien, le sourire en coin. Il referma la porte après avoir vérifié qu'il n'y avait personne d'autre à l'extérieur.

— Je déteste les chats.

L'évêque Connor entra directement dans le salon, observant le rouquin recroquevillé sous un fauteuil Queen Anne. O'Brien serra fortement les mains. C'était sa maison.

— Je vais prendre votre manteau, déclara-t-il en le récupérant sur le dossier du canapé où Connor l'avait laissé tomber.

Un poil de chat s'accrochait à l'épaulette. O'Brien l'arracha et accrocha le manteau dans l'entrée. Il revint et trouva Connor tenant une fragile décoration Lladro représentant un jeune garçon.

— Votre décor aurait bien besoin d'un coup de jeune, dit Connor en replaçant la pièce de céramique sur le manteau de cheminée.

— Il me convient bien. Je ne vois aucune raison de gaspiller de l'argent inutilement.

— Ah, oui. Toujours le banquier.

— Un verre? proposa O'Brien. Il versa de généreuses rasades de whisky dans deux verres en cristal et en tendit un à Connor. Ils entrechoquèrent leurs verres, restèrent debout et sirotèrent l'alcool.

— Cette inspectrice Lottie Parker, qui se mêle de tout, met son nez partout, raconta Connor.

— Elle a un travail à faire.

— Elle sait que j'ai rencontré cette femme Sullivan et elle fouine autour du Père Angelotti.

— Cela n'a rien à voir avec vous, dit O'Brien. N'est-ce pas?

— Je n'ai pas besoin qu'elle fasse d'autres rapprochements.

— Et votre ami, le commissaire Corrigan? Il ne vous aidera pas?

— Je crois que j'ai épuisé cette voie de l'amitié.

— Asseyez-vous. O'Brien lui indiqua une chaise. Le chat boudait dessous.

— Je vais rester debout, rétorqua Connor, prenant une position centrale dans la pièce.

O'Brien sentait ses jambes faiblir, il avait besoin de s'asseoir, mais il resta debout.

— Que voulez-vous que je fasse ?

— Qu'elle ne soit plus sur mon dos. Il faut qu'elle se concentre sur autre chose.

— Et que proposez-vous ? s'enquit O'Brien, un sentiment d'impuissance l'envahissant.

La gorge serrée, il avala une nouvelle gorgée de whisky. Lottie Parker l'avait ridiculisé dans son propre bureau hier. Il aurait aimé le lui faire payer, mais que pouvait-il faire ?

— Et Tom Rickard ? Qu'a-t-il à dire ?

— C'est à vous que je parle, pas à Rickard, asséna Connor, d'une voix forte.

La pièce semblait plus petite avec l'évêque à l'intérieur. O'Brien transpirait de façon incontrôlée et le verre glissa légèrement dans sa main. Il le posa sur la cheminée derrière lui.

— Vous et moi savons à quel point il est important que rien ne soit découvert.

D'un pas, Connor pénétra dans l'espace personnel de O'Brien. Il balaya une pellicule de l'épaule du banquier.

— Les secrets doivent rester des secrets. Des secrets.

O'Brien recula. Sa cheville heurta le pare-feu. Il n'avait nulle part où aller. Les deux hommes se regardèrent les yeux dans les yeux. L'odeur aigre du whisky lui retourna l'estomac. Le cou de Connor était dépourvu de tout col religieux et son artère carotide palpitait visiblement dans sa gorge. Il la regarda se dilater et se contracter, hypnotisé, l'imaginant pomper le sang dans le cœur de l'évêque, s'il en avait un. Il retint sa respiration.

— Que voulez-vous dire ? demanda finalement O'Brien.

— Dois-je vous l'expliquer ?

— Non… non, je ne crois pas.

Les yeux de Connor s'assombrirent. Il posa son verre à côté du garçon Lladro et posa ses deux mains sur les épaules d'O'Brien.

— C'est bien. Je ne peux pas me permettre de perdre cette affaire, conclut Connor. Vous êtes l'homme de l'argent. Vous veillez à ce que mes finances et… tout le reste demeurent intraçables.

Chaque mot résonnait dans la pièce. Il serra la main d'O'Brien, ramassa son verre de whisky, le vida et le replaça sur le manteau de la cheminée. Il se détourna. Ce n'est qu'à ce moment-là qu'O'Brien expira.

— Je déteste les chats, répéta Connor en sortant dans le hall.

O'Brien ne parla pas. Il ne le pouvait pas. L'odeur de l'haleine de l'évêque l'étouffait presque. Il s'appuya contre la cheminée pour se soutenir. Connor enfila son manteau.

— Pas la peine de me montrer la sortie, dit-il.

Ce n'est que lorsque le chat apparut sous la chaise et se frotta contre sa jambe, qu'O'Brien bougea.

* * * * *

Pour atteindre le poste de directeur de comté, il avait fallu beaucoup de travail, de l'intelligence et un bon sens des affaires. Le fait que votre père ait été directeur de comté avait également joué un rôle. Gerry Dunne n'était pas dupe, il savait que son père avait travaillé dans l'ombre pour assurer sa réussite. Aujourd'hui, il le regrettait. Ce travail lui apportait trop de problèmes pour lesquels il devait prendre la décision finale. Il détestait prendre des décisions difficiles, surtout lorsqu'il devait en assumer la responsabilité.

Il avait quitté le travail plus tôt, mais il revint pour vérifier le dossier une fois de plus et maudit silencieusement son père qui s'en mêlait. Il feuilleta le dossier de demande de permis de construire de Sainte-Angèle, reconnaissant à James Brown de le lui avoir remis pour examen final, juste avant sa mort prématurée. Il le rangea dans le tiroir de son bureau qu'il ferma à clé. Le projet n'était pas aussi litigieux qu'il aurait dû l'être, puisqu'ils avaient réussi à enfreindre le plan d'aménagement. Mais Tom Rickard voulait être doublement sûr et il était donc prêt à verser plus d'argent. Dunne n'avait pas l'intention de décliner l'offre. Il espérait bientôt pouvoir oublier cette affaire et reprendre le cours de sa vie, sans que les griffes de Tom Rickard viennent l'égratigner. Il regarda la neige tomber et se demanda où il allait bien pouvoir se procurer du sel pour le reste de la semaine.

Il ramassa son manteau, éteignit la lumière et prit le chemin de la maison. Jamais de sa vie, il n'avait ressenti autant de pression.

* * * * *

Mike O'Brien laissa l'eau chaude lui pincer la peau. Il se tenait debout dans la cabine et se sentait tout petit.

Des démons rampaient à l'intérieur de son épiderme cicatrisé, étouffant des cris de panique. Avec un effort de volonté, il les éloigna. Il n'aimait pas qu'on lui rappelle le passé. Il était enterré. Pour de bon. Personne n'allait le ressusciter. Personne. Il se frotta plus fort, ses ongles dessinant des traînées rouges le long de ses bras et de son torse. Il essaya de noyer la rage croissante qui menaçait de l'envahir.

Il avait besoin d'échapper au tourment mental qui envahissait rapidement son cerveau. Il coupa l'eau et laissa l'air de la salle de bains rafraîchir son corps nu.

Il n'y avait qu'un seul moyen de calmer son tourment intérieur. Il s'habilla, donna à manger à son chat et sortit dans la nuit.

* * * * *

L'évêque Terence Connor roula un moment, puis se gara et resta assis un long moment. Il repensait à sa rencontre avec O'Brien.

Il s'inquiétait d'avoir peut-être poussé le bouchon trop loin. Le désespoir prenait le dessus. Trop de vers s'échappaient de la boîte de conserve et il était urgent de mettre un couvercle dessus et de le clouer solidement. Il n'avait pas besoin d'un autre électron libre et il devait s'assurer que Tom Rickard respectait sa part du marché. Ils étaient tous dans le même bateau. Les temps drastiques appelaient des mesures extrêmes. Il se demanda s'ils étaient tous prêts à le faire.

Il resta longtemps assis à regarder le lac gelé à travers la neige fondue, imaginant une journée ensoleillée à jouer au golf sur le nouveau terrain de Sainte-Angèle. Oui, pensa-t-il, il y avait de bons jours à l'horizon.

Chapitre 58

— J'ai reçu la visite de notre ami l'évêque, dit O'Brien en s'installant dans un fauteuil.

— Qu'est-ce qu'il veut encore, cet affreux bâtard? demanda Rickard en offrant un verre à O'Brien. O'Brien secoua la tête.

— Je conduis et j'ai déjà bu deux verres.

— Comme vous voulez. Rickard se servit le sien. Vous avez l'air nerveux.

— Oui, il a l'habitude de me faire peur.

Tom Rickard rit bruyamment.

— Oh! allez, ne faites pas le trouillard! Qu'est-ce qu'il veut?

— Il n'aime pas que la police, surtout l'inspectrice Parker, fouille dans nos affaires.

— Trop tard pour ça. Deux des victimes ont un lien avec notre projet, aussi ténu soit-il. Mais nous n'avons rien à cacher. Rickard examina O'Brien. N'est-ce pas?

— Non… non. Je ne crois pas.

— Vous ne pensez pas? Rickard dominait O'Brien. Vous feriez mieux de le savoir.

— C'est juste que… tous ces prêts. Je serai dans la merde si vous ne les remboursez pas rapidement.

— Cela n'a rien à voir avec notre ami commun.

— Vos prêts soutiennent l'affaire.

— Je connais mes affaires.

Rickard fit le tour de son canapé en cuir blanc. Il répondrait mieux à l'évêque Connor s'il s'occupait de ses propres affaires.

— Il y a d'autres choses...

— De quoi parlez-vous ?

— Je... Je ne peux pas le dire. Mais si elles sortent...

— Bon Dieu, mec ! Crachez le morceau.

— Vous n'avez pas besoin de savoir.

— Je vous le dis tout de suite, si la police trouve quelque chose que je ne sais pas, ce marché n'est plus d'actualité. Vous m'entendez ? Plus... d'actualité.

Rickard abattit son verre, éclaboussant de whisky l'accoudoir du canapé. Cette soirée allait de mal en pis.

— Vous n'êtes pas sérieux ? s'écria O'Brien en écarquillant les yeux de consternation.

— Oh, mais si. Si Connor et vous avez concocté quelque chose dans mon dos, je me retirerai. Rickard croisa les bras sur sa large ceinture. Qu'en sera-t-il alors de vous deux ?

— Je... Je... Je...

O'Brien se leva et agita les mains en l'air.

— Je ne vous aime pas, O'Brien. Mais vous savez quoi ? Je ne suis pas obligé de vous aimer.

— Pourquoi ?

— Vous me connaissez, j'appelle un chat un chat et vous êtes la merde qui attend d'être ramassée. Alors vous vous assurez que l'argent est en sécurité et vous restez loin de moi.

Rickard se tourna vers la porte et l'ouvrit.

— Sortez de chez moi.

— Je… Je m'en vais.

— Vous savez quoi, O'Brien ?

— Quoi ?

— Vous vous habillez de manière élégante, avec vos boutons de manchette en diamant et vos costumes de marque, mais cette apparence ne cache pas que, sans vos costumes, vous êtes une imposture.

— Vous m'insultez, se plaignit O'Brien.

Lottie Parker n'était-elle pas arrivée à la même conclusion ? De quel droit l'un ou l'autre pouvaient-ils lui faire ça ? Il baissa la tête.

— Sortez, cria Rickard. Les insultes ne sont rien à côté de ce que je ferai si vous ne partez pas maintenant.

O'Brien se précipita vers la porte. Rickard se resservit un verre et s'approcha de la fenêtre.

— La petite merde, dit-il.

Il ouvrit le rideau, vit les feux arrière d'O'Brien disparaître dans l'allée, puis le referma, avala son whisky et se dirigea vers sa table de boissons. Il n'aimait pas être tenu dans l'ignorance et O'Brien lui avait laissé entendre qu'il y avait quelque chose qu'il devait savoir. Ce sale type avait trop peur de l'évêque. Quelle emprise Connor avait-il sur O'Brien ? Le banquier avait raison sur un point, conclut Rickard. Ils pourraient se passer de l'inspectrice Lottie Parker qui viendrait faire capoter leur projet. Les choses devenaient un peu incontrôlables.

Il se resservit deux doigts de whisky et but goulûment. La porte s'ouvrit et Jason entra dans la pièce, main dans la main avec Katie Parker. Mélanie était derrière eux. Rickard dévisagea la jeune fille, ne voyant que sa mère.

— Je pense que vous devriez rentrer chez vous, mademoiselle, dit-il en montrant son verre.

— Pourquoi ? demanda Jason, son bras entourant Katie.

— Parce que sa mère est une putain d'inspectrice de police, voilà pourquoi.

— Ce n'est pas une raison suffisante, rétorqua Jason. Tu es ivre.

— Ne t'avise pas de me poser des questions, rugit Rickard en s'approchant du couple.

— Eh bien, ne m'en pose pas non plus, répliqua Jason en serrant Katie contre lui.

Tom Rickard serra le poing, tendit la main et frappa son fils sur la joue. Le verre tomba de son autre main sur le sol et se brisa. Il frappa le garçon une seconde fois, en plein sur la mâchoire. Jason s'écroula sur le sol. Katie cria, se retourna et s'enfuit.

Chapitre 59

Lottie empila les assiettes dans le lave-vaisselle, balaya le sol et mit la deuxième charge de la nuit dans la machine à laver. Le linge séchait sur tous les radiateurs du rez-de-chaussée et elle augmenta le thermostat de la chaudière. La maison était chaude et l'odeur fraîche de l'assouplissant flottait dans la chaleur.

Étouffant un bâillement, elle étira ses bras et réfléchit à ce qu'elle avait encore à faire à cette heure de la nuit. En regardant la cuisine, elle se sentait à l'aise dans sa propre maison. Ce n'était pas un palais, mais c'était son havre de paix, un foyer pour elle et ses enfants. Elle aurait aimé pouvoir y rester tout le temps. Mais ce n'était pas possible. Peut-être devrait-elle demander à sa mère de faire quelques heures de ménage ? Et encore, peut-être pas, pensa-t-elle d'un air maussade. Mais elle savait que, en réalité, elle devrait bientôt se réconcilier avec Rose. Après tout, c'était sa mère et elle l'aimait, malgré tout ce que Rose avait fait dans le passé. Si seulement elle pouvait découvrir la vérité. Un autre point sur sa liste de choses à faire. Elle repensa à la conversation qu'elle avait eue avec Rose au sujet de Susan Sullivan. Peut-être les meurtres avaient-ils quelque chose à voir avec la recherche de l'enfant de Susan ?

La porte d'entrée s'ouvrit, puis se referma avec fracas et des pas montèrent l'escalier.

— Katie ? appela Lottie.

Il n'y eut pas de réponse. Elle alla chercher sa fille et la trouva en train de sangloter dans son oreiller. S'asseyant sur le bord du matelas, Lottie posa la main sur l'épaule de Katie.

— Tu es trempée. Tu es rentrée à pied ?

Elle essuya les traces de neige dans les cheveux de sa fille.

— C'est de ta faute, renifla Katie. Toi et ton travail. Tu as tout gâché pour moi, comme d'habitude.

— Qu'est-ce que tu racontes?

Lottie savait que la jeune fille s'était probablement à moitié défoncée plus tôt au Danny's Bar, mais ses yeux étaient maintenant écarquillés par la colère. Des traces de mascara noircissaient ses joues blanches comme de la craie et l'enfant que Lottie avait autrefois élevé n'apparaissait nulle part. Elle n'avait aucune idée de la façon de gérer le fait que Katie fumait de la drogue, même si elle était très douée pour conseiller les mères de junkies qu'elle rencontrait dans le cadre de son travail. Elle devait s'attaquer au problème. Elle devait parler à ce gamin Rickard et l'éloigner, lui et sa drogue, de sa fille. Boyd l'aiderait.

— Madame l'inspectrice, cracha Katie. Vous vous croyez si importante, assise dans un pub avec vos trois comparses. Vous savez quoi? Vous n'êtes qu'une ivrogne. C'est ce que vous êtes. Une ivrogne! Tu as ruiné ma vie.

Elle enfouit son visage dans l'oreiller, étouffant ses cris. Lottie sursauta, les mots lui causant une réaction allergique. Elle ne pouvait plus parler. Elle se tordit les mains, refoulant l'humiliation. Elle compta les posters sur le mur. Elle compta les cubes de fard à paupières sur la coiffeuse. Elle compta les chaussures alignées à côté du lit. Elle regarda autour d'elle, éperdue. La panique et la douleur firent monter les larmes au coin de ses yeux. Elle voulait rassurer et réconforter sa fille, mais elle ne savait pas comment. Katie releva la tête de l'oreiller.

— Le père de Jason l'a frappé ce soir, gémit-elle, redevenant la petite fille que Lottie connaissait et aimait. J'ai fini par prendre un taxi, après avoir marché des kilomètres. Dans la neige. Dans l'obscurité. J'avais tellement peur.

— Oh, mon Dieu, tu aurais dû m'appeler. Je vais t'aider à enlever tes vêtements mouillés et tu iras dormir.

— Pourquoi l'a-t-il frappé ?

Katie se redressa et se débarrassa avec difficulté de sa veste humide.

— Je ne sais pas pourquoi les gens font ce genre de choses, avoua Lottie. Honnêtement, je ne sais pas.

Tout ce qui lui venait à l'esprit, c'était sa fille seule marchant le long de la route du lac par une sombre nuit d'hiver. Et trois victimes de meurtre gisant dans la Maison des Morts de Jane Dore.

N'avait-elle rien appris à ses enfants ?

Chapitre 60

Après que Jason avait quitté la maison en trombe, Tom Rickard regarda Mélanie se détourner de lui, un mélange de peur et de dégoût se dessinant sur son visage.

Sa main tremblait tandis qu'il se versait un autre whisky. Jamais de sa vie il n'avait frappé son fils. Qu'est-ce qui l'avait poussé à le faire maintenant? Peu importe ce qui se passait dans ses affaires, cela ne justifiait pas qu'il frappe le garçon.

Il devrait peut-être se resservir un verre. Il desserra sa cravate et avala le liquide ambré.

Les réponses étaient comme des flocons de neige sur la fenêtre, disparaissant avant qu'il ne puisse les saisir.

* * * * *

Il détestait son père. À l'instant où le coup de poing avait touché sa mâchoire, Jason l'avait détesté plus que tout au monde. Il était sorti en courant de la maison, était passé devant sa voiture, avait enfoncé ses mains dans les poches de son jean et s'était engouffré dans l'avenue. Il avait tourné sur la route principale sans savoir où il allait. Il avait juste besoin de s'enfuir. Il espérait que Katie allait bien. Merde, il l'avait laissée rentrer seule. Dans le noir.

Il s'arrêta de marcher. Il devrait l'appeler. Oh, mon Dieu! Il avait laissé son portable à la maison, sur la table de l'entrée, avec ses clés. Et il était parti sans sa veste. La neige traversait son t-shirt, pénétrait son corps, s'y accrochait comme une seconde peau. Il était encore défoncé, mais il ne pouvait aller nulle part sans son téléphone.

En se retournant pour rentrer chez lui, les phares des voitures éclairaient la route derrière lui. Réalisant qu'il marchait du mauvais côté, Jason s'engagea dans le fossé pour permettre à la voiture de passer. La voiture ralentit pour s'arrêter et la vitre se baissa.

— Tu veux que je t'emmène, fiston? demanda l'homme en se penchant sur le siège du passager.

Jason crut le reconnaître. Un ami de son père? L'homme du bar? Il n'en était pas sûr avec le flou qui régnait dans sa tête. Mais il n'allait pas refuser de se faire déposer.

— Merci. Mais je ne sais pas où je vais.

— Pas de problème, dit l'homme.

Jason ouvrit la portière et s'installa dans la chaleur. L'homme sourit, passa les vitesses et démarra. Les essuie-glaces faisaient des va-et-vient et l'homme alluma la radio, étouffant leur bourdonnement répétitif. Ils roulèrent dans la nuit, le son clair d'Andrea Bocelli remplissant le silence. Alors que la neige voltigeait, un gel vif s'installa et une lune brillante sortit de derrière les nuages. Jason frissonna aux accents obsédants du chant de l'aveugle, il savait ce qu'il ressentait.

Chapitre 61

Mme Murtagh gara sa Fiat Punto et hissa son sac à dos sur ses épaules. Elle se débattit avec la grande gourde et les gobelets en plastique qui dépassaient en biais du haut du sac. Elle boita avec sa canne, pensant à l'effort que cela représentait, sans l'aide de Susan.

Susan lui manquait. Pourquoi l'avait-on tuée ? Espérons que cela n'ait rien à voir avec l'un de leurs malheureux clients. Pauvres gens désespérés. Dissimulés le jour aux yeux des habitants de Ragmullin, ils se fondaient dans la masse de briques et de mortier de la ville. La nuit, ils étaient le paysage de la rue.

La température de l'air tomba rapidement à -10 °C. Des nuages de vapeur sortaient de sa bouche tandis qu'elle avançait en traînant les pieds sur le sentier glacé menant au magasin d'électricité de Carey. Elle posa sa gourde sur le sol.

Patrick O'Malley était toujours là, qu'il soit ivre ou endormi. En regardant autour d'elle, elle ne vit aucun signe de lui. Elle consulta sa montre. La même heure que tous les autres soirs. Susan avait eu l'idée d'établir un horaire régulier. Elle avait dit qu'il fallait donner à ces gens au moins une chose sur laquelle ils pourraient compter.

Mme Murtagh poussa un profond soupir. Elle ramassa la flasque et continua à marcher dans la rue jusqu'à son prochain client malheureux. Avec un peu de chance, Patrick n'était pas mort de froid quelque part. Plus probablement, pensa-t-elle, il était ivre mort.

Chapitre 62

Le bâtiment était sombre, ses fenêtres enfoncées, des trous creux dans le béton.

— Qu'est-ce qu'on fait ici ? demanda Jason en ouvrant les yeux. Merde, il s'était endormi.

— Un endroit où tu peux dormir pour la nuit, répondit l'homme en faisant tourner le moteur au ralenti.

— Pas question. Ramenez-moi chez moi. J'ai besoin de mon téléphone. Je dois vérifier que ma copine va bien.

— Je suis sûr qu'elle va bien. Qui est-elle d'ailleurs ?

— Katie. Sa mère est inspectrice.

— Vraiment ? L'homme resta silencieux un moment. C'est intéressant.

— Je dois rentrer chez moi, gémit Jason, le corps tremblant de froid.

— Je croyais que vous aimiez tous l'aventure. Je veux te faire visiter les environs, te donner une leçon d'histoire.

— Il est tard et je déteste l'histoire, répliqua Jason.

Il se redressa pendant que l'homme manœuvrait la voiture, phares éteints. Il ne pouvait pas bien le voir, mais il lui semblait familier.

— Ah, mais ce sera une leçon intéressante, insista l'homme.

Il coupa le moteur.

— Il fait très sombre, hésita Jason en essayant de ne pas avoir l'air d'un petit garçon.

— Viens, dit l'homme en sortant de la voiture.

Jason sortit et ramena son jean humide à sa taille.

L'homme alluma la lampe de poche de son téléphone et monta les marches vers la grande porte solide. Jason resta sur la dernière marche, indécis. Ne voulant pas rester seul dans l'obscurité, il suivit.

La porte grinça lorsque l'homme la poussa avec son épaule. Il se précipita à l'intérieur. Balayant la lumière dans le couloir marbré, il cria :

— Chéri, je suis rentré.

Il rit. Le son, fort et laid, se répercuta sur les murs. Et il se dirigea vers l'escalier. La rampe en bois semblait lui rappeler quelque chose. Il caressa le bois de ses doigts et posa sa joue dessus, comme s'il en sentait la douceur. Jason songea à redescendre les marches en courant, à franchir le portail et à rentrer chez lui. Mais son père avait été un vrai con. Sa mâchoire était encore douloureuse à cause de l'impact du poing. Il avait envie d'un joint. Si Katie avait été avec lui, ils se seraient bien moqués de ce connard qui embrassait l'escalier.

— Par ici, dit l'homme en montant les marches, laissant Jason dans un sillage d'obscurité.

Un grand cri retentit au-dessus de leurs têtes.

— Qu'est-ce que c'est ?

Jason se baissa. L'homme ricana.

— C'est seulement le vent qui siffle dans ces vieux couloirs, dit-il. Ou des oiseaux. Je ne sais jamais lesquels. Viens, je veux te montrer quelque chose.

Jason, frigorifié et trempé, avait envie de voir ce qu'il y avait en haut des escaliers. La colère qu'il éprouvait à l'égard de son père renforça sa détermination. Il monta les marches à grands pas. Quel mal cela pouvait-il faire ?

Chapitre 63

Le téléphone de Lottie sonna à minuit moins le quart. Elle passait en revue ses notes, maudissant le fait qu'elle avait laissé le pain brun de Mme Murtagh dans la voiture de Boyd. Le nom du commissaire Corrigan s'afficha sur l'écran. Elle l'ignora. Trop tard pour écouter une tirade.

Le téléphone s'arrêta. Instantanément, il sonna à nouveau. Sachant que Corrigan n'abandonnerait pas, elle répondit sans regarder l'identité de l'appelant.

— Oui, Monsieur?

— C'est un message d'accueil qui a l'air très officiel.

Lottie sourit et replia ses notes.

— Père Joe. C'est bon de vous entendre.

— Comment se déroule l'enquête?

— Lentement serait un euphémisme.

— Venez me rendre visite à Rome. Le temps est magnifique. Il fait froid et le ciel est bleu.

— C'est très bien. Mais...

— Vous vous demandez ce que je fais à vous appeler à cette heure-ci, n'est-ce pas?

— Vous lisez dans mes pensées.

Il rit.

— Comment allez-vous ?

— Je vais bien, mentit Lottie.

Elle n'allait pas bien du tout.

Elle avait bercé Katie jusqu'à ce qu'elle s'endorme avant de retourner à la cuisine, les mots de sa fille résonnant dans son cerveau. Une ivrogne ? Sa fille avait-elle raison ? N'était-ce pas ce qu'elle était devenue depuis la mort d'Adam ? Elle le contrôlait la plupart du temps, mais pas totalement, et elle devenait de plus en plus dépendante de ses cachets. Un excellent modèle pour ses enfants adolescents. Elle soupira.

— Vous n'allez pas bien. Je l'entends à votre voix, constata-t-il. Venez à Rome. J'ai obtenu des informations intéressantes. Il faut que vous les voyiez de vos propres yeux.

— Vous avez découvert un autre Da Vinci Code ? plaisanta Lottie.

— Pas tout à fait. J'ai trouvé les archives de Sainte-Angèle. Elles sont en lieu sûr, sur papier. Il sera impossible de les photographier pour les faxer ou les envoyer par e-mail. Cela prendrait une éternité. Et si je me faisais prendre, je serais excommunié. Plus sérieusement, vous devez les examiner vous-même. Pourriez-vous en parler à votre commissaire ?

— Aucune chance, déplora Lottie. J'ai maladroitement marché sur les plates-bandes de votre évêque. Je pense qu'il m'a encore dénoncée.

— Vous ne faites que votre travail. C'est le copain de golf du commissaire Corrigan. Si j'étais vous, je me tiendrais très fermement sur les traces de l'évêque. Croyez-le ou non, il n'est pas aussi gentil qu'il le prétend.

— Vous pensez sincèrement que ce que vous avez trouvé va nous aider ?

— Je ne sais pas. Mais cela vous fournira des informations de base, comblera peut-être quelques lacunes.

— L'évêque Connor est vraiment économe de la vérité, affirma Lottie.

— Je n'en suis pas surpris, d'après les documents que j'ai vus.

— Vous m'intéressez maintenant. Quelque chose en rapport avec le Père Angelotti ?

— J'ai rencontré un de ses amis. Il pense que le Père Angelotti a peut-être été envoyé là-bas pour surveiller l'évêque Connor et non l'inverse, comme on nous l'a fait croire.

— Ensuite, le Père Angelotti s'est fait assassiner.

Le Père Joe avait éveillé sa curiosité et elle voulait maintenant voir ce qu'il avait trouvé. Elle voulait le voir.

— Lottie, ce que j'ai vu ici me fait penser qu'il y a peut-être une autre raison pour laquelle le Père Angelotti était à Ragmullin.

— Dites-moi.

— Je ne suis pas à l'aise pour en parler au téléphone, chuchota le Père Joe.

— Êtes-vous au lit ? demanda Lottie.

— Qui est celui qui lit dans les pensées ? Il rit. Il faut que je raccroche. J'entends mon colocataire monter l'escalier.

— Vous n'avez pas votre propre chambre ?

— Je n'ai pas l'intention de rester ici assez longtemps pour avoir ma propre chambre, expliqua-t-il. Je me contente de dormir au Collège irlandais pour quelques nuits. Lottie, voyez ce que dit le commissaire Corrigan, d'accord ?

— D'accord. Je peux vous joindre sur ce numéro ? Elle regarda la ligne de chiffres sur l'écran.

— Laissez un message si je ne réponds pas. Je pourrais être en train de dire la messe.

Lottie imagina son sourire.

— Bonne nuit, Lottie.

Elle lui souhaita bonne nuit et raccrocha.

Elle mit de l'ordre dans ses dernières notes et monta à l'étage pour voir comment allait Katie. Elle dormait à poings fermés. Elle déposa un baiser sur ses cheveux et alla éteindre la lampe. Une photographie sur le coffre, encadrée de coquillages, attira son attention. Elle la souleva pour mieux la regarder. Ils étaient tous les cinq. Lanzarote. Il y avait quatre ans. La dernière fois qu'ils avaient passé des vacances ensemble. Elle passa son doigt sur le verre poussiéreux. Tous souriants. Heureux. Photo prise alors qu'ils commençaient une excursion en jeep sur le volcan Timanfaya.

Elle s'affaissa sur le lit et Katie soupira dans son sommeil.

La photo avait réveillé la vision d'une époque où les choses étaient si différentes. La routine, la sécurité et l'amour. Le conflit faisait rage en elle. Elle était déchirée entre son passé stable et son avenir incertain. Trois ans, et elle ne pouvait pas laisser partir Adam. Mais envisager de s'envoler pour Rome, afin de voir un prêtre qu'elle avait rencontré il y avait une semaine à peine, lui fit penser que les roues de son chariot étaient peut-être en train de se détacher.

* * * * *

30 janvier 1976

Sally pleura dans son sommeil et se réveilla. Elle s'attendait à voir sa mère devant son lit. C'était Patrick. Il mit son doigt sur ses lèvres et fit un bruit de silence. Elle se redressa, curieuse de savoir pourquoi il se trouvait dans le dortoir des filles. Elle balaya du regard la pièce dans l'obscurité, n'entendant que le doux murmure du sommeil.

« Viens avec moi, chuchota Patrick en lui arrachant sa couverture. Je dois te montrer quelque chose. »

Elle se glissa hors du lit, serrant contre sa poitrine sa chemise de nuit en flanelle fleurie. Il ne lui laissa pas le temps d'aller chercher sa robe de chambre.

« Où allons-nous ? demanda-t-elle.

— Chut », murmura-t-il en lui prenant la main.

À l'extérieur du dortoir, une lumière sourde s'échappait d'un abat-jour poussiéreux suspendu au-dessus de l'escalier. La chambre de la religieuse de service se trouvait à l'autre bout du couloir, et Patrick conduisit Sally au deuxième étage.

Ils se faufilèrent jusqu'au bout du couloir et franchirent une porte. Elle n'était jamais venue ici auparavant. Ils se glissèrent dans l'obscurité, et Patrick ouvrit une autre porte annonçant un court passage. La lumière de la lune brillait à travers les trois fenêtres, éclairant leurs visages comme des cadavres. Une arche se dressait devant elle. Elle s'arrêta.

« J'ai peur, Patrick ». Il se retourna et, lui tenant toujours la main, lui expliqua :

« C'est grave, Sally. Je t'en prie, tu dois le voir. Il faut que tu le voies. »

Elle soupira et se laissa guider à travers l'arcade, jusqu'à l'étroit escalier de pierre. Ses pieds étaient gelés. Elle avait oublié de mettre ses pantoufles.

Sur la dernière marche, Patrick s'arrêta. Ils étaient dans la chapelle. Elle se retourna pour le regarder. Il secoua la tête, l'avertissant de se taire. C'était la première fois qu'elle venait par ce chemin. Elle remarqua l'autel illuminé de bougies allumées et sentit leur graisse. Puis elle vit le Père Con'. Elle serra plus fort la main de Patrick. Le prêtre était agenouillé sur les marches de l'autel, enveloppé dans une lourde cape crème et or, celle qu'il portait pour la bénédiction. Ses mains étaient tendues vers la mosaïque de la Vierge Marie tenant l'Enfant Jésus, dans une alcôve devant lui. Sa longue ceinture de cuir était posée sur ses vêtements soigneusement pliés sur la marche. Sally s'approcha de Patrick et s'appuya contre lui. Bien que l'air fût froid, il portait un pyjama fin, et elle sentait la chaleur monter de son corps.

« Patrick, que se passe-t-il ? » chuchota-t-elle.

Il secoua la tête, haussa les épaules et l'entraîna vers la droite, le long de la dernière rangée de prie-Dieu.

Il la conduisit dans un coin, derrière un confessionnal en bois. Deux autres personnes étaient là. Elle faillit crier. Patrick la dévisagea, la colère brûlant dans ses yeux. Elle retint sa respiration, espérant que le cri s'éteindrait quelque part dans son ventre.

Alors que ses yeux s'habituaient aux ombres projetées par les bougies, elle reconnut les garçons dans le coin. James et Fitzy. Patrick la poussa à côté d'eux et ils se blottirent l'un contre l'autre. Elle avait envie de poser mille questions, mais garda le silence. Patrick continua à lui tenir la main. Elle était contente. Un bourdonnement sourd monta en crescendo, puis retomba. Elle écarquilla les yeux et se mordit la langue entre les dents, s'obligeant à se taire.

Le prêtre s'inclina, de haut en bas, en psalmodiant. Un rideau, sur le côté de l'autel, s'ouvrit. Brian se tenait là, nu, le corps sillonné de zébrures rouges et profondes. Sally regarda au loin, puis de nouveau en arrière et resserra sa prise sur la main de Patrick au cas où il la laisserait là. Le prêtre se leva et fit signe à Brian de venir à lui. Le garçon nu s'avança en traînant les pieds, les bras serrés le long du corps. Il doit être gelé, pensa Sally.

Le garçon fut poussé à genoux et le prêtre l'enferma dans sa cape dorée. Elle n'en pouvait plus et, cette fois, elle cria. Patrick plaqua une main sur sa bouche. Le Père Con' se retourna, sa nudité embrasée par la lumière des bougies. Ses yeux étaient noirs. Cela effraya Sally plus que le fait qu'ils étaient tous dans le pétrin.

— Cours, cria Patrick, entraînant Sally derrière lui.

Elle courut, Fitzy faisant claquer ses talons nus. James fermait la marche. Alors qu'ils montaient les escaliers, l'image de Brian s'imprima dans son cerveau. Le corps nu. La bouche ouverte. Les yeux morts. Dans la pièce à deux portes, ils s'arrêtèrent pour reprendre leur souffle. Sally se mit à pleurer. Fitzy passa son bras autour de son épaule. James se tenait à côté de Patrick, répétant sans cesse :

« Nom d'un chien. Nom d'un chien. ».

« Qu'est-ce qu'il faisait à Brian ? » demanda Sally, mais elle le savait. Le Père Con' l'avait forcée à faire la même chose à plusieurs reprises.

Elle ne pouvait pas effacer l'image du garçon avec la bouche ouverte et la substance blanche collée à ses lèvres.

« C'est une grosse merde, voilà ce qu'il est, jura Patrick.

— Je vais le brûler avec une de ces putains de bougies. Je lui brûlerai les couilles », renchérit Fitzy.

Sa voix se répercutait sur les murs. Sally entendit la peur qui rampait dans leur respiration, la sentit qui suintait de leur peau. Elle se manifestait si douloureusement qu'elle croyait pouvoir la voir, la toucher même. Elle écouta à la porte, espérant que le prêtre ne les avait pas suivis. Elle n'aimait pas l'obscurité.

« Nous devons faire quelque chose », chuchota-t-elle.

— Oui, dit Patrick, comme quoi ?

— Je le pense vraiment. Honnêtement. Qu'est-ce qu'on peut faire ? », sanglota Sally en essayant de ravaler ses larmes.

Un claquement de pieds nus retentit dans l'escalier. Elle se retourna et vit le blanc des yeux des garçons briller au clair de lune. La terreur les avait immobilisés.

« Les garçons, qu'allons-nous faire ? », s'écria-t-elle. James se mit à sangloter.

Septième jour

5 janvier 2015

Chapitre 64

L'inspecteur Larry Kirby était en train de coller des photos imprimées à partir de l'ordinateur sur le tableau d'enquête lorsque Lottie arriva juste après cinq heures et demie du matin. Elle avait mal dormi et sa saloperie de mauvaise humeur avait envie de s'exprimer.

— Vous vous êtes levé tôt, dit-elle en posant son café tiède sur le rebord de la fenêtre et en retirant sa veste.

Elle avait laissé sa voiture au commissariat la veille au soir, mais le trajet jusqu'au travail n'avait rien fait pour lui remonter le moral. Elle se tenait à côté de Kirby. L'odeur de la fumée de cigare collait à ses vêtements, comme des chaussettes sales au fond de son panier à linge. Elle était contente d'avoir nettoyé toute la lessive hier soir. Une corvée de moins à gérer.

— Je ne me suis pas couché, donc je n'ai pas eu à me lever, expliqua-t-il en enfonçant maladroitement des punaises dans les photos.

Ses doigts tachés de tabac étaient trop gros pour les petites épingles en acier. L'une d'entre elles tomba sur le sol, rejoignant la multitude de celles qui s'y trouvaient déjà.

— Qu'est-ce que vous faites?

— J'ai décidé de réorganiser le tableau d'enquête. Cela fait une semaine que toute cette histoire a commencé.

— Ne me le rappelez pas. Voulez-vous que je le fasse pour vous?

Kirby secoua la tête. Lottie haussa les épaules, prit son café et s'assit derrière lui.

— Dites-moi ce que je vois.

Elle aurait peut-être dû lui apporter un café. Il avait l'air de pouvoir s'endormir d'une minute à l'autre.

— Des photos des principaux acteurs de notre drame, dit-il.

Elle parcourut le tableau. Jusqu'à présent, il y avait Patrick O'Malley, Derek Harte, Tom Rickard et Gerry Dunne accrochés de travers côte à côte. Il tenait la photo de l'évêque dans une main, une punaise dans l'autre.

— Je ne ferais pas ça si j'étais vous, lui conseilla-t-elle.

Il la regarda, son ventre avec des poils gris apparaissant à travers un bouton ouvert à mi-hauteur de sa chemise froissée blanc cassé, une cravate tachetée dépassant de la poche de sa veste.

— Pourquoi pas ? Après votre épisode avec lui hier, je pense que c'est la star du spectacle.

— Le commissaire Corrigan pourrait avoir quelque chose à dire à ce sujet, affirma Lottie. Après tout, ils sont partenaires de golf.

Elle ne l'avait pas rappelé la veille au soir. Elle allait bientôt se faire engueuler. Espérons que Mme Corrigan ait envoyé son mari avec le sourire et l'estomac plein ce matin.

— Qu'il aille au diable, s'emporta Kirby en plantant une punaise dans le cou de l'évêque, comme s'il n'était pas foutu d'enfoncer trois autres épingles.

Il se recula et admira son travail. Un sourire fatigué remonta le long de son visage vers des yeux injectés de sang, comme une mousse se formant sur une pinte de Guinness.

— Ce ne sont pas vraiment des suspects, dit Lottie.

— Ils sont ce qu'il y a de mieux.

Il s'affaissa sur une chaise. Ils s'assirent dans le silence de la matinée. Elle lui tendit son café. Il le prit, le leva en simulant un toast et but.

— Nous avons un éventail très restreint de candidats, dit-il en levant les yeux vers l'affichage déséquilibré.

— Nous pourrions ajouter Mme Murtagh, Bea Walsh et Mike O'Brien, le directeur de la banque, suggéra-t-elle, et nous aurions alors l'ensemble de toutes les personnes dont nous savons qu'elles connaissaient les victimes.

— Bon sang, c'est comme si Brown et Sullivan avaient vécu dans un ordre clos de nonnes. Merde, où ai-je mis O'Brien ?

Kirby fouilla dans une pile de papiers sur la chaise, trouva ce qu'il cherchait et épingla une autre photo sur le tableau.

— Qu'en est-il du Père Joe Burke ? demanda Boyd en entrant, ses cheveux coupés brillants sous les néons, fraîchement sorti de sa douche matinale.

— Qu'en est-il de lui ? reprit Lottie, ses défenses faisant naître de minuscules boutons de chair de poule sur sa peau.

— Il a été le premier sur la scène du crime de Sullivan, après Mme Gavin, la femme de ménage, rappela Boyd, assis à côté de Kirby.

Il tenait une tasse de café à la main. Lottie la lui prit et la but.

— Nous devrions prendre aussi une photo de Mme Gavin, ironisa-t-elle, sans pouvoir dissimuler son sarcasme.

— Soyons sérieux un instant, soupira Kirby.

Lottie savait que Kirby n'aimait pas que l'on dénigre son travail en le transformant en spectacle. Il était trop fatigué. Kirby pointa du doigt la photo de Derek Harte.

— L'amoureux aurait pu tuer le prêtre, le Père Angelotti, dans un accès de jalousie, indiqua-t-il. Puis il a tué Brown quand il l'a découvert.

— Mais pourquoi tuer Sullivan ? s'enquit Boyd.

Kirby lui lança un regard noir.

— Je ne sais pas…

— Pas encore, ajouta Lottie.

— Ensuite, nous avons Tom Rickard. Promoteur immobilier extraordinaire, poursuivit Kirby. Il a acquis Sainte-Angèle pour une bouchée de pain. Il a obtenu du conseil, probablement grâce à un pot-de-vin, un amendement substantiel au plan d'aménagement, ce qui lui permet de construire tout ce qu'il veut sur le site. Une fois que son ami, Gerry Dunne, aura accordé le permis de construire.

Il pointa du doigt les photos des victimes.

— Les deux employés du conseil auraient pu essayer de l'en empêcher ou auraient pu être à l'origine d'un chantage, continua-t-il. D'où les importantes sommes d'argent transférées sur leurs comptes bancaires, dont une partie se trouvait dans le congélateur de Sullivan. Brown a appelé Tom Rickard, avant d'aller *ad patres*. Une fois Sullivan et Brown hors d'état de nuire, il pouvait faire des doigts d'honneur dans le dos de tout le monde.

Kirby pointa son index épais vers la photo de Rickard.

— Pendant une minute, supposons que vous ayez raison, quelle est la place du père Angelotti ? demanda Boyd.

— Je n'en ai pas la moindre idée, avoua Kirby, en se grattant les cheveux. Mais il est possible qu'il ait suivi l'argent.

— Continuez, pria Lottie, de plus en plus intéressée par le petit drame de Kirby.

— En parlant d'argent… Mike O'Brien. Kirby étudia la photo pendant une seconde. Il sait qui a transféré l'argent sur les comptes des victimes. C'est un intermédiaire ? Je n'en sais rien. Peut-être devrions-nous l'examiner de plus près. Et puis, il y a notre ami commun, l'évêque Connor. Il marqua une pause, puis poursuivit.

— Il a vendu Sainte-Angèle en dessous de sa valeur marchande. Qui nous dit qu'il n'a pas reçu une enveloppe pleine d'euros, directement de la patte de Rickard? Nous devrions aussi vérifier son congélateur. Il rit de sa propre plaisanterie, puis l'étouffa en toussant. Revenons au Père Angelotti. Pourquoi était-il ici? Je ne crois pas à cette histoire de « se retrouver ». Il est venu ici pour une autre raison.

Lottie ne dit rien. Elle pensait à sa conversation de fin de soirée avec le Père Joe. Elle regarda la neige fondue qui battait contre la fenêtre, dévorant le givre. Une journée sous le soleil de Rome serait une bonne idée.

— Je pense toujours que la photo du Père Joe Burke devrait être là-haut, insista Boyd qui ne voulait pas lâcher l'affaire.

— Alors, mets-la! tempêta Lottie, aussi piquante qu'un buisson d'épines.

— Sensible ce matin, inspectrice? répliqua Boyd.

— Ne commencez pas tous les deux, supplia Kirby, les yeux baissés par la fatigue.

— J'ai raté quelque chose? demanda Maria Lynch en entrant dans la pièce, sa queue-de-cheval se balançant d'un côté à l'autre.

Elle tenait un sac de croissants à la main. Trois regards se tournèrent vers elle.

— Non, répondirent-ils en chœur.

Le commissaire Corrigan suivait Lynch, aspergeant de salive les inspecteurs assis avant même que les mots n'atteignent sa bouche.

— Inspectrice Parker!

Il se tenait debout, les mains sur les hanches, les jambes écartées, le visage aussi rouge que celui de Kirby. De toute évidence, il n'était pas parti au bureau après un bon petit-déjeuner apaisant.

— Monsieur ? s'enquit Lottie.

— Mon bureau.

Corrigan tourna les talons et se dirigea vers le couloir. Tendant le café à Boyd, Lottie formula mentalement des réponses aux inévitables questions. Préparée à la bagarre, elle suivit Corrigan dans son bureau.

— Avant que vous ne disiez quoi que ce soit, Monsieur… commença-t-elle.

— Non, inspectrice Parker, l'interrompit-il en levant les mains.

Il s'assit sur sa chaise en cuir, l'air sifflant sous son poids.

— Avant de dire quoi que ce soit, ne m'abreuvez pas d'excuses. Je ne veux pas les entendre. Est-ce que c'est clair ?

Lottie acquiesça, ne se fiant pas aux mots qui pourraient se retrouver sur le bout de sa langue.

— Vous avez intérêt à avoir une bonne raison de contrarier l'évêque Connor. Encore une fois.

— C'était une question, Monsieur ?

Autant dire qu'elle n'avait pas l'intention de se taire. Les lunettes de Corrigan glissèrent sur son nez en sueur, ses yeux s'exorbitant par-dessus, le sommet de son crâne ressemblant à un œuf à la coque sur le point d'être cassé avec une cuillère brûlante.

— Expliquez-vous. Avant que je ne demande au directeur général de vous suspendre.

— Me suspendre ?

C'était sérieux. Merde.

— Pour quelle raison ? poursuivit-elle.

— Je vais trouver quelque chose, dit-il, sa voix réduisant la taille de la pièce.

Elle retint son souffle avant de lâcher :

— Je veux aller à Rome.

Autant y aller à fond, se dit-elle.

— Rome ? Rome ? balbutia Corrigan. Vous voulez insulter le pape maintenant ?

Il remit ses lunettes en place. Lottie se tut fermement.

— Et asseyez-vous. Asseyez-vous, pour l'amour de Dieu. Vous restez là comme une girafe perdue dans un putain de zoo !

Lottie s'assit.

— Vous êtes stupide ? Corrigan leva les mains d'un air désespéré. Qu'est-ce qui vous prend ?

— Je dois aller à Rome, hasarda encore Lottie. Je pense que le Père Angelotti est le lien avec les meurtres de Sullivan et Brown. Et la réponse à ce lien se trouve à Rome.

Elle espérait avoir l'air convaincant, car elle ne savait pas ce que le Père Joe avait découvert. Elle poursuivit avant que Corrigan ne puisse l'interrompre.

— J'ai besoin de voir les dossiers de Sainte-Angèle. Deux enfants y ont été assassinés, il y a près de quarante ans, et deux de nos victimes y résidaient à l'époque. Je pense que ces dossiers peuvent aider à établir un mobile. Ils devraient être archivés dans l'archidiocèse de Dublin mais, pour une raison inconnue, ils ont été transférés à Rome. Je dois donc me rendre à Rome.

— Vous êtes soit ivre, soit folle, rugit Corrigan. Et comme je ne sens pas d'alcool, ce doit être la seconde hypothèse.

— C'est un non, n'est-ce pas ?

— Très certainement.

— Je peux vous expliquer où je veux en venir ? osa Lottie.

— Vous ne pouvez même pas expliquer où vous allez, tonna Corrigan. Mais je vais vous expliquer quelque chose, inspectrice Parker.

Il se leva et fit les cent pas autour d'elle.

— Nous en sommes à une semaine d'enquête, poursuivit-il, et jusqu'à présent, vous avez trouvé que dalle ! Je donne des conférences de presse tous les jours, en racontant un tas de conneries, parce que vous, Boyd, Kirby, Lynch et les autres clowns de votre cirque êtes trop occupés à mettre des photos sur votre putain de tableau pour me donner des réponses. Les habitants de Ragmullin ont une peur bleue. Le meurtrier se moque de nous et que voulez-vous faire ? Aller vous balader dans cette foutue ville de Rome.

Il cessa de tourner autour d'elle et s'assit, laissant échapper plus d'air. Lottie se demanda si cela venait de la chaise ou de ses fesses.

— Il y a une explication logique, et j'ai l'intuition que...

Elle s'arrêta au milieu de sa phrase lorsque les joues de Corrigan s'empourprèrent.

— Je ne veux pas de conneries sur l'intuition des femmes ou les sentiments instinctifs, vous m'entendez ?

— Oui, Monsieur.

— Et arrêtez de harceler l'évêque Connor. Si je vois à nouveau son nom apparaître sur mon téléphone, je vous suspendrai avant même d'avoir répondu à l'appel. Sommes-nous sur la même longueur d'onde, inspecteur ?

— Oui, Monsieur, répondit Lottie, en se défendant d'avoir pensé que Connor pourrait appeler pour une partie de golf.

— Et ne touchez pas à Tom Rickard non plus.

— Oui, Monsieur.

— Maintenant, sortez et faites du travail constructif, si vous savez encore ce que cela signifie.

Le commissaire Corrigan enleva ses lunettes, se frotta les yeux et lorsqu'il les remit en place, Lottie était à mi-chemin de la porte. Elle entendit ses mots alors qu'elle reculait.

— Rome, mon putain de cul.

Chapitre 65

Tom Rickard mâchait son petit-déjeuner. Vigoureusement.

— Jason n'est pas rentré à la maison hier soir, dit Mélanie.

— Je sais.

Tom Rickard enfourna une saucisse dans sa bouche.

— Je suis inquiète, déclara-t-elle en remplissant sa tasse avec une théière Le Creuset rouge. Il reste souvent dehors, mais après ce qu'il s'est passé hier soir, tu sais...

Sa voix était aussi tranchante que le couteau qu'il tenait.

Rickard releva la tête, prit un morceau d'œuf entre ses dents et l'avala.

— Il rentrera bien assez tôt.

— Tu ne l'as jamais frappé auparavant, même quand il était petit. Pas même une gifle. Qu'est-ce qu'il t'a pris ? Et devant sa petite amie. Tu es méprisable.

Passant sa langue sur ses dents, Rickard souleva la fourchette et termina son petit-déjeuner. Il ajouta trois cuillères de sucre à son thé et l'avala bruyamment. Il déclara :

— Il ne fréquente pas les bonnes personnes. Je vais y mettre un terme aujourd'hui même.

— Tu sais qu'il y a un meurtrier dans la nature et que notre fils a disparu ?

— Ne sois pas stupide, lui reprocha-t-il. Il a probablement passé la nuit avec cette jeune fille.

— Comme toi ? Où es-tu parti hier soir ?

— Ne t'aventure pas sur ce terrain, Mélanie.

Rickard la regarda à travers les dents de sa fourchette.

— Tu frappes notre fils, puis tu disparais, ricana Mélanie. Tu étais avec ta blonde parfumée ?

Elle renifla l'air comme s'il portait l'odeur de l'autre femme. Rickard remplit à nouveau sa tasse. Il se demanda en combien de morceaux la théière se briserait s'il la lançait contre le mur. Ou peut-être sur sa tête.

Un téléphone sonna dans le hall. Rickard se leva pour répondre, pensant qu'il venait de le sauver d'un acte de folie.

* * * * *

Katie Parker se réveilla avec un mal de tête derrière les yeux. Elle sortit son téléphone de sous son oreiller. Pas d'appels manqués. Pas de textos. Elle tapota le numéro de Jason. Pourquoi son père était-il si en colère ? Boîte vocale. La voix de Jason se mit à rire dans le message.

— Hé, mon pote, je ne suis pas en mesure de prendre ton appel, ne prends pas la peine de laisser un message. Ha. Ha.

Katie sourit.

— J'espère que tu vas bien. Appelle-moi quand tu te réveilleras. Je t'aime.

Elle raccrocha, puis lui envoya un message avec deux lignes d'émojis joyeux. Elle se blottit dans son oreiller et gémit à mesure que les souvenirs de la nuit précédente lui revenaient en mémoire. Elle avait traité sa mère d'alcoolique. Elle enfouit sa tête sous la couette et pleura.

* * * * *

Tom Rickard fixait le téléphone dans sa main. Le portable de son fils. Il comprit vite que Jason était parti hier soir sans son téléphone.

Le téléphone s'arrêta de sonner. Il vit le nom « Katie » sur l'écran et l'icône de la messagerie vocale clignota. Il écouta les paroles de la jeune fille, comprenant que Jason n'avait pas passé la nuit avec elle. Il regarda le téléphone du garçon dans sa main. Jason n'allait nulle part sans lui. Alors, où était-il ? En retournant finir son petit-déjeuner, Jason Rickard se dit qu'il n'avait pas frappé le petit con assez fort.

* * * * *

Jason Rickard se réveilla en entendant des bruits de grattement au-dessus de sa tête. Il essaya de s'asseoir, en vain. Ses mains et ses pieds étaient attachés par une corde, enroulée sur son torse et autour de son cou.

Des tremblements secouèrent son corps. Putain, putain, double putain. Qu'est-ce qu'il s'était passé ? Il essaya de se souvenir, mais son esprit était vide. Il bougea un peu le cou, essayant de voir autour de lui. Rien. L'obscurité. Noir. Il tourna la tête. La corde se resserra sur sa gorge. La douleur l'assaillit comme si un scarabée avait creusé son oreille et s'était logé dans son cerveau. Il se rendit compte qu'il était ficelé comme une dinde de Noël. Ce n'était pas une farce. C'était du sérieux.

En relâchant son corps sur les planches froides, il essaya d'appeler, mais au lieu de cela, il se laissa aller à de gros sanglots. Il voulait sa mère. Il voulait Katie. Il voulait tuer son salaud de père.

Chapitre 66

Lottie suivit Boyd dans le local de la cantine. Il faisait chauffer la bouilloire.

— Pour qui se prend Corrigan ? siffla-t-elle.

Serrant les dents, elle donna un coup de poing sur le comptoir improvisé.

— C'est le patron, c'est tout, conclut Boyd.

Il trouva deux tasses propres et y versa du café.

Adossée au mur, les bras croisés comme pour contenir sa colère, elle raconta :

— J'ai même fait mon numéro de subordonnée. Il n'y a pas cru. Il n'a même pas voulu m'écouter.

— Je n'ai pas voulu t'écouter non plus, expliqua-t-il. Vois les choses de son point de vue. Nous n'avons trouvé aucune preuve solide dans aucun des meurtres. Maintenant que l'on sait que Sullivan travaillait à la soupe populaire, elle fait à nouveau la une des journaux. Corrigan doit rendre des comptes à sa hiérarchie et au public. Les habitants pensent que nous ne faisons rien pour trouver ce tueur.

— Bon sang, tu lui ressembles comme deux gouttes d'eau, répliqua Lottie. Elle prit deux grandes respirations. J'ai peut-être une piste solide à Rome, mais il ne veut rien savoir.

— Qu'est-ce que tu racontes ?

Elle lui parla de sa conversation avec le Père Joe. Le visage de Boyd resta impassible. Elle aurait aimé qu'il montre un peu d'émotion, de colère même.

— Sois raisonnable, Lottie, conseilla-t-il. Avec la technologie moderne, je suis sûr que ton prêtre peut trouver un moyen d'envoyer ces informations.

La bouilloire se mit à siffler, et il versa l'eau dans les tasses.

— Il n'y a pas de lait, s'excusa-t-il.

— Je ne veux pas de lait. Je veux des réponses. Une seule piste possible, et je suis bloquée.

Elle prit la tasse, but une gorgée de café et laissa le silence rétablir le calme dans son esprit.

— Peut-être as-tu raison, finit-elle par reconnaître.

— À propos de quoi ?

— Peut-être que je devrais recontacter le Père Joe. Voir s'il peut trouver un moyen de m'envoyer ce qu'il a trouvé.

— C'est déjà un début, se réjouit Boyd.

Son téléphone sonna. Elle regarda l'écran.

— C'est Katie. Un autre problème que je dois régler.

— Je ne peux pas t'aider, là. Bien sûr, qu'est-ce que j'en sais ?

Boyd passa devant elle, son corps frôlant le sien. Il inclina la tête en signe d'excuse et continua à marcher. Elle fit semblant de ne pas remarquer son contact fugace, mais cela la réchauffa.

— Katie, tu vas bien ?

— … et je n'ai pas entendu un seul mot de sa part, expliquait Katie.

— Recommence. J'ai été distraite, avoua Lottie.

— Jeesuus, Mam ! C'est Jason. Je ne sais pas où il est. Sa mère m'a appelée de son téléphone. Il n'est pas rentré à la maison hier soir.

Lottie regarda l'heure.

— Il est à peine sept heures. Il est probablement chez un ami quelque part.

— Maman ! Il ne va nulle part sans son téléphone. Mme Rickard a dit qu'il était parti peu après moi. Après que son père l'a frappé. Je suis inquiète.

— Eh bien, il n'y a pas de quoi s'inquiéter. Crois-moi. Il est probablement en train de soigner son ego meurtri. Son père a eu tort de le frapper, mais Jason doit régler ça tout seul. Quand il saura comment faire, il rentrera à la maison. Il a dix-neuf ans, pas neuf.

— J'espère que tu as raison, se résigna Katie. Et je suis désolée.

— Pour quoi ?

— Pour t'avoir traité d'ivrogne. Je ne le pensais pas. C'est vrai. Tu es la meilleure mère que l'on puisse avoir.

La voix de Katie se remplit de larmes.

— Merci, apprécia Lottie, un élan de soulagement secouant la tasse qu'elle tenait dans sa main. Je dois y aller. Je te parlerai plus tard. J'ai reçu un avertissement de Corrigan. Mange un petit-déjeuner et fais-moi savoir dès que tu auras des nouvelles de Jason.

Lottie retourna dans le bureau d'enquête. En jetant un coup d'œil au tableau, elle remarqua que Kirby avait collé la photo du Père Joe Burke.

Chapitre 67

Mike O'Brien s'efforçait de faire semblant de travailler.

Son assistante, Mary Kelly, remuait les fesses alors qu'elle était penchée sur son bureau. Pendant un instant, il étudia sa silhouette par la porte ouverte. Mais cela ne l'intéressait pas. Trop de pensées obscurcissaient son cerveau. L'évêque Connor l'avait secoué la nuit dernière. Tom Rickard l'avait mis en colère. Entre eux deux, il était sur la corde raide.

Ses doigts tremblèrent lorsqu'il essaya de taper des chiffres. C'était du charabia. De l'air. Il avait besoin d'air. De l'air froid et hivernal. Il se déconnecta et enfila son manteau.

— Mary, je dois sortir. Prenez les messages si quelqu'un me cherche. Je ne serai pas long.

Il boutonna son manteau.

— Si le siège social sonne à propos des chiffres que vous avez envoyés hier, qu'est-ce que je vais leur dire ?

— Dites-leur d'aller se faire voir, lança O'Brien et il continua à marcher.

* * * * *

L'évêque Connor déverrouilla sa voiture et s'assit sur le siège en cuir crème. Aurait-il dû être si dur avec O'Brien hier soir ? Peut-être qu'il n'aurait pas dû parler de repousser l'inspectrice. Cela pourrait en fait la rendre plus méfiante. Dieu sait ce qu'O'Brien ferait et, s'il craquait, il était susceptible de faire n'importe quoi. Il était la carte la plus faible du jeu. Mais on a toujours besoin d'un homme d'argent, pensa-t-il.

Ce qui était fait était fait. Il n'était pas du genre à revenir sur ses convictions. Au moins, le Père Angelotti n'avait plus rien à faire là. C'était une bonne chose. Il y avait suffisamment de gens qui se mêlaient de ses affaires pour qu'il en ait jusqu'à son lit de mort. Le projet allait avancer. Un nouvel hôtel et un terrain de golf. Des partenaires à vie, avec tout le temps nécessaire pour en profiter. Les choses allaient bien. Enfin, tout allait bien. Il alluma la radio et roula sur la route en fredonnant la musique.

* * * * *

La circulation était lente sur la route verglacée. Gerry Dunne voulait arriver tôt au travail. Ce n'était pas gagné d'avance. Il devait revoir le dossier une dernière fois.

Son téléphone sonna. Bea Walsh. Il l'ignora. C'était une fouineuse qui se mêlait de tout. La veille encore, elle avait essayé de lui dire que le dossier de Sainte-Angèle avait disparu. Il lui avait répondu poliment qu'il était en main. En main ? Un jour de plus, il ne l'aurait plus et il serait tiré d'affaire, avec une grosse enveloppe d'euros. Il se demanda si sa femme Hazel apprécierait une autre semaine au soleil.

Alors que la voiture roulait au ralenti au feu rouge situé à l'intersection de Main Street et de Gaol Street, il vit dans son rétroviseur Mike O'Brien sortir d'une place de parking, descendre la rue en faisant hurler les pneus de sa voiture et franchir le feu rouge. Quelle mouche avait piqué le banquier ? Dunne avait hâte que tout cela se termine.

Une semaine au soleil ? La situation devenait de plus en plus attrayante.

Chapitre 68

— Qu'est-ce que tu fais ? demanda Boyd en regardant par-dessus l'épaule de Lottie.

— Je vérifie les vols pour Rome, maugréa-t-elle en maudissant Ryanair et ce qui lui semblait être un million de cases à cocher.

— Tu es complètement folle ? Qui paie ?

— Moi.

— C'est une première. Je n'ai jamais entendu parler d'un détective qui paye lui-même pour quoi que ce soit en rapport avec son travail.

Il déplaça sa chaise et s'assit à côté d'elle.

— Ne regarde pas ce que je fais et tu n'auras pas à mentir, asséna-t-elle en tapotant le clavier.

— Tu as entendu ce que je t'ai dit tout à l'heure ? C'est de la folie.

— Tu l'as déjà dit. Arrête de te répéter.

— Je ne veux rien avoir à faire avec ça.

Boyd se leva.

— Qui te l'a demandé ?

Kirby leur jeta un coup d'œil et secoua la tête.

— Pourquoi ne vas-tu pas faire quelque chose d'utile? marmonna Lottie.

— Comme quoi? rétorqua Boyd.

— Parler à nouveau à Derek Harte, l'amant de Brown. Vois si tu peux obtenir autre chose de lui. Il cache quelque chose. Reprendre contact avec le jeune prêtre de l'évêché, le Père Eoin. C'est son nom? Parler à Patrick O'Malley. Trouver l'insaisissable Père Con'. Veux-tu que je te fasse une liste?

Ils n'avaient pas réussi à trouver le Père Con', qui que ce soit, et elle comprit qu'il y avait beaucoup de choses qu'ils ne maîtrisaient pas encore.

Boyd repoussa la chaise d'un coup de pied, la faisant s'écraser contre un radiateur, attrapa son manteau et claqua la porte en sortant.

Un vol partait à treize heures trente. Elle jeta un coup d'œil à l'horloge. Elle avait assez de temps pour se rendre à l'aéroport, si elle se dépêchait. Soixante-dix-neuf euros, taxes comprises. Ce n'était pas si mal. Pouvait-elle se le permettre? Le pouvoir en place ne la rembourserait pas sans accord préalable et elle n'en avait pas le temps. Elle allait devoir payer ses propres frais. Mais elle devait le faire. Elle cliqua.

— Pour l'amour du ciel, dit-elle.

— Qu'est-ce qu'il y a? Kirby jeta un coup d'œil sur son écran.

— Rien.

Elle chercha dans son tiroir un cachet pour se calmer. Elle n'en trouva pas. En le refermant, elle remarqua le vieux dossier. Seul au milieu du chaos. Reposant. Attendant. Une réponse? Les vieux dossiers qui se trouvaient à Rome pouvaient-ils lui donner des réponses après tout ce temps ? Si c'était le cas, cela vaudrait la peine de dépenser de l'argent.

— Soixante-dix-neuf euros pour l'aller, le retour dans la matinée, cinquante-cinq euros de plus, annonça-t-elle. Kirby fit semblant de ne pas écouter. Je ne peux vraiment pas me le permettre.

Elle chercha sa carte de crédit dans son portefeuille. La facture devait être payée. Elle se mordit la lèvre inférieure en réfléchissant, en se creusant la tête. Le Père Joe avait-il vraiment trouvé quelque chose d'utile ? Et si elle se trompait à son sujet ? Et si c'était lui qui avait assassiné Sullivan et Brown, et même le Père Angelotti ? Quelle était la vérité ? Mais elle se rendit compte que, quelle que soit la somme qu'elle devait payer avec sa carte Visa, elle le devait aux victimes.

Elle plongea la main dans le tiroir et en retira le vieux dossier sur le garçon disparu. Il la hantait comme un fantôme tenace. Le plaçant à côté de son clavier, elle l'ouvrit et regarda la photo du garçon. Elle passa son doigt sur ses taches de rousseur. Elle prit sa décision. Si Corrigan veut me suspendre, autant lui donner une bonne raison. Elle saisit les données de sa carte. Transaction terminée. Carte d'embarquement imprimée. Avant qu'elle ne puisse changer d'avis.

— Merde. Elle passa ses deux mains dans ses cheveux, les emmêlant.

— Qu'est-ce qu'il y a maintenant ? s'étonna Kirby.

— Il faut que je trouve quelqu'un pour s'occuper de mes enfants.

Kirby secoua la tête et retourna à ce qu'il faisait.

— Ce n'est certainement pas sur mon CV.

Lottie s'enfonça les ongles dans la tête. Ravalant sa fierté, elle appela sa mère.

Chapitre 69

Il avait dû se rendormir, car lorsqu'il ouvrit les yeux, il vit un mince filet de lumière. L'homme. Debout dans l'embrasure de la porte. Jason cligna des yeux. Il ne voyait pas bien.

— Qu'est-ce que vous me voulez ? croassa-t-il.

— Je ne suis pas sûr. Pas sûr du tout. Je suis venu te chercher sur un coup de tête. Je n'avais jamais fait ça avant. C'était assez excitant d'avoir une chair aussi jeune assise à côté de moi.

— Vous êtes un pervers.

— Petit malin qui me traite de tous les noms. Tu pourrais le regretter.

— Qu'est-ce que vous m'avez fait ? Si vous me touchez, je jure devant Dieu que mon père vous tuera.

— D'après ce que tu m'as dit hier soir, je ne compterais pas sur lui.

— Est-ce que vous avez… ? La voix de Jason trembla.

— Est-ce que j'ai fait quoi ?

Jason savait qu'il se moquait de lui.

— Je t'ai touché ? Non. Pas encore en tout cas. J'y pense. Souvent et fortement. Il rit et frotta sa main sur son aine. Le corps de Jason se convulsa.

— Vous m'avez drogué ?

— Une pilule t'a envoyé au pays des rêves. Je ne pouvais pas prendre le risque que tu te défendes. Cela aurait compromis mes projets.

— Quels projets ?

— Comme je l'ai dit, je n'ai pas encore de plan précis. As-tu faim ?

— J'ai soif. Détachez-moi, s'il vous plaît.

Un bruit de bourrasque emplit la pièce tandis que l'homme reniflait.

— Peut-être de la nourriture et de l'eau, la prochaine fois.

Il se retourna pour partir.

— S'il vous plaît, laissez-moi sortir d'ici. Je veux rentrer chez moi, supplia Jason en soufflant un brouillard blanc dans l'air froid.

— Tu feras exactement ce que je te dis.

La voix s'éleva, puis s'éteignit, laissant dans son sillage une menace inexprimée. La porte se referma avec fracas et une clé tourna dans la serrure. Jason attendit. Il écouta. Des grattements dans le plafond au-dessus de lui et le croassement d'un oiseau quelque part au loin. C'est tout ce qu'il entendait, sinon c'était un silence de mort.

Chapitre 70

Après de nombreuses protestations, Boyd accepta de la remplacer.

— Ce n'est que jusqu'à demain, dit Lottie.

— Je ne devrais pas…

— Merci, Boyd. Je savais que je pouvais compter sur toi. Elle lui serra le bras. Si on me le demande, je fouille à nouveau les maisons des victimes. Je cherche des indices, je parle aux suspects.

— Quels suspects ? Quels indices ?

— Y a-t-il un écho ici ? Lottie se mit l'oreille dans le creux de la main. Tu trouveras bien quelque chose.

Si le Père Joe avait des indices valables à lui montrer, elle était en règle, mais Corrigan la suspendrait probablement de toute façon s'il découvrait qu'elle avait désobéi à ses ordres. Mais il n'avait pas dit non catégoriquement. N'est-ce pas ? Qu'il aille se faire voir.

De retour à la maison, Lottie vida le sac à dos de Sean, empila ses livres sur le séchoir et monta à l'étage pour trouver des vêtements propres. Tirant les chemises et les pulls des cintres, elle regarda la pile se transformer en une tour penchée sur le lit.

— Qu'est-ce que tu fais ? demanda Chloé, qui se tenait dans l'embrasure de la porte, toujours en pyjama.

— Je vais à Rome. Pour le travail. J'ai appelé ta grand-mère pour qu'elle passe la nuit ici.

— Quoi ? Ah ! non !

— Je sais, je sais, répondit Lottie. Mais je dois m'assurer que vous êtes tous en sécurité.

Elle porta un chemisier en satin rouge à sa poitrine, cherchant à obtenir son approbation. La jeune fille de seize ans fronça le nez et secoua la tête.

— Laissez-moi regarder, proposa-t-elle. Qu'est-ce qu'il te faut ?

— Quelque chose de beau et de propre.

Chloé sortit du tas un chemisier en soie crème avec de petits boutons, un top à bretelles et un jean marron foncé.

— Qu'en penses-tu ? demande Chloé. Ils iront avec tes UGG.

— Parfait, remercia Lottie. Tu peux les plier dans le sac ? Tu sais comment je suis.

Elle fouilla dans ses vêtements, trouva un T-shirt bleu marine à manches longues et l'enfila. Elle vérifia que son jean était présentable et décida qu'il ferait l'affaire.

— Un jour, je brûlerai ces T-shirts, s'exclama Chloé.

— Ils sont confortables. Mais je ne suis pas sûre de ce chemisier.

— Il est superbe. Tu devrais faire plus d'efforts. Tu pourrais tomber sur un homme bien, conseilla Chloé.

Lottie regarde sa fille, les sourcils froncés.

— D'où vient cette idée ?

— Tu dois sortir dans des endroits agréables et rencontrer des gens. Tu es trop jeune pour rester célibataire toute ta vie. Je sais que papa voudrait que tu sois avec quelqu'un.— Chloé prit un petit pot de crème hydratante sur la coiffeuse.

— Je vais chercher un sac de congélation transparent pour ça, pour la sécurité à l'aéroport.

Lottie regarda sa fille quitter la pièce. Il ne lui était jamais venu à l'esprit que ses enfants pourraient souhaiter qu'elle rencontre quelqu'un de nouveau. Après tout ce qu'ils avaient vécu avec la maladie d'Adam, ils continuaient à la surprendre.

Assise sur le lit, elle contemplait sa garde-robe désacralisée. Remarquant un gros pull tricoté sur l'étagère du haut, elle se leva d'un bond et le descendit. Le pull de pêche d'Adam. En le portant à son nez, elle chercha une trace de lui, mais elle savait qu'elle avait été effacée par le lavage. Son odeur unique, accrochée à ses vêtements, avait été la seule chose physique restante avant que Rose Fitzpatrick ne jette tout dans la machine à laver l'été dernier, en se plaignant des mites. Le fossé qui s'était envenimé a explosé ce jour-là. Lottie s'était emportée contre sa mère, l'avait bannie de la maison et avait pleuré dans le panier de vêtements humides. Ce n'était pas la faute de sa mère, elle le savait au fond d'elle-même, mais elle s'était sentie violée. Tout ce qu'il lui restait, c'était un immense sentiment de perte. Elle serra son petit morceau de mémoire d'Adam contre sa poitrine avant de le plier et de le remettre sur l'étagère. Il faudrait qu'elle se réconcilie avec sa mère. Bientôt.

Chloé revint avec un sac en plastique transparent, y jeta le pot de crème hydratante et le plaça au sommet du sac à dos.

— As-tu pris des sous-vêtements de rechange ? demanda Chloé.

Lottie fouilla dans un tiroir, en sortit un soutien-gorge et une culotte qu'elle glissa dans le sac.

— Que ferais-je sans toi, Chloé Parker ?

— Je ne sais vraiment pas, maman, plaisanta Chloé en secouant la tête.

— Grand-mère sera bientôt là.

— Je suppose que nous pouvons la supporter pour une nuit.

— Juste une chose. Garde un œil sur Katie. Elle était bouleversée hier soir. Et pas de bagarre.

Chloé leva les yeux au ciel.

— Il s'agit toujours de Katie. Et moi et Sean ?

— Je sais que je peux compter sur toi. S'il te plaît ?

— Bien sûr, affirma la jeune fille. Je te promets de ne pas tuer Katie, du moins pas avant ton retour. Fais attention à ces étalons italiens.

Lottie serra Chloé dans ses bras et l'embrassa sur le front avant d'aller dire au revoir à ses deux autres enfants.

— Des nouvelles de Jason ? demanda-t-elle à Katie.

— Non, répondit-elle. Je vais faire le tour des maisons de nos amis dans un moment, pour voir si je peux trouver quelque chose.

— Ne t'inquiète pas, rassura Lottie. Il a probablement fumé trop d'herbe et s'est évanoui.

— Maman !

— Et quand je reviendrai, nous parlerons d'horticulture, dit Lottie.

— Quoi ?

— Comment se débarrasser des mauvaises herbes ? Katie sourit.

Lottie la serra dans ses bras. Sean se tenait à la porte.

— Quand est-ce que je pourrai avoir cette nouvelle PlayStation ?

* * * * *

Lottie ferma la porte d'entrée à onze heures passées. Boyd attendait, appuyé contre sa voiture. Il lui prit le sac sur l'épaule.

— Je vais conduire, déclara-t-il en montant dans sa propre voiture.

— Je ne veux pas de sermons, annonça Lottie en s'asseyant à côté de lui.

— Mais je ne comprends pas ce qui te prend, maugréa-t-il en faisant marche arrière. D'accord, je n'en dirai rien. Tu as mangé ?

Elle secoua la tête. Il se pencha, prit une barre de chocolat dans la boîte à gants et la jeta sur ses genoux. Boyd se concentra sur la conduite sur les routes verglacées, et ils voyagèrent en silence, atteignant l'aéroport en cinquante minutes malgré le temps. Il se gara sur une aire de stationnement à l'extérieur de la zone des départs. Elle posa le sac à dos sur ses genoux.

— Si j'ai tort, qu'il en soit ainsi. Mais je dois aux victimes de trouver tout ce que je peux.

— C'est un suicide professionnel, tu le sais. Tu ne devrais pas y aller, ajouta-t-il.

— Tu m'as bien regardée, dit-elle.

Aussi droite qu'elle le pouvait, Lottie franchit les portes vitrées, son pas l'emportant avec un vague sentiment de détermination, probablement parce qu'elle n'avait pas la moindre idée de ce qu'elle était en train de faire.

* * * * *

Boyd rentra à Ragmullin sans avoir pu dissiper sa colère. Il s'assit au bureau de Lottie et se demanda comment elle allait se sortir de ce pétrin. Elle avait beau être un franc-tireur, elle dépassait les bornes.

Le bureau semblait vide sans elle. Comme son cœur. Il ramassa sa tasse de café. Toujours aussi désordonnée cette Lottie ! En se levant, il toucha le vieux dossier sur son bureau. Elle le gardait comme un secret d'État. Il ne s'en était jamais préoccupé auparavant. Aujourd'hui, cependant, sa curiosité piquée, il ouvrit la chemise.

Le garçon de la photo avait un petit air malicieux sur les lèvres, comme s'il réfléchissait à la prochaine bêtise qu'il pourrait commettre. Boyd lut rapidement. Interné à Sainte-Angèle. Porté disparu par sa mère lorsque les autorités de l'établissement l'ont informée qu'il s'était enfui. Il regarda à nouveau le nom du garçon. Il comprit immédiatement pourquoi le dossier et le garçon disparu étaient si importants pour Lottie. Pourquoi ne lui avait-elle pas fait suffisamment confiance pour le lui dire ? Leur amitié n'avait-elle servi à rien ?

Il continua à lire et, lorsqu'il eut terminé, Boyd se demanda s'il savait vraiment quelque chose sur Lottie Parker.

Chapitre 71

En descendant du train express de l'aéroport à Rome Termini, la peau de Lottie frémit d'impatience. La soirée était douce et il pleuvait légèrement. Elle avança sa montre pour tenir compte du décalage horaire d'une heure.

Elle s'engagea dans une rue pavée et la traversa. Elle n'était jamais allée à Rome, mais avait étudié la carte dans le train, mémorisant les indications pour se rendre à son hôtel. Tout droit, puis à gauche et elle devrait être à côté. Et c'était le cas. Elle se tenait sur une petite place, face à la basilique de Santa Maria Maggiore. Sa magnificence l'arrêta. Les cloches sonnèrent la sixième heure et la place s'anima, tandis que les pigeons abandonnaient les miettes humides des pavés pour s'envoler dans le ciel gris.

En entrant dans le hall de l'hôtel, elle fut immédiatement aveuglée par les incroyables sols et murs en marbre. Le réceptionniste l'accueillit.

— *Buongiorno, Signora.*

Lottie aimait son accent et souhaita pouvoir converser en italien. Confirmant sa réservation, il lui présenta une clé.

— C'est notre chambre de luxe, *Signora.* L'ascenseur se trouve au quatrième étage.

— *Grazie*, remercia Lottie.

Au moins, elle connaissait un mot d'italien.

Au bout d'un couloir de marbre blanc, elle trouva sa chambre. Compacte, propre et accueillante. En silence, elle remercia le Père Joe d'avoir trouvé cet endroit au pied levé, alors qu'elle lui avait envoyé un texto depuis l'aéroport de Dublin. Et il avait insisté pour payer. Avec les fonds du diocèse, avait-il précisé. Elle n'avait pas discuté.

Elle ouvrit la fenêtre et les bruits de Rome tourbillonnèrent à l'extérieur, puis s'installèrent dans la pièce. L'odeur du café aromatique s'élevait du bar à expresso situé en contrebas. La vue sur les toits la remplit d'excitation. Elle aurait aimé voir les sites touristiques. Mais pas cette fois-ci.

La douche n'était qu'un filet d'eau tiède. Elle persévéra et ressortit pleine d'énergie. Elle s'habilla d'un jean marron et d'une chemise à manches longues en soie crème. Devant le miroir, elle ouvrit les deux boutons du haut et laissa pendre le col. C'est mieux, se dit-elle, avant de les reboutonner. Elle consulta sa montre. Le Père Joe l'attendait.

* * * * *

Les rues étroites et sinueuses l'emmenèrent au cœur du vieux Rome. Les voitures klaxonnaient, les cyclomoteurs filaient et les sirènes hurlaient. La bruine se dissipant, elle finit par sortir du labyrinthe de pavés pour apercevoir la basilique Saint-Pierre de l'autre côté du Tibre, scintillant à la lueur des réverbères. Elle traversa un pont et se dirigea vers la cité du Vatican. Après avoir vérifié les rues par rapport aux indications du SMS, elle tourna au coin de la rue et l'aperçut.

— Inspectrice Parker, bienvenue à Rome.

— Ravie de vous voir, répondit-elle en lui tendant la main, surprise de l'avoir trouvé si vite. Il la prit dans ses bras.

Elle sentit une bouffée de chaleur lui monter aux joues. Il la relâcha et la tint à bout de bras.

— Vous avez perdu du poids depuis la dernière fois que je vous ai vue. Vous avez travaillé trop dur. Et ces bleus ont l'air d'avoir empiré.

Lottie sourit.

— Ne soyez pas bête, vous m'avez vue il y a deux jours.

— Je suis content que vous soyez venue, se réjouit-il. Je veux vous montrer tout Rome. Vous allez adorer.

— Je suis ici pour travailler, prévint-elle. Je n'ai que quelques heures devant moi.

— Profitez-en pendant que vous êtes ici, insista-t-il. Une visite rapide de la basilique avant sa fermeture ?

Elle savait qu'elle devait se mettre au travail tout de suite, mais elle voulait aussi voir le bâtiment.

— D'accord, mais ne tardons pas.

Tout en marchant à ses côtés, il lui fit remarquer les éléments architecturaux extérieurs avant de lui faire gravir les marches et passer le contrôle de sécurité.

Elle reprit son souffle. L'intérieur était aussi splendide que l'extérieur, l'encens embaumait l'atmosphère. Ils parcoururent les impressionnantes allées. Lottie fut attirée par la Pietà de Michel-Ange, dont la pierre polie brillait sous les projecteurs, derrière une vitre de protection. La Vierge, le visage triste, mais résigné, tenait son fils mort dans ses bras. Lottie pensa à Adam et à la façon dont elle avait enlacé son corps alors qu'il se refroidissait dans la mort. Elle espérait ne jamais avoir à tenir son fils ainsi. Un souffle s'échappa de sa bouche et le Père Joe posa sa main sur son épaule.

— C'est magnifique, murmura-t-elle.

— Magnifique, répéta-t-il.

Ils quittèrent la basilique et marchèrent le long d'étroites ruelles, s'arrêtant au bout de dix minutes devant une porte en bois de quinze pieds de haut. Le Père Joe refusa de répondre à ses questions en cours de route, lui disant qu'il l'amenait à la source de sa découverte.

Il appuya sur un bouton de l'interphone. Une voix granuleuse répondit en italien et la porte s'ouvrit en grinçant. Un étroit vestibule s'étendait devant eux, avec une fontaine au centre, entourée de chérubins en pierre qui se balançaient. De nombreux escaliers serpentaient jusqu'aux appartements. Cela rappela à Lottie la demeure de Gregory Peck dans le film *Vacances romaines*. Elle s'attendait à ce qu'Audrey Hepburn passe la tête par l'un des escaliers. Une porte s'ouvrit deux étages au-dessus d'eux et un homme corpulent d'un mètre cinquante, vêtu d'une robe noire fluide, s'élança dans l'escalier, d'une voix chantante.

— Joseph, Joseph ! s'exclama-t-il en entourant le père Joe de ses bras.

— Père Umberto. Voici l'inspectrice Lottie Parker, dit le Père Joe en se dégageant de l'étreinte. La détective irlandaise dont je vous ai parlé.

Le petit homme se hissa sur la pointe des pieds et posa sa joue sur la sienne.

— Umberto, dit-il. Appelez-moi Umberto.

— Vous pouvez m'appeler Lottie.

Elle suivit le Père Umberto, qui conduisait le père Joe par la main dans l'escalier, comme une mère ramenant son enfant de l'école. Une porte était grande ouverte en haut de l'escalier. En se faufilant dans la pièce, Lottie fut étonnée par le nombre de livres éparpillés un peu partout. Le petit prêtre tenta de mettre de l'ordre, les mains s'agitant en tous sens.

— Excusez-moi, je n'ai pas eu le temps de ranger, dit-il dans un anglais approximatif.

Ses lunettes semblaient collées à son nez, comme s'il était devenu trop gros pour elles. Lottie s'assit à un bureau en acajou débordant de paperasse. Les deux prêtres discutèrent en italien. Lottie croisa le regard du Père Joe.

— Peut-être devrions-nous converser en anglais, proposa-t-il.

— Sì, approuva l'Italien.

— Umberto, dites à l'inspectrice Lottie pourquoi le Père Angelotti est parti en Irlande, enjoignit le Père Joe.

Umberto fut soudain réticent. Son enthousiasme disparut.

— Il est mort. C'est… comme vous dites… terrible.

Il se bénit et inclina la tête. Lorsque ses intercessions marmonnées prirent fin, ses yeux parcoururent la pièce.

— Je sais que c'est mal. Je le sais.

— Qu'est-ce que vous voulez dire ? demanda Lottie.

Une cloche d'église retentit et elle tressaillit. La cloche aurait tout aussi bien ou se trouver dans la même pièce qu'eux.

— Je pense qu'il essaie de se couvrir, de couvrir ses erreurs.

Umberto s'assit soudain sur le sol. Il n'y avait nulle part où s'asseoir.

— Le Père Umberto est le conservateur des archives pastorales irlandaises, expliqua le Père Joe. C'est-à-dire qu'il est responsable du catalogage et de l'archivage de tous les dossiers et de la correspondance envoyés au pape par les évêques. Récemment, certains dossiers diocésains irlandais ont été conservés ici. Son supérieur immédiat était le Père Angelotti.

Umberto enleva ses lunettes et sa ferveur passionnée se transforma en pleurs intenses. Lottie regarda à travers la petite fenêtre pour éviter de le regarder. Les hommes émotifs n'étaient pas son fort.

— Je suis désolé. Je suis tellement bouleversé. Angelotti, c'était mon ami.

— Puis-je vous apporter de l'eau ? demanda le Père Joe.

— Non, ça va. Je n'arrive pas à croire que mon cher ami ne rentrera pas à la maison. Cela me brise le cœur.

Ses épaules se soulevèrent et s'abaissèrent tandis qu'il laissait échapper de nouveaux sanglots. Lottie interrogea le père Joe du regard. Il tourna la tête, évitant son regard.

— Umberto, pouvez-vous nous aider ? implora-t-elle.

— J'aide, sì. Il se leva, serrant ses lunettes sur son nez. Personne ne peut me faire de mal.

Il essuya ses larmes, tentant de retrouver un minimum de calme.

— Pourquoi le Père Angelotti est-il allé en Irlande? demanda Lottie, espérant que le prêtre leur dirait bientôt quelque chose d'intéressant. Le temps passait vite et la perspective de perdre son emploi semblait plus réaliste à chaque seconde qui passait.

— Il a reçu un message… C'est pour cela qu'il est parti.

— Avez-vous une copie de ce message? demanda-t-elle.

— Non. Un message. Sur son téléphone.

— Mais vous devez savoir quelque chose, insista-t-elle.

Le prêtre soupira, jeta un coup d'œil au Père Joe, puis reporta son attention sur Lottie.

— Je ne sais plus quand. L'été peut-être? Il a reçu un appel d'un homme. James Brown. Il a demandé une enquête. À Sainte-Angèle. Il dit qu'elle a été vendue pour une somme modique. Il dit que le Père Angelotti devait aussi rechercher le bébé adopté. Vous comprenez? Mon anglais n'est pas bon.

Lottie le rassura:

— Je comprends.

— Le Père Angelotti a passé de nombreuses heures avec les registres après cela. Je sais qu'il y a eu d'autres échanges avec ce James. En décembre, le Père Angelotti m'a dit qu'il devait partir. Il m'a dit qu'il avait fait une grosse erreur. Il a dit qu'il devait parler aux gens. Pour arranger les choses.

— Quelle erreur? demanda Lottie.

— Il dit qu'il avait mélangé des chiffres. C'est tout ce qu'il a dit. Il m'a dit de ne pas poser de questions. Alors je n'ai rien demandé.

— Puis-je montrer les registres à l'inspectrice Parker ? s'enquit le Père Joe.

Le prêtre acquiesça.

— Mon cher ami est mort.

Il marqua une pause, puis ajouta :

— Je vais faire une *passeggiata*… une promenade. Je ne dis pas de mensonges quand je ne vois rien. Il enfila un manteau et, sans un mot de plus, sortit dans la nuit, les laissant seuls.

Le Père Joe se leva.

— L'évêque Connor a ordonné que tous les anciens registres de Sainte-Angèle soient transférés depuis l'Irlande. C'était il y a environ deux ans. Je ne sais pas pourquoi. Ils sont maintenant stockés au sous-sol. Venez, dit-il en ouvrant une porte que Lottie pensait être une salle de bains. Elle révéla un escalier en colimaçon.

— Ils ne devraient pas se trouver dans un endroit plus sûr ? demanda Lottie.

— C'est un endroit sûr. Il y a une multitude de bureaux comme celui-ci disséminés dans tout Rome. Très peu de gens les connaissent.

Ils atteignirent le bas de trois volées d'escaliers. Une épaisse porte en bois était ouverte, une clé en fer dans la serrure. Lottie regarda le Père Joe et entra dans la pièce.

Chapitre 72

— Cet endroit est incroyable, remarqua Lottie.

Des étagères et des étagères de registres reliés en cuir. De l'histoire reléguée dans les rues de Rome. Le Père Joe ouvrit un registre sur le bureau.

— Sainte-Angèle, annonça-t-il.

Lottie respira profondément, comprenant qu'elle avait retenu sa respiration. Il tourna soigneusement les pages décolorées jusqu'à ce qu'il atteigne l'année qu'il cherchait: 1975. Elle lui jeta un coup d'œil avant de parcourir ce qui avait été écrit, des décennies auparavant. Des listes. Des noms, des âges, des dates, des sexes. Toutes des femmes.

— Qu'avons-nous devant nous? demanda-t-elle, même si elle avait déjà deviné.

— Ces pages concernent des filles placées à Sainte-Angèle en 1975, expliqua-t-il. Je les ai parcourues, mais je n'ai trouvé nulle part une Susan Sullivan.

Lottie s'assit, tourna les feuilles et lut les listes.

— La voici, déclara-t-elle. Sally Stynes. Elle a changé de nom.

Elle suivit la ligne de son doigt.

— C'est pour cela que je ne l'ai pas trouvée, comprit-il.

— Ce sont des numéros de référence, déclara-t-elle. Celui-ci, à côté du nom de Sally, AA113. Qu'est-ce que cela signifie?

— Cela renvoie à un autre registre quelque part ici, précisa-t-il. Je ne l'ai pas encore trouvé. Mais regardez ceci.

Il lui tendit un autre petit livre.

— Doux Jésus, murmura-t-elle. Je n'en reviens pas. Dates de naissance. Dates de décès. Joe, ce n'étaient que des bébés et des petits enfants.

Lottie parcourut les pages, l'horreur l'étouffant.

— Je sais, confia-t-il, calmement.

— Cause du décès : rougeole, coliques, inconnue, lut-elle. Mon Dieu. Où les ont-ils enterrés ?

— Je n'en ai aucune idée.

— Tout cela semble si méthodique, si impersonnel, se désola-t-elle. Ces enfants avaient pourtant des parents ?

— Je ne suis pas sûr que cela ait un rapport avec vos enquêtes. Le numéro de référence que vous avez indiqué, je ne le vois pas ici, remarqua-t-il en se penchant sur son épaule.

Lottie essayait de contrôler son corps tremblant. Les titres choquants des médias sur les bébés morts dans des fosses septiques, lui revenaient en mémoire. Il y avait quelques années, cela avait fait le tour des chaînes d'information au niveau international. Aujourd'hui, ses mains tenaient la preuve d'un fait similaire. Était-ce pour cette raison que les registres avaient été déplacés ? Elle revint au premier qu'il lui avait montré.

— Ce registre, déclara-t-elle, ne mentionne que les admissions de filles. Il y avait des garçons à Sainte-Angèle. Elle se souvint du dossier du garçon disparu, enfoui dans son tiroir. Un autre mystère lié à Sainte-Angèle. Elle espérait que cet endroit pourrait l'éclairer.

— Ils doivent être dans un autre registre. Je vais continuer à chercher. Il y a eu tellement d'enfants dans cette école au fil des ans, expliqua-t-il en montrant les rangées de dos noirs sur les étagères.

— N'appelez pas ça une école, s'emporta-t-elle en frappant la table, incapable de réprimer sa colère plus longtemps. C'était une institution. Une institution qui est passée sous les radars.

— Jusqu'à maintenant. La voix du Père Joe était plate. Résignée.

— Qui est ce Père Cornelius qui a signé chaque page ? demanda Lottie, détournant son regard de la tragédie qui se jouait devant elle.

Serait-ce le Père Con' dont parlait O'Malley ? Ce doit être lui, pensa-t-elle. Le Père Joe sortit un autre registre de l'étagère.

— Vous devez d'abord voir ceci, conseilla-t-il en ouvrant une page qu'il avait déjà marquée. Cet ensemble de documents est comme un dispositif de repérage. Il répertorie les prêtres et les lieux où ils ont servi.

Lottie prit le petit registre et, les mains tremblantes, le plaça au-dessus des autres. Le nom de l'abbé Cornelius Mohan apparaissait en tête de page dans une écriture à l'encre soignée. Les lignes en dessous confirmaient les mouvements entre les paroisses et les diocèses. Aucune raison n'était donnée pour ces transferts.

— La plupart des prêtres servent trois, voire quatre paroisses au cours de leur vie, expliqua le Père Joe.

— Mais ici, il doit y en avoir vingt ou trente.

Elle passa son doigt sur la page, en comptant. Puis elle passa à la page suivante. D'autres paroisses. Elle continua à compter.

— Il a servi dans quarante-deux paroisses différentes à travers le pays, dit-elle en secouant la tête.

— Cela veut dire quelque chose, n'est-ce pas? Dit-il. Une affirmation, pas une question. Il arpentait l'espace confiné.

— Il s'est déplacé à cause d'abus? demanda-t-elle.

— Il ne le dit pas, mais les prêtres ne sont généralement pas déplacés d'une paroisse à l'autre de cette manière. Je suis sûr qu'il y a des dossiers volumineux d'allégations à son sujet, quelque part.

— Mon Dieu, sa dernière adresse est Ballinacloy. Ce n'est pas loin de Ragmullin, s'exclama Lottie. Savez-vous s'il est toujours en vie?

— Je suis sûr que je l'aurais appris s'il était mort, même s'il était à la retraite, affirma le Père Joe en hochant la tête, les épaules affaissées. Il doit avoir plus de quatre-vingts ans.

— Vous le connaissez? L'avez-vous rencontré?

— Je ne le connais pas. J'ai été choqué lorsque j'ai découvert cela.

— Quelqu'un mettait à jour manuellement ces registres?

— Rien de tout cela n'est enregistré sur un ordinateur. Vous voudriez que cela soit retracé? Pas l'Église catholique. Elle voudrait que cette affaire soit étouffée, cachée et dissimulée.

— Je peux faire des copies?

— C'est interdit.

Lottie l'observa un moment et ses yeux lui dirent ce qu'elle avait besoin de savoir. Elle prit le téléphone dans sa poche. Vous n'aviez pas dit que vous deviez aller aux toilettes ?

— Ne déchirez aucune page, intima-t-il. Il savait ce qu'elle prévoyait.

— Merci.

— Je vous fais confiance.

En écoutant le Père Joe monter lentement l'escalier, Lottie pensa que ses pas semblaient lourds du poids des péchés de son Église. Elle se sentit mal à l'aise en étudiant le texte, elle ne pouvait plus lire, alors elle photographia rapidement les pages avec l'appareil photo de son téléphone. Elle essaya d'enregistrer le plus de pages possible. Calculant une grille dans sa tête, elle photographia dans l'ordre chronologique. Elle les reconstituerait sur son propre ordinateur. Cela ne restera pas caché, se promit-elle en silence. Les noms encrés sur les pages semblaient si impersonnels, dépourvus d'humanité, qu'elle voulait lire chacun d'entre eux en son temps. Ils faisaient référence à une histoire de vie, à un battement de cœur et à un chagrin d'amour. Et elle était persuadée qu'ils avaient un lien avec les meurtres actuels à Ragmullin. James Brown et Susan Sullivan avaient passé du temps ensemble à Sainte-Angèle. Et elle était sûre que le lien avec leurs meurtres était enfoui quelque part dans ce donjon de registres.

Lorsqu'elle eut fini de photographier, elle se tourna vers les étagères et scruta les dates inscrites sur les dos poussiéreux. Début 1900 jusqu'aux années 1980. Elle revint sur ses pas et attrapa un mince registre des années 1970 portant les références A100 à AA500. Elle repéra ce qu'elle pensait être les pages concernées, les photographia à la hâte sans les lire et les remit sur l'étagère. Puis elle chercha les registres des garçons. Elle les découvrit sur une étagère du bas, trouva 1975, photographia chaque page et remit le registre à sa place poussiéreuse. Elle fit de même pour la première moitié de 1976. Elle ne pouvait pas se résoudre à tout lire maintenant. Et elle se demanda pourquoi le Père Joe n'avait pas simplement photographié les pages et ne les lui avait pas envoyées par courrier électronique.

La porte s'ouvrit. Le Père Joe se tenait debout, les mains enfoncées dans les poches.

— Vous avez déduit hier soir, dit Lottie, que tout cela avait quelque chose à voir avec l'évêque Connor, mais je n'en vois pas la preuve ici.

— Regardez la signature à la fin de chaque rangée de mouvements du prêtre, lui répondit-il.

C'est ce qu'elle fit. C'était un gribouillis, mais il n'y avait pas de doute sur le nom de la personne. Terence Connor.

— Il faut que j'appelle Boyd, déclara-t-elle.

— Pourquoi ?

— Je veux qu'il parle à ce père Cornelius Mohan. Il a servi dans la paroisse de Ragmullin et a été affecté à Sainte-Angèle pendant trois ans.

Elle regarda son téléphone. Pas de signal.

— Allons prendre l'air, proposa-t-elle.

La nausée menaçait de l'envahir, après ce qu'elle venait de lire. Dépassant le Père Joe, faisant deux pas à la fois, elle se hâta comme si les morts sortaient des pages poussiéreuses et lui emboîtaient le pas. Dehors, elle tourna en rond sous un réverbère. Les grands immeubles, penchés vers l'intérieur, semblaient saisir les ombres et les projeter autour d'elle comme du gravier dans un bac à sable.

— Voulez-vous continuer à fouiller les autres registres pour moi ? demanda-t-elle. Voyez ce que vous pouvez trouver. Je suis sûre que tout est lié à Sainte-Angèle.

— Oui, bien sûr, acquiesça le Père Joe. Mais comment pouvez-vous en être sûre ?

— Il doit s'agir d'une dissimulation, et l'erreur commise par le Père Angelotti doit avoir un rapport avec les numéros de référence.

Lottie tapota son téléphone. Les choses commençaient à prendre un sens. Elle vérifia le signal et appela Boyd.

Chapitre 73

C'était l'heure de la fermeture de la salle de sport. La musique était reléguée dans les profondeurs de nulle part et quelqu'un allumait et éteignait les lumières.

Boyd termina son échauffement, éteignit le tapis de course et se précipita vers les vestiaires. Mike O'Brien était en train de boutonner sa chemise au niveau du cou, de tourner ses boutons de manchette, le visage rouge et bombé par l'effort. Il avait le dos tourné et était en train d'enfiler sa veste lorsque le téléphone de Boyd sonna. Boyd vérifia l'identité de l'appelant, jura et décrocha.

— Boyd, se présenta-t-il, et il écouta Lottie parler.

— Père Cornelius Mohan, répéta-t-il en fouillant dans son sac de sport. Je ne trouve pas de stylo, attends.

O'Brien tendit un stylo à bille qu'il avait sorti de sa poche de poitrine. Boyd le prit et le remercia d'un signe de tête.

— Poursuis. Oui, j'en ai un. Ballinacloy. Très bien. Oui, tout de suite.

Il voulait demander encore beaucoup de choses à Lottie, mais elle lui avait raccroché au nez.

— Et je t'aime aussi, déclara-t-il sarcastiquement au téléphone qu'il tenait à la main.

Il rendit le stylo à O'Brien, prit son sac et quitta le gymnase sans autre forme de procès.

*****

Ballinacloy, un village de près de deux cents âmes ou pécheurs – selon le point de vue – était situé à quinze kilomètres de Ragmullin, sur l'ancienne route d'Athlone.

Dans la cour, le père Cornelius Mohan entassait du gazon dans un panier. Une cigarette pendait à ses lèvres gercées. Fier de son agilité à son âge, il était frustré par la façon dont la neige l'avait affaibli. Il craignait de tomber et de se fracturer une hanche.

Alors qu'il se retournait pour rentrer à l'intérieur, la lumière s'estompa. Quelqu'un s'était avancé devant la porte, bloquant la lueur de l'ampoule. Le vieux prêtre leva sa tête blanche et plongea son regard dans des yeux sombres. Il sentit une douleur lui saisir le cœur et sa respiration se ralentit. La corbeille à gazon tomba au sol et il laissa échapper sa cigarette de sa bouche sur la neige. Elle grésilla un instant avant que le mégot rouge ne noircisse et ne s'éteigne.

— Tu te souviens de moi ?

La voix résonnait, déformée par une rafale de vent. Le vieux prêtre regarda le visage, partiellement protégé par une capuche noire. Bien que le visage ait vieilli, les yeux gardaient la même froideur qu'il y a longtemps ; un être sans émotion qu'il avait lui-même aidé à élever. Il savait qu'un jour comme celui-ci viendrait. Se détournant, il donna un coup de pied dans le panier et tenta de courir. Ses vieilles jambes refusaient de bouger rapidement. Il cria :

— Va-t'en. Laisse-moi tranquille.

— Alors, tu te souviens de moi. Une main lui saisit l'épaule.

Le prêtre la repoussa et boitilla jusqu'au coin de la maison avant de trébucher sur une grille en fer au-dessus d'un égout. Alors qu'il tombait à la renverse, son agresseur lui sauta dessus et le plaqua au sol.

— Qu'est-ce que tu me veux? croassa le vieux prêtre.

— Tu m'as volé. Le ton était menaçant.

— Je n'ai jamais rien volé de ma vie.

— Tu as volé ma vie.

— Ta vie n'était déjà rien, cracha-t-il. Tu devrais me remercier de t'avoir sauvé du mal.

— Tu m'as fait découvrir le mal, vieux salaud. Toute ma vie, j'ai attendu ce moment et je peux enfin t'envoyer dans les flammes éternelles.

— Va en enfer.

Le père Cornelius luttait déjà pour respirer lorsque la corde se resserra autour de sa gorge. Il crut entendre le son des cloches, avant que son monde ne devienne noir.

* * * * *

Boyd garda le doigt appuyé sur la sonnette. Il faisait clair à l'intérieur et il pouvait voir que la lumière de l'arrière-cour était allumée. Pas de réponse.

— Venez, enjoignit-il à Lynch, et il fit le tour de la maison.

La cour était éclairée par une seule ampoule, d'une puissance trop faible pour projeter de la lumière à une certaine distance. La lune, bien que basse dans le ciel, dessinait une douce silhouette sur les arbres. Lynch se mit sur la pointe des pieds derrière lui. Il était content de l'avoir appelée. Il avait besoin de sa compagnie. À l'arrière de la maison, une silhouette gisait immobile sur le sol. Boyd tendit le bras, arrêtant Lynch dans son élan.

— Quoi ? demanda-t-elle en le heurtant.

Boyd se retourna vers elle, mit un doigt sur ses lèvres et écouta.

— Attendez ici, murmura-t-il, et il s'approcha de la silhouette, en prenant soin de ne pas marcher sur ce qui pourrait être une preuve.

Il s'accroupit au-dessus du prêtre aux cheveux blancs et porta deux doigts à sa gorge. Il sut que son action était vaine lorsqu'il vit la corde serrée autour du cou. Le visage était bleu sous la faible lumière, la langue était proéminente et les yeux invisibles semblaient le transpercer de part en part. La puanteur rance de la défécation dans la mort s'élevait, oblitérant toutes les autres odeurs. Boyd se leva et scruta les alentours aussi loin que le permettait la faible ampoule.

— Lynch ?

— Quoi ?

— Les buissons… là-bas. J'ai cru voir quelque chose.

— Je ne vois rien.

— Là ! Vous le voyez ? Boyd courut à travers le jardin dans l'obscurité.

— Attendez, cria Lynch. Où allez-vous ?

Il franchit la haie et enclencha la lumière de son téléphone. Celui-ci se mit à sonner. Il ignora la sonnerie et se concentra sur la silhouette sombre qui courait devant lui, le long de l'étroite allée.

— Boyd, espèce d'imbécile, cria Lynch. Attendez !

Il courait rapidement, glissant et dérapant, essayant de garder la cible en vue. Des branches s'écrasèrent sur son visage, des feuilles mouillées volèrent en arrière et le percutèrent violemment. Un buisson d'épines lui déchira la narine et une branche lui griffa la tête. Il devait attraper sa proie. C'était le tueur. Il en était sûr. L'adrénaline alimentait ses jambes, et il remercia inconsciemment les heures qu'il avait passées à transpirer dans la salle de sport.

La lumière de la lune était forte, mais il était difficile de courir sur les pavés glissants. Sa respiration était saccadée, rapide et superficielle.

Une poubelle s'écrasa sur son chemin, et l'ombre accéléra dans la ruelle. Au bout, un mur. Boyd l'enjamba d'un mouvement et suivit le spectre dans la nuit. Devant lui, un champ s'étendait dans l'obscurité. Il s'arrêta, reprenant son souffle. Dans quelle direction était-il allé ? Boyd ne voyait rien.

La frustration le gagna, et il jura. Sans entendre le moindre bruit, il sentit quelque chose lui enserrer le cou. Il leva les mains, s'agrippa au néant, maudissant son idiotie. Il était fort, mais pris au dépourvu, il était désavantagé. Lottie aurait quelque chose à dire à ce sujet, pensa-t-il sauvagement. Il donna un coup de coude à l'homme derrière lui. La poigne resta inébranlable. Il donna un coup de pied en arrière. Son pied s'écrasa contre l'os. C'était bien. Le nœud coulant se resserra. Mauvais. Il se sentait à la fois impuissant et hystérique. Sa gorge se noua davantage, ses mains s'agitèrent, le câble se resserra. Il lutta désespérément contre la compression. Mais ses genoux faiblissaient et la neige s'infiltrait dans ses os. Il ne voyait rien, mais il sentait l'homme qui se penchait sur lui. Un couteau traversa ses vêtements et s'enfonça dans sa chair. Il ressentit une vive douleur au côté. Il poussa un cri. Son téléphone sonna dans une sphère lointaine. Lottie lui en voudrait terriblement d'être mort pour elle. Un genou s'enfonça dans sa colonne vertébrale. Il eut un haut-le-cœur et la lune éclaira les ombres pendant une seconde, avant que l'obscurité totale ne plonge comme un voile noir sur le visage d'une veuve. L'obscurité.

Chapitre 74

Lottie sentit le bras du Père Joe se glisser sous le sien, la guidant le long de la ville fortifiée, à travers Borgo Pio et de l'autre côté de la rivière.

— J'espère que les registres vous aideront, souhaita-t-il. Comment se déroule l'enquête dans son ensemble ?

— Ne me posez pas de questions.

— Vous ne voulez pas en parler ?

— Pas avec vous, Joe. Vous êtes toujours un suspect.

Une nuance de malaise se glissa dans sa voix. Il rit.

— Ah, voilà de la gratitude de votre part. Je vous ai dit que je pouvais être excommunié pour ce que je viens de vous montrer.

— Je suis désolée. Je vous remercie.

— De rien.

— Je ne comprends toujours pas pourquoi le Père Angelotti s'est rendu à Ragmullin, déplora-t-elle. Il semble peu plausible qu'il s'y soit rendu sur la base d'une correspondance avec James Brown.

— Je ne sais pas, répondit-il en se penchant plus près d'elle pendant qu'ils marchaient.

— Vous ne savez pas quoi ?

— Pourquoi il s'est rendu à Ragmullin.

Ils regardèrent la basilique Saint-Pierre de l'autre côté du Tibre. Le Père Joe se gratta la tête.

— Lottie, il y a des choses bizarres qui rampent dans mon cerveau. Et je n'aime pas cette sensation.

— Continuez, l'encouragea-t-elle.

— Il y a toujours eu des scandales associés à l'Église catholique au cours des siècles. Au cours des dernières décennies, il y a eu des rumeurs de transactions financières inappropriées et des cas honteux d'abus sexuels sur des enfants. Il ferma les yeux un instant. Je pense que le Père Angelotti avait peut-être pour mission de dissimuler quelque chose qui menaçait d'exploser. Je vais essayer de découvrir qui a pu l'envoyer. Mais il est possible qu'il ait agi de sa propre initiative.

— Il y a eu une multitude de cas d'abus. Les bébés de Tuam, les Magdalene Laundries. Pourquoi maintenant ? Pourquoi le tuer ? Cela n'a aucun sens.

Lottie leva les mains, puis les baissa. Il lui saisit le bras, la tournant vers lui.

— Rien de tout cela n'a de sens, Lottie. Mais il doit y avoir un motif ou un scénario plausible. Et quand vous étudierez les copies des registres, je suis sûr que vous trouverez quelque chose.

— Cette affaire est comme un nœud de spaghettis, dit-elle en sentant ses doigts dans sa veste. Elle va partout et nulle part. Aucune piste, rien. Et déplacer ces dossiers à Rome, ce n'est pas très orthodoxe.

— Pas peu orthodoxe, l'Église catholique fait ce qu'elle sait faire de mieux : dissimuler. Couvrir. Il se remit à marcher. Je retournerai voir Umberto dans la matinée et j'examinerai les autres registres.

— J'apprécie tout ce que vous faites, vous le savez.

— Mais je suis toujours un suspect, constata-t-il.

Lottie ne dit rien. Ils parcoururent le reste du chemin en silence. Debout sur le trottoir devant son hôtel, Lottie demanda :

— Où allez-vous maintenant ?

— Je ne sais pas, pour être honnête.

Elle sentit de douces gouttes de pluie sur sa tête.

— Voulez-vous entrer pour prendre un café ?

Elle ne voulait pas rester seule avec les images évoquées par les vieux registres et elle sentait que Joe pouvait être son ami.

— Je le ferai peut-être, répondit-il, et il la suivit dans le hall d'entrée chaleureux.

— Merde, dit-elle.

— Qu'est-ce qui ne va pas ?

— Le bar est fermé.

— J'aurais peut-être dû réserver un hôtel plus chic pour vous, plaisanta-t-il.

Lottie réfléchit un instant.

— Ce n'est pas très approprié, mais voulez-vous monter dans ma chambre ? Il y a une bouilloire et des tasses.

— Inspectrice Parker, c'est une suggestion tout à fait inappropriée, répondit-il, un sourire illuminant son visage. Je l'accepte.

Dans l'ascenseur, Lottie mit de l'espace entre eux, serra son sac contre sa poitrine et soupira. Qu'est-ce qu'elle allait faire maintenant ? Elle aimait bien le Père Joe. Mais était-ce comme un frère ou quelque chose de plus ? Elle n'en était pas du tout sûre.

La chambre était telle qu'elle l'avait laissée. Les rideaux flottaient dans la brise et l'odeur de la pluie fraîche reposait sur le rebord de la fenêtre. Lorsqu'elle se retourna, il se tenait juste derrière elle. La pièce était soudain trop petite.

— Excusez-moi, dit-elle en passant devant lui pour attraper la bouilloire.

Elle la remplit avec de l'eau provenant de la salle de bains. Lorsqu'elle revint, il était assis sur l'étroite chaise en bois du bureau, son manteau jeté au bout du lit. Il n'avait pas prononcé un mot depuis qu'ils avaient quitté le hall. Elle alluma l'interrupteur, s'affaira à déchirer les misérables sachets de café et à verser les petits grains dans des tasses. Une vague d'épuisement s'insinuait dans ses nerfs. Elle se frotta la nuque. Il s'était levé de sa chaise et se tenait derrière elle.

— Chut, murmura-t-il en massant l'endroit où se trouvaient ses doigts.

Elle fut parcouru de frissons de la tête aux pieds. Merde, pensa-t-elle, je suis une vraie gourde. C'est un prêtre. Mais tout va bien. Il ne fait que frotter mon cou fatigué. Elle perçut la manche de son pull, rugueuse, contre la soie de son chemisier. Elle sentit son savon doux. Elle resta immobile, ensevelie par son contact, et se demanda si elle n'avait pas envie de ce contact pour qu'il puisse l'absoudre de toutes les horreurs des dernières heures, des derniers jours, des dernières années et de celles qui n'avaient pas encore été révélées.

— Cela suffit maintenant, Joe, dit-elle en riant nerveusement et en se dégageant de lui. Elle s'occupa de la bouilloire. Prenons ce café.

— Bien sûr, accepta-t-il en s'asseyant sur la chaise.

Elle lui tendit une tasse et déclara :

— J'espère que je n'ai pas donné de mauvais signaux. Je vous aime bien en tant qu'ami. Rien de plus. Ma vie est suffisamment compliquée.

Il rit alors et la tension qui régnait dans la pièce sembla s'échapper par la fenêtre avec le rideau qui s'envolait.

— Mon Dieu, j'espère que je n'ai pas été inconvenant. J'essayais seulement de relâcher la pression sur votre cou. La journée a été dure pour vous.

Elle sentit une rougeur lui monter aux joues. Merde, elle s'était ridiculisée. Elle posa la tasse et se détourna. Il se leva, posa ses mains sur ses épaules et la força à le regarder.

— Vous êtes une femme bien, Lottie Parker. Je veux que vous sachiez que je serai votre ami et que je ferai de mon mieux pour vous aider à élucider ces meurtres.

Il lui tendit la main.

— Amis ?

— Oui, dit Lottie en lui serrant la main.

Il lui serra la main, la tenant dans la sienne. Il partit ensuite, sans rien dire de plus.

Adossée à la porte, elle écouta ses pas disparaître dans le couloir de marbre. Elle attendit que sa respiration redevienne normale. Elle entendit le carillon des cloches du Maggiore.

Lorsqu'elle put enfin bouger, Lottie essaya de téléphoner à Boyd. Elle voulait juste entendre une voix familière. Pas de réponse. Elle regarda la ville et compta les silhouettes des clochers. Elle compta aussi les klaxons et les sirènes. Son corps se détendit, et elle ouvrit son ordinateur portable. Elle devait rentrer chez elle. Ce soir. Trouvant un vol qui partait deux heures plus tard, elle le réserva et se dépêcha de tout mettre dans son sac à dos, de quitter l'hôtel et de courir pour attraper la navette. Elle rappela Boyd. Pas de réponse.

Chapitre 75

Une cloche tinta et une lumière scintilla au-dessus de sa tête. Jason ouvrit les yeux et tourna lentement la tête, se concentrant à travers les ombres.

— C'est l'heure d'une petite cérémonie, mon garçon.

La voix entonna un bourdonnement d'incantations. Une lumière s'éteignit et clignota.

— Qu'est-ce que vous voulez ? croassa Jason.

— Ce que tu as à m'offrir ne sera jamais suffisant.

— Mon père…

— C'est en partie sa faute. Tu peux donc le blâmer.

— Quoi ? Qu'est-ce que vous voulez dire ?

— Tu n'as pas besoin de t'en préoccuper.

Jason ferma les yeux pour empêcher les larmes de s'échapper. Des mains le détachèrent, le hissèrent sur ses pieds. Un doigt descendit le long de sa colonne vertébrale. L'homme exhala un grand soupir, le poussa vers la sortie, le long d'un couloir, et descendit des marches.

Il se trouvait dans une petite chapelle. L'homme portait une cloche qu'il faisait tinter au rythme d'un battement inconnu dans son corps.

Les bancs en bois n'offraient aucun confort à Jason. Il était forcé de rester debout, hypnotisé par la scène qui se déroulait devant lui. Vêtu d'une robe blanche fluide, boutonnée de l'ourlet au cou, l'homme chantait son air fou, sa voix s'élevant et s'abaissant, presque en rythme avec les bougies qui oscillaient doucement et lentement dans la brise prisonnière de la chapelle.

— J'ai tué un homme ce soir, disait la voix chantante.

Jason eut froid, bien que sa peau rayonnât de sueur. Avec les drogues qu'il avait avalées, les bougies qui clignotaient et les chants incessants, il se sentait étourdi.

— En fait, j'en ai peut-être tué deux.

Le rire hystérique résonna dans le vestibule de pierre. Un corbeau tournoya dans les chevrons et s'envola vers un vitrail, une plume flottant en l'air dans son sillage. Une brume s'abattit sur les yeux de Jason, tandis que le marbre accueillait sa chute. Il heurta le sol et resta inconscient à côté de la plume noire.

Chapitre 76

Lottie s'appuya sur le hublot ovale de l'avion. Fermant les yeux, elle repensa aux quelques heures qu'elle avait passées à Rome, l'esprit accaparé par les vieux registres. Des chiffres défilaient dans son esprit. Susan Sullivan était un numéro. Son enfant était un numéro. Soudain, elle se redressa sur son siège, réveillant la femme à côté d'elle.

— Je suis désolée, dit Lottie. Je crois que nous avons encore une heure devant nous.

La femme enfouit son menton dans sa poitrine et se rendormit.

Lottie fixa le siège devant elle. Qu'est-ce qui était à sa portée? Un indice. Quelque chose qu'elle avait déjà vu, mais qu'elle n'avait pas encore enregistré. Cela viendrait. Elle le savait. La preuve photographique était sur son téléphone. Une fois les photos téléchargées, elle était sûre de pouvoir tout relier.

Jalouse de la femme aux doux ronflements, elle ne pouvait pas rester tranquille. Elle avait besoin de parler à quelqu'un. Elle avait besoin de Boyd. Elle avait besoin de retourner au travail. Elle avait besoin de dormir. Son cœur s'enfonça davantage à mesure que l'avion s'élevait au-dessus des nuages sombres et elle lutta contre les péchés qu'elle avait commis et ceux auxquels elle avait pratiquement succombé.

Pourrait-elle un jour retrouver le sommeil?

Chapitre 77

Le garçon ressemblait à une sculpture inachevée, pensa l'homme. Tout comme lui. Faible. Fragmenté. Incomplet. Ici, à Sainte-Angèle, son ennemi juré.

Il avait passé son enfance misérable dans cette enceinte et il avait grandi comme le lierre dans un mur de béton fissuré, sauvage et sans attaches. Son âme s'assombrissait de jour en jour, à mesure qu'il s'enfermait dans son propre monde. Les abus et les tromperies l'avaient englouti, mais au fil des années, il avait appris à enfouir le mal embryonnaire sous une façade quotidienne de normalité. Et maintenant, Sainte-Angèle avait une fois de plus ressuscité le diable, exhumé les ténèbres, l'emmenant dans ce dernier voyage. Retourner là où il avait commencé. Et il savait que cela se terminerait ici.

Il donna un coup de pied au garçon qui gisait sur le sol et, lorsqu'il gémit, le traîna sur ses pieds, le poussa sur les marches et le ramena dans la chambre. Il le poussa sur le parquet moisi, claqua la porte et la verrouilla. S'appuyant contre le bois usé, il respira bruyamment. Il avait épargné le garçon. Tenu les démons à distance. Mais pour combien de temps ?

* * * * *

30 janvier 1976

Ils se blottirent tous les quatre alors qu'ils auraient dû courir. La porte s'ouvrit. Brian se tenait là, une robe blanche recouvrant son corps. Son bras fin se hissa le long du mur, ses doigts étroits allumèrent la lumière. Sally se protégea les yeux contre la luminosité.

« Tu vas bien ? demanda-t-elle.

— Non, dit Brian. Je ne vais pas bien. Vous non plus. Vous devez tous descendre à la chapelle. Le Père Con' vous ordonne de venir.

— Tu es fou ou quoi ? », demanda Patrick en s'avançant devant Sally.

Elle voulait lui dire qu'elle était assez courageuse pour se défendre, mais elle ne le fit pas. Parce qu'elle ne l'était pas.

« Je t'ai posé une putain de question, reprit Patrick.

— Vous devez tous venir avec moi », dit Brian, sa voix impassible comme ses yeux.

Pour Sally, il semblait beaucoup plus vieux, debout dans l'embrasure de la porte. Elle posa sa main sur son bras et sentit l'os sous la peau. Il sursauta comme si elle l'avait pincé. Il lui prit la main et la tira vers la porte. Elle cria. Fitzy sortit de sa stupeur et la ramena dans la chambre, Brian toujours accroché à elle. Sally tomba et se recroquevilla en un petit tas aux pieds nus des garçons. Son corps était parcouru de frissons.

« S'il te plaît, Brian, supplia-t-elle. Retournons tous au lit et oublions tout ça.

— Tu ferais mieux de venir avec moi. Il attend », renchérit Brian avant d'être poussé dans la pièce.

Derrière lui, le Père Con', les yeux aussi noirs que la nuit, s'était approché et tira Sally sur ses pieds. Un cri s'échappa de sa gorge tandis qu'il l'entraînait vers la sortie et l'escalier. Elle entendit le pas traînant des garçons qui la suivaient. Devant l'autel, il la regarda fixement et elle le regarda fixement. Elle connaissait chaque trait de son visage, chaque poil de ses sourcils et de son menton, chaque dent de sa bouche et elle détestait chaque centimètre carré de lui.

« Méchante fille », maugréa-t-il, la bouche hargneuse, les dents mordant sa lèvre inférieure, les doigts entaillant son bras.

« C'est vous qui m'avez transformée en mauvaise fille », rétorqua Sally.

Le soupçon de bravade n'était qu'un mensonge. Au moins, les garçons étaient là, debout comme une bande de guerriers, bien qu'ils n'aient pas une seule arme entre eux. L'un d'eux cria :

« Dis-lui, Sally. »

Probablement Patrick, pensa-t-elle. Le prêtre tendit la main et saisit le garçon le plus proche de lui. Fitzy, dont les cheveux roux brillaient à la lumière des bougies. Elle pouvait compter les grandes taches de rousseur qui ornaient son nez. Et elle vit des flammes brûlantes dans ses yeux.

« Je n'ai pas peur, espèce de brute », protesta Fitzy en redressant les épaules.

Sally souhaita qu'il se taise. Il était trop jeune pour être aussi courageux, ou bien était-il tout simplement stupide ?

Le prêtre l'examina comme s'il s'agissait d'un poisson de choix.

Sally tourna la tête avec frénésie. Ils devaient sortir d'ici. Obtenir de l'aide. Mais auprès de qui ? Pas des religieuses. Bien sûr, tout le monde avait peur du Père Con'. C'était le chef. Elle ne savait pas quoi faire. Elle regarda Patrick. Il semblait aussi désespéré qu'elle. Puis, isolée dans les ombres vacillantes derrière l'autel, elle aperçut le jeune prêtre aux vilains yeux. Il se tenait là, dans l'alcôve sombre, sans rien faire. Il regardait fixement, se frottait les mains dans ses épais cheveux noirs, comme s'il ne savait pas non plus quoi faire. Sa présence silencieuse et passive était aussi terrifiante que le maniaque qui tenait Fitzy. Que devaient-ils faire ? Un cri poussé par Fitzy ramena les yeux de la jeune fille sur le Père Con'. Il était en train de tordre le bras du garçon dans son dos.

« Je t'apprendrai à respecter tes aînés ! Tu nous gâches la vie. Et tu continueras jusqu'au jour où tu sortiras d'ici, dit-il.

— Vous n'êtes rien », osa Fitzy avec courage.

Il avait l'air tout petit. Le prêtre resserra son emprise d'une main et, de l'autre, prit un cierge sur l'autel. Il le porta au visage de Fitzy. La flamme vacilla et dansa, noircissant ses cheveux roux. Sally eut un haut-le-cœur à cause de l'odeur.

« Dis que tu es désolé. Tu n'es rien d'autre qu'un sale bâtard et ta mère est une prostituée. »

Fitzy se tortillait et s'agitait. Il n'arrivait pas à se libérer de l'emprise. Sally regardait son corps impuissant se convulser et souhaita pouvoir faire quelque chose. N'importe quoi. Ils étaient aussi impuissants que les stupides statues sur les murs. Pourquoi l'autre prêtre ne faisait-il rien ? Elle jeta un coup d'œil. Il était toujours debout. Immobile. Le Père Con' jeta la bougie sur le sol, renversa ses vêtements pliés et prit sa longue ceinture de cuir.

« Brian, prends la corde de ta robe et attache les mains de ce morveux derrière son dos. »

Sally vit une pellicule de sueur sur le front de Brian. Elle regarda Patrick, puis James, les yeux interrogateurs. Qu'est-ce qu'il se passait ? Ils secouèrent vigoureusement la tête. Fitzy se déchaînait, donnait des coups de pieds et des coups de dents. Le prêtre tenait bon. Brian fit ce qu'on lui ordonnait. Une fois ligoté, Fitzy fut poussé par le Père Con' à genoux devant l'autel.

« Tu as assassiné ce bébé, n'est-ce pas ? cria le prêtre. Celui que nous avons trouvé sous le pommier. »

Fitzy cracha une bouche pleine de mucosités.

« Je ne l'ai pas fait, sale menteur. »

Resserrant la ceinture autour de sa main, le prêtre tendit le bras et taillada le visage de Fitzy avec le cuir. La boucle en laiton lui entailla la joue et le sang coula de la plaie. Le prêtre répéta son geste, encore et encore. Sally se cacha les yeux derrière ses mains, puis plissa les yeux en écartant les doigts. Quand elle n'en put plus, elle cria et, rassemblant tout son courage, elle se précipita sur le Père Con'. Il se retourna et la frappa avec la ceinture. Patrick l'écarta et l'entraîna dans l'allée. Elle pensa à s'élancer en arrière, mais c'était sans espoir. Elle attrapa James par la main et tous trois grimpèrent les escaliers en criant à l'aide. Par-dessus son épaule, Sally vit Brian tenir Fitzy par les épaules, tandis que le fou faisait monter et descendre le cuir, encore et encore et encore. Aussi longtemps qu'elle vivrait, elle n'oublierait jamais le bruit du cuir déchirant la chair et les cris d'impuissance du garçon. Et le jeune prêtre laid aux cheveux noirs épais, debout dans le coin, regardant, ne faisant rien. Alors qu'ils s'enfuyaient vers le couloir, Sally entendit une voix, forte et claire, derrière eux.

« Stop ! »

Ils se retournèrent tous les trois à l'unisson, tombant nez à nez avec le jeune prêtre, un halo de lumière provenant de la crypte en contrebas, l'encerclant comme un feu satanique. Il s'approcha d'eux. Sally se pencha sur les corps des garçons. Ils étaient trois, dissous dans une seule ombre.

« Ne faites pas de bruit. Nous ne voulons pas réveiller tout le monde, n'est-ce pas ? »

Le prêtre afficha un sourire narquois, le visage plus froid que la glace, les yeux plus noirs que le charbon, la voix plus tranchante qu'un rasoir.

« Vous n'avez pas à vous préoccuper de ce que vous avez vu. Je m'en occupe. Ne parlez de cet incident à personne. À personne ! Vous entendez ? »

Sa voix était un murmure lent et sévère. Les trois enfants hochèrent la tête, comme des marionnettes de bois dont une force invisible tiendrait les ficelles.

« Si j'entends à nouveau parler de cela… eh bien, vous avez vu ce qui est arrivé à ce garçon. Je ne vous préviendrai pas une seconde fois. Retournez maintenant à vos lits. »

Il redescendit les escaliers à toute allure. Sally et les garçons se regardèrent, les yeux écarquillés, débordant de larmes.

« Et Fitzy ? chuchota Sally.

— Tu as entendu ce qu'il a dit. Il faut l'oublier, déclara Patrick.

— Il n'a pas eu de chance », renchérit James.

Il glissa sur le sol et tomba contre un radiateur en fer, les bras autour des genoux, tremblant et sanglotant. Sally s'assit à côté de James. Patrick les rejoignit. Et tous les trois pleurèrent Fitzy.

Huitième jour

6 janvier 2015

Chapitre 78

Cinq heures du matin, et Lottie se tenait devant la porte des arrivées de l'aéroport de Dublin, maudissant le fait qu'elle n'avait pas de voiture. Elle alluma son téléphone. Cinq appels manqués de Kirby. Rien de Boyd. Elle essaya d'abord de le joindre. Pas de réponse. Puis elle appela Kirby.

— Jaysus boss, ça fait des heures que j'essaie de vous joindre, dit-il en haletant.

— Qu'est-ce qui ne va pas ? Mes enfants ! Ils vont bien ?

— Ils vont bien.

— Dieu merci. Boyd ne répond pas au téléphone. Et j'ai besoin qu'on me ramène à la maison.

— Il est à l'hôpital.

— Quoi ? Qu'est-ce qu'il s'est passé ? Est-ce qu'il va bien ? Dites-moi qu'il va bien, Kirby.

— Non, il ne va pas bien. Poignardé, étranglé. Il est en chirurgie. Vous feriez mieux de revenir ici.

— Qu'est-ce qu'il s'est passé ?

— Le prêtre à qui vous l'avez envoyé parler est mort. Assassiné. Boyd s'est mis à la poursuite du tueur et a failli se faire tuer par la même occasion.

— Oh, mon Dieu. Est-ce qu'il va s'en sortir ?

— Je n'en ai aucune idée.

— Je serai là dans moins d'une heure.

— Et le patron ?

— Quoi ?

— Le commissaire Corrigan vous cherche.

Lottie raccrocha, courut jusqu'à la station de taxis et sauta dans la première voiture. S'enfonçant dans le siège, elle regarda l'aube grise qui se levait à l'horizon, ne pensant qu'à une seule personne. Boyd.

* * * * *

Dans l'étroit couloir de l'hôpital, bordé de lits et de casiers vides, des employés en blouse verte, méconnaissables en tant que médecins ou infirmières, circulaient, la tête baissée, en parcourant les dossiers des patients. Ils se hâtaient d'entrer et de sortir des portes battantes de l'unité de soins intensifs, le vent soufflant sur l'air étouffant.

Lottie fut tentée de pousser la porte pour se rendre compte par elle-même de la gravité de l'état de Boyd, mais la raison l'en empêcha. Deux chaises en plastique faisant face à l'unité de soins intensifs étaient libres à côté de l'inspectrice Lynch, assoupie. L'inspecteur Kirby se reposait à ses côtés.

— Combien de temps s'est-il écoulé depuis son retour de chirurgie ? demanda Lottie.

— Une demi-heure, répondit Kirby en se redressant. Pas de nouvelles pour l'instant.

Lottie fit les cent pas, puis s'assit.

— Allons prendre un café, dit Lynch en s'étirant.

— Pas question, s'emporta Lottie.

— Calmez-vous, conseilla Kirby.

— Racontez-moi exactement ce qui s'est passé.

Lynch la mit au courant.

— Et le père Cornelius… Je suppose qu'il s'agit du même mode opératoire que pour les autres meurtres.

— Oui. Étranglé. Les gars font des recherches dans la base de données pour voir s'il a un lien avec les autres victimes, expliqua Lynch.

— J'ai trouvé un lien à Rome. C'est pourquoi j'ai appelé Boyd pour qu'il aille parler au prêtre, annonça Lottie.

— Qu'avez-vous trouvé ? demanda Lynch.

— Durant son interrogatoire, Patrick O'Malley a parlé d'un certain Père Con'. J'ai découvert que le père Cornelius Mohan était prêtre à Sainte-Angèle quand Sullivan et Brown y étaient. Après cela, il a été déplacé d'une institution à l'autre et d'une paroisse à l'autre plus souvent qu'un carrousel. Il devait être un abuseur d'enfants en série.

— Mais quel est le mobile des meurtres ? s'enquit Kirby. Et comment un prêtre pédophile s'insère-t-il dans cette affaire ?

— D'une manière ou d'une autre.

Lottie se tenait la tête, en essayant de garder une migraine sous contrôle.

— Boyd a intérêt à s'en sortir, déclara-t-elle, et ils retombèrent dans le silence.

Un médecin sortit précipitamment de l'unité de soins intensifs. Lottie bondit de sa chaise et se dirigea vers lui.

— Je suis l'inspectrice Parker. Je dois voir le sergent détective Boyd.

— Peu importe qui vous êtes, personne n'entre là-dedans tant qu'il n'est pas stable.

— Combien de temps cela prendra-t-il ?

— Le temps qu'il faudra.

— Docteur ? S'il vous plaît.

— J'ai réussi à sauver sa rate rompue. C'est un homme très chanceux. Il n'y a pas d'autres lésions internes que j'ai pu constater.

Il sera en soins intensifs pour le reste de la journée. Je vous suggère de rentrer chez vous pour l'instant et de rappeler plus tard.

Lottie se balança dans le courant d'air de la porte battante lorsque le médecin passa devant elle.

— Venez, dit-elle. Nous pouvons faire plus pour Boyd en trouvant le bâtard meurtrier qui lui a fait ça. C'est devenu une affaire personnelle.

Chapitre 79

Kirby déposa Lottie chez elle pour récupérer sa voiture. Sa mère était occupée à laver le sol de la cuisine.

— As-tu déjà entendu parler d'un père Cornélius Mohan ? demanda Lottie, après avoir remercié Rose de s'être occupée des enfants.

— Oui, j'en ai entendu parler. Il vit à Ballinacloy. Il est à la retraite depuis longtemps.

Bon sang, sa mère connaissait vraiment tout le monde.

— Et? poursuivit Lottie.

— Il était vicaire à Ragmullin, dans les années soixante-dix.

— Tu sais quelque chose d'autre sur lui?

Lottie observa le visage de sa mère. Rose Fitzpatrick lui rendit son regard.

— De quoi s'agit-il? demanda-t-elle en essorant la serpillière.

— Des informations de base.

— Autant que je me souvienne, il a été l'un des aumôniers de Sainte-Angèle pendant un certain temps.

— Vraiment? Lottie savait que sa mère était évasive.

— Allons, Lottie. J'ai répondu à tes questions sur ma conversation avec Susan Sullivan et je sais que tu as envie de me demander autre chose.

— Y a-t-il jamais eu un soupçon de scandale autour de lui, en particulier à Sainte-Angèle ?

Rose se retourna, déposa la serpillière et le seau dans la buanderie, attrapa son manteau et le boutonna. Elle rabattit son chapeau sur ses oreilles et s'arrêta devant la porte.

— Je sais très bien, Lottie Parker, que tu connais déjà la réponse.

— Et tu sais très bien que c'est là que tu as jeté Eddie après la mort de papa, déclara Lottie d'un ton maussade.

C'était la première fois qu'elle accusait sa mère. La main de Rose se détacha de la poignée de la porte. Elle fit un pas vers Lottie. Elle avait les larmes aux yeux.

— Tu sais aussi bien que moi que ton précieux père s'est suicidé. Il n'est pas simplement mort. Un sanglot s'échappe de sa gorge. Et je n'ai abandonné personne nulle part.

— Je suis désolée.

Lottie courba les épaules, tendit la main et la posa sur l'épaule de sa mère. Elle attendit que Rose la secoue. Elle ne le fit pas.

— Non, c'est moi qui le suis. Tu étais trop jeune pour comprendre tout cela. Je n'ai jamais pu en parler et j'ai toujours pleuré leur perte. Tu sais ce qu'est le chagrin, à quel point il est difficile de continuer à vivre sans un mari à ses côtés. J'ai fait tout ce que j'ai pu pour que les choses se passent bien pour toi. Tout.

Lottie le savait, mais elle avait vécu avec ce trou béant à chaque seconde de son existence. Maintenant, elle voulait des réponses.

— Je veux savoir ce qui s'est passé et pourquoi c'est arrivé. Tu me dois au moins ça.

Rose se dégagea de la main de Lottie et baissa la voix.

— Après tout ce que j'ai fait pour toi et tes enfants, je ne pense pas te devoir quoi que ce soit.

— Mais pourquoi papa s'est-il suicidé ? insista Lottie.

— Je n'en sais rien.

— D'accord, je l'accepte. Pour l'instant. Mais Eddie ? Mon petit frère ? Tu l'as mis dans cet endroit, tu l'as laissé pourrir là. Je ne peux pas l'accepter.

— Tu ne sais pas ce que c'était à l'époque. La stigmatisation du suicide. J'étais veuve avec deux jeunes enfants. Et Eddie, il… il était impossible. Je n'avais pas le choix.

— Il y a toujours un choix, maman. Tu as juste fait le mauvais.

— Ne me juge pas, Lottie.

— Alors, dis-moi pourquoi tu as placé Eddie là-bas.

— C'était le seul endroit qui pouvait s'occuper de lui.

Lottie rit ironiquement.

— Mais ils n'ont pas pu, n'est-ce pas ? Il s'est enfui, n'est-ce pas ? Qu'est-ce que ça a dû être pour lui ?

Elle se secoua tandis que les images des horreurs des institutions des années 1970 envahissaient ses sens. Rose enfila son manteau et se dirigea vers la porte.

— Je vis avec ce que j'ai fait, chaque jour de ma vie. Et maintenant, je m'en vais. Je ne suis pas venue ici pour être interrogée et accusée. Au revoir.

Lottie resta debout, hérissée, pendant un long moment après le départ de sa mère. S'enfonçant les doigts dans les mains, elle compta les toiles d'araignée tissées sur le dessus des armoires. Elle prit de grandes respirations. Elle essaya de s'ancrer dans la réalité. Comment Rose parvenait-elle à transformer chaque question en accusation ? C'était la seule personne qui pouvait la laisser vraiment ébranlée.

* * * * *

Après avoir pris des nouvelles de Katie, Chloé et Sean et, toujours dans un état de stupeur, piquée par le refus de sa mère de lui donner les réponses qu'elle souhaitait depuis si longtemps, Lottie se changea, évitant la douche, et se rendit au commissariat. Son manque de sommeil avait été remplacé par de l'adrénaline.

Elle mit Kirby et Lynch au travail. Ils devaient oublier l'état critique de Boyd et trouver des preuves concrètes pour faire avancer l'enquête sur le meurtre. Elle était convaincue que les décès des deux prêtres, Cornelius et Angelotti, étaient liés à ceux de Susan Sullivan et James Brown, et que le point commun était Sainte-Angèle.

En téléchargeant les photos du registre de son téléphone vers l'ordinateur, Lottie plissa les yeux lorsque les entrées apparurent à l'écran. Chacune d'entre elles contenait une histoire inédite, chaque nom représentait le chagrin d'amour de quelqu'un. Et cette douleur avait été subie dans les couloirs, les salles et les terrains de Sainte-Angèle. Elle avait besoin d'accéder au bâtiment, de s'imprégner de l'endroit, de découvrir s'il contenait les réponses qu'elle cherchait.

— Imprimez ces photos et collez-les par ordre chronologique, ordonna Lottie à Lynch avant de se rendre à la cantine improvisée. Elle fit chauffer la bouilloire à moitié vide. La tasse à la main, elle se retourna et trouva Corrigan encadrant la porte. Pas maintenant, pensa-t-elle.

— Bonjour, Monsieur. Lottie sirota son café avec autant de nonchalance que possible.

— Vous avez une sale tête, Parker.

Il se croisa les bras. Pas d'échappatoire, il n'allait nulle part. Elle redressa son corps fatigué, se dressa de toute sa hauteur et tenta une piètre bravade.

— Merci, lança-t-elle en forçant un sourire.

— Je ne suis pas stupide, reprit Corrigan, calmement.

Trop calme. Elle se prépara à l'assaut.

— Je sais, affirma-t-elle. Que pouvait-elle dire d'autre ?

— Ne faites pas la maligne avec moi, objecta-t-il en dépliant ses bras. Il se pencha derrière elle. Elle tressaillit et s'esquiva, puis remarqua qu'il ne faisait qu'allumer la bouilloire tout en bloquant la sortie.

— Vous êtes allée à Rome, grogna-t-il.

— Oui, oui. Inutile de le nier.

— Vous avez désobéi à mon ordre direct. Je pourrais vous suspendre, vous licencier, vous faire porter vos couilles sur une assiette, si vous en aviez.

— Oui, oui.

Lottie tira sur la manche de sa chemise, n'ayant pas l'intention de contester ce qu'il disait.

— J'espère que cela valait la peine de se créer des ennuis, pour soi et pour les autres, poursuivit-il en versant le filet d'eau.

— Je pense que oui.

Lottie lui tendit une brique de lait, son nez tressaillant à l'odeur du lait prêt à tourner.

— Je vous écoute, ordonna-t-il, les bras croisés, la tasse posée sur le comptoir des boîtes.

— D'accord, Monsieur. De mon point de vue, les meurtres sont liés à des incidents survenus à Sainte-Angèle dans les années soixante-dix. Il est possible qu'il y ait eu un meurtre, voire deux. Et oui, j'admets que je suis allée à Rome. Je suivais une piste.

— De quelle piste pourrait-il s'agir ?

— Le Père Burke a trouvé des registres contenant des informations. Il m'a demandé d'aller y jeter un coup d'œil. Il n'était pas possible qu'il m'envoie ces informations.

— Continuez.

— J'ai vu ces registres détaillant les admissions d'enfants à Sainte-Angèle. Dates, noms, adoptions, décès. Je n'ai pas encore analysé les informations et je n'ai aucune idée de leur importance, mais la signature sur certaines pages est significative.

— Je vous écoute.

— Père Cornelius Mohan.

— La victime de Ballinacloy de la nuit dernière ? demanda Corrigan, dépliant ses bras, prenant son café et en le renversant sur sa manche.

— Oui, dit-elle. Et dans un autre registre, il y a des détails sur ses déplacements, y compris son passage à Sainte-Angèle. Il est passé par plus de quarante paroisses différentes.

— Et il était là, vivant à quinze kilomètres de Ragmullin, à côté d'une école primaire. C'est de la folie.

— Tout cela avec l'approbation de l'évêque Connor. Qui, soit dit en passant, s'est arrangé pour que les registres soient transférés à Rome.

Lottie observa le visage de Corrigan pendant qu'il digérait tout cela. Elle ajouta :

— J'ai contacté Boyd hier soir, je lui ai demandé d'aller à Ballinacloy et d'interroger Cornelius Mohan. Je pensais qu'il pourrait avoir des informations sur les victimes.

Les lèvres de Corrigan se posèrent sur le bord de sa tasse.

— Je ne crois pas aux coïncidences, affirma-t-il. Alors comment le tueur a-t-il pu trouver Mohan avant Boyd ? A-t-il été prévenu ?

— Pas sûre, mais c'est trop commode, répondit Lottie. Je dois découvrir qui savait que nous recherchions le prêtre. Il devait savoir quelque chose qui justifiait son assassinat.

Gonflant ses joues, Corrigan conclut :

— Je vous accorde un sursis. Je ne peux pas me permettre de perdre un autre inspecteur en plus de Boyd. Mais quand tout cela sera terminé, vous pourriez bien finir par être accusée d'indiscipline devant le commissaire principal. Pour l'instant, remettez-vous au travail. Et Parker, dit-il en rapprochant son visage du sien.

— Oui, Monsieur ?

— Je surveillerai vos moindres faits et gestes.

Son regard perça de minuscules trous au fond de ses yeux, les faisant presque sortir de leurs orbites, avant qu'il ne s'en aille en secouant la tête.

Lottie soupira. La menace d'une action disciplinaire planait désormais au-dessus de sa tête. Mais elle avait encore son travail. Pour l'instant. Un point positif dans un bourbier de négativité.

Chapitre 80

L'inspectrice Maria Lynch déposa les copies sur le bureau. Lottie les ramassa. Les noms défilaient devant elle, tandis qu'une idée lui vint à l'esprit. Le Père Joe l'avait autorisée à prendre les photos. Et il était là quand elle avait appelé Boyd. Son cœur plongea de cinq centimètres dans sa poitrine. Il était le seul à savoir ce qu'elle avait dit à Boyd. Non. Aurait-il pu envoyer quelqu'un chez le vieux prêtre? Il n'aurait pas pu. Le pouvait-il? Elle était brûlante. Pourquoi l'avait-il amenée à Rome, lui avait montré tous les dossiers, puis l'avait trahie? Il était son ami. N'est-ce pas? Cela n'avait pas de sens. D'un autre côté, quelle autre explication pouvait-il y avoir? Rien n'avait de sens.

Elle se leva d'un bond, comme ébouillantée.

— Kirby? cria-t-elle.

Il jeta un coup d'œil.

— Vous allez bien, patron?

— Des nouvelles de l'hôpital?

— Pas encore.

— On a fait des vérifications sur le Père Joe Burke?

Elle força sa voix à paraître normale.

— Premier meurtre, deuxième personne sur les lieux, Joe Burke?

— Je ne suis pas d'humeur, Kirby.

— Je vais vous l'imprimer.

Ses doigts résonnaient bruyamment tandis qu'il saisissait le nom sur son ordinateur. Passant la main sur sa nuque, elle ne savait pas si elle traquait le souvenir des doigts du Père Joe ou si elle endiguait la montée de la bile.

Tandis que Kirby s'acharnait, Lottie entendit Tom Rickard avant de le voir. La voix du promoteur tonnait des injures au bout du couloir. Le bruit, semblable à des tôles galvanisées détachées sur un toit de hangar par un coup de vent de force dix, précéda son entrée dans le bureau. Le commissaire Corrigan était derrière lui. Lottie pivota pour rencontrer les yeux sombres et furieux de Rickard. La tempête pourrait bien se transformer en ouragan. Il traversa l'étage jusqu'à son bureau.

— Inspectrice.

— Bonjour, Monsieur Rickard, dit-elle de sa voix la plus douce.

Elle fit rouler la chaise de Boyd. Rickard s'y assit, les fesses en équilibre précaire sur le bord. Faisant signe à Corrigan qu'elle avait tout sous contrôle, il se précipita vers la sortie.

— Êtes-vous ici à propos de Sainte-Angèle ?

Lottie trouva un carnet et prit un stylo.

— Sainte-Angèle n'a rien à voir avec quoi que ce soit, dit Rickard, un mouchoir blanc apparaissant dans sa main.

Il essuya son front qui battait à tout rompre.

— C'est mon fils, Jason. Il a disparu.

Lottie griffonna sans lever la tête. Katie avait dit qu'elle n'arrivait pas à joindre Jason hier. Elle aurait dû l'écouter plus attentivement. Elle essaya d'endiguer un début d'inquiétude. Jason aurait sûrement au moins contacté Katie ? Il y a quelque chose qui clochait.

— Disparu ? D'après Katie, Jason et vous avez eu une altercation. Quand était-ce ?

Rickard sembla sur le point d'objecter, mais répondit :

— C'est exact. Avant-hier soir. Il a quitté la maison en claquant la porte et n'est pas rentré depuis.

— Avez-vous vérifié auprès de ses amis ?

— Oui. Et nous avons parcouru la ville, les rives du lac, poursuivit-il. Nous nous sommes disputés. Il s'est barré.

Ses pieds étaient fermement posés sur le sol, mais sa tête oscillait d'un côté à l'autre.

— Je comprends votre inquiétude, mais Jason a plus de dix-huit ans et est adulte. Pensez-vous que sa disparition puisse avoir un rapport avec vos activités à Sainte-Angèle ? demanda-t-elle en insistant sur le nom de l'institution.

Rickard se leva brusquement de sa chaise. Lottie recula instinctivement.

— Vous êtes une salope insensible, dit-il.

— Asseyez-vous, Monsieur Rickard, dit-elle en écrivant d'autres notes sur une page, lui laissant le temps de retrouver son calme. Des demandes de rançon ?

— Quoi ? M. Rickard serra les poings sur le bureau. C'est absurde.

— Pas de demande de rançon alors. Elle rédigea une note, puis releva la tête. Monsieur Rickard, je dois vous poser des questions embarrassantes. Vous êtes un homme d'affaires fortuné. L'enlèvement est une possibilité. Le suicide ou la fuite en sont d'autres. Si vous voulez que nous enquêtions, vous devez coopérer.

C'étaient des conneries, mais elle n'allait pas lâcher l'affaire. C'est peut-être sa seule chance d'obtenir des informations de lui.

— Comment mes affaires peuvent-elles avoir un rapport avec Jason ?

— Probablement aucun, mais, de mon point de vue, vous avez frappé votre fils, il s'est enfui en colère et maintenant il se repose quelque part jusqu'à ce qu'il trouve comment il va vous attaquer à ce sujet.

— Pourquoi ne se cache-t-il pas avec votre fille alors ? Pourquoi n'a-t-il contacté personne ? Son téléphone est à la maison, mais tous ses amis ont des portables, Facebook et Twitter. Ne pourrait-il pas au moins contacter sa petite amie ? Qu'est-ce qu'elle vous a dit ?

— Katie était très effrayée quand elle est rentrée à la maison et elle m'a dit que vous aviez frappé votre fils. Elle n'a pas eu de nouvelles depuis, mais Jason est un adulte, Monsieur Rickard. Dans des circonstances normales, je vous conseillerais de rentrer chez vous, de tenir la main de votre femme et d'attendre que nous fassions notre enquête.

Le sang rougit les veines de ses joues. Il resta silencieux.

— Cependant, comme vous le savez, poursuit Lottie, les choses ne sont pas normales à Ragmullin en ce moment. Des gens ont été assassinés, vous avez donc des raisons de vous inquiéter.

Elle était sincèrement inquiète pour Jason, mais elle ne pouvait pas s'empêcher d'être méchante. Elle devait savoir ce que Rickard savait. Il resta immobile, à l'exception de sa lèvre inférieure qui remuait comme s'il voulait dire quelque chose, mais n'arrivait pas à sortir les mots.

— Ce n'est pas la procédure normale, car il n'est pas mineur et nous devrions vraiment attendre un peu plus longtemps, mais je vais déclencher un rapport de personne disparue et publier un bulletin, annonça-t-elle.

— C'est tout ? Un avis de disparition ?

— J'enfreins même les règles.

— Les règles, mon cul. Où est Corrigan ? Rickard se leva.

— Parlez-moi de Sainte-Angèle, reprit Lottie sans lever la tête.

— Sainte-Angèle n'a rien à voir avec Jason.

Il se rassit. Mâchant son stylo, Lottie tapota sur son ordinateur et appuya sur quelques touches. Elle cliqua sur le rapport de la médecin légiste concernant Susan Sullivan, fit défiler les photos, zooma sur la gorge de la victime et tourna l'écran vers Rickard.

Elle n'avait rien à perdre.

— À quoi jouez-vous ? demanda-t-il, le mouchoir réapparaissant.

— C'est notre première victime.

Elle était une vraie merde de lui faire ça, mais comme il était au plus bas, il pourrait donner des informations utiles.

— S'il vous plaît… Inspectrice, ne faites pas ça, implora-t-il. Vous pensez vraiment que j'ai quelque chose à voir avec cette… cette monstruosité ?

Il se gonfla la poitrine et secoua la tête. Lottie ferma le document et en ouvrit un autre.

— James Brown. Elle regarda Rickard. Il vous a téléphoné peu avant sa mort. Alors, dites-moi. Que s'est-il passé ?

Rickard se mordilla l'intérieur de la joue. Elle imagina son cerveau en train d'élaborer une réponse. Avant qu'il ne puisse répondre, elle poursuivit :

— Pensez à votre fils. Voulez-vous que, dans quelques jours, je fasse défiler ses photos post-mortem pour votre femme ?

Il déglutit bruyamment et se pencha vers elle. Elle attendit.

— Tout cela n'a rien à voir avec Sainte-Angèle, affirma-t-il en serrant les dents. Je suis un homme d'affaires, je formule des plans, je conclus des accords, je gagne de l'argent, je développe des propriétés, je réalise des profits. Parfois, je perds, mais le plus souvent, je gagne. Sainte-Angèle était un site mûr pour le projet, un moyen de récupérer ce que j'avais perdu avec les propriétés fantômes. J'avais une vision pour ce site, un plan directeur. Je voulais en faire un bel hôtel, construire un magnifique terrain de golf, apporter des affaires, des emplois à la ville. Il se redressa. Et cela n'a rien à voir avec la disparition de mon fils.

— Faites-moi plaisir, insista Lottie.

— Vous n'abandonnez pas, n'est-ce pas ?

— Jamais.

Elle savait que Rickard l'observait, préparant une réponse qu'il pensait qu'elle voudrait entendre. Elle resta assise, rigide, sans manifester la moindre émotion. Il jeta un coup d'œil dans la pièce, puis revint vers elle et sembla prendre une décision.

— Tout d'abord, je tiens à ce que vous sachiez que je n'ai pas assassiné ces personnes ni fait en sorte qu'elles le soient. Je n'ai rien à voir avec ces crimes. Je suis peut-être beaucoup de choses, inspectrice, mais je ne suis pas un meurtrier.

— Continuez, dit Lottie.

— Mon avocat doit-il être présent?

— Cela dépend si vous avez fait quelque chose qui justifie que vous ayez besoin d'un avocat.

Rickard expira.

— James Brown m'a appelé, ce soir-là, avant d'être tué.

— Continuez, répéta Lottie. Il n'y avait rien de nouveau. Ils avaient les preuves.

— Je connaissais Brown et Susan Sullivan parce qu'ils travaillaient sur la demande de permis de construire. Il m'a dit que Susan Sullivan était morte, qu'elle avait peut-être été assassinée. Il a dit qu'il voulait me rencontrer. C'est là toute la conversation.

— Pourquoi vous a-t-il contacté? demanda Lottie.

— Je n'en sais rien. Il m'a dit qu'il voulait me dire quelque chose, de toute urgence.

— Vous l'avez rencontré?

— Non. Je lui ai dit que j'étais occupée. J'ai raccroché. Puis il a été tué quelques heures plus tard.

— Quelqu'un l'a rencontré et l'a peut-être tué. Qui avez-vous contacté après l'appel téléphonique de James ?

— Personne.

— Allez, Monsieur Rickard. Nous pouvons accéder à votre historique téléphonique.

— J'ai appelé mes partenaires pour les informer de la mort de Sullivan et de l'appel téléphonique de Brown.

— Vos partenaires ?

— Vous n'avez pas besoin de les connaître, n'est-ce pas ?

Elle le lui ferait dire plus tard.

— L'un d'entre eux avait-il une raison de tuer Sullivan et Brown ?

— Comment le saurais-je ?

— Vous devez bien avoir une idée. Que faisaient les victimes ?

Rickard inspira profondément.

— Brown et Sullivan. Une bonne paire quand ils s'y mettaient, dit-il. Ils savaient que j'avais obtenu la modification du plan d'urbanisme du comté pour faire avancer mes projets pour Sainte-Angèle. Ils en avaient après moi, tous les deux. Ils ont essayé de me faire chanter. Ils ont dit qu'ils voulaient réparer leurs péchés passés ou une autre connerie de ce genre. Je n'avais pas la moindre idée de ce dont ils parlaient. Quand Brown m'a contacté pour la première fois avec leur… leur arnaque, en juillet, je lui ai dit d'aller se faire foutre.

Lottie pensa à l'argent sur les comptes bancaires des victimes et à celui dans le frigo de Susan Sullivan.

— Mais vous avez cédé.

— Je n'ai pas cédé. Il frappa le bureau. Je ne me laisse pas faire, inspectrice. Je ne cède pas.

— Alors, qu'avez-vous fait ? Ils vous ont menacé de vous faire chanter.

— J'ai convoqué une réunion avec mes partenaires. Je leur ai parlé des menaces de chantage et nous avons décidé de tenir bon. Brown et Sullivan ne représentaient pas un danger pour nos projets. Ils n'avaient aucune preuve concrète d'actes répréhensibles. En toute honnêteté, il n'y a pas eu de malversations, il s'agissait simplement d'accélérer le processus d'urbanisme.

— Et comment cela a-t-il été fait ?

— Quelques sous dans les poches de quelques conseillers. Mais ce n'est pas le problème, n'est-ce pas ?

Lottie décida d'ignorer son aveu de manipulation du planning. Elle en avait assez. Elle changea d'angle d'attaque.

— Avez-vous déjà résidé à Sainte-Angèle, Monsieur Rickard ? Quand vous étiez enfant ?

— Non, je n'y suis jamais allé et je ne sais pas ce que cela a à voir avec quoi que ce soit.

Lottie n'était pas sûre que ce soit la vérité, mais elle avait besoin qu'il le confirme.

— Qui d'autre est impliqué dans ce projet? demanda-t-elle.

S'il disait la vérité, et elle en doutait, qui avait envoyé l'argent sur les comptes bancaires des victimes?

— Je ne vois pas le rapport entre le fait que vous sachiez qui sont mes partenaires et la disparition de mon fils.

— Vous n'en savez rien. Je veux savoir qui ils sont.

— Vous allez retrouver mon fils?

— Je ferai de mon mieux, promit Lottie.

— Vivant? demanda Rickard.

Il semblait avoir rapetissé depuis qu'il était entré dans la pièce. Elle ne répondit pas. C'était une promesse qu'elle ne pouvait pas faire, même si elle était persuadée que le garçon s'était enfui pour échapper à son père écrasant. Elle l'espérait, en pensant à son dernier disparu. Le Père Angelotti.

Il lui donna les noms. Gerry Dunne, Mike O'Brien et l'évêque Terence Connor.

— Vous devez me raconter toute l'histoire, intima-t-elle, la fatigue due au manque de sommeil s'estompant.

— Il n'y a pas d'histoire, inspectrice. Il s'agit juste de quelques hommes qui font quelques coups pour gagner rapidement de l'argent. L'évêque Connor m'a vendu la propriété au-dessous de sa valeur marchande en échange d'un abonnement à vie au nouveau club de golf. Mike O'Brien a manipulé quelques chiffres pour que je puisse financer l'opération et Gerry Dunne doit veiller à ce que le projet obtienne le permis de construire. C'est tout, poursuivit-il. Nous ne sommes pas impliqués dans quelque chose d'assez sombre pour justifier un meurtre. Je vous suggère de commencer à chercher ailleurs. Sinon, vous perdez un temps précieux alors que vous pourriez être à la recherche de Jason.

Rickard chercha quelque chose dans sa poche.

— Puisque vous semblez avoir une fascination pour Sainte-Angèle, prenez ceci, déclara-t-il en déposant un trousseau de clés sur le bureau. Allez-y, voyez par vous-même. C'est juste un vieux bâtiment qui a besoin d'être rénové. Des briques et du mortier. Satisfaites votre curiosité. Et puis, pour l'amour de Dieu, retrouvez mon fils.

Lottie posa sa main sur les clés et les tira vers elle avant qu'il ne change d'avis.

— Merci, répondit-elle. Rentrez chez vous auprès de votre femme. Prévenez-moi à la seconde où vous aurez des nouvelles de Jason. Je ferai de même.

Elle indiqua que l'entretien était terminé. Rickard se leva et, sans un mot ni un regard en arrière, sortit du bureau, son costume cintré aussi ridé que son visage creusé.

Ouvrant le tiroir du bas, Lottie en sortit le dossier jauni de Manille et fixa le jeune garçon sur la photo. Elle savait exactement ce que c'était d'avoir quelqu'un de disparu. Elle espérait, contre toute attente, que Jason Rickard ne faisait que soigner son ego. S'il y avait plus sinistre que cela, ils se trouveraient dans une tout autre sphère.

Chapitre 81

Sean Parker écoutait Katie renifler dans la chambre voisine. Cela lui rappelait les pleurs nocturnes de sa mère après la mort de son père. La différence, c'était que sa mère se levait chaque matin avec les yeux rouges, mais en niant la réalité, et qu'elle vaquait à ses occupations comme si de rien n'était. Il avait voulu exprimer sa colère, lui rappeler les pleurs qui l'empêchaient de dormir. Mais il était resté silencieux, son jeune cœur se brisant pour elle, pour ses sœurs et pour lui-même.

Les sanglots de Katie étaient différents, et il avait de la peine pour elle. Il était en admiration devant Jason depuis qu'il l'avait laissé tirer sur un spliff. Il avait réussi à tirer quelques bouffées avant que le salon ne soit envahi par une myriade de formes et de couleurs. Puis il avait vomi pendant vingt minutes. Il ne l'avait pas dit à Jason.

Il appuya sur sa manette de camouflage et arrêta l'action d'un soldat sur l'écran. Il aurait aimé que sa mère soit plus souvent à la maison. Mais elle avait son travail et était occupée par les enquêtes sur les meurtres. Tout le monde lui disait qu'il était l'homme de la maison, maintenant que son père était parti. Alors que ferait l'homme de la maison ?

Il essaya d'éteindre la PlayStation, mais elle se bloqua. Elle ne voulait ni s'allumer ni s'éteindre. Il avait besoin d'une nouvelle console. Vraiment rapidement.

Il avait quelques économies. En cherchant sa carte bancaire dans son coffre, ses doigts touchèrent l'acier froid et s'enroulèrent autour du couteau suisse que son père lui avait offert il y a quelques années. Il aimait ouvrir les différentes lames en se prenant pour un personnage de *Grand Theft Auto*. Pendant toutes les années où il avait eu le couteau, il ne l'avait jamais sorti de la maison. Aujourd'hui, il le ferait. Après tout, il y avait un meurtrier dans les parages. On ne savait jamais quand on pouvait avoir besoin d'un couteau suisse. C'était ce que lui avait dit son père. Il vérifia l'heure sur son téléphone. Onze heures et demie à peine. Il serait de retour avant l'heure du déjeuner.

Il mit sa carte bancaire dans sa poche avec le couteau et, enfilant deux sweats à capuche, il quitta la maison en entendant Chloé qui traitait Katie de « reine du drame ».

Chapitre 82

Après avoir retiré ses bottes, Lottie se massa le pied d'une main tout en serrant les clés de Sainte-Angèle de l'autre. Elle surprit Kirby en train de la regarder par-dessus son écran.

— Quoi ? demanda-t-elle.

— Rien.

Il reporta son regard vers l'ordinateur.

— Kirby, pour une fois dans votre vie, allez-vous dire ce que vous pensez ?

Empochant les clés, elle tapa du pied sur le sol et remit ses pieds endoloris dans ses bottes. Passant une main dans ses cheveux défaits, elle mit son téléphone en silencieux. Pas de messages. Pas d'appels manqués. Rien du tout. Elle espérait que Boyd allait bien. Elle leva les yeux pour voir Kirby debout à côté d'elle, une page à la main. Il lui serra l'épaule.

— Vous vouliez des éléments sur le Père Burke, déclara-t-il en retournant à son bureau.

Lottie regarda la photo d'identité du Père Joe, avec sa frange d'enfant et ses yeux bleus, un sourire ouvert et accueillant. Elle parcourut le rapport jusqu'à ce que ses yeux se posent sur un article du journal local de Wexford.

— Vous l'avez lu ? demanda-t-elle.

— Oui, répondit Kirby. Il semble être un homme à femmes.

Les mots sur la page se mélangeaient les uns aux autres. Manque de caféine ou manque de sommeil ? Elle eut envie de vomir. Elle essayait de se concentrer, mais son esprit refusait d'enregistrer ce qu'elle lisait. Un petit article citant une femme de Wexford Town. Elle affirmait que le Père Joe Burke l'avait poursuivie, désireux d'avoir une relation avec elle. Elle avait ignoré ses avances et lorsqu'il avait persisté, elle l'avait dénoncé, mais la police n'avait rien fait. Lottie n'arrivait pas à croire que cet article avait été publié. Elle pensa alors au journaliste Cathal Moroney et à sa source secrète. Elle devait encore découvrir qui était à l'origine de cette fuite.

Elle leva la tête vers Kirby.

— Courir après des paroissiennes, affirma-t-il, n'est un crime que dans l'Église catholique. Le vœu de célibat et tout ça. Si vous voulez mon avis…

— Non, merci, l'interrompit-elle en l'ignorant.

Elle avait été séduite par l'allure et le charme du Père Joe. Avait-il essayé de la séduire alors qu'elle ne voulait que de l'amitié ? Était-ce pour cela qu'il avait insisté pour qu'elle aille à Rome alors qu'il aurait pu photographier et envoyer par e-mail les pages du grand livre ?

Elle repoussa sa chaise, attrapa son téléphone et, un bras dans sa veste, sortit sans entendre un mot de plus de Kirby.

* * * * *

Elle avait bien l'intention d'aller jeter un coup d'œil à Sainte-Angèle, mais en quittant le bureau, elle rencontra Maria Lynch sur le parking.

— Je retourne à Ballinacloy, annonça Lynch. Vous venez ?

— Bien sûr, et je conduis, décida sur-le-champ Lottie.

Sainte-Angèle pouvait attendre. Elle pourrait peut-être trouver quelque chose chez le vieux prêtre.

Le Père Cornelius Mohan avait vécu dans un cabanon à gauche d'une petite église. Quatre cottages du début du vingtième siècle longeaient la route à droite, une allée bordée de haies serpentant derrière. Entre les petites maisons et l'église s'élevait une école primaire de cinq classes, dont le réservoir de pétrole était orné de la peinture *Thomas le petit train*. Une cour de récréation s'étendait autour de l'école. Et, depuis dix ans, un prêtre pédophile vivait à côté. Tout cela avait été facilité par nul autre que l'évêque Connor. Lottie secoua la tête, déconcertée.

Le policier, qui se tenait à l'entrée, leva le ruban de sécurité, les laissant passer. Pendant que Lynch s'entretenait avec les agents de sécurité dans la cour à l'arrière, Lottie enfila des gants en latex et ouvrit la porte d'entrée. Elle parcourut le couloir sombre et tortueux et entra dans la cuisine avec son haut plafond. Tout était d'un brun trouble et l'air empestait la fumée, celle du gazon et des cigarettes. Un cendrier bouché trônait sur la table, à côté d'une tasse ébréchée à moitié remplie d'un thé stagnant. La porte du poêle était ouverte, ses cendres aussi froides que le prêtre mort.

Elle poussa une autre porte. Un mince filet de lumière de milieu de matinée s'infiltrait au bas de minces rideaux. Lorsqu'elle les tira, un rayon de lumière éclairant une crête de poussière flottant dans l'air dévoila un lit simple défait, une table de chevet, une commode et une armoire à deux portes.

En soulevant une couverture bleue unie, Lottie glissa ses doigts gantés sous l'oreiller, tâta le terrain et en sortit un portefeuille bien rempli. Il était plein de billets de cinquante et cent euros. Un billet de cinq cents euros était plié à l'arrière, derrière une carte plastifiée de saint Antoine tenant l'Enfant Jésus. Au total, elle compta mille six cent vingt euros. Le vol n'était certainement pas le mobile du meurtrier de Cornelius. Il était évident que le vieux prêtre était la seule personne à être entrée dans cette pièce depuis très longtemps.

Elle ouvrit les tiroirs, puis l'armoire. Les deux contenaient une quantité minime de vêtements, tous noirs, sentant la naphtaline et le renfermé. Agenouillée, elle regarda sous le lit. Deux paires de chaussures noires étaient alignées avec une valise en cuir marron derrière elles. Elle sortit la valise, recouverte d'une couche de crasse, et ouvrit les serrures. Des coupures de journaux jaunies, des dossiers et des cahiers.

Elle souleva l'un des cahiers à dos rigide et l'ouvrit. Page après page, de courts traits de crayon s'alignaient avec netteté. Des chiffres, totalisés en colonnes. Les comptes de la maison, devina-t-elle. Elle prit un autre carnet. La même chose. Allez, Mohan, dit-elle, donne-moi quelque chose.

Agenouillée sur le parquet poussiéreux, elle feuilleta six cahiers, tous contenant des chiffres. Elle les aligna à côté d'elle et prit le suivant. Un livre cartonné similaire, de couleur bleu marine. Elle l'ouvrit. Pas de chiffres. De l'écriture. Elle retint son souffle. Le trait de crayon désormais familier, une écriture bien étudiée, méthodique, voire structurée.

Les mots se confondaient et flottaient au fur et à mesure qu'elle lisait. Une histoire d'abus, documentée au crayon défraîchi, tombait des pages, lettre par lettre, mot par mot, flottant autour d'elle, un amas de phrases incompréhensibles. Il ne suffisait pas, pensa-t-elle, qu'il ait perpétré de tels actes sur des innocents, il les avait aussi enregistrés. Une chronique de secrets, inscrite au crayon délavé, dans un carnet bleu marine à dos rigide, enfermé dans la valise en cuir marron d'un prêtre assassiné et abuseur d'enfants. Cela l'assaillait au plus profond de son âme.

Elle sentit son cœur se briser et se durcir en même temps. Incapable de terminer sa lecture, elle plaça le carnet dans un sac de preuves en plastique et le glissa dans la poche intérieure de sa veste. Peu importe où elle le plaçait, elle savait qu'elle ne pourrait jamais effacer l'horreur inscrite par la main d'un démon. Il n'avait pas dû penser à ce qu'il adviendrait de ces carnets à sa mort. Sinon, il s'en serait débarrassé. À moins qu'il ne les ait utilisés pour revenir sur ses crimes. Quel genre d'animal sadique avait-il été ?

Elle appela Lynch, obtint l'accord de l'équipe de McGlynn et porta la valise jusqu'à la voiture. Elle s'enfuit de la maison, incapable de se débarrasser du bruit des pas feutrés de petits enfants maltraités qui la suivaient.

La cloche de la petite église de campagne sonna les douze coups de midi. Un son creux qui résonna dans tout le village.

Chapitre 83

La file d'attente devant le guichet automatique de la banque semblait interminable.

Sean tapait des pieds dans la neige et décida de tenter sa chance à l'intérieur. Au moins, il y faisait plus chaud. Il attendit qu'un distributeur se libère.

La femme devant lui, qui se débattait avec un enfant en bas âge et un bébé hurlant dans une poussette, finit par obtenir son argent. Il composa son code confidentiel et retira deux cents euros. Cela devrait suffire, pensa-t-il, sachant qu'il ne lui restait plus grand-chose. Il pourrait échanger sa vieille PlayStation pour le reste.

Il se demanda où Jason pouvait bien se trouver. Il décida de demander à ses propres amis si l'un d'entre eux l'avait vu. Non pas que ses amis se mêlent à des gens comme Jason Rickard. Mais on ne savait jamais tant qu'on n'avait pas demandé.

Il fourra l'argent dans la poche de son pantalon et se dirigea vers la porte.

* * * * *

L'homme observait le garçon. Passant ses mains de haut en bas sur son pantalon de costume, il jeta un coup d'œil autour de lui pour s'assurer que personne ne le remarquait. Il reconnaît le jeune adolescent. Le fils unique de l'inspectrice Parker.

Il s'avança derrière un présentoir de prospectus. L'agitation dans son pantalon était si intense qu'il enfonça ses mains dans ses poches pour faire taire la dureté qui montait. C'était trop risqué. Il avait déjà un garçon. Mais s'il voulait vraiment rejouer la vieille expérience, il lui en fallait deux, n'est-ce pas ?

Alors que le garçon appuyait sur le bouton vert de la porte de sécurité interne, l'homme se déplaça rapidement pour se mettre en ligne derrière lui. Lorsque la porte s'ouvrit, il entra dans la petite enceinte et sourit. Le garçon lui rendit son sourire.

Chapitre 84

Le ciel de midi était sombre, plutôt comme en fin d'après-midi, et il neigeait à nouveau.

En quittant le village de Ballinacloy, Lottie vérifia s'il y avait des nouvelles de l'hôpital. Rien. Au commissariat, elle accompagna Lynch à l'intérieur avec la valise. Elles enregistrèrent son contenu et Lottie feuilleta à nouveau le vieux carnet. Elle recula devant les horreurs écrites et mit le carnet dans un sac pour servir de preuve. J'y reviendrai plus tard, décida-t-elle. Ayant besoin d'une douche, elle récupéra sa propre voiture. Elle voulait aussi rendre visite à Boyd. Mais le premier arrêt, maintenant qu'elle avait les clés, était Sainte-Angèle.

* * * * *

Un mal de gorge s'était installé. Lottie toussait et sa gorge lui faisait encore plus mal. Debout devant sa voiture, regardant le vieux bâtiment, elle avait besoin d'apaiser le stress qui oppressait son cerveau. Elle compta les fenêtres une fois, puis deux. Prenant soin de ne pas glisser sur la neige fraîche, elle monta les marches.

Arrivée à la porte, les clés dans la main, elle fut prise d'une vague d'effroi inhabituelle. Elle avait peur pour elle-même, pour son passé, pour ses décisions, pour son attitude, pour son chagrin et pour ce qu'elle était en train de devenir. Elle aurait alors tellement souhaité que Boyd soit avec elle, qu'il la taquine. Il lui manquait.

Enfilant des gants de latex sur ses doigts engourdis, elle tourna la clé dans la vieille serrure et poussa la porte, surprise qu'elle s'étende vers l'intérieur avec une relative facilité. Le hall d'entrée était plus petit que ce à quoi elle s'attendait. Un froid glacial lui coupa le souffle. Il faisait plus froid à l'intérieur qu'à l'extérieur.

Elle s'attendait à voir de l'eau couler le long des murs à cause de l'éclatement des canalisations.

Devant elle se dressait un grand escalier. La rampe en acajou se tordait vers le haut, entourant de larges marches en béton qui menaient à un carrefour de couloirs sombres. Elle ne s'occupa pas de l'interrupteur, il pouvait ne pas fonctionner et elle ne voulait pas le savoir. Parfois, il vaut mieux ne pas savoir, plutôt que de se retrouver littéralement dans le noir. Elle se réconforta avec cette pensée.

Elle écouta. Le calme régnait à l'intérieur, tandis que le vent, à l'extérieur, projetait la neige contre les vitres, faisant trembler les cadres. Un courant d'air fit bruisser les feuilles mortes à ses pieds. Elle ferma la porte d'entrée et chassa les restes de neige de ses bottes à coups de pied. Elle décida d'aller voir les étages supérieurs.

En haut de la première volée de marches, elle s'engagea dans un couloir bordé d'un côté par des portes et, de l'autre, par des fenêtres. Inconsciemment, elle les compta – c'était plus fort qu'elle – et enregistra mentalement les chiffres. Faisant demi-tour, elle se dirigea vers l'autre couloir, comptant également les fenêtres. Leurs cadres grinçaient, puis se stabilisaient. Elle répéta l'exercice à l'autre étage. Elle compta. Les chiffres ne correspondaient pas.

Elle descendit les escaliers en courant. Elle compta à nouveau. Seulement treize fenêtres. Seize à l'extérieur. Les deux extrémités du couloir étaient bordées de béton. Elle fit glisser sa main le long des murs et frappa par intermittence, se demandant s'ils étaient creux. Ils semblaient solides. Tom Rickard pourrait peut-être lui donner la réponse. Cette imprécision l'intriguait, mais elle n'avait aucune idée de l'importance qu'elle pouvait avoir, si tant était qu'elle en ait une.

Un oiseau cria au-dessus de sa tête, ses ailes s'écrasant contre les chevrons en bois, et disparut. Elle aurait crié si sa gorge n'était pas déjà à vif. Elle s'appuya contre le mur et sentit les vibrations du passé. L'histoire d'O'Malley résonnait dans son cerveau. La clameur des enfants courant dans les couloirs, les nonnes hurlant derrière eux, tirant les cheveux, les mâchoires s'entrechoquant avec le dos des mains âgées. L'image était si vivante que Lottie pensait pouvoir la toucher si elle tendait la main. L'angoisse, la solitude des enfants abandonnés. Il n'y avait pas de rêves ou d'attentes, tout n'était que désespoir et perte.

Une fois de plus, ses pensées furent envahies par l'image du dossier jauni dans le tiroir du bas de son bureau. Les disparus. Les morts. Le jeune garçon roux : avait-il été assassiné ou le cerveau d'O'Malley avait-il inventé un mythe ? Elle se souvint des mots écrits dans le cahier cartonné de couleur marine et des registres, remplis de vérités et de mensonges. L'émotion qui l'envahit était celle de l'impuissance dévastatrice.

L'oiseau noir se calma, niché dans la partie avant du toit, et Lottie revint sur ses pas, comptant les portes brunes défraîchies le long du couloir, aux boutons de laiton ternis, à la peinture écaillée par des années de mains, jeunes et vieilles, qui les tournaient et les retournaient. Depuis qu'il avait été abandonné à lui-même, le bâtiment était mort.

Il fallait ouvrir les portes. Des portes vers un passé oublié. Susan et James avaient peut-être essayé de les ouvrir, au sens métaphorique du terme. Regardez ce qui leur était arrivé. Son instinct lui disait que ce bâtiment détenait la clé de l'énigme globale. Elle ouvrit et ferma quelques portes sur des espaces vides et désolés et, supposa que ces pièces avaient été de petits dortoirs.

Elle tourna la poignée de la porte suivante et entra. Elle était semblable aux autres, mais ici, des sacs en plastique noir recouvraient les fenêtres, étouffant la pièce dans l'obscurité. Elle tâta le mur et appuya sur un interrupteur. Une ampoule de faible puissance, suspendue à un fil couvert de poussière, répandit un minimum de lumière dans l'espace. Lottie regarda autour d'elle.

Un lit à armature de fer, contre un mur, habillé de draps blancs. S'avançant dans la pièce sur un plancher nu et inégal, Lottie fronça le nez. Un léger parfum de lessive flottait sur le coton. Elle tourna l'oreiller et souleva le matelas. Rien. Un cliquetis la fit s'arrêter, le drap à la main. Le silence. L'oreille aux aguets, elle n'entendit que le vent effleurer la neige contre la fenêtre et le sac poubelle bruisser dans la brise par un interstice des châssis. Elle étudie la pièce. Un lit, un petit chauffage au gaz dans un coin et une chaise en bois dans l'autre. Rien d'autre que la peinture qui s'écaillait au plafond et les ombres qui se creusaient dans les tremblements jaunes de l'ampoule qui oscillait légèrement.

En se tournant vers la sortie, elle aperçut un éclat de métal au pied du lit. Elle passa ses doigts dans la poussière et toucha l'objet. Elle le fit glisser vers elle, le serra entre ses doigts froids et le souleva vers la lumière. Le pendentif en argent scintilla contre sa main recouverte de latex. Elle savait exactement à qui il appartenait.

* * * * *

Jason tourna la tête, persuadé d'avoir entendu frapper contre le mur. Les liens sur ses bras et ses jambes le plaquaient au sol. Le bâillon dans sa bouche l'empêchait de crier. Quelqu'un le cherchait ! L'exaltation l'envahit et il tendit son corps contre les cordes. Mais il était solidement attaché. Le désespoir l'envahit et il s'affaissa contre le sol. S'ils se trouvaient dans la partie principale du bâtiment, chercheraient-ils plus loin dans cette section ? Savaient-ils qu'elle existait ? Il espérait qu'ils n'abandonneraient pas trop facilement. Il s'affaiblissait. Il tendit à nouveau l'oreille, écoutant, cherchant un son, aussi petit soit-il. Son moment d'espoir se brisa, le malheur s'installant au creux de son estomac, où il se mit à tourner en rond.

En écho aux oiseaux qui chantaient sur les chevrons du toit, il se vomit dessus.

Chapitre 85

— Bonjour. Sean Parker, c'est bien ça?

Devant le magasin de jeux, Sean se retourna.

— Qu'est-ce que ça peut vous faire? Il s'appuya contre la vitrine.

— Je t'ai reconnu, c'est tout.

— Alors, qu'est-ce que vous voulez? demanda Sean en faisant signe à l'un de ses amis qui se trouvait de l'autre côté de la rue.

— Je connais très bien ta sœur et Jason. Sais-tu qu'il a disparu?

Sean recula encore, mais il n'avait nulle part où aller.

— Oui, je le sais.

— Cela peut paraître étrange, mais il n'a pas disparu. En fait, je sais où il se trouve.

— Pourquoi n'allez-vous pas voir la police?

— Jason ne veut pas qu'ils s'en mêlent. Il y a un conflit familial ou quelque chose comme ça.

— D'accord, mais ça n'a rien à voir avec moi.

Sean se rapprocha de la porte du magasin. L'homme secoua la tête et recula d'un pas.

— C'est bon. Désolé de t'avoir dérangé.

Il s'éloigna.

Sean se mordit la lèvre, jaugeant l'homme de haut en bas. Il avait l'air respectable, bien habillé, propre, même s'il n'avait pas de manteau dans le froid glacial. C'était étrange. Il lui semblait familier. L'avait-il vu quelque part récemment ? Il ne s'en souvenait pas. Il ne semblait pas être une menace. C'était juste un vieux Monsieur qui connaissait sa sœur. Sean demanda :

— Où est-il ?

L'homme lui fit face.

— Je ne peux pas rompre sa confiance, mais je peux te montrer où il est. Comme ça, tu pourras dire… tu pourras dire que tu es tombé sur sa cachette.

— Bien sûr.

— Viens avec moi.

Chapitre 86

Lottie frappa le volant. La voiture ne démarrait pas. La neige était épaisse sur le sol. Il ne gelait pas. Pas encore.

Elle continua à tourner la clé, obtenant un clic vide en réponse. Le pendentif se trouvant dans un sac en plastique dans sa poche, elle resta assise à réfléchir. Elle savait à qui il appartenait et pensait savoir comment il était arrivé là. Et elle devait parler des fenêtres à Rickard. L'anomalie la dérangeait, elle lui collait à la peau.

Le numéro de Jane Dore clignota sur son téléphone.

— Bonjour, Jane.

— J'ai terminé l'autopsie du Père Mohan.

— Vous êtes efficace et rapide, la félicita Lottie. Même chose que les autres ?

— Pas la même chose, non, répondit la médecin légiste. L'agresseur a utilisé moins de force, mais c'était un vieil homme.

— Pensez-vous qu'il pourrait s'agir d'un meurtre par imitation ?

— J'en doute. Cornelius Mohan a le même tatouage que Susan Sullivan et James Brown.

Lottie retint son souffle un instant. Un vieux prêtre tatoué ? Qu'est-ce qu'il y avait d'autre ?

— Il est comme les autres, ancien, mais mieux défini. J'ai scanné l'image et je l'ai agrandie, expliqua Jane. Les tatouages des autres victimes étaient effacés et ressemblaient à des lignes dans un cercle, mais avec celui-ci, je peux vraiment distinguer le dessin.

— Continuez, lui enjoignit Lottie, espérant qu'il s'agissait de quelque chose de précis.

— Cela ressemble à l'icône de la Vierge à l'Enfant, souvent représentée sous la forme d'une statue sculptée dans les églises. C'est ce que me dit Wikipédia.

Lottie jeta un coup d'œil au sommet du bâtiment devant elle. La statue qu'elle avait eu du mal à voir dans l'obscurité à Sainte-Angèle l'autre soir avec Boyd était la Vierge Marie avec l'Enfant Jésus dans ses bras.

— Vous avez peut-être raison, conclut-elle. Mais je ne comprends toujours pas pourquoi Susan et James l'avaient.

Et Patrick O'Malley, se souvint-elle.

— Si cela signifie quelque chose, vous feriez mieux de le découvrir. Avant que d'autres corps ne finissent ici.

Le téléphone toujours collé à l'oreille, Lottie sut qu'elle devait reparler à O'Malley. Il avait l'air de plus en plus important. En tant que témoin d'un meurtre perpétré des décennies plus tôt, ou bien était-il impliqué à l'époque, ou même aujourd'hui ? Quoi qu'il en soit, il détenait potentiellement des informations vitales. Il fallait qu'elle l'oblige à s'en souvenir.

Son téléphone interrompit ses pensées.

— Inspectrice, c'est Bea Walsh… du conseil.

— Bonjour, Bea. Comment allez-vous ?

— Je voulais juste vous faire savoir que le permis de construire de Sainte-Angèle a été approuvé aujourd'hui.

— Je suppose qu'il est facile de blâmer les morts pour cela, commenta Lottie. Rickard peut donc aller de l'avant avec ses projets d'hôtel ?

— Pas exactement. Il y a une période d'attente pour la procédure d'appel public, mais je ne pense pas qu'il y aura beaucoup d'objections. Ce projet créera des emplois.

— Merci de me l'avoir fait savoir.

— Et, inspectrice, le dossier n'a pas disparu du tout. Gerry Dunne, le directeur du comté, l'avait.

Lottie réfléchit aux deux appels téléphoniques. Elle essaya de rassembler les informations dans sa tête, mais en vain. Le fait que sa voiture ne démarre pas et le coût de sa réparation s'immisçaient dans ses réflexions.

À la recherche d'une cigarette ou de quelque chose d'autre pour se concentrer, elle balaya du regard l'étendue de terrain recouverte de neige. Ses yeux se posèrent sur une enclave entourée de murs qui s'étendait à l'arrière de Sainte-Angèle. Un croissant d'arbres couverts de neige s'élevait au-dessus des murs de pierre. Le verger. Une image lui traversa l'esprit. Les jeunes Susan et James, avec O'Malley et Brian, quel qu'il soit, terrorisés par le Père Con'. Au moins deux d'entre eux étaient morts désormais.

Chapitre 87

— Savez-vous vraiment où se trouve Jason ? demanda Sean à l'homme en s'asseyant dans la voiture.

— Oui, je le sais.

— C'est une coïncidence, n'est-ce pas ?

— Quelle coïncidence ?

— Vous me connaissez et vous connaissez aussi Jason, expliqua Sean. Vous pouvez mettre le chauffage ?

— Bien sûr.

L'homme sortit du parking, s'engagea dans la file de circulation et augmenta le chauffage.

— Cela ne prendra pas une minute pour te réchauffer, jeune homme.

— Comment savez-vous qui je suis ? demanda Sean.

— Je connais aussi ta mère, tu vois, et tu es à son image. Je te reconnaîtrais à un kilomètre.

— Tout le monde me dit que je suis le portrait craché de mon père.

— Je ne connais pas ton père, rétorqua l'homme en attendant que le feu passe au vert.

— Il est mort.

— Désolé pour cette perte.

— Comment connaissez-vous ma sœur et Jason?

— Je suis un ami du père de Jason. On peut dire que nous faisons des affaires ensemble.

Sean retomba dans le silence tandis que l'homme conduisait la voiture avec prudence à travers la ville. La neige tourbillonnante ralentit leur progression. Une fois Jason rentré à la maison, Katie serait heureuse. Elle lui serait redevable, pour toujours. Sean sourit, fier de lui.

— Pourquoi souris-tu? demanda l'homme.

— Oh, rien, répondit Sean, toujours souriant.

* * * * *

— Où va-t-on? demanda Kirby en mâchant son cigare éteint.

— Cette voiture pue, pesta Lottie en tirant sur sa ceinture de sécurité.

La fumée de tabac éventée s'échappait des sièges et s'insinuait dans ses vêtements. Elle avait dû laisser sa voiture jusqu'à ce qu'ils obtiennent des câbles de démarrage. Kirby n'en avait pas.

— Je veux parler à Tom Rickard, mais je dois d'abord voir Boyd.

— Vous ne pourrez pas l'approcher, affirma Kirby.

— Je n'en ai rien à foutre, s'emporta-t-elle. Attention à la route verglacée.

Elle s'agrippa au tableau de bord tandis que Kirby faisait une embardée, évitant de justesse une voiture qui arrivait en sens inverse.

— Fumez votre cigare si vous voulez.

— Vos désirs sont des ordres. Il alluma le cigare d'un coup de briquet.

— J'ai trouvé ceci à Sainte-Angèle.

Lottie brandit un petit sac en plastique contenant un pendentif en argent. Kirby le regarda de travers.

— Joli. Pourquoi serait-il dans ce vieil endroit ?

— C'est ce que je vais découvrir.

— Vous savez donc à qui il appartient ?

— Je le sais, affirma Lottie. Est-ce que ça va coûter cher de réparer la voiture ?

— Le prix d'une pinte, répondit Kirby.

— Je peux me permettre de vous offrir une pinte, mais mon budget ne me permet pas d'en acheter deux.

— Ce n'est pas grave, hein ? grogna Kirby.

Lottie acquiesça.

— Vous ne sauriez pas, par hasard, comment réparer une PlayStation ?

* * * * *

— Moron, dit l'homme en redressant sa voiture.

Il sortit de la route principale, emprunta la route secondaire et franchit le portail d'entrée arrière de Sainte-Angèle.

— Où allons-nous ? demanda Sean.

— Tu poses beaucoup de questions, dit l'homme en serrant les dents.

— Je me demandais juste.

L'homme fit passer son véhicule élégant derrière la petite chapelle et éteignit le moteur. Sean glissa sa main autour du métal froid dans sa poche, heureux d'avoir ce talisman avec lui. Quelque chose lui dit soudain qu'il devrait courir comme un fou, s'éloigner le plus possible. Avant qu'il ne puisse réagir, l'homme lui saisit fermement le coude, le propulsant vers la porte en bois cintrée munie d'un cadenas neuf et brillant. Bien qu'il n'ait pas encore quatorze ans, il était grand, mais le temps que l'homme ouvre la porte cadenassée, Sean se sentit tout petit. Il ne savait pas si c'était à cause des sourcils de l'homme qui se fronçaient en une grimace ou à cause de la prise sûre de son bras. Une chose était sûre, il était heureux d'avoir son couteau sur lui. La porte se referma et l'homme fit glisser un verrou en place.

— Pourquoi avez-vous fait ça ?

— Sécurité. Par ici.

Sean resta sur ses positions.

— Si la porte était fermée de l'extérieur, commença-t-il, comment Jason pouvait-il être ici de son plein gré ?

La mâchoire de l'homme se crispa. Sean recula contre la porte.

— Je t'ai dit que je t'amènerais à Jason. Sois un bon garçon et fais ce que je te dis.

— Il n'est pas là du tout, s'écria Sean. Qui êtes-vous ?

Il s'accrocha au couteau dans sa poche, espérant que l'homme ne le remarquerait pas. Quelle stupidité de s'être laissé entraîner ici ! Quelle était la meilleure chose à faire ? Espérer que Jason soit là et suivre l'homme pour le découvrir ou se défendre et s'enfuir tout de suite ? S'il utilisait le couteau, il pourrait sortir par la porte. Et s'il laissait Jason derrière lui ? Que ferait sa mère ? Il fallait qu'il réfléchisse vite, sinon il allait avoir un tas d'ennuis.

— Arrête de poser des questions. Viens.

Sean prit sa décision et se laissa guider dans le couloir étroit et terne, la main fermement serrée sur son couteau.

Chapitre 88

Devant le poste des infirmières, Kirby dit :

— Au moins, il n'est plus en soins intensifs.

Lottie leva les yeux au ciel. Il l'agaçait au plus haut point. Il ne fermait jamais la bouche, il fallait toujours qu'il dise quelque chose. Elle prit une grande inspiration, essayant d'insuffler un peu de calme dans ce qu'elle ressentait.

— Comment ça s'est passé à Rome ? demanda-t-il.

— Vous venez de me faire un clin d'œil ? Lottie s'approcha de lui et le regarda dans les yeux. Il recula.

— Je ne l'ai pas fait exprès. C'est arrivé comme ça.

Kirby tira sur sa mâchoire mal rasée.

— N'essayez pas de ressembler à Boyd. Cela ne vous convient pas.

— Vous pouvez voir le patient pendant cinq minutes. Pas plus. Il est faible, mais conscient.

Une jeune infirmière en uniforme bleu et aux yeux bleus tenait la porte ouverte.

— Un seul d'entre vous, intima-t-elle, les arrêtant de la paume de sa main.

— Allez-y.

Kirby laissa passer Lottie.

*****

Boyd était allongé sur le lit, une multitude de fils partant de différentes parties de son corps et se dirigeant vers des moniteurs qui se tenaient comme des robots autour de lui. L'infirmière appuya sur un tube, regarda le liquide qui passait. Satisfaite, elle se tourna vers Lottie.

— Cinq minutes.

Elle laissa Lottie seule avec Boyd. Lottie tira une chaise et s'assit près de sa tête. Ses yeux clignotèrent, leur teinte noisette se ternit. Il tenta un sourire sans succès.

— Je suis désolée, chuchota-t-elle. Je n'aurais pas dû partir à Rome en te laissant te mettre dans le pétrin sans moi.

Elle sourit alors que Boyd tentait un faible sourire.

— Je sais que tu n'es pas censé parler, mais peux-tu te souvenir de quelque chose à propos de ton agresseur ?

Boyd émit un grognement.

— Quand Kirby m'a raconté ce qui s'était passé, j'étais terrifiée, expliqua Lottie. J'ai cru que tu allais mourir, mais j'ai essayé de ne pas y penser. Tu me connais, je me suis plongée dans le travail toute la matinée.

Elle lui serra la main, sentant la longueur de ses doigts dans les siens, pencha la tête et embrassa la peau éraflée de son front.

— Ne pleure pas, murmura Boyd.

— Le hasard ferait bien les choses, dit Lottie.

— J'ai vu le dos du tueur… familier… Je ne suis pas sûr. Je ne suis d'aucune aide.

— Pourrait-il s'agir d'O'Malley ?

— Je ne sais pas.

Lottie trouva des mouchoirs en papier sur la table de chevet et essuya la salive au coin de sa bouche.

— Ce n'est pas grave. Je l'aurai. Il sera un bâtard désolé quand j'en aurai fini avec lui.

— Sois prudente, dit Boyd, sa voix prenant de la force. Ce n'est pas la peine de finir ici aussi. Ou peut-être qu'ils ont un lit double.

— Petit malin, dit Lottie. Je ne comprends pas pourquoi le tueur a frappé alors que tu allais voir le prêtre. En as-tu parlé à quelqu'un d'autre que Lynch ?

— Non… personne.

Elle réfléchit un instant. Elle était persuadée que Lynch n'avait rien à voir avec cette histoire et que, si Boyd n'en avait parlé à personne d'autre, la seule personne qui savait était le Père Joe.

Elle remarqua l'air fatigué de Boyd. Ce n'était pas le moment de lui faire part de ses soupçons. Ses paupières se fermèrent.

— Remets-toi vite. Je suis perdue sans toi.

Elle posa ses lèvres sur son front tandis que l'infirmière revenait. Jetant un coup d'œil en arrière à Boyd, qui dormait à présent, elle quitta la chambre, déterminée à mettre un terme à la quête du tueur.

Chapitre 89

— Je n'ai pas d'autres informations concernant votre fils, Madame Rickard, mais je dois parler à votre mari.

Lottie s'appuya sur le chambranle de la porte de la résidence Rickard. Mélanie entra. Elle la suivit.

Tom Rickard se leva de son fauteuil, impatient. Elle secoua la tête. Son visage s'affaissa.

— Comme je l'ai dit à votre femme, je n'ai rien de nouveau sur l'endroit où se trouve votre fils. Nous avons publié un communiqué de presse. Il est sur les réseaux sociaux et nous aurons une couverture télévisée.

— Inspectrice, je suis très inquiet, s'effondra Rickard.

— Nous faisons tout ce que nous pouvons.

Lottie s'assit en face de lui dans le fauteuil qu'il lui indiqua. Assis dans son costume froissé, Rickard avait les yeux rougis. Un feu de bois brûlait. La pièce était chaude.

— Du thé ? Du café ? demanda Mélanie Rickard.

— Du thé, merci, répondit Lottie.

Elle sentait quelque chose dans l'atmosphère qui régnait entre Mélanie et Tom Rickard. De la glace ? Mélanie s'échappa vers la cuisine.

— À propos de Sainte-Angèle… commença-t-elle.

— Je suis plus préoccupé par le bien-être de mon fils en ce moment, rétorqua-t-il.

— Qui d'autre a les clés du bâtiment?

Rickard haussa les épaules.

— Mes partenaires. Vous avez les miennes.

— Pourquoi les ont-ils?

— Je leur ai donné des clés il y a longtemps, au cas où ils auraient besoin de vérifier l'endroit. Je n'ai jamais demandé à les récupérer. Je n'ai aucune idée s'ils les ont utilisées ou non, expliqua Rickard. Qu'est-ce que cela a à voir avec quoi que ce soit?

— Je ne sais pas est la réponse honnête, consentit Lottie.

Elle brandit le sac contenant le pendentif.

— Vous le reconnaissez?

Rickard détourna le regard.

— Non. Je devrais?

— Je pensais que vous le reconnaîtriez. Êtes-vous sûr?

— Nom de Dieu de bonne femme, que faites-vous pour retrouver mon fils?

Elle se leva pour partir. Le feu était trop réconfortant pour rester assis plus longtemps.

— Autre chose, avez-vous les plans originaux de Sainte-Angèle? J'ai besoin de voir la disposition des lieux.

Rickard haussa les épaules, soupira et se leva du fauteuil, tel un ours sortant de son hibernation. Il sortit un document roulé d'un bureau dans un coin et le lui tendit.

— Gardez-le. Le projet ne m'intéresse plus du tout, dit-il en revenant se placer à côté de son fauteuil.

— Même si vous avez obtenu votre permis de construire ?

— Mon fils est plus important pour moi maintenant. Quand vous en aurez fini avec eux, vous pourrez les brûler. Trouvez Jason. Faites-en votre priorité. Je vous en supplie.

Rickard se tourna vers le feu, fixant les flammes orangées qui sautaient sur le bois brûlant. Lottie se leva pour partir. Mélanie arriva avec un plateau. Elle le posa sur la table et posa une main sur son bras, les lèvres silencieuses, les yeux suppliants. Lottie acquiesça, sentant l'anxiété de l'autre femme. Elle laissa le couple à son désespoir solitaire.

Chapitre 90

— Regardez ça, Kirby, dit Lottie en montrant les plans posés sur une table dans le bureau d'enquête. J'avais raison.

— À propos de quoi ?

Elle retroussa ses manches jusqu'aux coudes et traça un cercle sur la page avec un surligneur jaune.

— Les plans montrent le couloir avec seize fenêtres au deuxième étage. J'en ai compté treize à l'intérieur, mais seize à l'extérieur.

— Ce qui veut dire quoi, exactement ? demanda Kirby en fouillant dans sa poche.

Elle tapota le plan avec le marqueur.

— Cela signifie qu'il y a trois fenêtres derrière un mur, ce qui veut aussi dire qu'il y a une ou plusieurs pièces supplémentaires bloquées.

— Et alors ? se risqua-t-il à dire.

— Pourquoi ? poursuivit Lottie. Pourquoi cela ? Qui l'a fait ? Quand ? C'est ce que je veux savoir. Qu'est-ce que ça veut dire ?

— Qu'est-ce que ça a à voir avec les meurtres ?

— Je ne sais pas, mais nous n'avons rien d'autre et j'ai besoin de le savoir. Avons-nous une adresse pour O'Malley ?

— Il vit dans la rue.

— Allez le chercher.

Elle jeta un coup d'œil dans la pièce, remarqua Lynch qui étudiait le tableau du bureau d'enquête.

— Quelque chose ne colle pas, dit Lynch.

— Que voulez-vous dire ?

— Derek Harte. L'amant de Brown. J'ai examiné ses déclarations et je pense qu'il y a quelque chose qui cloche. Soit il nous a menti, soit il s'est montré économe de la vérité. Je ne le trouve inscrit comme enseignant dans aucune école.

— Faites-le suivre dès que possible.

Lottie n'avait pas le temps de s'occuper de cela maintenant. Elle était en mission.

— Je pense que Mme Murtagh, la femme qui s'occupe de la soupe populaire, pourrait savoir où Patrick O'Malley traîne. Donnez-moi les clés de la voiture, Kirby.

* * * * *

— Je ne l'ai pas vu, dit Mme Murtagh en entraînant Lottie à l'intérieur et en chassant le chien. La bouilloire chauffait et du pain chaud reposait sur une assiette devant Lottie.

— Où se trouve-t-il habituellement ? demanda Lottie.

— Patrick O'Malley peut être n'importe où, inspectrice. La nuit, il dort généralement sur Main Street. Parfois, on le rencontre derrière la gare, dans les wagons ou dans une de ces maisons, vous savez, la vieille terrasse avec les toits creusés. Mais je ne l'ai vu nulle part ces dernières nuits.

— Je vais demander à quelqu'un de le chercher, soupira Lottie.

Mme Murtagh versa le thé et elles burent leurs tasses.

— Où est votre maigre partenaire aujourd'hui, inspectrice Dottie ?

— Je m'appelle Lottie, et le détective Boyd a été blessé la nuit dernière. Il est à l'hôpital.

— C'est terrible. Je vais prier pour lui. Qu'est-ce qu'il s'est passé ?

— Il n'y a pas de quoi s'inquiéter.

Lottie vérifia l'heure sur son téléphone.

— Je dois y aller. Merci pour le thé.

— Cela me rappelle ce à quoi j'essayais de penser la dernière fois que vous êtes venue.

— Qu'est-ce qui vous fait penser à cela ?

Mme Murtagh remua les miettes dans son assiette.

— Le téléphone.

— Et alors ?

— Pas votre téléphone.

La vieille dame hésita, puis dit :

— J'ai le téléphone portable de Susan Sullivan.

— Vous quoi ? Lottie abandonna son sourire et serra les mains. Où est-il ? Il pourrait être vital pour nos enquêtes. Pourquoi ne me l'avez-vous pas donné plus tôt ?

— J'ai oublié que je l'avais, et maintenant je ne suis même pas sûre de vouloir vous le donner, déclara Mme Murtagh en croisant les bras de manière rigide.

— Je pourrais vous accuser d'avoir entravé une enquête sur un meurtre. Nous aurions pu empêcher un autre meurtre. Il pourrait y avoir des informations vitales sur ce téléphone.

Lottie savait qu'elle était irrationnelle. Ils avaient obtenu toutes les informations du fournisseur d'accès. Voyant l'expression de confusion sur le visage de Mme Murtagh, elle essaya d'adoucir sa voix.

— Ce n'est pas grave. Ne vous inquiétez pas. Tant que vous le donnez maintenant, tout ira bien.

— Il se peut que ça ne marche même pas.

— Ce n'est pas la question.

Lottie enfonça ses ongles dans la paume de sa main et serra les dents.

— Comment se fait-il que vous l'ayez ?

— Je viens juste de me souvenir de tout cela. Susan l'a laissé tomber dans la soupe. Elle a complètement gâché une fournée. Nous avons dû en refaire. Ça a été un vrai charivari.

— Quand était-ce ?

— Le soir précédant son assassinat. Je l'ai mis dans un bol de riz dans la chaufferie. C'est ce que Susan a dit qu'il fallait faire.

— Pourquoi ne l'a-t-elle pas emporté avec elle ?

— Nous étions occupées, nous avons oublié le téléphone en revenant de notre tournée de soupe. Puis la pauvre âme a été tuée.

— Et vous avez gardé le téléphone ?

— Elle a été assassinée le lendemain, expliqua Mme Murtagh, les larmes aux yeux.

— Vous auriez dû me le donner.

— J'avais oublié que je l'avais.

Elle souleva la théière d'un air interrogateur. Lottie mit la main sur sa tasse, refusant d'un geste.

— Susan est morte. Ses secrets pourraient aider à élucider son meurtre. Pouvez-vous me passer le téléphone maintenant, s'il vous plaît ?

Mme Murtagh se leva lentement et sortit dans le hall. Lottie entendit un placard s'ouvrir et se fermer. Il serait difficile de savoir ce qu'il peut y avoir dessus après la trempette qu'il avait subi. La femme revint et tendit le téléphone à Lottie. Pas grand-chose, pensa Lottie, qui le mit dans un sac en plastique avant de le glisser dans son sac à main.

— Il y a aussi quelque chose d'autre…

Mme Murtagh commença par se frotter le front.

— Allez-y.

— Sainte-Angèle. Susan a dit qu'il y avait deux prêtres là-bas.

— Continuez.

— Après avoir rencontré l'évêque Connor, elle était dans un état épouvantable. Elle avait pris rendez-vous avec lui pour voir s'il pouvait lui communiquer des documents qui l'aideraient à retrouver son bébé. Je pensais qu'elle avait vu un fantôme. Je vous l'ai dit? Elle m'a dit qu'elle avait reconnu l'évêque comme un prêtre de ses débuts à Ragmullin.

— Quoi?

— Je vous dis ce qu'elle m'a dit.

Lottie avait du mal à saisir les implications de ce qu'on lui avait dit. Bien sûr, Susan n'était revenue à Ragmullin que depuis quelques années. Elle n'avait aucune raison de voir l'évêque avant sa rencontre avec lui. Cela signifiait-il aussi que l'évêque Connor connaissait deux des victimes pour les avoir vues à Sainte-Angèle? Il ne l'avait pas mentionné. Mais encore une fois, il se pouvait que ce ne soit pas lui du tout. Un autre élément à épingler par Kirby sur le tableau du bureau d'enquête.

— Susan et James ont veillé l'un sur l'autre pendant des années. Vous devez veiller sur eux, maintenant qu'ils sont partis, implora Mme Murtagh.

Lottie se leva, essayant désespérément de calmer sa colère. La vieille femme enveloppa le pain brun dans du papier d'aluminium.

— Je suis désolée, dit-elle en tendant le pain.

— Moi aussi, répondit Lottie en posant le pain sur la table. Et si vous voyez Patrick O'Malley, contactez-moi immédiatement. Avant que vous n'oubliiez, pensa-t-elle. Il faut que je lui parle.

Mme Murtagh parut soudain plus âgée que son âge. Saisissant le manche tordu de sa canne, elle raccompagna Lottie jusqu'à la porte. Lottie ne dit même pas au revoir lorsqu'elle s'assit dans la voiture de Kirby qui empestait le cigare.

Chapitre 91

Sean ouvrit les yeux. Sa tête le lançait.

En essayant de s'asseoir sur le sol glacé, il s'aperçut qu'il était attaché par une corde autour du cou et que ses bras et ses jambes étaient également entravés. Il s'efforça de se rappeler où il se trouvait. Que s'était-il passé ? Il resta immobile et écouta. Aucun son. Il réfléchit intensément. Les souvenirs défilaient et s'estompaient. L'homme qui l'avait poussé à travers la porte l'avait fait tomber à terre et… et c'était tout.

Il se retourna, essayant de voir quelque chose, n'importe quoi. Enveloppé dans l'obscurité, il concentra ses yeux, mais c'était plus noir que n'importe quel endroit où il avait été. Son estomac bouillonnait de peur et la terreur s'insinuait sous sa peau.

Son téléphone vibra dans sa poche. Il n'avait aucun moyen de le saisir. Il se rendit compte que ce salaud ne l'avait pas pris et qu'il avait peut-être manqué le couteau. Impossible de savoir. Des larmes perlèrent au coin de ses yeux. Cela n'avait pas d'importance. Il n'y avait plus rien à faire. Soudain, il redevint un petit garçon, toute bravade se désintégrant avec la prise de conscience du caractère désespéré de sa situation.

Et il se mit à pleurer, comme l'enfant qu'il était au fond de lui.

Chapitre 92

Lottie faisait les cent pas dans le bureau exigu, après avoir confié le téléphone de Susan aux techniciens. Elle informa Kirby de ce que Mme Murtagh avait dit à propos du fait que Susan avait reconnu l'évêque Connor.

— Je vous avais dit de me laisser mettre une raclée à ce salaud de menteur, dit Kirby.

— Un petit mot? Lynch toucha le coude de Lottie.

— Une minute, il faut que j'appelle chez moi.

Elle appela Chloé.

— Comment ça se passe à la maison?

— Bien. Sean est allé en ville tout à l'heure.

— Pourquoi est-il allé en ville?

— Il n'a pas cessé de se plaindre de sa PlayStation, alors peut-être voulait-il en essayer une nouvelle?

— Passe-le-moi.

— Il n'est pas encore rentré. Il est probablement allé chez Niall. Je lui ai envoyé un texto pour savoir ce qu'il voulait pour le déjeuner. Il n'a pas répondu.

— Probablement qu'il n'a pas de crédit.

— Typique, proféra Chloé en riant.

— Envoie-lui un message sur Facebook.

— Pourquoi n'y ai-je pas pensé, maman ? s'exclama Chloé avec un sarcasme moqueur.

— Comment va Katie ?

— Lourde. Comme d'habitude. Des nouvelles de Jason ?

— J'y travaille, déclara Lottie. Fais-moi savoir quand Sean rentrera à la maison.

— Je le ferai.

Elle raccrocha et se tourna vers Lynch.

— Vous vouliez me demander quelque chose ?

— Je veux vous parler de Derek Harte. C'est bon maintenant ?

— J'ai besoin de quelque chose pour me distraire. Allez-y.

Lynch croisa les bras, un dossier serré contre sa poitrine.

— J'ai passé en revue tous les documents, j'ai réexaminé sa déclaration, puis j'ai vérifié ses antécédents.

— Dites-moi.

— Je pense que nous avons merdé, inspectrice. Une grosse connerie.

— Oh, merde !

Lottie tira deux chaises jusqu'à un radiateur qui sifflait et elles s'assirent à côté de la chaleur. Lynch feuilletait le dossier sur ses genoux.

— Harte nous a dit qu'il travaillait dans une école à Athlone. Nous avons supposé qu'il était enseignant.

— Mais il ne l'est pas ? Lottie fixa Lynch. Pour l'amour de Dieu !

— Il n'est inscrit nulle part comme enseignant. Mais il fait des petits boulots. Le dernier endroit connu est l'école secondaire Saint-Simon à Athlone. Il a donné de fausses informations sur sa candidature et une adresse à Dublin. J'ai fait des recherches sur PULSE. Je l'ai trouvé.

— Condamné pour quelque chose ?

— Il a purgé cinq ans d'une peine de huit ans pour l'enlèvement et l'agression sexuelle d'un mineur. Libéré de la prison d'Arbour Hill il y a onze mois.

Lottie mesurait mentalement l'énormité de la révélation de Lynch. À qui la faute, ce gâchis ? La sienne, tout était de sa responsabilité en tant qu'enquêtrice principale. Elle serait certainement traînée devant le commissaire principal, voire le commissaire de la police. Corrigan exploserait. Et Lynch s'en sortirait sans reproche. Quant à l'école, ils n'ont pas dû le vérifier du tout. Et qu'en était-il du certificat d'habilitation de la police ? Quel gâchis !

— Juste ciel, s'écria-t-elle. Pourquoi n'a-t-on pas découvert cela, il y a plusieurs jours ? Je ne peux pas tolérer l'incompétence. Et dire que j'ai compati avec ce petit con dans son faux chagrin. Je le tuerai moi-même quand nous l'aurons rattrapé.

— J'ai vérifié l'adresse qu'il nous a donnée. Il loue un appartement.

Lynch tendit à Lottie une photo du condamné Derek Harte. Il n'avait pas du tout la même allure que l'homme accablé de chagrin qui avait trouvé le corps de James Brown. Barbe hirsute, cheveux longs. Des yeux sombres et morts. Le salaud. Il était désormais en tête de la liste des suspects.

— Donne-moi la bonne nouvelle, implora Lottie en jetant la photo et en tirant sur ses manches usées, sentant une oppression dans sa poitrine.

Elle se mit à tousser.

— Vous allez bien ? s'inquiéta Lynch.

Lottie essaya de répondre, mais n'y parvint pas. Lynch alla chercher un gobelet en carton et versa de l'eau du distributeur.

— Qu'est-ce qui ne va pas ?

Elle tendit le gobelet à Lottie. Lottie but une gorgée et sentit la vague retomber.

— Vous êtes épuisée, déclara Lynch.

Elle ne voulait pas de la sympathie de Lynch.

— Ce n'est qu'un rhume. Trouvez Harte. Vous et Kirby, poursuivez-le. Avant que le commissaire Corrigan n'ait vent de cette dernière connerie.

— Tout de suite.

— Imprimez son historique. J'ai besoin de savoir à qui nous avons affaire.

Lynch franchit la porte, la queue-de-cheval claquant contre ses épaules. Lottie jeta un coup d'œil par la fenêtre, de l'autre côté de la route, sur la cathédrale, majestueuse dans le brouillard sépia de l'après-midi. Les lampadaires s'allumaient. La scène semblait surréaliste. Alors qu'elle pensait avoir fait le tour de la question, elle se voyait confrontée à un nouvel imprévu qui remettait tout en cause.

Et elle avait d'autres choses à discuter avec son médecin que d'un rhume. Elle ouvrit son tiroir, prit le pendentif en argent qu'elle avait trouvé à Sainte-Angèle, l'empocha et referma le tiroir d'un coup sec.

Chapitre 93

Annabelle O'Shea était aussi extraordinaire que d'habitude. Un tailleur-jupe marine impeccable, une chemise blanche avec un soutien-gorge rouge visible à travers la soie transparente. C'est une déclaration, pensa Lottie. Après cinq minutes de marche sur des sentiers glacés jusqu'au cabinet médical de Hill Point, elle était trempée de sueur.

— Je n'ai pas eu le temps de prendre rendez-vous.

— Tu as une mine épouvantable. Assieds-toi.

Annabelle proposa une chaise à Lottie avant de s'asseoir à son bureau avec dessus en cuir.

— J'ai ton ordonnance.

— Je n'ai pas le temps d'aller à la pharmacie. Tu ne peux pas me donner quelques cachets ? Juste pour le moment.

— Qu'est-ce qu'il y a ? demanda Annabelle.

Elle se pencha sur un meuble derrière elle, en sortit quelques boîtes, lut les étiquettes et en tendit une. Satisfaite qu'elle contienne de la benzodiazépine, Lottie l'empocha et sortit de sa poche un petit sac en plastique qu'elle posa sur le bureau.

— C'est à toi, dit-elle en montrant le pendentif en argent dans le sac. Explique-moi pourquoi je l'ai trouvé sous un lit à Sainte-Angèle.

Annabelle jeta un coup d'œil au pendentif, le visage impénétrable. Lottie imaginait le cerveau de son amie s'agiter pour formuler ce qu'elle pensait être une réponse satisfaisante.

— Ce n'est pas à moi, protesta Annabelle en repoussant le pendentif.

Le rire de Lottie fut interrompu par une toux.

— D'autres te croiront peut-être, Annabelle O'Shea, mais pas moi.

Le médecin reprit le pendentif.

— Je suis sûre que beaucoup de gens ont un pendentif similaire.

— Je n'ai pas le temps de jouer et je ne suis pas du tout d'humeur, s'emporta Lottie.

Annabelle jeta le bijou sur le bureau, se leva et se dirigea vers la porte. Des pas courts et vifs.

— Tu as obtenu ce que tu voulais. Pars, s'il te plaît.

Lottie resta assise, tournant le petit sac en plastique dans sa main.

— Dis-moi, Annabelle. Je veux savoir.

— Si c'est le mien, qu'est-ce que ça peut te faire?

— Parce que Sainte-Angèle fait partie de mon enquête sur les meurtres dans cette ville.

— Rien à voir avec moi.

— Pour l'amour du Christ, Annabelle. Raconte-moi.

— D'accord. Calme-toi.

Annabelle s'assit.

— Je vais là-bas de temps en temps. Avec mon amant, avoua Annabelle.

— Qui est cet amant? interrogea Lottie en se mouchant, trop bruyamment dans l'espace confiné.

— Tu n'as pas besoin de le savoir.

— Mais si.

Après une pause, Annabelle se lança:

— Tom Rickard.

— Quoi?

— Il a dit qu'il quitterait sa femme, expliqua Annabelle. Quand nous aurions assez d'argent pour nous installer ensemble. Il est toujours impliqué dans une affaire ou une autre.

Elle marqua une pause, ferma les yeux, puis les ouvrit en grand.

— Pour te dire la vérité, je commence à me lasser de lui.

Lottie renifla de dégoût.

— Comme toujours. Vouloir ce qu'on ne peut pas avoir. Cela ne t'a jamais empêché de le faire.

— Tout le monde ne peut pas avoir le mariage que tu as eu.

— Mais qu'en est-il de Cian? de vos enfants?

— Mais quoi, Lottie, quoi? Tu penses qu'il n'y a que moi. Elle rit amèrement. C'est vrai, n'est-ce pas? Tu crois que je suis la seule à foirer mon mariage?

— Tu es une salope, s'emporta Lottie en se penchant sur le bureau.

— Tu me connais. Je prends ce que je veux, et je voulais Tom Rickard.

— Tu étais avec lui le jour des meurtres de Sullivan et de Brown ?

— Probablement. Quand était-ce déjà ?

— Tu sais très bien que c'était le trente décembre.

— Mmm... voyons voir. Elle consulta l'agenda de son ordinateur. Oui, je crois que nous étions ensemble à ce moment-là. Une de ses réunions avait été annulée et je ne travaillais pas, alors nous nous sommes retrouvés.

Quelques pièces du puzzle se mettaient en place pour Lottie.

— C'est pourquoi il n'a pas pu fournir d'alibi définitif. Il ne voulait pas vous trahir.

— Il ne voulait pas que sa femme le découvre.

— Tu aurais dû me le dire quand je t'ai parlé de Susan Sullivan.

— Tu n'as jamais demandé.

— Réponse intelligente, admit Lottie.

Elle en avait assez d'Annabelle, de ses secrets et de ses mensonges. Elle se leva et se dirigea vers la porte. Parfois, on pouvait être trop intelligent pour son propre bien. Annabelle resta silencieuse.

— Quand l'as-tu rencontré pour la dernière fois ? demanda Lottie.

— Il y a deux jours. Elle haussa les épaules. Je crois.

— À Sainte-Angèle?

— Bien sûr.

— Je te plains, Annabelle. Tu as de l'intelligence, de l'argent, une bonne famille et voilà que tu te comportes comme l'enfant gâtée que j'ai toujours su que tu étais. Au revoir.

* * * * *

À l'extérieur du cabinet médical, Lottie s'appuya contre le mur jusqu'à ce que sa respiration redevienne normale. Tom Rickard aurait pu lui éviter bien des ennuis s'il avait dit la vérité sur son alibi dès le premier jour. Elle commença à marcher vers le bureau.

Les sirènes retentissaient près de la gare lorsqu'elle traversa le pont du canal. L'eau était gelée, une couche de neige scintillait sous les faibles lampes. Des lumières bleues clignotaient derrière les vieux wagons. Elle dévala la colline et traversa la ville, sans se soucier des lumières de Noël qui scintillaient encore et qui invitaient des clients inexistants à franchir les portes des magasins.

Le froid lui rongeait les os, mais elle était trop engourdie dans son cœur pour le sentir sur sa peau. Sur les marches du commissariat, un corbeau noir se tenait debout sous les flocons de neige, son bec dur et gris, ses griffes assez longues pour arracher un œil de son orbite. Il battit des ailes une fois, mais ne bougea pas. Lottie sentit qu'il la fixait tandis qu'elle montait les marches. Un frisson glacial parcourut sa colonne vertébrale et elle comprit ce que les gens voulaient dire lorsqu'ils parlaient de pressentiment. Le bavardage dans le bureau d'enquête baissa d'un décibel lorsqu'elle entra.

— Qu'y a-t-il? demanda-t-elle. Oh mon Dieu, pensa-t-elle en se serrant les flancs avec ses bras croisés. Boyd?

— Non, hésita Kirby en se tortillant sur sa chaise.

— Alors, vous allez me le dire ?

— Nous avons trouvé un autre corps, dit-il.

— Jason ? Lottie s'assit rapidement.

— Un corps a été retrouvé au-delà des vieux wagons de chemin de fer, dans l'une des maisons mitoyennes délabrées.

— J'espère que ce n'est pas O'Malley. Elle se leva et fit le tour des bureaux. Il semblait être l'un de nos suspects les plus probables.

— Le corps était probablement là depuis quelques jours, expliqua Lynch. Le visage, rongé par la vermine. Il lui manque un bras et deux doigts de l'autre main. Les orteils aussi. Un sac d'os et de chiffons.

Elle parlait de manière abstraite, sans se référer au corps en tant qu'être humain. Cela permettait d'éloigner l'horreur.

— Il vaudrait mieux que ce ne soit pas O'Malley, s'emporta Lottie. D'après Mme Murtagh, ce quartier était l'un de ses repères. Elle frappa le bureau en signe de frustration. On sait déjà s'il s'agit d'un meurtre ?

— Peut-être une hypothermie, déclara Lynch. La médecin légiste est sur les lieux. Allons-nous nous y rendre ? Elle prit son manteau.

Un doux murmure d'activité reprit tandis que les détectives retournaient à leur travail.

— Vous y allez. Je reste ici.

Lottie s'agrippa au dossier de sa chaise, espérant qu'ils n'avaient pas un autre meurtre sur les bras. Si O'Malley était mort, qui resterait-il pour répondre à ses questions ? Le mal de Sainte-Angèle resterait-il à jamais secret ? Elle espérait que non.

— Avez-vous retrouvé Derek Harte ? s'enquit-elle.

— Il n'est à aucune de ses adresses et son téléphone est mort, répondit Lynch à la porte.

— Trouvez-le. Lottie alla se réfugier à son bureau. Et passez-moi le journaliste, Cathal Moroney.

Chapitre 94

Il devait faire nuit dehors, pensa Sean, parce qu'il avait beaucoup plus froid maintenant. Il espérait que sa mère était à sa recherche. Saurait-elle seulement qu'il avait disparu ? Il l'espérait.

Il entendit des pas, tendit l'oreille. La porte s'ouvrit et un rayon de lumière atténuée dessina la silhouette de l'homme encadré dans l'ouverture.

— Comment va mon jeune homme ?

La voix était rauque et bourrue.

— Qu'est-ce que vous voulez ? Où est Jason ? demanda Sean.

— Ah, pas de patience, la jeunesse d'aujourd'hui.

L'homme fit un signe de tête et entra dans la pièce. Sean sentit les cordes et les chaînes se détacher. Traîné jusqu'à ses pieds, il trébucha, puis se redressa. Mais ses genoux se dérobèrent à nouveau. Le bras de l'homme passa sous celui de Sean et le conduisit hors de la pièce. Il fallait laisser ce salaud penser qu'il était plus faible qu'il ne l'était en réalité.

L'homme s'arrêta devant une autre porte et l'ouvrit. Sean sentit une poussée dans ses côtes et entra en titubant. La puanteur du vomi emplissait l'air. Il plissa les yeux pour essayer de voir dans l'obscurité. Sur le sol en béton, Jason était allongé en position fœtale, les mains couvrant sa tête. Son torse et ses pieds étaient nus et son jean ouvert à la taille.

— Tu voulais voir Jason. Le voilà, dit l'homme en s'approchant du garçon à terre.

Jason ne bougea pas d'un poil et Sean se demanda s'il était endormi ou même mort. Que se passait-il? Devait-il courir? Le temps qu'il mettrait à trouver son chemin pour sortir d'ici, Jason pourrait être mort. Instinctivement, il savait que ce salaud allait les tuer tous les deux.

En puisant dans son énergie, Sean retourna rapidement dans le couloir, tira la porte et tourna la clé dans la serrure. Peut-être qu'il condamnait Jason à la mort, mais s'il avait une chance de s'échapper, il la saisissait. Il poussa un soupir de soulagement en s'appuyant sur la porte, puis se retourna pour trouver le chemin de la sortie. Et s'arrêta. L'homme se tenait devant lui, une corde à la main.

— Comment… comment…? balbutia Sean, les pieds collés au sol.

L'homme lui saisit le bras et tordit la corde en un nœud autour du poignet de Sean et autour de ses mains. Sean donna un coup de pied, attrapant le genou de l'homme. Il avait visé l'aine. Il rata son coup. Se retournant, il tira sur la corde, essayant de s'enfuir, toute son énergie concentrée sur la fuite.

— Arrête, souffla l'homme, qui attrapa Sean et doubla la corde autour de sa taille, l'empêchant de bouger instantanément.

Désormais handicapé, Sean s'effondra contre l'homme.

— D'où venez-vous? Comment avez-vous…?

— As-tu déjà entendu parler d'une pièce à deux portes? La clé tourna et la porte s'ouvrit à nouveau. Sean fut poussé à l'intérieur.

— Bonne discussion, dit l'homme. Je reviendrai.

Jason ne faisait pas de bruit.

Les bras toujours liés, Sean rampa jusqu'à lui.

— Ça va, mon pote ?

Jason gémit, comme un animal pris au piège. Sean avait déjà entendu un tel son une fois, la seule fois où son père l'avait emmené à la chasse. Que ferait un chasseur s'il était pris au piège ? Les pensées se bousculèrent dans sa tête, et il reporta son esprit sur ses jeux PlayStation. Peut-être trouverait-il une réponse dans le monde virtuel : il gagnait toujours dans ce domaine. Fermant les yeux, il posa doucement ses mains liées sur l'épaule de Jason.

— On va s'en sortir. Ne t'inquiète pas, murmura-t-il.

Mais il n'en était pas si sûr.

Chapitre 95

— Nos techniciens ont-ils trouvé quelque chose sur le téléphone de Susan ? demanda Lottie.

— Ils y travaillent, répondit Kirby. Mais je doute qu'il y ait quoi que ce soit de différent de ce que nous avons obtenu du fournisseur d'accès. Les seuls appels qu'elle a passés sont ceux qu'elle a passés au travail et ceux qu'elle a reçus. Elle ne semblait pas envoyer de SMS. Oh, et Tom Rickard appelle ici toutes les cinq minutes.

— Nous ferons passer la disparition de Jason au journal de 18 heures. Vous avez une photo ?

— J'ai trouvé ça sur la page Facebook du garçon, annonça Kirby en montrant une photo à Lottie. Il a l'air pas mal. Mais son tatouage est affreux. Est-ce que votre Katie sort avec lui ?

— Je suppose que oui, lâcha Lottie, fatiguée des bavardages.

Au moins, Boyd avait le don d'éclairer une situation banale. Il lui manquait. Elle prit son téléphone pour appeler l'hôpital. Corrigan passa la tête par la porte.

— Cathal Moroney est à l'accueil et vous demande, dit-il en pointant un doigt accusateur vers Lottie.

— Ce n'est pas grave. Je veux le voir. Au sujet du fils de Tom Rickard, expliqua Lottie en rangeant son téléphone.

Cathal Moroney se faufila dans le bureau en passant devant Corrigan.

— Comment êtes-vous monté ici?

Lottie se leva.

— J'ai souri à la charmante jeune femme de l'accueil, répondit Moroney.

Corrigan sortit du bureau en reculant. Kirby rassembla quelques dossiers et le suivit en traînant les pieds. Moroney s'assit au bureau de Boyd sans qu'on le lui demande. Lottie s'apprêtait à objecter, mais elle décida qu'elle avait besoin de Moroney à ses côtés.

— Qu'est-ce que c'est que cette histoire de nouveau corps? Moroney alluma son enregistreur téléphonique. Je peux envoyer mon équipe de tournage sur les lieux?

— Dans un instant. D'abord, j'ai besoin de votre aide, sollicita Lottie en essayant d'être polie. Et éteignez ça.

Moroney fit un geste théâtral en brandissant son téléphone et en le rangeant dans la poche intérieure de sa veste.

— Comment puis-je vous aider?

Elle lui montre la photo de Jason Rickard.

— Il est mort? demanda Moroney.

— J'espère que non. C'est le fils du promoteur, Tom Rickard, de Rickard Construction. Il a disparu et nous avons besoin d'aide pour le retrouver. Pouvez-vous publier un article dans le journal du soir?

Elle passa en revue les détails.

— Est-ce que c'est lié aux meurtres?

— Pas à notre connaissance.

— Est-ce que c'est sur Facebook et Twitter ?

— Oui. Nous surveillons les médias sociaux pour voir s'il y a des réactions. J'apprécierais une couverture télévisée.

Il lui était pénible d'être gentille avec M. Mega Watt. Elle lui tendit une autre photo.

— Nous recherchons également cet homme.

— Je le reconnais. Moroney tapota la photo. Mais je n'arrive pas à mettre un nom sur le visage. Avait-il une barbe ?

— Derek Harte, déclara Lottie.

— L'enfoiré qui a abusé de ce gamin à Dublin il y a six ou sept ans ? Il n'est pas derrière les barreaux ?

— Plus maintenant.

— Un agresseur sexuel condamné et un adolescent disparu. Allez, inspectrice, je ne suis pas né de la dernière pluie. Éclairez-moi. Pourquoi voulez-vous que sa photo d'identité soit diffusée aux informations ?

Moroney se pencha sur le bureau, une étincelle d'intérêt brillant dans son regard.

Lottie devait faire attention à ce qu'elle disait. En réalité, elle ne pouvait pas dire qu'il était suspect, car elle risquait d'être poursuivie en justice. Mieux valait laisser le journaliste dans l'ignorance à ce sujet.

— Nous sommes inquiets pour la sécurité de Jason Rickard. Nous devons localiser Derek Harte. Pouvez-vous nous aider ? sourit-elle gentiment.

— Certainement, assura Moroney. Votre visage guérit bien, inspectrice.

— Occupez-vous seulement des visages sur ces deux photos, Monsieur Moroney.

* * * * *

Après s'être débarrassée de Moroney, Lottie trouva Chloé et Katie devant son bureau. Chloé tenait une boîte de pizza et une bouteille de Coca de deux litres.

— Nous avons pensé que tu aurais besoin d'un regain d'énergie. Je parie que tu n'as pas mangé de la journée, déclara-t-elle.

— Tu es comme ta grand-mère, affirma Lottie, et bien sûr, tu as raison. Je n'ai pas mangé.

Elle entraîna les filles dans le bureau.

— Où est Sean ? demanda-t-elle.

— Je ne l'ai pas vu, dit Chloé. Il doit être chez Niall.

Katie s'assit au bureau de Boyd.

— Maman, où peut bien être Jason ?

— Nous le cherchons. Ne t'inquiète pas.

Chloé se percha sur le bord du bureau de Lottie.

— Il est probablement en train de faire une fête de l'herbe quelque part. Tu es juste jalouse.

— Les filles, s'il vous plaît. Je suis fatiguée. Ne commencez pas.

Lottie posa la boîte sur son bureau et distribua des parts de pizza chaude. Elle avait faim, mais n'était pas en état de manger. Elle la mangea quand même. Les filles étaient silencieuses, les yeux baissés. La culpabilité montait en Lottie. Elle aurait aimé passer plus de temps à la maison. Elle pensa aux mères qui avaient abandonné leurs enfants à Sainte-Angèle. Sa propre mère avait abandonné Eddie. Était-elle aussi mauvaise? Est-ce que c'était inscrit dans ses gènes?

— J'aimerais que Sean soit là, se désola Chloé.

— Sean va bien, assura Lottie. Je vais l'appeler maintenant.

— Laisse un message vocal s'il ne répond pas, conseilla Chloé.

— Sean, tu ferais mieux de me rappeler ou, si tu n'as pas de crédit, d'envoyer un message aux filles sur Facebook. Je te donne cinq minutes.

Chloé intervint:

— Tu es tellement intimidante quand tu es en colère, maman.

— Non, je ne le suis pas. Lottie sourit.

— D'abord Jason, maintenant Sean, gémit Katie.

— Tais-toi, ordonna Chloé en refermant la boîte à pizza.

— Ne sois pas folle, Katie, il n'est que cinq heures.

Lottie s'essuya les mains sur son jean et appela un taxi pour ramener ses filles à la maison. Devait-elle s'inquiéter ?

— Tu crois que… Sean va bien, maman ? demanda Katie. J'ai tellement peur pour Jason.

— Ils vont bien. Maintenant, rentrez à la maison et attendez. Je vais demander à ma mère de passer.

— Non ! s'exclama Chloé. Nous nous débrouillerons très bien sans grand-mère. Tu seras bientôt à la maison, n'est-ce pas ?

— Les choses sont un peu mouvementées en ce moment, mais je promets que dès que je pourrai m'échapper, je serai à la maison.

— D'abord Jason, maintenant Sean, répéta Katie en marchant dans le couloir avec Chloé.

Lottie se frotta les mains de haut en bas, essayant d'atténuer la chair de poule qui montait. Sean avait intérêt à être à la maison quand les filles arriveraient.

Son téléphone sonna. Le nom du Père Joe s'afficha sur l'écran.

— J'espère que c'est important, articula sèchement Lottie.

— Je veux juste m'assurer que vous êtes bien rentrée à la maison, expliqua-t-il.

— Je suis occupée. Je dois y aller.

Lottie raccrocha. Elle n'avait pas besoin de complications supplémentaires dans ce qui était déjà un champ de mines. Le téléphone sonna à nouveau. L'identité du Père Joe. Elle envoya l'appel sur la messagerie vocale.

— Vous ne comprenez pas ça ? demanda Kirby en franchissant la porte.

— Mêlez-vous de vos affaires, protesta Lottie.

— J'ai l'imprimé du téléphone de Susan Sullivan. Les mêmes informations que celles que nous avons obtenues du fournisseur de services.

— Donc, aucune piste ici.

— Mais nous avons eu accès à ses photos.

— Vraiment ? Je suppose que vous allez me dire qu'elles ne contiennent rien d'intéressant non plus.

— Il n'y a qu'une seule photo.

Kirby tendit un tirage à Lottie. Il n'y avait pas de photo dans la maison de Susan Sullivan, mais elle en avait une sur son téléphone. Curieuse femme, se dit Lottie. Une photo à contre-jour d'un tout petit bébé. Cheveux clairs et joues fines, yeux fermés. C'est tout ce qu'il restait à Susan ? La seule image que la pauvre femme avait de l'enfant qu'elle avait mis au monde ? Et d'où venait cette photo ? En tenant la photo, Lottie éprouva de la tristesse pour cette femme assassinée et pour sa quête infructueuse de son enfant. Elle espérait au moins pouvoir traduire l'assassin de Susan en justice.

— Des nouvelles du corps à la gare ? demanda Lottie.

— Il a été enlevé de la scène, déclara Kirby.

Son portable sonna. Boyd.

— Je me suis souvenu de quelque chose.

Sa voix était basse et cassante.

— Tu devrais te reposer.

— Je suis attaché à ce lit par des tubes et des fils. Je ne vais nulle part.

— C'est bien. Tu dois aller mieux. Bientôt. Lottie ne pouvait pas s'attarder sur l'image d'un Boyd invalide. De quoi te souviens-tu ?

— Pas grand-chose, mais j'ai senti que mon agresseur avait quelque chose de familier. Je n'arrive toujours pas à savoir ce que c'est exactement. Il était en forme et fort. J'ai réussi à lui donner un bon coup de pied et je crois que mon poing a touché sa mâchoire. Donc, qui que ce soit, il pourrait boiter ou avoir des bleus au visage.

— J'ai un visage meurtri, plaisanta Lottie, sentant un poids se lever pour la première fois de la journée.

— J'imagine que la tienne est plus jolie que la sienne.

— Merci, Boyd. Tu es un tonique.

— J'en aurais bien besoin.

— Je surveillerai les gars en forme qui ont des bleus et qui boitent.

Boyd rit faiblement. Lottie vit un appel en absence clignoter sur son téléphone avec le nom du Père Joe.

— Boyd, peux-tu te rappeler qui d'autre aurait pu savoir que tu allais rendre visite au Père Con' ?

— J'ai pris ton appel quand j'étais à la salle de sport.

— La salle de sport ? Quelqu'un aurait-il pu t'entendre ?

— Bien sûr. Il y avait beaucoup de monde. Mike O'Brien m'a même donné son stylo pour écrire.

— Mike O'Brien ?

— Oui, Lottie, et un tas d'autres personnes. Ne tire pas de conclusions hâtives parce que tu ne l'aimes pas à cause de ses pellicules.

L'estomac de Lottie s'agita. Peut-être était-ce la pizza ou peut-être, juste peut-être, le Père Joe qui était hors de cause. Qu'en était-il alors de Mike O'Brien ?

— Il faudra que je trouve où O'Brien est allé après le gymnase, décida-t-elle.

— J'aurais aimé être là pour t'aider.

— Moi aussi, reconnut Lottie avant de raccrocher.

* * * * *

Maria Lynch arriva derrière elle.

— Voici les informations sur Derek Harte.

Lottie commença à lire. Elle remarqua sa date de naissance : 1975. Un déclic se produisit dans son cerveau.

— J'ai besoin de voir les copies des registres de Rome.

Elle aspirait ses lèvres en regardant la photo de Derek Harte, avec ses données personnelles imprimées en dessous. Lynch étala les pages. Lottie n'avait pas eu le temps de les analyser depuis son retour de Rome, mais elle passa son doigt sur les entrées et s'arrêta sur l'une d'entre elles. Le numéro de référence. Elle leva la tête.

— Qu'est-ce que c'est ? demanda Lynch.

— Je n'en suis pas sûre.

Lottie vérifia à nouveau la date de naissance sur le dossier.

— Est-ce que cela signifie ce que je pense que cela signifie ? demanda Lynch, en regardant par-dessus l'épaule de Lottie.

— Je ne sais pas ce que cela signifie, avoua Lottie en fermant les yeux.

Chapitre 96

En levant les yeux, Lottie fut surprise de voir Jane Dore dans le bureau.

— Bonjour, Jane, quelque chose ne va pas ?

Lottie fronça les sourcils. Pourquoi la médecin légiste de l'État se rendait-elle au commissariat ?

— J'ai terminé au chemin de fer. J'ai pensé que vous aimeriez le savoir.

— Merci, répondit Lottie, qui ne comprenait toujours pas pourquoi Jane était là.

— J'ai fait un rapide examen préliminaire du corps sur les lieux. Pour autant que j'ai pu voir, il n'y a pas de tatouage à l'intérieur de la cuisse. Le corps est en mauvais état, je n'en serai sûre que lorsque j'aurai fait l'autopsie.

— Quoi ?

Lottie se redressa. Elle se creusa la tête pour essayer de se rappeler si O'Malley lui avait dit qu'il avait le tatouage. Elle en était sûre.

— Je pensais que c'était peut-être Patrick O'Malley.

— Qui que ce soit, je pense qu'il a succombé à l'hypothermie, affirma Jane. Mais je n'ai pas l'habitude de faire des suppositions.

Lottie rit d'un air fatigué. Jane sourit et tendit son téléphone à Lottie.

— Qu'est-ce que c'est? demanda Lottie en plissant les yeux devant l'image sombre. C'était une photo.

— C'était à proximité du corps.

— Je n'arrive pas à la distinguer.

— Attendez un peu. Je vais vous l'envoyer par courriel, dit Jane en transférant la photo depuis son téléphone. Le corps se trouvait dans une zone utilisée par un certain nombre de vagabonds. Sacs de couchage, caisses, cartons, bouteilles en plastique, tout y passait. Les agents de la police scientifique ont trouvé ceci à l'intérieur d'un sac de couchage. J'ai pensé que c'était assez important pour que vous le voyiez tout de suite.

Lottie cliqua sur son e-mail, faisant apparaître la pièce jointe. Une écriture manuscrite. Elle lut les mots qui la frappèrent de plein fouet.

— Est-ce que cela a un rapport avec les récents meurtres? demanda Jane en posant une main sur l'épaule de Lottie.

— Je n'en suis pas sûre. Il pourrait s'agir d'un ancien crime, supposa Lottie.

Dans un effort pour éviter d'autres questions et pour repousser la main de Jane, elle demanda:

— Voulez-vous un café?

— Je ferais mieux de retourner à la Maison Morte. Elle se remplit plus vite que Tesco la veille de Noël.

Lottie essaya de sourire, mais cela ne fonctionnait pas.

— Vous êtes épuisée, dit Jane.

— Longue journée.

Lottie imprima la photo. Quand elle leva les yeux, Jane était partie.

* * * * *

Kirby et Lynch la regardaient.

— Qu'est-ce que ça dit ? demanda Lynch.

Lottie prit la page de l'imprimante et lut.

« Cher inspecteur, le garçon roux tué avec la ceinture s'appelait Fitzy. Vous devez trouver Brian… »

Les mots s'interrompaient comme si la plume s'était cassée ou que l'auteur n'avait plus la volonté d'écrire. La page, maculée et froissée, les coups de crayon tremblants.

En sortant le vieux dossier de son tiroir, Lottie glissa la note sous la photo du garçon. Il avait disparu depuis près de quarante ans, mais il souriait encore dans sa chemise d'écolier. Elle passa son doigt sur le nez couvert de taches de rousseur, puis referma le dossier. Était-ce Fitzy, le garçon assassiné à Sainte-Angèle ? Mon Dieu, elle espéra que non, parce que ce serait trop personnel.

Elle se demanda si Sean était déjà rentré. Elle rappela son numéro. Pas de réponse.

— Je vais te tuer, Sean Parker, tempêta Lottie au téléphone qu'elle tenait en main.

Et toujours rien sur les allées et venues de Jason Rickard.

Elle devait trouver Patrick O'Malley.

Ils avaient d'abord trouvé Derek Harte.

Chapitre 97

Des agents en uniforme avaient amené Harte au poste, une heure et demie après la diffusion du journal télévisé de 18 heures.

Le reportage télévisé de Moroney avait attiré l'attention du public et un flot d'appels téléphoniques avait permis de localiser Harte, presque par hasard.

Lottie et Kirby s'assirent dans la salle d'interrogatoire, chaude et poisseuse. Harte avait accepté les enregistrements et renoncé à son droit à un avocat.

— Monsieur Harte, à 19 h 13 ce soir du six janvier, vous avez été appréhendé alors que vous tentiez d'accéder à une propriété appartenant à feu James Brown. Pouvez-vous nous informer des raisons et des intentions qui vous ont poussé à agir de la sorte ?

Lottie était assise à l'autre bout de la table et regardait Harte. Elle avait du mal à dissimuler son dégoût en se remémorant le crime odieux pour lequel il avait passé cinq ans derrière les barreaux. Enlèvement et abus d'une mineure. Son visage suffisant ajoutait une touche d'insulte. Il se frottait sans cesse les mains. Elle eut envie de le gifler pour qu'il arrête. Au lieu de cela, elle sortit un cachet de la poche de son jean et le glissa dans sa bouche. Elle devait garder le contrôle de ses émotions. Elle devait aussi localiser Jason Rickard et découvrir ce que faisait son fils. Elle se déplaça, mal à l'aise. Elle aurait dû demander à Lynch de mener l'entretien avec Kirby. Trop tard maintenant.

Harte restait silencieux, respirant par des narines dilatées, par à-coups, un rictus sournois rougissant ses joues.

— Je n'ai pas le temps pour ça, s'emporta Lottie en renversant sa chaise contre le mur.

Elle se pencha sur la table, l'attrapa par la chemise et le tira vers elle. Kirby se leva d'un bond, prêt à intervenir. La bouche de Harte se retroussa en un affreux grognement.

Elle vit alors la réalité de sa personnalité, sa façade s'effaçant pour révéler un pervers cruel et sadique. Le vrai Derek Harte. Resserrant sa prise, elle lui enfonça les phalanges dans la gorge jusqu'à ce que son visage rougisse. Elle se fichait que ce soit enregistré. C'était une ordure.

— C'est de la brutalité, bafouilla Harte, ses premiers mots depuis qu'il avait été appréhendé. Je devrais peut-être demander à un avocat de m'aider.

Lottie enfonça plus profondément sa main contre sa pomme d'Adam, voulant faire des dégâts, laisser sa marque. Si Boyd avait été là, il lui aurait déjà tiré les vers du nez et ils en auraient ri plus tard. Après avoir secoué Harte une dernière fois, elle l'enfonça dans son fauteuil. Elle aurait fait les cent pas s'il y avait eu assez de place. Kirby la gênait. Elle n'avait d'autre choix que de prendre sa chaise et de s'asseoir.

— Où est le garçon ? demanda-t-elle en serrant les dents.

L'envie de l'étrangler la submergeait. Se concentrer.

— Le garçon ? Je ne vois pas de quoi vous parlez, ricana-t-il.

— Vous aimez les jeunes garçons, les adolescents.

Lottie fit glisser les photos de Jason Rickard sur la table. Il jeta un coup d'œil vers le bas, puis leva rapidement les yeux vers Lottie.

— Je ne le connais pas.

— Pourquoi je ne vous crois pas? Lottie reprit la photo. Les affiches dans la maison de James Brown, c'est vous qui les avez posées? Pourquoi êtes-vous entré dans sa vie?

— Ce ne sont pas vos affaires.

— C'est mon affaire. Je pourrais vous arrêter pour meurtre.

— Arrêtez tout de suite. Vous n'avez aucune preuve. Harte tapota son index sur la table en serrant les dents. Parce que je ne l'ai pas fait.

— Brown n'était pas une proie comme les autres, n'est-ce pas? Ce n'était pas un jeune enfant mûr. Pourquoi avez-vous choisi un homme plus âgé? Avait-il quelque chose que vous vouliez? De l'argent? Des informations?

— Vous racontez n'importe quoi. Je n'ai pas la moindre idée de ce dont vous parlez.

Harte croisa les bras.

— Pourquoi cette mascarade sur le métier de professeur?

— Je n'ai jamais dit cela.

Lottie repensa aux entretiens qu'elle a eus avec lui. Il avait peut-être raison. Elle avait mal interprété ce qu'il leur avait dit au départ.

— Dites-moi alors pourquoi vous avez tenté de vous introduire dans la maison de Brown ce soir? demanda Lottie, changeant rapidement de sujet.

— Je ne suis pas entré par effraction. J'y allais. Je savais où se trouvait la clé. Mais elle n'y était pas. J'ai essayé la porte de derrière et la fenêtre. Je n'ai pas pensé que vous aviez pris la clé et mis l'alarme.

Lottie l'examina. Il avait l'air si différent de l'homme qui avait feint le chagrin. Elle était furieuse contre elle-même d'être tombée dans le panneau. Elle avait cru qu'il était sincère. Voilà pour son intuition et son instinct. Tu perds la main, Parker, se dit-elle.

— Maintenant, vous avez l'occasion de mettre les choses au clair, déclara-t-elle.

— Si vous le voulez bien, inspectrice, je ne dirai rien tant que je n'aurai pas d'avocat.

— Harte, le moins que je puisse vous reprocher est d'avoir entravé notre enquête. Et je le ferai. C'est votre dernière chance.

Lottie lut toute une gamme d'émotions sur le visage de Harte, comme des isobares sur une carte météorologique. Son corps s'enfonça dans le fauteuil alors qu'il semblait prendre une décision.

— D'accord. Qu'est-ce que j'y gagne ?

— Parlez-moi et je saurai à quoi m'en tenir.

— Je peux avoir un café d'abord ?

Lottie voulut dire non, mais la vérité était qu'elle avait besoin de s'éloigner de l'arrogant Harte. Ne serait-ce que pour quelques instants.

— D'accord, accepta-t-elle, l'entretien est suspendu.

Elle éteignit le matériel d'enregistrement. Il était entré dans sa peau et cela la démangeait plus qu'une piqûre de moustique. Elle chercha de l'air.

* * * * *

En tirant la cellophane du paquet, Lottie sortit une cigarette avec des doigts engourdis. Adossée à la vitrine du marchand de journaux, elle l'alluma avec un briquet et inspira. Les mots de Harte tourbillonnaient dans son cerveau.

L'auvent de la boutique s'affaissait en son milieu sous l'effet de la neige accumulée. Les véhicules montaient et descendaient la rue et elle comptait paresseusement les rouges. La neige tombait par paquets épais. Un groupe de garçons, le visage dissimulé par un sweat à capuche, se prélassait au coin d'une ruelle de l'autre côté de la route en buvant des canettes. De temps en temps, un « yahoo » s'échappait de leur groupe et Lottie pensa à Sean. Elle regarda son téléphone : toujours pas de contact. Elle appela Chloé.

— Non, il n'est pas à la maison, expliqua Chloé. Katie me rend folle.

— Ne t'occupe pas d'elle. Essaie encore avec Niall et les autres amis de Sean.

— Quels autres amis ?

— Fais-le, Chloé.

Cela ne ressemblait pas à Sean. Un nœud de peur se forma au creux de l'estomac de Lottie, mais elle se sentait détachée. Comment pouvait-elle être aussi calme alors que son propre fils était peut-être porté disparu ? Était-ce le cachet qu'elle venait de prendre ou parce qu'elle voulait croire qu'il allait bien ? Bien sûr qu'il allait bien.

Sortant de ses pensées, Lottie sut qu'il y avait quelque chose de pourri dans sa ville, et ce, depuis longtemps. Sainte-Angèle, avec ses secrets murés, en était le cœur. Les tatouages, les dossiers, le Père Con', Patrick O'Malley, Susan et James, et même Derek Harte. Sainte-Angèle était le repaire de l'iniquité.

En relevant sa capuche, elle aperçut son visage dans une vitrine. Une apparition fantomatique la regarda en retour. Aussi vite qu'elle le put, elle se dirigea vers le commissariat. Harte était sa prochaine cible. Elle était prête à l'affronter.

* * * * *

Elle faisait les cent pas, un pas dans un sens, puis dans l'autre. Lottie devait faire quelque chose, sinon elle allait le frapper.

— Alors, Monsieur Harte, qu'avez-vous à nous dire?

— Soit, accorda-t-il. Vous feriez mieux de ne pas m'accuser de quoi que ce soit. Je ne veux pas retourner en prison.

Elle attendit sans répondre. Elle n'allait pas promettre quoi que ce soit à ce salaud.

— Je suppose que je ferais mieux de vous dire ce que je sais, confia-t-il.

Lottie fit un signe de tête à Kirby pour s'assurer que tout était enregistré.

— J'ai reçu un appel d'un prêtre à Rome. Le Père Angelotti.

Elle ne s'attendait pas à cela. Elle s'assit.

— Il m'a dit qu'il avait des informations pour moi. Il a dit que j'avais été adopté et que ma mère biologique voulait me rencontrer.

Ses yeux parcoururent la pièce.

— Continuez, ordonna-t-elle.

— Je savais que j'avais été adopté, mais je n'y avais pas réfléchi. Alors quand il m'a contacté, j'ai été curieux.

Ses yeux ne cessaient de bouger.

— Vous étiez à Sainte-Angèle quand vous étiez bébé, dit Lottie. Plus tôt, elle avait vu son nom sur le registre de Rome. Vous voulez me faire croire que vous êtes le fils de Susan Sullivan ?

— J'ai eu du mal à y croire moi-même. Ce prêtre avait l'air convaincant au téléphone. Il a dit qu'il viendrait en Irlande plus tard dans l'année, avec la preuve.

— Comment vous a-t-il trouvé ?

— Il m'a dit qu'il avait reçu des demandes de renseignements sur une femme qui cherchait à retrouver son enfant. D'après la date qu'elle lui avait donnée, il avait découvert les dossiers d'adoption ou quelque chose comme ça. C'est ce qu'il a dit, en tout cas.

— Cela me semble fantaisiste, douta Lottie, mais elle pensa aux copies du registre sur son bureau.

Elle se leva et se remit à faire les cent pas.

— Je vous dis ce que je sais. J'ai été en prison pendant cinq ans. Mon nom a fait la une des journaux, il était donc probablement assez facile de trouver un détenu dans ce pays.

Il sourit. Lottie grimaça. Le Père Angelotti avait été un meilleur détective qu'elle. Comment l'école où travaillait Harte n'avait-elle pas vérifié son identité ? Quelqu'un serait dans la merde à cause de ça.

— Et il m'a dit son nom et s'est alors excusé. Il a dit qu'il n'aurait pas dû le dire.

— Avez-vous rencontré le prêtre ?

— Non, je ne l'ai pas rencontré, dit Harte en levant la tête. Ses yeux dansants semblaient creux. Il m'a dit qu'il venait en Irlande.

Il m'a demandé si j'étais prêt à rencontrer ma mère biologique. Il voulait savoir si j'étais d'accord avant de lui parler. Cela m'était égal, que ce soit dans un sens ou dans l'autre.

— Vous avez donc rencontré le Père Angelotti ?

— Non, je ne l'ai jamais rencontré.

— Pourtant, nous avons trouvé son corps dans le jardin de James Brown. C'est curieux, vous ne trouvez pas ?

— Je n'ai pas rencontré le prêtre. Jamais. Je ne l'ai pas tué. Je ne peux donc pas l'expliquer.

— C'est bizarre aussi que vous vous soyez mis en ménage avec James Brown.

— Coïncidence.

— Je ne crois pas à une telle chose, s'emporta Lottie.

Elle considéra Harte. Il semblait réfléchir à sa stratégie.

— D'accord, dit-il. Lorsque le prêtre m'a contacté pour la première fois, il m'a dit que les recherches avaient été faites par un certain James Brown au nom de cette femme. J'ai fait quelques recherches de mon côté. J'ai découvert que la femme dont il avait parlé, Susan Sullivan, travaillait au conseil de Ragmullin. Je suis allé sur Internet, j'ai vu où elle travaillait, avec qui elle travaillait. J'en ai cherché quelques-uns sur Google et je suis tombé sur James Brown sur un site de rencontres. C'est vrai, et nous nous sommes vraiment appréciés. J'ai été désolé d'apprendre qu'il avait été assassiné.

— Je n'y crois pas une minute, répéta Lottie. Alors, pourquoi avez-vous tué votre amant ?

Il rit.

— Je suis beaucoup de choses, inspectrice, mais je ne suis pas un meurtrier.

— Avez-vous essayé de contacter Susan ?

— Non. J'ai laissé le prêtre s'en charger.

Lottie fit les cent pas devant lui, en deux temps, la fatigue rongeant ses articulations. Elle regarda Kirby. Cela ne les menait nulle part.

— Coïncidences, toutes ces coïncidences. Je ne vous crois pas, déclara Kirby en rompant le silence.

— Je sais que j'étais à Sainte-Angèle. Je suis sûr que vous pouvez le vérifier et je n'avais aucune raison de tuer qui que ce soit.

La première partie de sa déclaration était vraie, Lottie le savait.

— Pourquoi avez-vous essayé d'entrer dans la maison de Brown ce soir ?

Harte serra les mâchoires. Un débat avec lui-même ? Il vaudrait mieux que ce soit la vérité cette fois-ci, pensa Lottie.

— James gardait de l'argent chez lui et Susan Sullivan gardait de l'argent chez elle.

Lottie s'assit.

— Quel argent ?

— Ils faisaient chanter quelqu'un. Ne me demandez pas qui, parce que James ne me l'a jamais dit. Il a laissé échapper un soir qu'ils recevaient de l'argent en liquide en plus de l'argent sur leurs comptes. Il n'en a pas dit plus, mais m'a demandé de ne pas poser de questions à ce sujet.

— Ne me racontez pas de sottises, ordonna Lottie. Alors, où se trouve cet argent fantôme ?

— Je n'en suis pas sûr. Quelque part dans la maison.

Lottie lui fit les gros yeux.

— D'accord, alors, avoua-t-il. Le miroir suspendu au-dessus du lit… c'est là que l'argent est caché.

Lottie regarda Kirby. Ils l'avaient raté.

— Et l'argent de Susan Sullivan ? Vous savez où il se trouve ?

— Vous l'avez pris, n'est-ce pas ?

Lottie le regarda et se demanda s'il n'était pas à l'origine de son agression. Il baissa les yeux, évitant son visage meurtri.

— Est-ce que vous avez… ?

Lottie tendit la main vers lui à travers la table. Harte se recula contre le mur, sa chaise crissant sur le sol carrelé.

— Doucement, inspectrice. Je n'ai pas pu entrer. Un policier était assis dans la voiture de police devant la maison. Je vous ai vue sortir. Je vous ai suivie. J'ai pensé que vous aviez peut-être l'argent.

Lottie se leva de sa chaise. Harte recula d'un bond contre le mur. Elle lui enfonça un doigt dans la poitrine.

— Espèce de salaud ! cria-t-elle.

Kirby la saisit par le coude.

— Je ne voulais pas vous faire autant de mal. Mais je suis sûr que ça va maintenant.

— Comment avez-vous su pour mes enfants?

— J'ai deviné, expliqua-t-il. Je voulais vous effrayer, vous faire penser que l'agresseur pourrait être le meurtrier.

— Devinez à quoi je pense en ce moment? s'écria Lottie en lui frappant la poitrine.

— Je ne vous ai pas tué et je n'ai tué personne.

Lottie s'assit. Et lorsque Harte reprit sa place, elle tendit la main et attrapa la sienne, la faisant tourner jusqu'à ce qu'il gémisse.

— Tu es un petit con, jura-t-elle.

— Comme vous voulez, inspectrice, rétorqua-t-il, retrouvant son arrogance.

Il regarda la caméra dans le coin du plafond. Lottie laissa tomber sa main. Kirby s'agitait, et elle savait qu'il avait envie de botter le cul de Harte lui aussi. Mais s'il disait la vérité, cela laissait quelqu'un d'autre dehors, le meurtrier. Mais pourquoi devrait-elle le croire?

— Jason Rickard, reprit Lottie. Où est-il?

— Je ne connais aucun Jason Rickard, insista-t-il.

Lottie soupira lourdement et, laissant Harte seul avec ses yeux vaniteux, elle éteignit l'enregistreur et suivit Kirby à la sortie.

Chapitre 98

Au bureau, Lottie, Kirby et Lynch regardaient les photos sur le tableau.

— Arrêtez-le pour effraction. Pour agression et vol. On peut l'accuser d'autre chose? Allez, les gars, aidez-moi.

— Nous n'avons aucune preuve que Harte ait tué quelqu'un, alors si ce n'est pas lui, qui est le meurtrier? renchérit Kirby.

— Et où est Jason Rickard? A-t-il été enlevé? Si oui, pourquoi?

Et où est Sean? se demanda-t-elle. Il devait être rentré à la maison. Ignorant les glaçons qui lui gelaient l'échine, Lottie s'éloigna du tableau et fouilla dans les copies du grand livre, parcourant les noms et les dates sans vraiment les voir. Elle essaya de se rappeler l'histoire d'O'Malley. Pourrait-il être leur principal suspect?

— Il y a eu un meurtre à Sainte-Angèle il y a des années, ajouta-t-elle, et ma théorie est que quelqu'un tue les témoins. C'est la seule conclusion à laquelle je peux arriver. Mais quel est le rapport avec Jason Rickard? Et le Père Angelotti. Où se situe-t-il?

— Je viens de recevoir le rapport des policiers. Ils ont interrogé tous les chauffeurs de taxi. Aucun d'entre eux n'a été enregistré comme s'étant rendu chez Brown la veille de Noël, annonça Kirby.

— Il ne pouvait pas aller à pied aussi loin, remarqua Lottie. Pas par ce temps-là, alors quelqu'un l'a conduit là-bas.

— Le tueur? suggéra Kirby.

— C'est possible. Plus que probable, confirma Lottie.

Lynch jeta un coup d'œil par-dessus son épaule.

— Pourquoi tout cela arrive-t-il maintenant ?

— Nous devons reparler à l'évêque Connor. Un autre salaud de menteur. Lottie ramassa son sac. Et nous devons voir Mike O'Brien. Boyd a dit qu'il était dans le gymnase quand il a pris mon appel à propos du Père Con'.

— Des théories du complot, maintenant ? demanda Kirby.

— Et j'ai besoin de câbles pour ma voiture.

— Je m'en occupe.

— D'abord, je veux voir où le dernier corps a été trouvé.

Elle rangea le vieux dossier de Manille dans son sac.

— Des nouvelles de Sean ? demanda Lynch.

Lottie s'arrêta à la porte.

— Quelle heure est-il ?

— Huit heures quarante-deux.

Elle essaya de ne pas paniquer.

— Kirby, voici le numéro de téléphone de Sean. Pouvez-vous demander à nos techniciens de voir s'ils peuvent localiser l'endroit où il se trouve grâce au GPS ?

— Bien sûr, inspectrice. Tout de suite.

— J'essaie de ne pas m'inquiéter, dit Lottie, mais ce n'est pas du tout dans les habitudes de Sean. Je ferais mieux d'aller le chercher maintenant.

— Ne vous inquiétez pas, affirma Lynch. Je vais demander aux agents de la circulation de le surveiller. Nous le retrouverons. Avez-vous une liste de ses amis ?

— Chloé a déjà essayé de les contacter, mais il faut les recontacter. Chloé aura les numéros. Elle luttait contre des larmes d'angoisse. Nous devons découvrir où Mike O'Brien pourrait se trouver à cette heure de la nuit.

Son téléphone sonna. Le Père Joe.

— Pas maintenant, dit-elle en raccrochant brusquement. Je devrais peut-être rester ici, au cas où Sean viendrait me chercher.

— S'il le fait, je vous contacterai immédiatement, proposa Lynch.

— D'accord, acquiesça Lottie. Je vais m'occuper.

Mais où était son fils ?

Sa poitrine se resserrait sous l'effet de la peur, et l'épuisement menaçait de la submerger. Elle chercha un cachet dans son sac et se souvint qu'elle en avait pris un il y avait peu de temps. Elle vit le pendentif en argent dans son sac, l'en sortit et le jeta sur le bureau.

— Qu'est-ce que c'est ? demanda Kirby.

— L'alibi de Tom Rickard, répondit Lottie. Dépêchez-vous, Kirby. Nous avons des choses à faire.

Chapitre 99

Jim McGlynn et son équipe étaient toujours sur les lieux, dans l'une des maisons mitoyennes sans toit près de la gare.

Lottie scruta la zone sous la lumière éblouissante des éclairages temporaires. Aucun signe de vie, si ce n'était les agents qui travaillaient comme des fourmis, rapidement et efficacement. Elle les laissa faire et entra dans l'un des vieux wagons à sa gauche et alluma sa lampe de poche.

— Il doit être quelque part, s'impatienta-t-elle en retournant des sacs de couchage vides, une odeur nauséabonde s'élevant avec le matériel qu'elle tenait dans ses mains.

— Il n'est pas ici, affirma Kirby, qui se tenait à l'écart de la recherche frénétique de Lottie.

Lottie entendit un cri.

— Vous me cherchez?

Elle se retourna, laissant tomber la bande de tissu mat qui s'était détachée d'un carton humide. Patrick O'Malley. Il se tenait à l'extérieur du ruban de sécurité, les mains dans les poches. Il avait l'air beaucoup plus propre que la dernière fois qu'elle l'avait vu.

— Où étiez-vous passé? demanda-t-elle en s'approchant de lui.

Elle n'arrivait pas à le voir comme un meurtrier, mais les preuves suggéraient le contraire.

— J'essayais de recoller les morceaux de ma vie, expliqua-t-il.

Repassant sous le ruban de sécurité, Lottie le saisit par le coude et le conduisit en haut de la colline jusqu'à la voiture. Elle avait hâte de s'éloigner de l'air oppressant de privation qui émanait des vieux wagons en bois. Elle se sentait prise au piège au fond de sa gorge. Elle pressa le pas en pensant à la vermine qui s'était régalée de l'homme sans visage qui n'avait cherché qu'à s'abriter.

O'Malley s'appuya sur la portière de la voiture.

— Asseyez-vous à l'abri du froid, ordonna Lottie en le suivant sur la banquette arrière.

Kirby s'assit à l'avant, mâchant son cigare et regardant dans le rétroviseur. O'Malley était rasé de près, ses vêtements étaient frais. Il n'y avait plus d'odeur de malpropreté.

— Où étiez-vous ? demanda-t-elle à nouveau.

— À l'auberge de jeunesse de Patrick Street, déclara-t-il. Ils m'ont accueilli.

— Pourquoi n'êtes-vous pas allé les voir plus tôt ?

Elle se retourna pour le regarder.

— Je n'en ai jamais pris la peine. Je me suis contenté de dériver. Mais… après Susan et James… je me suis senti différent. Il marqua une pause. Inspectrice, je leur dois de recoller les morceaux de ma vie et de repartir à zéro.

— Monsieur O'Malley, je devrais vous amener au poste pour vous interroger.

— Grandiose. Je n'ai rien à cacher.

Lottie le considéra. Son visage semblait dénué de toute peur ou culpabilité.

— Le mot, commença-t-elle, trouvé dans un sac de couchage, c'est vous qui l'avez écrit ?

— Ah oui. On peut dire ça, répondit-il. Je l'ai commencé. Je ne l'ai pas terminé. J'ai décidé de me ressaisir. Je ne suis jamais revenu chercher mes affaires. Non pas qu'il y avait quelque chose qui valait la peine d'être récupéré.

— Alors, pourquoi êtes-vous ici maintenant ?

— J'ai appris plus tôt dans la soirée qu'un corps avait été retrouvé. Je suis venu voir ce qui se passait. Je crois que c'est le vieux Trevor, là-bas. Mort de froid, le pauvre bougre.

— Dites-moi ce que vous écriviez, insista-t-elle.

— Les choses ont commencé à me revenir. Après avoir parlé au commissariat. J'ai cru que j'allais être la prochaine victime. Je ne voulais pas mourir, alors je me suis relevé, je me suis brossé et je me suis dit que je ne partirais pas sans me battre. Comme le jeune Fitzy.

Lottie sortit le vieux dossier de son sac et lui montra la photo du garçon disparu.

— Serait-ce Fitzy ?

O'Malley se gratta le menton.

— Je n'en suis pas sûr, inspectrice. C'était il y a longtemps.

— Mais vous pensez que c'est possible ?

Il étudia le visage du garçon pendant quelques secondes.

— Comme je l'ai dit, je n'en suis pas sûr.

— Le meurtre que vous avez décrit, pouvez-vous nous dire quand il a eu lieu ? En quelle année ?

— Je ne me souviens pas de grand-chose. Trop de bouteilles de vin depuis. Mais comme je vous l'ai déjà dit, nous l'appelions la nuit de la lune noire. 75 ou peut-être 76. C'était après Noël, donc c'était peut-être en janvier.

— Lune noire, reprit Lottie.

— Quand il y a deux nouvelles lunes dans le mois, expliqua Kirby depuis le siège avant.

— Quand le mal rôde sur la terre, renchérit O'Malley.

Lottie sentit un glaçon descendre le long de sa colonne vertébrale.

— Monsieur O'Malley, vous me déconcertez. Avez-vous tué Susan et James ? Et même le Père Con' ?

— Je suis choqué… totalement choqué que vous…… que vous puissiez penser une telle chose de moi. Mais encore une fois, qui suis-je ? Je ne suis qu'un moins que rien pour vous.

— Ce n'est pas une réponse, lâcha Kirby.

Lottie haussa les épaules.

— Il est évident pour moi que tout est lié à Sainte-Angèle. Vous aussi. Vous avez connu Susan et James, et le Père Con' à l'époque. Maintenant, ils sont morts, et vous êtes le dernier homme debout.

— N'oubliez pas Brian…

— Et lui ? Nous avons essayé d'en savoir plus sur lui, mais il est possible qu'il ait changé de nom. Il est peut-être même mort. Pouvez-vous me parler de lui ?

— Je ne l'ai pas revu depuis ce jour-là.

Lottie se souvint des récentes révélations de Mme Murtagh.

— Monsieur O'Malley... Patrick, avez-vous déjà rencontré l'évêque Connor ?

Son rire fut interrompu par une quinte de toux.

— Qu'y a-t-il de drôle ? demanda Lottie.

— Moi ? Moi ! Vous croyez que je connais un évêque ? Je suis un pauvre type, un sans-abri. Qu'est-ce que je ferais avec un évêque ?

— Je suppose que c'est non.

— Bien sûr, renchérit-il, et...

— Et quoi, Monsieur O'Malley ?

Lottie s'emportait. Elle était prise dans ses énigmes, et il usait sa patience.

— Vous faites votre travail, inspectrice, poursuivit-il. Faites votre travail et laissez-moi en dehors de ça.

* * * * *

— Mike O'Brien est le prochain sur ma liste.

Lottie regarda O'Malley marcher lentement vers le haut de la colline, loin de la gare. Elle ne pensait pas qu'il avait en lui la capacité d'être un meurtrier. Mais c'était un homme profondément blessé, au passé meurtri. Tout était possible.

— Vous allez laisser partir O'Malley, juste comme ça ? s'inquiéta Kirby.

— Je n'ai rien pour le retenir, répondit Lottie. De plus, je ne pense pas qu'il ait la force d'étrangler un chaton et encore moins trois personnes.

Elle appela Lynch pendant que Kirby faisait tourner la voiture.

— Merde, dit-elle en terminant l'appel.

— Quoi ? demanda-t-il en mettant les essuie-glaces à fond.

— Aucun signe de Sean. Mais ils ont recontacté ses amis et leurs parents. Il faut que je le retrouve.

— Attendez qu'ils aient fini d'interroger ses amis.

— Et Lynch n'arrive pas à localiser O'Brien, enchaîna Lottie.

Il n'est ni chez lui ni à la salle de sport.

Elle suivit la progression d'O'Malley. Il traversa le pont du canal et disparut sous la teinte jaune des lampadaires du soir. Il semblait plus petit, comme si le poids qui l'avait ancré toute sa vie sur un sol instable s'était soudain enfoncé dans un banc de boue. Elle doutait qu'il soit un jour libre de naviguer avec le vent dans le dos. Elle lui souhaita silencieusement bonne chance. Il en aurait besoin. Elle aussi.

Chapitre 100

Il faisait noir. « Un noir de poix », comme disait sa mère. Sean sentait les respirations douces de Jason contre son épaule. Il était à l'étroit, avait envie de pisser et n'avait aucune idée du temps écoulé depuis le départ de l'homme. Jason remua.

— Tu es réveillé ? demanda Sean.

— Oui, je suis réveillé. Qu'est-ce qu'il se passe ?

Sean se déplaça et se leva, essayant de détacher la corde de ses poignets.

— Qui est ce type bizarre ?

— Je ne suis pas sûr, mais je l'ai déjà vu. Oh, c'est vraiment dingue.

Jason restait affalé sur le sol.

— Allez, mon pote. Il faut que tu te bouges, sinon on ne pourra rien faire.

— Qu'est-ce qu'on peut faire ? Rien, voilà ce qu'il faut faire.

— Je n'abandonnerai pas si facilement. Il faut qu'on sorte d'ici.

— Pas la moindre chance, se lamenta Jason.

Sean se tordit et se retourna. Il finit par détacher la corde et celle-ci tomba. Il se déplaça dans la pièce dans l'obscurité jusqu'à ce que sa main atteigne la poignée de la porte. Il la tordit, tira et poussa. Elle était inébranlable. Il avança encore, tâtant les murs. Il trouva la deuxième porte. Même résultat. Et aucune fenêtre.

Il devait y avoir un moyen de s'échapper. Il fouilla dans son pantalon de combat et en sortit son couteau. Au moins, il avait une arme.

— J'ai un couteau, s'exclama-t-il.

— Qu'est-ce que tu vas faire avec ça ? Te suicider ?

— Ne fais pas l'imbécile. Allez, on y va. Deux têtes valent mieux qu'une. Il faut qu'on réfléchisse.

— Je n'ai pas d'énergie pour réfléchir. Sean s'approcha de Jason et lui donna un coup de pied.

— Je ne peux rien faire sans toi.

— Faire quoi ?

Sean réfléchit un instant. Il devait bien y avoir quelque chose à faire.

— Au moins, aide-moi. C'est toi qui as le cerveau.

— Je ne suis pas assez intelligent pour sortir de ce pétrin, déplora Jason.

Sean s'assit sur le parquet froid et sortit son téléphone. Il était éteint. Il toucha le couteau. Aurait-il les couilles de poignarder cet homme ? Il n'en était pas si sûr.

— S'il te plaît, réfléchis, murmura-t-il. Il nous faut un plan.

Jason se mit en position assise et Sean coupa les cordes qui le retenaient.

— D'accord, au moins, nous pouvons nous battre.

Sean passa le couteau à Jason.

— Un couteau suisse? demanda Jason en tâtant la lame.

— Je n'ai jamais eu l'occasion de l'utiliser. Jusqu'à présent.

Sean reprit le couteau et fit défiler les différentes lames.

— On pourrait faire des dégâts avec ce truc, poursuivit-il.

Il ouvrit la plus longue lame et fit glisser les autres à l'intérieur.

— Je suis d'accord avec toi, approuva Jason. Il nous faut quand même un plan.

Dans le silence, Sean remit l'arme dans sa poche.

— Un plan de guerre.

Chapitre 101

L'évêque Connor jeta un coup d'œil à Mike O'Brien, assis sur le bord d'une chaise à pieds en filigrane d'or. O'Brien avait l'air fatigué, les yeux petits et noirs. Lui, par contre, se sentait bien.

— Où est Rickard ? Il devrait être ici.

— Il ne répond pas au téléphone, déclara O'Brien.

— Le permis de construire est approuvé, rappela l'évêque. Dunne a respecté sa part du marché, nous devons maintenant nous assurer que Rickard respecte la sienne.

— J'ai risqué ma peau pour cela.

— Tom Rickard est un homme de parole. Vous obtiendrez votre argent.

— Son compte bancaire est en déconfiture.

Mike O'Brien leva la tête.

— Qu'est-ce que vous voulez dire ?

L'évêque Connor se redressa brusquement.

— J'ai manipulé les chiffres pendant des mois, en envoyant de fausses déclarations au siège. Cela faisait partie de l'accord avec Rickard. Je ne sais pas combien de temps cela peut encore durer avant qu'ils ne découvrent la manipulation, commencent à poser des questions embarrassantes et exigent le remboursement de son énorme dette.

L'évêque Connor lui lança un regard furieux.

— Moi aussi, j'ai besoin de mon argent. Pourquoi n'est-il pas là ? Qu'y a-t-il de plus important à ce stade de nos projets ?

O'Brien haussa les épaules.

— Quand l'entreprise de Rickard pourra-t-elle commencer à démolir cette monstruosité qu'est le bâtiment ?

L'évêque Connor était impatient de se débarrasser de ce rappel physique qui lui avait causé tant d'ennuis au fil des ans.

— Il y a un délai d'opposition. Un mois environ, je pense. Cela pourrait être plus long.

— Quoi ? Un mois de plus ?

Les joues de l'évêque Connor s'enflammèrent d'un rouge fluorescent. Il prit un verre d'eau et l'avala d'un trait.

— C'est le système, déclara O'Brien. Et le bâtiment ne peut pas être démoli. Il est inscrit sur un registre de structures protégées.

— Vous voyez ce que je veux dire. Ce serait quand même bien de le voir réduit en cendres.

— Il est difficile d'enterrer des secrets, n'est-ce pas ?

O'Brien leva les yeux sous ses lourdes paupières.

— Quand cet endroit disparaîtra, tout le mal s'en ira avec lui. Et ce sera un endroit fantastique lorsqu'il sera terminé, déclara l'évêque Connor. Cent vingt chambres d'hôtel et un terrain de golf de dix-huit trous. Des membres à vie. Et l'histoire de Sainte-Angèle enterrée. Pour toujours.

— S'il a l'argent pour le faire, rappela O'Brien.

— J'espère que vous n'êtes pas sérieux.

— Comme je l'ai dit, la société de Rickard est assise sur une pile de prêts. Si une seule banque réclame sa part, tout s'effondrera et Rickard sera en faillite.

L'évêque Connor appuya sur le bouton de recomposition de numéro de son téléphone.

— Rickard, nous avons besoin de vous à cette réunion. Il faut expliquer certaines choses.

Il tenait le téléphone à bout de bras, le regardant, son visage se recroquevillant sous l'effet de la colère.

— Il m'a raccroché au nez.

— Je veux juste mon argent. O'Brien s'était levé pour partir.

— Où allez-vous ? Nous n'avons pas encore terminé, dit l'évêque Connor.

— Je pense que si, répliqua O'Brien. Je pense sincèrement que si.

Chapitre 102

Tom Rickard coupa la communication alors que Mélanie descendait l'escalier et déposait une valise dans l'entrée. Il regarda sa femme, silencieusement interrogatif. Les bras croisés, elle se tenait debout sur leur sol en marbre italien horriblement cher et le regardait fixement.

— Où vas-tu ? demanda-t-il.

— Je ne vais nulle part, siffla Mélanie les lèvres closes, le maquillage et les vêtements impeccables.

— Mais, Mél… commença-t-il.

— Ne m'appelle pas Mél. Je la sens, tu sais. Chaque fois que tu rentres de tes soirées. Notre fils a disparu, et j'en ai assez, Tom. J'en ai assez !

Rickard soupira et boutonna son manteau.

— C'est donc ça ? reprit-il.

— Tu as fait ton lit, alors va te coucher avec ton chien.

— Mais Jason… nous devons retrouver notre fils…

Il gesticula en tous sens.

— Tu as fait fuir mon bébé. Va-t'en.

Elle le dépassa pour entrer dans le salon, l'écho de ses talons hauts l'assourdissant. Il regarda autour de lui tout ce pour quoi il avait travaillé et vit le vide. Il avait tout perdu. Il ramassa la valise et tira la porte derrière lui dans un bruit sourd.

Il partit, laissant sa femme et sa vie derrière lui. Il devait retrouver son fils.

* * * * *

Mike O'Brien n'aimait pas la façon dont la réunion avec l'évêque s'était terminée. Il conduisit de façon erratique autour de Ragmullin. Espérait-il se faire arrêter pour conduite dangereuse ? Il ne le savait pas. Il ne savait plus qui il était ni ce qu'il était. Il était perdu. Plus perdu que jamais dans sa vie, et ce n'était pas peu dire.

Tom Rickard avait tout gâché. Mais n'était-ce pas aussi de sa faute ? Avoir été malmené par l'évêque. Il aurait dû rester fort face à cet adversaire. Mais il savait qu'il n'avait jamais été fort. Faible et manipulé, voilà ce qu'il était. Le carbone sous le diamant, selon cette putain de Lottie Parker.

Nous verrons bien, pensa-t-il en reprenant sa détermination. Il se gara devant la maison du promoteur. Toutes les fenêtres éclairaient la neige, la jaunissant. Que pouvait-il dire à Rickard ? Qu'il était désolé ? Pour ce qu'il avait fait, pour ce qu'il s'apprêtait à faire ? Non ! Il n'avait plus besoin d'être désolé.

Il allait se lever et se faire entendre.

Il était temps pour lui de sortir de l'ombre.

Il démarra le moteur et s'éloigna. Il allait laisser sa marque.

* * * * *

L'évêque Terence Connor se passa les doigts dans les cheveux. La réunion avait confirmé ce qu'il savait déjà. Rickard allait le baiser.

Il marcha d'un mur à l'autre, pieds nus sur la moquette, laissant des traces de pas dans le velours profond. Il était allé trop loin pour tout perdre maintenant. Il n'allait pas laisser les choses lui échapper sans se battre. L'enjeu était trop important. Sainte-Angèle lui était redevable.

Il enfila ses chaussettes et ses chaussures, puis son manteau. Une pointe de froid, au plus profond de ses os, lui dit que la nuit serait longue.

Il fit chauffer le moteur de sa voiture avant de franchir les portes automatiques et de s'enfoncer dans la neige.

* * * * *

Les quatre murs commençaient à s'effondrer sur lui. Derek Harte se serra la gorge. De l'eau, il lui fallait de l'eau. Il fallait qu'il sorte d'ici.

Il avait déjà passé cinq ans en prison et il ne voulait pas y passer une minute de plus. Il avait dit adieu à cette vie. Le métal s'écrasait sur le métal, les portes s'ouvraient et se fermaient, les clés s'entrechoquaient dans les serrures, les rires et les pleurs, les cris et les hurlements. Sa vie était faite de mauvais choix. À commencer par sa salope de mère, quelle qu'elle soit. Il espérait que c'était Susan Sullivan. Parce qu'elle était morte et qu'il n'aurait pas à la chercher et à la tuer.

— Laissez-moi sortir d'ici, hurla-t-il aux murs. Laissez-moi sortir… sortir… sortir.

Il se mit en boule sur le sol et hurla contre l'injustice de sa vie de merde.

* * * * *

Patrick O'Malley regarda le canal pendant un long moment. La glace froide se fissurait par endroits, se solidifiait à d'autres. Les lampadaires projetaient des ombres et des formes à travers la neige qui tombait.

Il avait envie d'un verre, juste un, une gorgée, pas plus. Deux jours sans que l'alcool inonde ses veines. Et il se sentait plus mal qu'il ne l'avait jamais été. Non, ce n'était pas vrai. Le pire moment de sa vie avait été la nuit de la lune noire. Il n'avait jamais connu une telle terreur. Les souvenirs défilaient et s'estompaient. Fitzy hurlant pour sauver sa vie. Avec son nez couvert de taches de rousseur et ses cheveux brillants. Un garçon courageux. Un petit héros. O'Malley voyait clairement le visage à présent et une étincelle jaillit à l'arrière de son cerveau. Il pensa à la photo que l'inspecteur lui avait montrée. S'agissait-il de Fitzy ? Le garçon de la photo était-il le même que celui enterré sous le pommier ? Il secoua la tête. Il n'en était pas certain, mais il pensait que c'était possible.

Une autre image apparut sur la glace brillante du canal. Susan, James et lui-même, regardant par la fenêtre leur petit ami brisé, Fitzy, être jeté dans l'argile. Il ferma les yeux. Le souvenir clignotait comme un film image par image. Les hommes avec leurs pelles, fissurant la terre dure pour faire place à la jeune âme.

Il ouvrit les yeux et la scène resta là, une vision vivante. Soudain, il vit les visages des deux hommes se refléter dans la glace, remontant de son subconscient. Et la terreur revint, plus forte et plus violente qu'avant.

Il avait besoin d'un verre.

Mais avant, il devait raconter à l'inspectrice tout ce qu'il savait.

Chapitre 103

Lottie parlait au téléphone. Elle montait et descendait les marches du commissariat.

— Je sais, Chloé. Je fais tout ce que je peux, dit-elle agrippant ses cheveux.

Où était son fils?

— Mais maman… Maman… s'il te plaît… tu dois le trouver, s'écria Chloé. C'est mon seul frère.

— C'est mon seul fils. Lottie étouffa sa panique. Je le retrouverai.

Elle raccrocha et appela sa mère pour qu'elle aille voir les filles. Elle était sur la dernière marche lorsqu'elle remarqua Tom Rickard, appuyé contre sa voiture.

— Votre fils a disparu lui aussi?

Rickard s'approcha et la regarda.

— Cela ne vous regarde pas, répondit Lottie en se dirigeant vers l'intérieur.

Il lui saisit la manche et la tira vers lui.

— Maintenant, vous savez ce que ça fait.

Instinctivement, Lottie tendit son autre bras pour le frapper. Il ne broncha pas, mais lui attrapa le poignet et rapprocha son visage du sien.

— Trouvez mon fils, intima-t-il en la laissant partir.

— Je le retrouverai.

— C'est ce que vous ferez, inspectrice. Il s'éloigna lentement et délibérément. Le vent porta sa voix. C'est ce que vous ferez, répéta-t-il.

Elle le regarda se hisser dans sa voiture, descendre la route jusqu'à ce que les feux rouges disparaissent au loin. Et une froideur s'empara de toutes les artères de son cœur, descendant dans tout son être. Elle avait ressenti le même frisson le matin de la mort d'Adam, bien que ce matin-là, le soleil fût haut dans le ciel. Ce soir, le ciel était noir et le sol gelé alors qu'une nouvelle averse de neige tombait doucement sur la terre.

— Inspectrice? Lottie se tourna vers Patrick O'Malley qui marchait péniblement sur le sentier glacé. J'ai quelque chose à vous dire, annonça-t-il. Et il lui raconta ce qui s'était passé la nuit de la lune noire.

Chapitre 104

Après avoir garé sa voiture à l'arrière de la chapelle, il entra par la porte latérale. Il espérait que les garçons avaient dormi. Il avait des projets pour eux.

Il emporta un sac en plastique contenant des chips et des boissons gazeuses. Les jeunes se nourrissaient de déchets. Il promena sa torche le long du couloir et les ombres lui sautèrent au visage. Des oiseaux voletaient rageusement au-dessus de sa tête et il se languissait du jour où cet endroit ne serait plus qu'un tas de décombres poussiéreux. Il espérait que les deux garçons allaient lui ouvrir l'appétit. Il accéléra le pas et savoura son excitation croissante. Il déverrouilla la porte et entra.

Le premier coup l'atteignit sur le côté de la tête et, alors qu'il tombait, il vit l'éclat d'un couteau briller devant son visage. Puis l'obscurité.

* * * * *

— Qu'est-ce qu'on fait maintenant ? hurla Sean.

Ils traînèrent l'homme assommé dans la pièce. Jason donna un coup de pied dans les côtes de l'homme couché.

— Merde. Ça fait mal, se plaignit-il en s'éloignant en boitant.

— Arrête de paniquer, cria Sean, qui se demandait avec quel genre de crétin Katie s'était embarquée. Nous allons l'attacher.

Il rassembla les cordes qui les avaient attachés. Alors qu'il tirait, il reçut un coup dans l'abdomen et fut projeté contre le mur. Il laissa tomber le couteau. Clignant rapidement des yeux, il vit l'homme se lever, pivoter et frapper Jason sous le menton. Jason tomba inconscient sur le sol. Sean se recroquevilla contre le mur lorsque l'homme le frappa au visage, ramassa le couteau et s'approcha de lui en titubant. Il posa l'arme sous la gorge de Sean.

— Petits malins ! Il entailla la peau de Sean avec la lame. Voilà ce que vous êtes. Des petits culs malins.

L'homme abaissa rapidement le couteau et le planta dans l'estomac de Sean. Puis il lui donna un violent coup de pied au même endroit. Sean poussa un rugissement. Du sang s'infiltra dans ses vêtements, jusque dans son jean. Ses doigts trouvèrent la blessure. Elle n'était pas profonde, mais il se sentit défaillir. Il entendit des voix, au loin, et lutta pour garder les yeux ouverts. Des étoiles blanches flottaient devant lui.

— Je crois qu'il est temps que toi et ton imbécile d'ami me divertissiez.

L'homme essuya le couteau contre le jean de Sean, le referma d'une pichenette et le rangea dans sa poche.

— Je reviendrai dans un moment.

Il se leva, donna un coup de pied à Jason, puis quitta la pièce, ses pas feutrés résonnant dans le couloir. La douleur parcourut le corps de Sean. Il eut un haut-le-cœur et du sang s'écoula du coin de sa bouche, le goût cuivré l'étouffant. Des larmes coulèrent sur ses joues tandis qu'il avançait dans l'obscurité vers le sac en plastique posé sur le sol. Il le déchira et en sortit une canette. Il l'ouvrit d'une main tremblante et but, insufflant de l'énergie à son corps palpitant. Il retira son sweat à capuche, glapissant à chaque mouvement, et le serra contre sa blessure. Elle n'était pas aussi profonde qu'il l'avait cru. Pour tenter d'endiguer l'écoulement du sang, il serra le pansement de fortune avec sa ceinture et noua les manches autour de ses hanches. Il continua à pleurer.

Des sanglots forts et terrifiés.

Personne ne les trouverait.

Ils allaient mourir. Il s'effondra sur le sol froid.

Chapitre 105

— Vous ne pouvez pas conduire plus vite? s'impatienta Lottie.

Kirby appuya sur l'accélérateur et dérapa. Il redressa la voiture et serra son cigare entre ses lèvres.

— Nous ne pouvons pas être sûrs qu'il sera là.

— D'après ce que m'a dit O'Malley, je pense que Jason est retenu là-bas et je sais qui l'a enlevé.

— C'est un peu un saut dans l'imaginaire, non?

— Si j'ai tort, j'ai tort. Dépêchez-vous.

Elle était sûre de savoir qui était Brian. Il avait dû basculer à cause de quelque chose en rapport avec le projet de Sainte-Angèle. Et il avait ciblé Rickard en enlevant Jason. Elle était encore en train d'essayer de comprendre quand son téléphone sonna.

— Après de nombreuses discussions avec le fournisseur d'accès, nous avons triangulé le GPS du téléphone de Sean, annonça Lynch.

— Et?

Lottie s'agrippa au bord de son siège. Mon Dieu, faites au moins en sorte que Sean aille bien.

— Eh bien, c'est une vaste zone. De l'hôpital au cimetière et à l'arrière de la ville. Environ quatre kilomètres carrés.

— Voyez si vous pouvez les aider à mieux cerner la situation. Merci.

Lottie raccrocha. Il est puni à vie, dit-elle, mais elle ne put empêcher l'effroi de s'insinuer dans sa voix. Brian aurait-il pu prendre Sean aussi ?

— Il va bien. Ne vous inquiétez pas, la rassura Kirby. Il est probablement parti boire quelques canettes avec ses amis.

— Il n'a que treize ans, mais, à cet instant, je ne le vivrais pas mal, reconnut Lottie.

— Cette zone GPS…

— Quoi, Kirby? Lottie se pencha pour le regarder.

— Elle inclut Sainte-Angèle.

Lottie ouvrit la bouche pour parler, mais rien ne sortit. Quelque chose d'horrible était-il arrivé à son fils ?

— K… Kirby… plus vite.

Et elle se mit à pleurer, des sanglots incontrôlables s'échappant de son corps. Elle avait perdu Adam, elle ne pouvait pas perdre son fils aussi.

Sainte-Angèle se profilait dans l'obscurité. Kirby se gara à côté de la voiture abandonnée de Lottie.

Elle étudia rapidement les fenêtres noires, ses yeux étant attirés par la petite chapelle, sur le côté du bâtiment principal. Elle se souvint de ce qu'O'Malley lui avait dit à propos du prêtre, des enfants, des cierges et des fouets. Mon Dieu.

Elle cligna des yeux.

Y avait-il une lumière qui clignotait à l'une des fenêtres ? Elle se redressa. Un éclair, puis un autre. Quelqu'un marchait avec une lampe de poche ?

— Regardez. Kirby. Là-haut. Vous voyez une lumière ?

Il était sorti de la voiture avant elle, se dirigeant vers les marches. Elle sauta et dérapa sur la glace, s'arrêtant derrière lui.

— On dirait que quelqu'un a une torche, remarqua-t-il.

— Allez, venez.

Lottie monta les marches en courant. Elle chercha furieusement la clé dans sa poche, la trouva et l'enfonça dans la serrure. Alors qu'ils pénétraient dans l'enceinte de Sainte-Angèle, elle ressentit tout le sinistre pressentiment que la jeune Sally Stynes avait dû ressentir tant d'années auparavant.

* * * * *

L'homme était de retour, vêtu d'une longue robe blanche. Sean aurait ri s'il n'avait pas été pris de convulsions.

— Qu'est-ce que vous faites ? gémit-il en voyant l'homme enrouler une corde autour de la taille de Jason et le hisser sur ses pieds.

Jason chancela, mais resta debout, les yeux comme du verre. Sean fut entraîné vers le haut, ses pieds se déchirant sur le sol, la corde était enroulée autour de ses poignets et tirée fermement. Il était attaché derrière Jason.

Sean se balançait avec des vertiges. Il se sentait soudain comme un petit garçon. Il voulait être à la maison, jouer avec sa PlayStation de merde. Il n'avait pas besoin d'une nouvelle PlayStation. Il dirait à sa mère que l'ancienne ferait très bien l'affaire. Niall la réparerait. Il savait que son ami en était capable. Il l'appellerait pour qu'il vienne avec son kit d'outils et ensemble, ils la feraient fonctionner. Il aiderait à la maison, sans se plaindre. Il viderait le lave-vaisselle, passerait l'aspirateur, nettoierait sa chambre. Il se promettait de faire tout cela, juste pour sortir et sentir les doigts de sa mère passer dans ses cheveux, le serrer contre lui. Il ne pleurerait pas. Non. Mais il pleurait. Sean Parker pleurait, et il s'en fichait.

— Tais-toi, mauviette, grogna l'homme en faisant aller et venir la torche le long des murs tout en entraînant les deux garçons derrière lui le long du couloir.

— Oh, non, marmonna Jason.

— Quoi ? chuchota Sean à travers ses sanglots, chaque pas lui faisant mal à l'estomac.

— Oh, non… commença Jason, sa voix s'affaiblit.

— Oh, non, quoi ?

— Cette fois-ci… il va me… t… t… tuer…

— Cette fois-ci ? demanda Sean. Y a-t-il eu une autre fois ?

Cela lui faisait mal de parler, mais il voulait savoir de quoi Jason parlait. Sean l'attira vers lui et vit une peur féroce dans les yeux de l'autre garçon, ce qui fit battre son propre cœur à tout rompre.

L'homme psalmodia un mantra lent et menaçant et les conduisit en procession, descendant un escalier de pierre et pénétrant dans une petite chapelle. Une flambée de cierges jetait de la lumière vers l'extérieur et vers le haut. Au-dessus de l'autel, une corde pendait des chevrons, un nœud coulant à son extrémité. Les sanglots angoissés de Sean résonnèrent dans l'air froid. Ce n'était pas bon. Pas bon du tout.

* * * * *

— Chut, ordonna Lottie, immobile dans le couloir.

— Je n'ai rien dit, dit Kirby.

— Taisez-vous et écoutez.

Ils écoutèrent.

— J'ai cru entendre un cri.

— Je n'ai rien entendu, rétorqua Kirby.

Un bruit retentit dans leur direction.

— Ce n'est qu'un bruit de porte, fit-il remarquer.

Lottie monta l'escalier en courant, deux marches à la fois.

— Non. Avant cela… j'ai entendu un cri. Il y a quelqu'un ici.

— Bien sûr que nous savons qu'il y a quelqu'un ici. La lumière clignotante nous l'a dit.

— Kirby ? Taisez-vous.

En haut de l'escalier, elle regarda le long du couloir. Elle ne voyait rien dans l'obscurité. Aucun mouvement. Aucun son. Seule la respiration laborieuse de Kirby, due à l'effort, était perceptible.

— Des chants. J'entends des chants, des psalmodies ou quelque chose comme ça, chuchota Lottie.

— Avec tout le respect que je vous dois, inspectrice, je crois que vous imaginez des voix.

Kirby s'arrêta pour reprendre son souffle. Lui jetant un regard mauvais, Lottie se faufila dans la direction du son. Peut-être l'imaginait-elle. Peut-être pas. Elle allait le découvrir. Avec ou sans Kirby.

— Attendez-moi, implora-t-il, son corps s'efforçant de suivre le rythme de sa voix.

Elle soupira, souhaitant pour la centième fois avoir Boyd derrière elle et non Kirby.

* * * * *

Les mains de Sean étaient toujours attachées.

Le fou détacha Jason et le fit avancer. Le garçon trébucha vers l'autel, tomba, et le craquement de son crâne contre le marbre lui envoya une onde de choc.

Poussé sur le premier banc en bois, Sean essaya de ne pas penser à sa douleur. Il regarda autour de lui. Il devait y avoir une sortie. Une issue de secours. Au moins, il avait cessé de pleurer. Il avait besoin de se contrôler. C'est ce que sa mère lui avait dit à propos de son travail. Contrôler la situation.

La chapelle était un enchevêtrement d'alcôves et de confessionnaux en bois. Il ne voyait pas de porte de sortie. Il devait faire sortir l'homme. Mais il n'avait aucun moyen de le maîtriser s'il avait les mains liées. Réfléchir. Réfléchir vite. Son cerveau était vide.

Sa respiration s'accéléra tandis qu'une terreur suffocante s'installait dans sa poitrine. Il essaya de calmer ses respirations pour qu'elles soient lentes et régulières. Il essaya de les compter. Il n'y parvint pas. Elle sortait de sa bouche, l'une après l'autre, jusqu'à ce que ses yeux pleurent et que la morve coule le long de son nez.

Il s'autorisa à jeter un coup d'œil vers l'autel. Il sut aussitôt qu'il n'aurait pas dû. Tous les jeux virtuels du monde n'auraient pu le préparer à la scène qui se jouait sous ses yeux. La bile lui monta à la gorge, et il fut certain qu'il allait être malade. L'homme le regardait droit dans les yeux, une crête courbe et retroussée de lèvres pâles, des yeux reflétant la lumière de la bougie et des cheveux mouillés en mèches contre son cuir chevelu. Il avait passé une corde autour du cou de Jason, des doigts habiles resserrant le nœud coulant. Sean le regarda détacher l'extrémité de la corde du banc de devant et tirer, hissant Jason dans les airs. Il recommença à psalmodier, à voix basse et avec difficulté, tandis qu'il le hissait vers le haut. Sean détourna le regard, étouffant le vomissement dans sa gorge.

Sortir. Il fallait qu'il sorte.

Lorsque la plante des pieds de Jason fut libérée du sol, le fou noua la corde autour du banc, tira dessus, et ses incantations s'intensifièrent.

* * * * *

Lottie se mit à chercher avec ses mains, de haut en bas et sur tout le mur au bout du couloir. Kirby essaya aussi.

— C'est vraiment un chant. Ça vient d'ici. Mais je ne vois pas de porte, dit-elle.

— Il n'y a pas moyen de passer, haleta-t-il.

— Il doit y en avoir un. C'est ici que j'ai vu les lumières. Les fenêtres…

Elle comprit qu'elle n'avait rien pu voir de cet endroit. C'était le bout du couloir. Elle se remémora mentalement le nombre de fenêtres. Elle courut frénétiquement le long du couloir et revint en arrière, en comptant. Elle se souvint des plans de Rickard et de l'ordre étrange des fenêtres.

— Il y a une pièce cachée, affirma-t-elle.

Elle essaya la porte à côté d'elle. Elle était fermée à clé. Kirby la souleva et elle s'ouvrit en deux. Elle entra. À sa droite, trois fenêtres. Elle éclaira avec la lumière de son téléphone et vit une deuxième porte.

— C'est ici, murmura-t-elle à Kirby.

L'odeur des bougies allumées lui parvint lorsqu'elle tourna la poignée. Une lumière vacillante mettait en valeur un escalier de pierre. Se tournant vers Kirby, elle posa un doigt sur ses lèvres. S'avançant silencieusement, elle jeta un coup d'œil par-dessus la rampe dans la fosse en contrebas.

Lottie étouffa un cri. Kirby posa une main sur son épaule.

— Qu'est-ce que vous voyez? chuchota-t-il.

— La folie, dit Lottie en regardant l'homme qu'elle connaissait passer la corde au cou de Jason Rickard. Puis elle vit son fils.

Chapitre 106

Sean entendit un bruit en haut des escaliers. Il se figea. Quelqu'un d'autre était là. Il essaya de ne pas regarder autour de lui. Il ne voulait rien faire qui puisse alerter ce salaud de meurtrier, mais instinctivement, il tourna la tête et regarda droit dans les yeux blancs de sa mère, terrorisée. Un gémissement étranglé s'échappa de sa gorge. L'homme se retourna et leva également les yeux.

Sa mère dévala les escaliers et Sean sut que c'était peut-être sa seule chance. Ignorant sa blessure suintante, il sortit du siège en direction de l'autel. Déséquilibré par ses mains liées, il trébucha et tomba.

Au lieu de relâcher sa prise sur la corde, l'homme la resserra. Les yeux de Jason s'exorbitaient et il commençait à s'étrangler. Se remettant debout, Sean dirigea son épaule vers le ventre de l'homme.

Il rencontra des muscles tendus et un bras se bloqua autour de son cou, l'immobilisant. Il entendit sa mère descendre l'allée en criant et courir vers lui jusqu'à ce qu'elle s'arrête à un mètre de lui.

* * * * *

Lottie arrêta sa course. Ce salaud avait Sean. Elle lutta pour garder le contrôle.

Si elle faisait le moindre mouvement brusque, son geste pouvait être fatal. Son cœur battait à tout rompre dans sa poitrine, si fort qu'elle pouvait l'entendre pulser furieusement dans ses oreilles.

Professionnelle. Elle devait être professionnelle, sinon Dieu sait ce qui pourrait arriver à son fils. Un nœud se tordit dans sa cage thoracique, la serrant comme un étau. La chair de poule menaçait de déchirer sa peau. Une peur violente s'empara d'elle et elle pria un Dieu auquel elle ne croyait plus. Elle pria Adam. Elle pria, puis elle parla.

— Laissez les garçons partir, Brian dit-elle.

Elle s'avança tandis que Mike O'Brien s'était reculé à la mention de son nom de naissance. Il s'accrocha néanmoins à Sean et tira sur la corde, arrachant à Jason les derniers vestiges de vie. La tête du garçon s'affaissa sur le côté. La corde tint bon.

En regardant son fils dans les yeux, Lottie se dit silencieusement : *Encore quelques minutes, mon fils.*

— Très astucieux, inspectrice. Je n'ai pas fini de travailler ici. Voulez-vous voir ?

La voix d'O'Brien s'élevait et s'abaissait en chantant.

Lottie lutta contre la guerre qui l'habitait. Elle devait être calme et logique. Elle jeta un coup d'œil à Kirby. Il avait sorti son pistolet semi-automatique. Trop dangereux de l'utiliser avec les garçons captifs. Elle le regarda d'un air renfrogné. Il remit l'arme dans son étui.

Elle eut la nausée lorsque le bras d'O'Brien se resserra autour du cou de Sean, elle aurait voulu se précipiter en avant, pour éloigner son fils de cette folie. Se remémorant tous ses entraînements, elle calcula la distance qui la séparait d'O'Brien. Aucune arme visible, même si elle savait que la longue robe pouvait dissimuler à peu près n'importe quoi. Elle imposa un calme résolu dans sa voix.

— Vous n'êtes pas obligé de faire ça, vous savez, dit-elle. Vous êtes Brian. Je sais ce qui vous est arrivé ici. C'était mal, mais vous pouvez arranger les choses. Relâchez-les. Cela ne résoudra rien si vous les blessez davantage.

Elle se rapprocha.

— Inspectrice, je me sentirai mieux si je fais ce que j'ai l'intention de faire. Vous ne pouvez pas m'arrêter, dit O'Brien, la voix haute et tendue, les jointures blanches se resserrant visiblement autour de Sean.

Il était fort et en forme, se rappela Lottie. Elle s'efforça d'endiguer l'envie de se précipiter sur lui, d'attraper ses cheveux gris acier et de les lui arracher de la tête.

— Comment cela peut-il vous faire vous sentir mieux ? Vous êtes un adulte, ce sont deux enfants sans défense, plaida-t-elle.

Du coin de l'œil, elle aperçut Kirby qui tournait lentement vers la droite.

— J'étais un enfant abandonné, sans défense, et personne ne m'a aidé, grogna O'Brien.

— Je vais vous trouver de l'aide. Il n'est pas trop tard. Laissez-les partir.

Il rit. Lottie tressaillit lorsque le son cruel se répercuta dans la chapelle à l'acoustique étudiée. Kirby était presque au même niveau qu'O'Brien sur les marches.

Le rire continua, incontrôlable, démoniaque à ses oreilles. Elle devait le faire taire. Son fils, le visage rouge, les yeux brillants. Puis elle vit le sang qui s'écoulait de son abdomen.

Affolée par l'angoisse de Sean, Lottie se souvint de ce que Patrick O'Malley lui avait dit à propos de Brian. Avait-il vraiment tué un bébé sans défense ? Avait-il contribué à la mort de Fitzy ? Pourquoi avait-il tué Sullivan et Brown ? Quelle folie se cachait, encore à éveiller, au fond de son âme ? Elle ne trouvait aucune réponse à ces questions, alors que la terreur rôdait dans ses veines.

Elle ramena désespérément ses pensées à la scène à laquelle elle assistait.

— Les laisser partir ? demanda O'Brien, la voix haute et hystérique. Peut-être que je vais en laisser partir un et vous permettre de regarder comment je détruis l'autre. Qui choisirez-vous, Lottie Parker ? Qui est le diamant et qui est le carbone ? Allez-vous sauver votre fils et laisser cet autre garçon mourir sous vos yeux ? Que dites-vous de cela, Madame l'inspectrice ?

— Je dis que vous êtes complètement fou ! Lottie perdait son dernier fil de contrôle.

Elle fit un pas en avant. O'Brien recula, serrant toujours le cou de Sean. Le balancement de sa cape attisa les cierges qui bordaient les marches de l'autel. Une petite flamme s'accrocha au bas du jean de Jason et commença à brûler.

— Vous ne pouvez pas les tuer tous les deux, affirma-t-elle.

Jason pouvait déjà être mort. Il était si immobile, son visage était violet, sa langue sortait.

— Laissez-les partir. Je vous promets que je vous aiderai après.

S'efforçant de donner l'impression d'être calme, elle rassembla ses années d'expérience en un seul instant.

— Vous ne savez rien des tourments que j'ai subis, hurla O'Brien. N'essayez même pas de l'imaginer.

Le faire parler, détourner son attention de Kirby.

— Pourquoi Susan et James ? Pourquoi les avez-vous tués ?

Un autre pas en avant.

— Vous pensez que je les ai tués ? Pourquoi l'aurais-je fait ?

Sa voix stridente emplit ses oreilles. Elle jeta un coup d'œil à Kirby. Il était à cinq mètres d'O'Brien, au même niveau que lui sur la large marche.

O'Brien recula, attrapa quelque chose sur l'autel, sa cape s'ouvrit, révélant sa nudité, un entrelacs de vieilles cicatrices sur sa poitrine. L'acier d'un couteau brillait dans sa main. Lottie aperçut le tatouage sur sa jambe. Profond et sombre.

— Ils avaient aussi ce tatouage. C'était pour quoi ?

Elle devait le faire patienter. Kirby se rapprochait.

— Dieu tout-puissant-Cornélius-Mohan nous a dit que nous étions ternis par le sang du diable et qu'il devait nous marquer à vie. Pour éloigner les démons. Ah !

Il poussa un cri perçant. Lottie recula lorsque son emprise se resserra autour du cou de Sean.

— Il investissait les mauvais esprits dans nos âmes, c'était sa façon de nous posséder. C'était le diable incarné.

La voix était un gémissement aigu et artificiel.

Il tira Sean par le cou. Lottie pouvait voir le blanc des yeux de son fils rouler dans sa tête. Elle bondit en avant, Kirby se déplaçant au même moment. Elle saisit le couteau, mais la main d'O'Brien s'abaissa et la lame traversa le rembourrage de sa veste, lui entaillant le haut du bras. Ignorant la douleur, l'adrénaline renforçant sa détermination, elle poursuivit son assaut. Levant son autre bras, elle donna un coup de coude dans la gorge de l'homme, poussant fermement jusqu'à ce qu'il relâche son fils. Le garçon s'effondra. Kirby leva son gros pied botté et frappa O'Brien en pleine poitrine.

O'Brien tomba à la renverse et une bouffée de flammes s'éleva derrière lui. Elle s'empressa d'attraper Sean. Kirby prit le couteau, coupa la corde et dégagea Jason du nœud coulant.

Lottie donna un coup de pied au moment où O'Brien se relevait du feu et le toucha au torse. Il tomba dans les chandelles, sa cape en feu s'enflammant davantage alors qu'il tendait les bras, s'agitant contre le brasier. Sa chair crépita. O'Brien poussa des cris bruts et inhumains, frappant sauvagement, attisant les flammes. Il se traîna jusqu'à s'agenouiller, se releva dans une vague de lumière orange et jaune, déchirant sa robe en flammes, les mains en feu. Sa peau grésillait déjà, suintait, glissait le long de son corps. Il retomba dans le brasier.

À genoux, envahie par l'odeur de la peau humaine frite, Lottie traîna Sean sur le sol, rampant loin du brasier.

— Je n'ai pas tué James et Susan, ni Angelotti, je ne l'ai pas fait, hurla la voix de l'enfer tandis qu'O'Brien se tournait et se retournait, essayant d'étouffer sa chair brûlante. Cornelius Mohan, oui, j'ai tué ce salaud.

Il hurla d'agonie et fut englouti dans la fumée et le feu.

Kirby tenait son téléphone d'une main, hurlant des ordres frénétiques, tout en portant un Jason inanimé sur son épaule. Lottie serra son fils contre sa poitrine et défit la corde qui le liait.

Kirby frappait sauvagement, éteignant le feu sur le jean de Jason. Elle ne bougea que lorsque Kirby les dirigea vers l'escalier.

— On ne peut pas le laisser là, comme ça, dit-elle en jetant un coup d'œil à l'homme qui dansait comme une ballerine enroulée dans une boîte à bijoux en feu.

Kirby resserra sa prise sur sa main.

— Abattez-le, cria-t-elle.

— Il ne vaut pas la peine de gaspiller une balle. Venez, dit-il. Maintenant !

Lottie suivit Kirby, Jason bien calé sur ses larges épaules, et elle serrait Sean par la taille, l'entraînant avec elle dans l'escalier.

Sur la première marche, elle s'autorisa un regard en arrière. L'homme était en flammes, sa peau était en train de fondre.

Il s'enfonça dans le sol, ses cris s'éteignant à mesure que le brasier s'étendait vers les prie-Dieu en bois. Une épaisse fumée noire étouffait l'air.

Son fils était sain et sauf. C'est tout ce à quoi Lottie pouvait penser à cet instant. Son fils était sain et sauf.

Elle ne se retourna plus. Elle poussa Sean le long du couloir, dans l'escalier, dans le hall et à l'extérieur. Elle s'agenouilla sur les marches gelées, son fils dans les bras. Elle accueillit l'air froid, crachant la fumée de ses poumons, et resta là, statufiée, jusqu'à ce que le hurlement des sirènes vienne troubler le silence de la nuit.

* * * * *

31 janvier 1976

Sally garda les yeux ouverts toute la nuit, la nuit de la lune noire, comme l'appelait Patrick.

Elle écoutait les bruits de la nuit, la respiration douce des autres filles dans sa chambre, les grattements dans les plinthes et le plafond. Elle imaginait des formes grotesques dansant au clair de lune, des ceintures et des bougies se balançant vers elle et s'éloignant d'elle, comme un ballet obscène. Elle entendit les bébés pleurer dans la chambre d'enfant, mais aucun bruit de pas ne vint les apaiser. Ils étaient seuls. Elle était seule. Et la nuit semblait s'éterniser.

Elle ne savait pas ce qui était arrivé à son bébé, elle ne savait pas pourquoi Fitzy était mort, mais elle s'était juré qu'un jour, quel que soit le temps que cela prendrait, la vérité serait révélée. Elle s'en souviendrait pour le reste de sa vie.

Elle resta éveillée alors que les premières lueurs de l'aube entraient par la fenêtre, la lune n'étant plus qu'une ombre dans le ciel.

Neuvième jour

7 janvier 2015

Chapitre 107

Les premiers rayons orangés de l'aube perçaient l'horizon enneigé au-delà des murs de l'hôpital tandis que l'infirmière surveillait les signes vitaux de Sean, comme elle l'avait fait toutes les vingt minutes au cours des cinq dernières heures. Satisfaite que son patient soit stable, elle fit un signe de tête à Lottie.

— Le médecin sera là dans une minute, mais Sean se porte bien.

L'infirmière s'en alla.

Lottie embrassa la main et le front de son fils et passa doucement son doigt sur ses yeux, lui répétant sans cesse qu'elle était désolée.

Regardant le tube intraveineux lui insuffler de la vie, elle compta chaque goutte qui s'écoulait vers le bas. Une, deux, trois… Les paupières de Sean s'agitèrent.

Envahie par sa colère intérieure, les doigts de Lottie s'étaient attardés sur ses yeux. Retirant sa main, comme si elle s'était brûlée, elle se demanda combien de temps encore elle pourrait faire souffrir ses enfants.

La porte s'ouvrit. Boyd se tenait là, vêtu d'une robe de chambre en coton marine, soigneusement nouée autour de sa taille étroite. Son visage, encore meurtri et pâle, était grave. Lottie pencha la tête et il se retrouva à ses côtés.

— Tu ne devrais pas être ici. Ils vont te jeter dehors, lui reprocha-t-elle.

— Laisse-les faire, rétorqua-t-il et il embrassa doucement le sommet de son crâne. Tu pues la fumée.

— Va te faire foutre, Boyd, sanglota-t-elle.

— C'est normal de pleurer. Il lui frotta l'épaule.

— Non, ce n'est pas normal. Je l'ai laissé tomber. J'ai laissé tomber mon fils, ma famille. Jason aussi.

— Tu as sauvé Sean.

— Oui, concéda-t-elle, incapable de masquer le mépris de sa voix, mais qu'en est-il de Jason ? J'aurais dû m'en rendre compte plus tôt.

Il ne répondit pas. Elle le repoussa.

— Tu as une mine épouvantable, déclara-t-elle.

— Toi aussi, rétorqua-t-il en montrant la blessure sur son bras. Le meurtrier avait-il une ecchymose et boitait-il ?

— Tu ferais mieux de partir.

— Je sors d'ici de toute façon.

— Quoi ?

— Tu as trop de choses à gérer et je suis là comme un con en réserve, à regarder des feuilletons à la télévision. Tu as besoin de moi.

Elle n'objecta pas. Elle avait besoin de Boyd, même s'il sortait tout droit des *Morts vivants*.

Lorsque la porte se referma derrière Boyd, Lottie laissa ses doigts s'attarder un instant sur le visage de son fils avant que l'infirmière ne revienne avec le médecin et ne la pousse vers la sortie.

* * * * *

Le commissaire Corrigan arpentait le couloir, Lynch et Kirby derrière lui. Aucun signe de Boyd.

— Inspectrice Parker, dit Corrigan en posant une main sur son épaule.

Lottie ne savait pas quoi dire, alors elle ne dit rien.

— Ce bâtard est à peine vivant et doit être transféré au service spécialisé dans les brûlures à Dublin. Il devra attendre que la tempête de neige se calme. Les ambulances aériennes sont clouées au sol.

— Il est encore en vie ? s'étonna Lottie, incrédule.

— Le pronostic n'est pas bon. Quatre-vingts pour cent de brûlures.

— Bien, dit Lottie. Et Sainte-Angèle ?

Elle évitait la question qu'elle savait devoir poser.

— L'incendie a été circonscrit à la chapelle. Nous la scellerons comme scène de crime quand l'équipe de pompiers aura terminé.

— Jason ? demanda-t-elle finalement.

— Vous savez que vous êtes arrivée trop tard. Corrigan secoua la tête. Putain de malchance.

Lottie oscilla. Elle savait déjà que Jason était mort. Elle avait juste besoin de le confirmer.

— Au moins, nous avons notre meurtrier, se réjouit Corrigan.

— Je n'en suis pas si sûre, dit-elle, hésitante.

O'Brien ne lui avait-il pas dit qu'il n'avait tué ni Susan, ni James, ni même Angelotti ? Il n'avait aucune raison de mentir. D'autant plus qu'il avait admis avoir tué le Père Cornelius Mohan.

Kirby la soutint lorsque les Rickard apparurent à l'autre bout du couloir. Corrigan se dirigea vers eux. Tom Rickard la regarda fixement avant d'accepter la poignée de main sympathique de Corrigan. Lottie laissa Kirby la guider dans la direction opposée.

— Puis-je vous dire un mot, patron ? dit Kirby.

Appuyée contre le mur, Lottie acquiesça.

— Je sais que ce n'est pas le bon moment, mais il faut que je vous dise… commença-t-il.

— Crachez le morceau, Kirby.

— Moroney, le journaliste…

— Continuez.

D'une certaine manière, elle savait ce qu'il allait dire.

— Ce qu'il a raconté sur le fait que James Brown était un pédophile, j'ai peut-être dit quelque chose que je n'aurais pas dû dire.

— Ah, bon sang, Kirby. Qu'avez-vous dit ?

— Moroney a entendu une conversation sur ce que nous avons trouvé dans la maison de Brown. Il m'a appelé pour me demander confirmation. Nous étions plongés dans les rapports et autres, alors j'ai peut-être accepté ce qu'il a dit, pour qu'il raccroche.

Lottie secoua la tête. Au moins, elle connaissait maintenant la source des informations de Moroney. Elle avait eu tort de soupçonner qu'il s'agissait de Lynch. Il s'agissait probablement d'une véritable erreur de la part de Kirby. Du moins l'espérait-elle. Décidée à laisser tomber, elle intima :

— Que cela ne se reproduise plus.

Kirby expira et chercha un cigare dans sa poche.

— Merci, patron.

— Et vous vous êtes bien débrouillé avec O'Brien.

C'était le compliment le plus sincère qu'elle pouvait faire dans ces circonstances. Elle regarda Kirby s'éloigner dans le couloir tandis que Lynch la rejoignait.

— Sean ? Comment va-t-il ? demanda-t-elle alors qu'elles marchaient.

— Il se remettra. Avec le temps, dit Lottie.

Les yeux de Tom Rickard. Elle ne voulait pas revoir ce regard de sitôt. Elle avait trouvé son fils, comme elle l'avait dit, mais elle l'avait laissé tomber de la pire façon qui soit.

— Les enfants s'en sortent toujours bien, ajouta Lynch.

— Et qu'est-ce que l'un d'entre nous peut bien en savoir ? marmonna Lottie.

Elle continua à marcher.

Chapitre 108

Au coin de la rue, elle tomba sur le Père Joe qui se tenait au poste des infirmières. Il lui dit :

— Vous êtes un plaisir pour les yeux, déclara-t-il en écartant une mèche de cheveux de son front et en esquissant un sourire triste.

Mais Lottie lut de la peine dans ses yeux. Bienvenue dans mon monde, pensa-t-elle.

— Joe.

Il tenait une volumineuse enveloppe de format A4. La fatigue plissait son visage comme du linge froissé.

— Qu'est-ce que vous êtes revenu faire ici ? demanda-t-elle.

— Comment va Sean ? s'enquit-il, ignorant sa question.

— Bien, dit-elle. Non. Pas bien. Mon Dieu, je ne sais pas.

— Je suis désolé, Lottie.

— Tout le monde est désolé. À quoi bon être désolé ?

— Je reviendrai plus tard.

— Pas la peine, s'écria-t-elle. Je ne veux plus vous revoir. Mon fils a failli mourir. Et tout est de ma faute.

— Rien de ce que je pourrai dire ne fera de différence pour le moment, déplora-t-il en baissant la tête.

— Alors pourquoi êtes-vous encore là ?

Il lui tendit l'enveloppe.

— J'ai fouillé le bureau du Père Angelotti et j'ai trouvé ceci.

— Qu'est-ce que c'est ?

Elle tourna l'enveloppe dans sa main, toujours hérissée.

— Regardez l'adresse de retour.

— James Brown. Il a envoyé ça au Père Angelotti ?

Elle remarqua le cachet de la poste. Le trente décembre. Le jour de sa mort. Elle l'interrogea du regard.

— Mais le Père Angelotti était déjà mort.

— Brown ne devait pas le savoir.

— Je ne comprends pas.

— Tout ce que je sais, c'est que le personnel du Père Angelotti s'apprêtait à la retourner, alors je me suis porté volontaire pour le prendre avec moi. J'ai pris le prochain vol pour rentrer chez moi.

Il sortit une liasse de papiers de la poche intérieure de son manteau et les lui tendit. Lottie haussa un sourcil.

— Qu'est-ce que c'est ?

— Je suis retourné chez le Père Umberto, j'ai regardé à nouveau les dossiers et j'ai trouvé d'autres informations qui pourraient vous intéresser.

— Je n'ai pas le temps de m'occuper de tout ça maintenant, déclara-t-elle en s'appuyant sur le mur.

— Je sais, dit-il, les épaules tombantes.

Il enfonça ses mains dans ses poches, tourna les talons et s'engagea dans le couloir encombré, la laissant seule. Elle l'observa jusqu'à ce qu'il disparaisse derrière les portes de l'ascenseur qui se refermaient. Sa colère s'évapora, laissant place à une intense solitude.

Chapitre 109

— Qu'y a-t-il dans l'enveloppe ?

Boyd s'appuya contre le mur devant la porte de Sean. Tout habillé, il avait l'air d'un cadavre.

— Qu'est-ce que c'est que ce bordel ? Boyd ? Tu es sérieux ?

— Tu as besoin d'aide et je suis là.

— Tu es à moitié mort, lui fit remarquer Lottie. Retourne dans ta chambre. J'ai l'équipe.

— L'enveloppe ? répéta-t-il.

— Je ne l'ai pas encore ouverte. Elle la retourna dans sa main. James Brown l'a envoyée au Père Angelotti. Joe l'a apportée de Rome.

— Joe ? Comme c'est commode.

— Boyd ?

— Quoi ?

— Ne commence pas.

— Tu m'as manqué, Lottie, dit Boyd.

— Tu m'as manqué aussi, espèce d'idiot, et maintenant je dois aller voir Sean.

Des voix résonnèrent dans l'ascenseur. Katie et Chloé se précipitèrent, les larmes aux yeux, les bras tendus. Rose Fitzpatrick se précipita derrière elles. Lottie sourit à sa mère en la remerciant d'un air las. Sa famille, meurtrie et abîmée, mais complète.

* * * * *

Sean enfin réveillé et confortablement installé, ses sœurs de chaque côté du lit lui tenant les mains, Lottie ne put se contenir plus longtemps. Elle déchira l'enveloppe et lut les mots de James Brown. Ils s'entremêlèrent à l'intérieur d'elle, se baladant comme une image d'Alice au pays des merveilles, puis se fondirent en une image cohérente sans le Chapelier fou. Maintenant, elle avait l'histoire complète, écrite en Times New Roman, imprimée fermement au premier plan de son esprit.

Elle devait reparler à Patrick O'Malley. Avant qu'il ne soit trop tard.

Chapitre 110

Elle aurait dû être avec son fils et ses filles, mais sa mère lui avait dit de faire ce qu'elle avait à faire, puis de revenir.

Assise à son bureau, Lottie se sentait en totale contradiction avec elle-même, mais au moins son fils était en sécurité avec sa grand-mère, retranchée dans sa chambre, prenant le contrôle comme d'habitude. Mais pour une fois, elle était contente de son aide.

Bien que troublée, Lottie savait qu'elle devait mettre un terme à cette affaire. Ensuite, elle s'organiserait pour passer du temps avec ses enfants. Sean avait besoin d'elle, Katie avait besoin d'elle et même Chloé, à sa manière obstinée, avait besoin d'elle. Quant à Rose Fitzpatrick, Lottie savait que sa mère était une survivante, avec ou sans elle. Pour la première fois, elle reconnut le chagrin et le traumatisme que sa mère avait subis. Cela n'avait pas dû être facile pour elle. Elle s'était battue contre tout cela. Maintenant, elle devait faire de même.

Kirby déposa un Happy Meal sur son bureau.

— C'est l'heure du déjeuner, déclara-t-il.

Lottie jeta un coup d'œil à l'horloge. C'était l'heure. Elle bâilla et ne se souvint plus quand elle avait mangé ou dormi pour la dernière fois. Une fausse énergie la poussait à aller de l'avant et elle ne s'arrêta pas pour y penser.

Elle lut les copies que le Père Joe lui avait données.

— Boyd, je crois savoir comment Derek Harte, l'amant de James Brown, a été impliqué dans cette affaire.

Il s'assit sur le bord de son bureau. Elle se réjouit de sa familiarité et espéra en même temps qu'il ne s'écroulerait pas.

— D'accord, Sherlock, plaisanta-t-il. Explique-moi.

— Il s'agit d'un mauvais numéro.

— Tu peux répéter ?

— Sérieusement, Boyd, regarde ça.

Elle montra une entrée sur l'une des pages du grand livre. Le numéro de référence de Susan Sullivan était AA113. Elle souleva une autre copie.

— Regarde les dossiers des bébés et vérifie la référence AA113.

Boyd parcourut la page et trouva le numéro.

— Il s'agit de Derek Harte.

— Mais ce numéro a été modifié.

— Comment le sais-tu ?

— Regarde-le attentivement. Tu peux voir où l'encre a été effacée et où un trois a été mis à la place d'un cinq. Je pense que cela a été changé intentionnellement. Quelqu'un ne voulait pas que la véritable identité de l'enfant de Susan Sullivan soit découverte.

— Bon, Harte n'était donc pas la progéniture de Susan Sullivan après tout, nota Boyd. En y réfléchissant, je peux comprendre l'erreur du Père Angelotti. Mais qui est son enfant ?

Lottie pointa le numéro de référence correct et Boyd regarda fixement, la mâchoire décrochée.

— Tu es sérieuse ? demanda-t-il.

— À moins que quelqu'un n'ait modifié les autres numéros, je suis très sérieuse.

Lottie secoua la tête avec regret.

— C'est tellement triste.

— Est-ce qu'il est au courant ? demanda Boyd.

— Je ne pense pas.

Boyd se passa la main sur son cou couvert de cicatrices et dit :

— Alors, tous ces gens ont été tués pour garder le secret ?

— C'est une partie du problème.

— Quel est le reste ?

Lottie sortit le vieux dossier de son sac. Elle prit la photo du jeune garçon au sourire ironique, au nez couvert de taches de rousseur et au col de chemise tordu.

— C'est l'autre raison.

— L'enfant disparu ? s'étonna Boyd.

— Je pense que oui.

— Tu vas attendre que je me mette à genoux pour te supplier de me donner des réponses ?

Lottie sourit. Boyd lui avait vraiment manqué.

— Sa mère a signalé sa disparition au début de l'année 1976, après l'avoir placé à Sainte-Angèle quelques mois plus tôt. Les autorités ecclésiastiques l'ont considéré comme fugueur. On ne l'a jamais retrouvé.

C'était assez d'informations pour Boyd pour l'instant, pensa-t-elle.

— James Brown et d'autres personnes ont été témoins d'un meurtre à Sainte-Angèle, perpétré par le père Cornelius Mohan, avec l'aide et la complicité de Brian. Et lorsque James et Susan ont menacé de le dénoncer, ils ont été assassinés pour que l'affaire ne soit pas ébruitée.

— D'accord. Que je comprenne bien. Mike O'Brien, qui s'appelait à l'origine Brian, a été contraint par le Père Con' de participer à un rituel malsain qui a entraîné la mort d'un garçon, il y a près de quarante ans.

— Oui, confirma Lottie.

— Alors, qui est l'enfant sur la photo? demande Boyd.

— Pas maintenant, Boyd.

— Lottie, j'ai lu le dossier.

— Alors, pourquoi poser des questions stupides? Parlons à Patrick O'Malley, suggéra Lottie en refermant le dossier.

Elle le remit dans son sac.

— Mais nous savons que c'est O'Brien qui est le meurtrier, rétorqua Boyd en frottant à nouveau les cicatrices sur sa gorge. Il a seulement admis avoir tué le Père Con'.

— Oui, et il m'a à moitié tué aussi. Il ne l'a pas admis, n'est-ce pas?

— Non, mais je crois que quelqu'un d'autre a assassiné le Père Angelotti, Susan Sullivan et James Brown.

— Je suis perdue, Lottie.

Lynch se précipita dans le bureau, les cheveux détachés, volant autour de son visage.

— Nous avons cherché partout. Il n'y a pas le moindre signe d'O'Malley.

— Il ne peut pas disparaître comme ça, s'emporta Lottie. Il est là, quelque part.

Elle se tourna vers Boyd.

— Réfléchis. Où irait O'Malley ? Son passé est revenu le hanter. Où irait une âme tourmentée ?

— À la source de son tourment ? suggéra Boyd.

Lottie bondit de sa chaise, l'entoura de ses bras et lui embrassa la joue.

— Tu as raison. Allez, viens.

— Si tu le dis, concéda-t-il avec une grimace. La prochaine fois que tu me serreras dans tes bras, fais attention à mes blessures.

— La prochaine fois ? Elle lui fit un clin d'œil. Je conduis.

Elle prit des nouvelles de sa mère à l'hôpital. Sean se portait bien.

Jetant l'emballage du Happy Meal dans la poubelle, Lottie suivit son équipe jusqu'à la porte.

Chapitre 111

À la lumière du jour, l'église Sainte-Angèle avait perdu son ambiance sinistre. Ce n'était plus qu'un vieux bâtiment décousu avec des portes et des fenêtres. Mais Lottie savait qu'il abritait les secrets d'une horrible brutalité derrière son béton et sa pierre. Elle avait lu la folie dans le carnet délavé de Cornelius Mohan et suivi l'histoire dans l'enveloppe de James Brown. Elle avait découvert la dissimulation dans les registres de Rome. Et elle avait été témoin de la réincarnation de son héritage la nuit dernière. Pour quoi ? Des vies déchirées et des âmes abîmées. Des corps enterrés, mais des vivants qui portaient le fardeau. C'est ce qu'elle avait ressenti sur la tombe d'Adam il y a quelques jours. Maintenant, elle comprenait parfaitement ce qu'elle avait pensé à ce moment-là, et une tristesse écrasante s'installa dans son cœur.

Prenant une profonde inspiration, elle s'approcha de la silhouette appuyée contre un arbre dénudé et balafré.

— Ils ont fait du bon travail en sauvant le reste, déclara le Père Joe en faisant un signe de tête vers le bâtiment.

Le site était presque désert. Les équipes de pompiers avaient enroulé leurs tuyaux, glissés les échelles sur les toits des camions et quitté les lieux. Quelques gardes forestiers s'occupaient des rubans de sécurité qui flottaient. Une odeur de brûlé se dispersait dans l'air, mais la fumée avait disparu et il ne restait que des braises fumantes. Les murs de la chapelle étaient calcinés, les fenêtres avaient volé en éclats et le toit s'était effondré. Mais la structure principale de Sainte-Angèle avait résisté, indemne.

— Dommage que l'ensemble n'ait pas été réduit en cendres, ajouta-t-il.

— Qu'est-ce que vous faites ici ?

Lottie rabattit sa capuche pour mieux le voir.

— Je me suis senti attiré par cet endroit. Après tous ces mensonges.

— Joe… commença-t-elle.

— Non, Lottie. Ne dites rien.

Il s'éloigna de l'arbre. Elle posa sa main sur son bras.

— Avez-vous vu des signes d'un vagabond ? Patrick O'Malley. Nous le cherchons.

— C'est l'endroit idéal pour le vagabondage, répondit-il. L'évêque Connor est en train de fouiner.

Lottie fit signe à Boyd. Lynch et Kirby fermaient la marche.

— L'évêque Connor est ici, annonça-t-elle. O'Malley doit l'être aussi. Dispersez-vous et cherchez-les. Pas toi, Boyd. On dirait que tu es sur le point de t'évanouir.

— Je vais bien, assura-t-il en détournant les yeux de Lottie qui s'accrochait à la manche du prêtre.

Elle lâcha son bras, haussa les épaules et se dirigea vers le verger clos et enneigé, à l'extérieur de la zone bouclée. Boyd la suivait, le Père Joe à ses côtés. Lynch et Kirby traversèrent la pelouse gelée et se hâtèrent de contourner, par la gauche, l'arrière de Sainte-Angèle.

C'était la première fois que Lottie pénétrait dans l'enceinte du petit verger. Dans l'hiver sans vie, il était stérile, les arbres étaient déchiquetés, le sol était recouvert d'un drap blanc de pureté.

Elle croyait sincèrement qu'il n'y avait rien de pur dans cet endroit. Le mal rôdait dans chaque anfractuosité de ses murs et des corps gisaient dans des tombes anonymes.

Elle jeta un coup d'œil vers la fenêtre, où trois paires d'yeux terrifiés avaient été témoins d'atrocités qu'aucun enfant ne devrait avoir à observer ou à comprendre. Les ombres s'étendaient au pied des arbres et le soleil peinait à trouver sa place dans le ciel gris de l'après-midi.

Au coin le plus éloigné du verger, elle les vit. Deux silhouettes. Des marionnettes virevoltant l'une autour de l'autre, laissant dans leur sillage des traînées de neige. Elle porta un doigt à ses lèvres et s'avança. Les marionnettes cessèrent leur danse, interrompues par une volée d'oiseaux qui s'enfuyaient des branches. O'Malley se retourna et la regarda droit dans les yeux. Du sang coulait de sa joue et une corde de nylon bleu pendait inutilement autour de son cou. L'évêque Terence Connor se retourna lentement et laissa tomber l'autre extrémité de la corde.

— C'est fini, Monseigneur Connor, dit Lottie.

Elle s'étonnait de l'audace dont il faisait preuve en tentant de commettre un crime à quelques mètres de la police. Il devait être fou.

— Fini ? cria l'évêque Connor. Fini ? Pas encore.

Il se tenait debout, les bras tendus vers le ciel.

— Ce sera fini quand mon Dieu me le dira.

— Vous avez terminé.

Le Père Joe s'approcha de Lottie.

— Vous, explosa l'évêque, pointant son doigt vers le prêtre. C'est vous qui êtes à l'origine de tout cela.

— Moi ? Vous êtes fou, rétorqua le Père Joe, reprenant les pensées de Lottie. Tous ces gens sont morts. Pour quelle raison ? Pour dissimuler le passé violent de Sainte-Angèle ?

Il ouvrit les mains, paumes vers le haut.

— Comment votre Dieu a-t-il pu permettre cela ?

— Mon Dieu ? C'est aussi votre Dieu.

— C'est là que vous avez tort.

Le Père Joe arracha son col clérical de son cou et le jeta dans la neige, où il se mélangea à la blancheur.

— Blasphème. J'ai fait tout ça pour vous, rugit Connor.

O'Malley se dirigea vers lui. Lottie l'incita silencieusement à s'éloigner de Connor. Elle resta aux côtés du Père Joe. Boyd s'avança, plus près de O'Malley. Le vagabond était agenouillé dans la neige épaisse, ensanglanté et immobile.

— C'était votre mère, vous savez, dit l'évêque Connor, un sourire plissant lentement son visage en un masque sinistre. Susan Sullivan.

Le Père Joe se précipita en avant, les mains tendues pour saisir la gorge de l'autre homme.

— Vous êtes le plus abject des hommes ! hurla-t-il.

Lottie saisit l'arrière de son manteau avant qu'il ne touche Connor.

— Susan Sullivan, répéta l'évêque Connor en reculant d'un pas. Oui, Joe, tu es son fils. Elle ne l'a jamais su. J'ai envoyé les documents à Rome, après les avoir modifiés. J'ai créé une fausse piste. Le Père Angelotti m'a aidé, sans le vouloir d'ailleurs. Une fois que Susan Sullivan a commencé à se mêler de tout, je savais qu'elle ne reculerait devant rien pour découvrir la vérité. Je voulais seulement vous protéger.

— Vous mentez, s'écria le Père Joe.

Le cœur de Lottie se brisa en petits morceaux pour lui. Il n'avait eu de contact avec sa mère que le jour de sa naissance et le jour de sa mort, lorsqu'il lui avait administré les derniers sacrements alors qu'elle reposait à ses pieds.

— Tu es le fils bâtard d'un prêtre pédophile et d'une fille à peine sortie de l'enfance.

— Menteur, murmura le Père Joe en secouant la tête, essayant de faire disparaître la vision, mais Lottie savait qu'elle resterait en lui pour toujours.

— J'aurais su par mon acte de naissance si j'avais été adopté.

Sa voix était brisée, un million de morceaux de verre brisé.

— À l'époque, ricana Connor, les nonnes, le Père Con' et moi, nous nous assurions que les certificats d'adoption ne soient pas une perte de temps. Pour les bébés dont nous nous occupions, leurs actes de naissance semblaient être authentiques, mais nous conservions les détails de l'origine des naissances dans des registres.

Il tenta d'avancer, mais ses pieds s'enfoncèrent dans la neige.

— Vous avez changé les numéros de référence, dit Lottie. Pourquoi ?

— Parce que je le pouvais. Et parce que Susan Sullivan voulait savoir qui et où était son enfant bâtard. Je devais le protéger.

— Pourquoi tuer le Père Angelotti ? demanda Lottie, en le bloquant.

— Parce qu'Angelotti allait révéler la vérité, une fois qu'il aurait découvert son erreur. Il s'était rendu compte que les dossiers avaient été modifiés, alors il a organisé une rencontre avec Brown pour qu'il parle à Susan. Bien sûr, j'ai proposé de le conduire pour voir comment les choses allaient se passer. Brown n'est jamais venu et j'ai tenté ma chance. J'espérais que Brown serait accusé. Malheureusement, le temps n'a pas aidé.

Le Père Joe secoua à nouveau la tête.

— Je n'arrive pas à croire ce que j'entends.

— C'est un fait. J'ai vécu ma vie pour vous. Je vous ai épargné à Sainte-Angèle durant toutes ces années. Je vous ai placé dans une bonne famille. J'ai passé ma vie à couvrir l'Église.

— Et vous avez couvert le meurtre d'un garçon, renchérit Lottie.

— J'ai fait ce que j'avais à faire, affirma l'évêque Connor.

Soudain, ses épaules s'affaissèrent. Lottie comprit qu'il avait perdu son combat.

— Pourquoi tuer Susan et James ? demanda-t-elle.

— Ils me faisaient chanter. Ils voulaient révéler les secrets que j'avais travaillé toute ma vie à garder enfouis. Je devais les arrêter. Je ne pouvais plus me le permettre. Il rit d'un air cynique. Si j'avais su que Susan Sullivan était déjà en train de mourir d'un cancer, peut-être que tout cela n'aurait pas été nécessaire.

Convaincue qu'elle fixait les yeux du diable en personne, Lottie renchérit :

— Vous avez dissimulé la maltraitance d'enfants. Vous avez déplacé le Père Cornelius Mohan, lui permettant de commettre d'autres abus dans de nouvelles paroisses. Des bébés qui n'ont jamais franchi la porte de cet endroit, jetés dans des tombes anonymes. Un jeune garçon battu à mort derrière ces murs et enterré ici sans cérémonie. Elle fit un geste de la main autour de l'enceinte. Quelque part.

— Vous ne pouvez rien prouver.

Ses yeux la défiaient. Lottie soutint son regard, compta jusqu'à dix-neuf avant qu'il ne détourne les yeux. Lynch et Kirby, armes dégainées inutilement, prirent position le long du mur derrière l'évêque et O'Malley.

— Et pourquoi la mort d'un garçon vous importe-t-elle tant, inspectrice Parker ?

— Cela concerne tout le monde, intervint le Père Joe. Surtout pour ceux que vous avez assassinés pour garder le secret.

Lottie tira sur sa manche pour le faire taire.

— Vous faites honte au col que vous portez, cracha l'évêque Connor.

— Non, je ne lui fais pas honte, s'emporta le Père Joe. Mais vous, si.

Il s'avança. Lottie le fit reculer.

O'Malley se dégagea de l'emprise de Boyd, bondit vers le haut et se jeta sur les épaules de Connor, le projetant dans la neige. Lottie releva Connor tandis que Boyd saisissait O'Malley.

— Je vous ai vu de mes propres yeux, dit O'Malley, du sang s'échappant de sa bouche. Depuis ces fenêtres, là-haut. Moi, Susan et James. Nous vous avons vu jeter le pauvre Fitzy dans un trou sous un arbre. Il montra du doigt le verger. Et vous étiez dans la chapelle. Nous vous avons vu ne rien faire quand il criait et pleurait. Brian et le Père Con' l'ont battu jusqu'à ce qu'il soit dépouillé de sa peau et qu'avez-vous fait ? Absolument rien. Vous auriez pu arrêter ça.

Boyd éloigna O'Malley de son bourreau.

— Espèce d'assassin, cria O'Malley à l'adresse de Connor. Mais vous ne m'avez pas eu.

Lottie passa les menottes à Connor. Toute son arrogance avait disparu, laissant une noirceur mortelle dans ses yeux.

— Mon frère, lui chuchota-t-elle à l'oreille, Eddie Fitzpatrick, qu'est-ce que vous lui avez fait ?

— Je l'ai enterré. Que pouvais-je faire d'autre avec son corps brisé ?

Il balaya le verger d'un rapide mouvement de tête.

— Ici. Quelque part ici, poursuivit-il.

Lottie le frappa durement au visage. Il ne broncha pas. Au contraire, ses yeux s'assombrirent, des ombres sombres les obscurcissant.

— Votre famille a abandonné ce garçon, dit-il en ricanant. Votre père s'est tiré une balle dans la bouche ; votre mère a jeté un enfant de dix ans en deuil derrière ces murs et s'en est allée. Et vous… vous…

— J'avais quatre ans, murmura Lottie.

— Et pourquoi votre mère a-t-elle fait cela ? L'adorable catholique Rose Fitzpatrick. Je vais vous dire pourquoi. Parce que votre frère était un voleur, un bon à rien. Et la veuve ne pouvait pas supporter la honte supplémentaire d'un garçon qui gâchait sa vie. Elle l'a donc fait enfermer.

— Taisez-vous, s'écria Lottie.

— Demandez-lui, demandez-lui.

Les larmes de Lottie mouillèrent ses joues et un léger souffle de neige tomba sur la terre. Ses paroles avaient martelé des choses qui n'avaient jamais été dites à voix haute dans sa famille. Des choses que sa mère aurait dû lui dire. Et elle n'était toujours pas sûre d'avoir trouvé ce qu'elle avait perdu toutes ces années auparavant.

La main de Boyd se glissa dans la sienne.

Épilogue
30 janvier 2015

— Charlotte Brontë, c'est le nom qu'on t'a donné.

— Je sais, maman, dit Lottie. Tu me l'as dit à plusieurs reprises.

Auparavant, elle n'arrivait pas à faire parler sa mère de son frère ou de son père. Maintenant, elle ne pouvait plus la faire taire. Rose avait expliqué à Lottie qu'Eddie était très difficile à vivre après le suicide de leur père. Elle avait désespéré savoir quoi faire de lui jusqu'à ce que, sur les conseils du prêtre de la paroisse, elle le confie aux soins de Sainte-Angèle pendant six mois. Puis il avait disparu.

— Et le pauvre Eddie, nous l'appelions comme…

— Edward Rochester. *Jane Eyre*, dit Lottie. Je sais.

Mais elle ne savait plus rien.

Le conducteur de la pelleteuse leva la main et éteignit la machine. La nuit tombait, et Lottie ne savait pas s'il avait trouvé quelque chose ou s'il s'arrêtait pour la nuit.

Elle s'éloigna de sa mère, la laissant debout avec Chloé. Katie était à la maison et s'occupait de Sean. Ils n'allaient pas très bien, ni l'un ni l'autre. Les Rickard avaient enterré Jason cinq jours après sa mort, lors d'une cérémonie privée. Aucun membre de la famille de Lottie n'était présent. Les Rickard ne voulaient pas voir Katie. La jeune fille ne pouvait pas le comprendre. Lottie, elle, le comprenait. Boyd avait acheté une PlayStation 4 à Sean. Elle était encore dans sa boîte, non ouverte. Elle lui avait offert un nouveau kit de hurling. Il l'avait jeté sous son lit.

Aujourd'hui, elle se battait pour garder sa famille intacte. Ses enfants avaient besoin d'elle plus que jamais depuis qu'ils avaient enterré leur père. Ils étaient fils et filles, sœurs et frère. Lottie savait à quel point l'action précipitée d'une mère pouvait changer cette dynamique pour toujours et, elle ne pouvait pas se permettre de faire une erreur, pas lorsqu'il s'agissait de ses enfants.

Pour son travail, elle ne savait toujours pas s'il y aurait des mesures disciplinaires concernant son vol pour Rome et sa gestion des enquêtes sur les meurtres. Le commissaire Corrigan était réticent à s'excuser pour avoir protégé l'évêque et l'évitait. Mais pour l'instant, elle était en congé payé. Le travail pouvait attendre.

Le ciel se dégradait du gris au noir, et la nuit tomba avant que le jour n'ait réussi à s'accomplir. Lottie ressentit la même chose.

Un projecteur dirigea un faisceau de lumière dans le trou d'un mètre de profondeur. Elle sut qu'il était temps.

La nouvelle lune scintilla dans l'obscurité. La lune noire.

Peut-être les mauvais présages étaient-ils derrière eux. Peut-être pas.

Elle se tenait au bord du gouffre, se demandant où elle trouverait la force intérieure de partir. Mais Lottie Parker ne partait jamais.

Elle remarqua le Père Joe qui se tenait contre le mur, près de l'arcade. Il portait un jean et un pull noir à col polo sous sa grosse veste. Il prenait un congé sabbatique. Toute sa vie, il avait vécu dans le mensonge sans le savoir et, maintenant, il pleurait sa mère biologique morte qu'il n'avait jamais connue. Il avait l'air perdu, une profonde tristesse ombrageant ses yeux. Lottie le salua, puis laissa tomber sa main lorsqu'il s'éloigna. Souffrir pour les secrets des autres.

Cela lui rappela son propre secret de famille que cette affaire avait réveillé. Le dossier jauni de son frère disparu dans son tiroir. Elle ne pourrait plus jamais le nier. Et elle était fière de son héroïsme. O'Malley avait raconté l'histoire, peignant en couleurs vives le temps passé par Fitzy, son propre frère, à Sainte-Angèle. Sa mère avait pleuré pendant des jours.

Lottie sentit Boyd se placer à côté d'elle. Elle sentit sa main se poser sur le bas de son dos, douce et réconfortante.

— Il n'y aura que des os. Tu n'as pas besoin de regarder, Lottie.

Elle jeta un coup d'œil vers les fenêtres sombres, puis s'approcha de la tombe anonyme sous le pommier dénudé, mis en valeur par l'éclat du croissant de lune.

— Oh, mais j'en ai besoin, dit Lottie en jetant un coup d'œil par-dessus le monticule d'argile. J'en ai besoin.

Remerciements

L'écriture d'un roman est un voyage personnel et je n'aurais pas pu atteindre ma destination sans le soutien et les encouragements de nombreuses personnes tout au long du chemin.

Tout d'abord, je tiens à vous remercier, vous, lecteurs, d'avoir pris le temps de lire *Les Disparus de Sainte-Angèle*. Sans vous, mon aventure d'écriture serait vaine.

À l'équipe de Bookouture, en particulier à mon éditrice Lydia, pour m'avoir d'abord dit qu'elle aimait mon roman, puis pour m'avoir acceptée. Merci d'avoir cru en moi.

À mon agent, Ger Nichol du Book Bureau, pour m'avoir fait signer. Le premier courriel que Ger m'a envoyé pour me dire qu'elle en était à la moitié du livre et qu'elle avait hâte de le terminer m'a donné confiance en moi et m'a fait penser que oui, je pouvais devenir une autrice publiée !

Le Centre des écrivains irlandais est une ressource inestimable. Les cours et les tuteurs sont excellents et je me suis fait des amis pour la vie grâce à lui. Arlene Hunt, Conor Kostick et Louise Phillips m'ont aidée à développer mon potentiel et mes compétences en matière d'écriture grâce à leurs cours.

Je pense également à Carolann Copland de Carousel Writers' Retreat, à toutes les personnes associées à l'*rgurgul* et à Vanessa O'Loughlin de Writing.ie. Merci à tous. Niamh Brennan pour ses conseils, sa sagesse et son œil de lynx lorsqu'elle a critiqué mon travail en cours. Et bien sûr, pour tous les textes et les courriels qui m'ont encouragée lorsque je faiblissais. Votre avis m'est très précieux.

Jackie Walsh pour m'avoir accompagnée aux festivals de littérature policière et aux vacances d'écriture. Niamh et Jackie sont devenues de grandes amies, des compagnes d'écriture et des conseillères pour le développement de l'intrigue et le renforcement de la confiance en mon écriture.

Teresa Doran, Liam Manning et Padraig McGovern, pour m'avoir écoutée lire mes premières ébauches lors de nos réunions hebdomadaires - Écriture, groupe 1.

Tara Sparling pour avoir lu le manuscrit.

Alan Murray et John Quinn pour leurs conseils en matière de police. Toute erreur est entièrement de mon fait. Pour faciliter le déroulement de l'histoire, j'ai pris de nombreuses libertés avec les procédures policières.

Antoinette et Jo, pour avoir toujours été là. Mes meilleures amies.

Ma sœur Marie, pour avoir été à mes côtés dans tout ce que la vie m'a apporté.

Ma sœur Cathy et mon frère Gérard, la famille, c'est tout.

Ma mère et mon père, Kathleen et William Ward, pour avoir cru en moi et m'avoir aidée tout au long de ma vie, en particulier dans les moments les plus difficiles.

Ma belle-mère, Lily Gibney, et sa famille.

Mes enfants, Aisling, Orla et Cathal. Vous donnez un sens à ma vie. Je vous aime tellement. Et le dernier membre de notre famille, ma petite fille Daisy, la preuve que la vie est pleine de surprises.

Aidan, mon cher mari, qui me manque beaucoup, m'a encouragée à poursuivre mon rêve. Il serait si fier aujourd'hui, et j'aurais aimé qu'il soit là pour partager ce moment. Beaucoup d'amour. Toujours dans mon cœur.

Imprimé en France par CPI Bussière
en avril 2025
N° d'impression : 2084531
ISBN : 978-2-38671-011-7
Dépôt légal : mai 2025